本书系2008年度国家社科基金项目《清代蒙译本〈水浒传〉研究》
（批准号：08CZW040）结题成果

中国蒙古学文库

清代蒙译本《水浒传》研究

金　荣　著

辽宁民族出版社

图书在版编目（CIP）数据

清代蒙译本《水浒传》研究 / 金荣著. —沈阳：辽宁民族出版社，2019.10

（中国蒙古学文库）

ISBN 978-7-5497-2163-4

Ⅰ. ①清… Ⅱ. ①金… Ⅲ. ①《水浒》研究 Ⅳ.①I207.412

中国版本图书馆CIP数据核字（2019）第250987号

清代蒙译本《水浒传》研究

QINGDAI MENGYIBEN《SHUIHU ZHUAN》YANJIU

出版发行者：辽宁民族出版社
地　　　址：沈阳市和平区十一纬路25号　邮编：110003
印　刷　者：辽宁鼎籍数码科技有限公司
幅 面 尺 寸：145mm×210mm
印　　　张：8.75
字　　　数：250千字
插　　　页：8
印　　　数：1-1000
出 版 时 间：2019年10月第1版
印 刷 时 间：2019年10月第1次印刷
责 任 编 辑：王哈申
封 面 设 计：杜　江
责 任 校 对：王　荷

标准书号：ISBN 978-7-5497-2163-4
定　　价：40.00元

网　　址：www.lnmzcbs.com　邮购热线：024-23284335
淘宝网店：http://lnmz2013.taobao.com
如有印装质量问题，请与出版社联系调换　联系电话：024-23284340

中国蒙古学文库

布赫

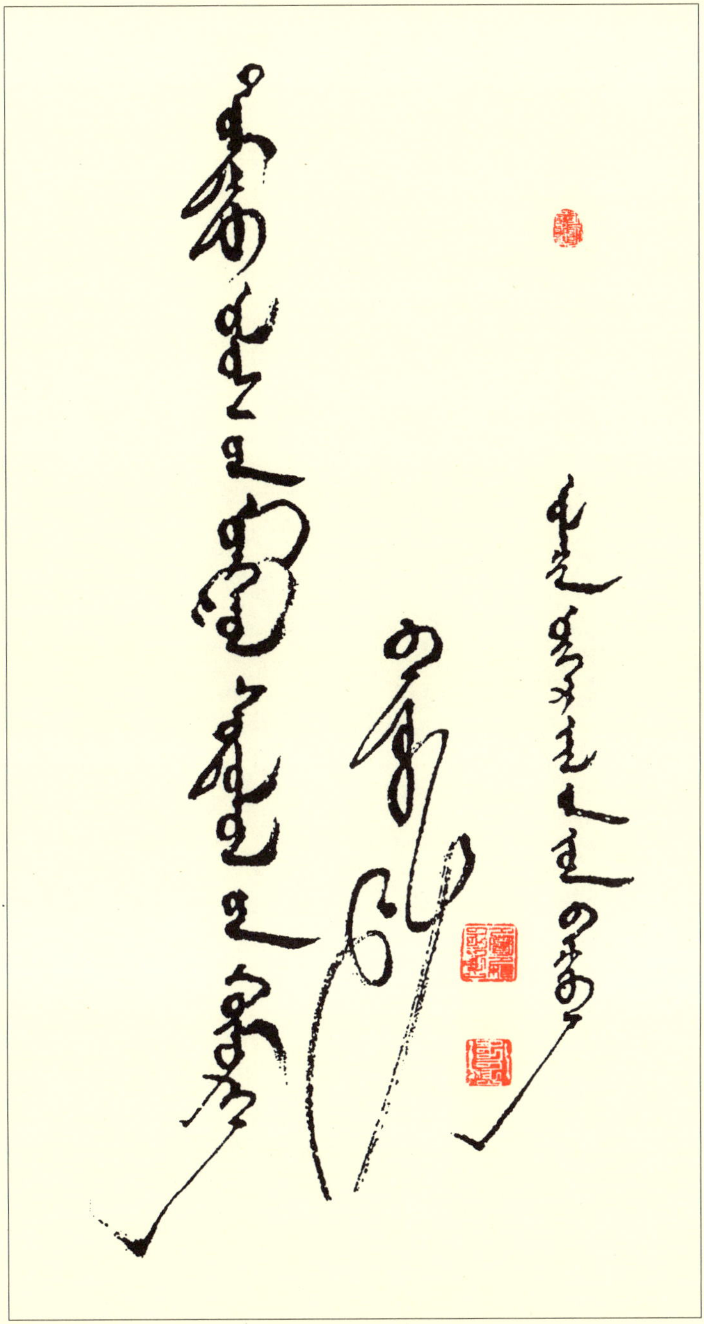

编写与出版《中国蒙古学文库》领导小组与编委会

《中国蒙古学文库》续版总序

《中国蒙古学文库》（以下简称《文库》）是在我国改革开放新的历史时期，在解放思想、实事求是思想路线指引下，在文化适应经济社会的发展而不断繁荣的客观要求下应运而生的。《文库》自筹备到出版以来走过了艰苦立业、敢为人先、追求一流、不断创新的十二年。到2009年9月正式出版了百部书，并以此向新中国六十华诞献礼。同时召开了“百部纪念会”，出版了《百部纪念册》，可以说《文库》编委会完成了一个阶段的工作。

《文库》是一套比较全面系统地反映蒙古学研究成果的系列丛书。它的编辑出版开辟了学术著作出版的新途径，成为蒙古学研究成果跨世纪的丰碑，在国内外引起广泛的关注，产生了良好的反响，将成为繁荣发展蒙古文化方面具有一定知名度的、品位较高的文化名牌。随着加快全面建设小康社会、构建和谐社会的步伐，不断增强各民族间平等、团结、和谐互助关系，为满足各族人民日益增长的物质和文化生活需要，促进内蒙古自治区文化大区的建设，为推进蒙古学研究事业的发展，提升文化软实力，突出民族特色，充分发挥文化优势和社会人才资源优势，传承和弘扬蒙古民族的优秀文化，很有必要继续编辑出版蒙古学方面的学术著作。

为此，《文库》领导小组向中共内蒙古自治区党委和政府呈报了《中国蒙古学文库》续版百部书的申请报告。自治区党委和政府的领导高度重视，全力支持，批准了申请报告，决定《中国蒙古学文库》继续出版。这是值得庆贺的好事，是自治区学术界的一件喜事，是贯彻落实科学发展观、为文化建设所做的一件实事，是继续推动蒙古学研究繁荣发展的重大举措。它标志着《中国蒙古学文库》的工作进入了一个新阶段。这对我们是个极大的鼓舞和鞭策，使我们深深体会到党的民族政策的英明正确，并使我们深刻认识和看到，党和政府情系民生，执政为民，在推进经济社会又好又快发展中，繁荣文化建设事业的良好形象。

蒙古民族在历史上彰显了游牧文明的优越性，成为游牧文化的集大成者，在人类历史上创造了辉煌的奇迹，造就了世界新的格局，展示了走向统一、走向开放、走向文明发展的总趋势，留下了珍贵的文化遗产，产生了许多重大的、至今还值得深思和研究的问题。从而形成了独具特色、充满生机、内涵丰富、博大精深的蒙古文化，形成了国际性、综合性的“蒙古学”。“蒙古学”就是以蒙古文化为研究对象的科学。其内容是研究蒙古族在形成和发展中创造的一切文化成果的传承和繁荣发展规律，是研究在漫长的历史进程中各民族之间相互交流、互助和谐、共同进步的过程和经验。

蒙古学是国际性的，世界上很多国家和地区都在研究，因此，我们的研究及其成果必须旗帜鲜明地突出中国特色。最根本的是以马克思列宁主义、毛泽东思想、邓小平理论、“三个代表”重要思想、科学发展观和习近平新时代中国特色社会主义思想为指导，高举中国特色社会主义伟大旗帜，坚持社会主义核心价值体系，贯彻执行党的民族政策和“双百”方针。这是中国蒙古学的一大特色和优势所在，是我们以往研究和创新所取得丰硕成果的根本原因，也是《文库》今后在编辑出版工作中必须坚持的基本原则。

在马克思主义普遍真理的指导下，遵照中国特色社会主义理论体系，如何认识和改造蒙古传统文化，如何借鉴吸纳其他民族的文化，是我们面临的艰巨任务。在这里必须坚持马克思主义与蒙古文化的实际相结合，充分体现马克思主义中国化、时代化、大众化的趋势，继续解放思想，坚持实事求是，运用马克思主义的立场、观点和方法，着力研究和传承蒙古族传统文化，进而改造传统文化，推陈出新，适应中国特色社会主义事业发展的需要，寻求现代化的路标；着力研究各民族文化交流的经验和趋势，探索巩固和发展各民族间的平等团结、互助和谐关系的新思路和有效途径；着力研究和总结建设中国特色社会主义实践中的新鲜经验和现实问题，全面提高民族的整体素质，为党和政府的决策提供智力支持和精神动力。

蒙古学是综合性科学，涵盖面广，内容丰富而全面。《文库》致力于编辑出版蒙古学方面的学术性研究成果。特别注重专题研究、系列研究、历史人物研究、哲学及社会思想史研究。这些内容的研究以及编辑出版，是《文库》的中心课题，是它的显著特点和优势。资料汇编、论文集、辞书、名词术语汇编、回忆录、个人选集或全集、杂记、传记、多卷本著作、文艺小说等不属于《文库》编辑出版范围。

《文库》优先选择以下著作：(1) 带有抢救性的著作；(2) 学术方面的国家课题、省部级课题的最终成果；(3) 以博士论文为基础充实修改的著作；(4) 新兴学科、薄弱学科、交叉学科、边缘学科的著作；(5) 理论研究，创立体系的著作。先出版用蒙古文或汉文撰写的一种版本，今后根据实际需要，选择一些有利于各民族文化交流，具有共同性使用内容的，具有较高学术价值和实用价值的著作，翻译成另一种文字出版。

出版的著作要有鲜明特色，弘扬创新精神，体现精品意识。一切从蒙古族历史文化的实际出发，挖掘好、研究好、保存好、维护好、发扬好蒙古文化的固有特色，充分彰显蒙古文化的风格和气派。同时积极汲取世界先进文化，达到二者的有机结合，从而充分体现蒙古文化的世界性、民族性和地域性特点。鼓励大胆的创造，发扬自主创新精神。创造性是蒙古文化固有的特点和发展的内在活力。《世界征服者史》作者志费尼曾指出，成吉思汗有关征服他国的方略，消灭敌军，擢升部属等措施，是“凭自己的脑子创造出来的”，“全是他自己领悟的结果，才智的结晶”。

《文库》以原创性、系统性和突破性作为编辑出版的基本要求。突出原创性，就是要求出版创新的、新颖的和具有较高学术价值的著作。注重系统性，就是要求出版学科建设中的系列著作，在某个学科方面具有权威性成果，为学科的理论研究和创立体系起到奠基性作用的著作。强调突破性，则要求从研究的领域、资料、观点、方法等某一方面超越前人的成果，具有开拓性的、填补历史空白的著作。

质量是编辑出版的生命。精益求精，精心组织，高标准、严要求，以极端负责的精神，保证出书的质量。为此严格执行“编委责任制”“三审制”，把好“三个关”。书稿由总编辑根据书稿内容和编委的特长确定该书稿的责任编委，责任编委对书稿负责到底。编委会执行“三审制”，由两名专家审稿，编委会集体讨论，总编辑审阅定稿。出版社也要执行“三审制”，责任编辑初审，编辑室主任复审，总编辑终审。编委会和出版社共同把好政治思想、学术水平、文字技术三个关。

续版的百部书必须抓住重点，努力做到实证研究和理论研究并举，以理论研究为主；研究历史客体和研究主体思想并举，以主体思想的研究为主；系列研究和体系研究并举，以体系研究为主；历史问题的研究和现实问题的研究并举，以研究现实问题为主。突出重点才会显示《文库》的出版特色和优势，开创蒙古学繁荣发展的新局面，也标志着蒙古学的研究转入理论研究、创立体系的新阶段。这是在蒙古文化的发展史上具有重大意义的转变，是蒙古学研究中出现的实质性飞跃。

“一个民族想要站在科学的最高峰，就一刻也不能没有理论思维。”这是恩格斯在一百多年前说的至理名言。这里说的“科学”当然包括哲学、自然科学、社会科学和思维科学。“理论思维”即哲学思维。我们提出的振兴中华，实现“四化”，其目标就是让中国各民族都要在中国共产党的领导之下“站在科学的最高峰”，把我国建成富强、民主、文明、和谐的社会主义国家。为此必须重视“理论思维”，必须强调理论思维的学习和锻炼。蒙古文化虽然经历了盛衰变迁，始终绵延不绝，这就足以证明，它必然有其优秀传统，有很多的优点和特点。但长期以来我们在吸收外来文化，并把它融合、消化进而变为自己的文化，形成蒙古文化方面下的功夫还不够；蒙古文化具有独立性，但系统性尚未形成，各学科的形成和发展也很不平衡；文化理论的研究和创新，各学科理论体系的形成和完善严重滞后。这也足以证明，蒙古文化也有其不可忽视的缺陷。这里除有政治、经济等诸多原因外，与文化研究方面长期以来忽视或轻视理论思维的地位和作用，忽略蒙古民族思想史和历史人物思想的研究，忽略哲学及社会思想史的研究也有直接关系，以致严重影响了蒙古文化的全面发展和繁荣，影响了各学科的理论研究和创立体系的历史进程和水平。

思想是文化的核心，哲学是文化的思想基础，是文化的精华部分，是文明的“活的灵魂”，这是被人类文化史研究证明了的普遍真理。理论研究和创新、创立体系是一个民族文化繁荣发展的标志，是一个民族文化走向成熟、进入文化自觉境界的表征，也是不断深入研究、开拓创新的必然结果。只有理论研究、理论创新，各学科创立并逐步完善的体系，才能使民族文化得到全面协调可持续发展；才能充分彰显民族文化在开放中仍然能够保存和弘扬的优秀成果，突出独具的特色和优势，使民族文化在有条件的流变中做到有选择地包容外来文化，并把二者有机地结合起来；才能形成充满生机的开放性体系，找到与时俱进、蓬勃发展的活力；才能使民族文化随着时代的步伐不断地创新，大胆地应用，从而满足人民日益增长的需要。因此，文化研究中理论研究、理论创新、创立体系是非常重要的，是不可或缺的层次或阶段。智慧凝聚经验，思想闪耀光辉，理论显现魅力，真理揭示规律。《文库》续版的百部书要紧紧抓住这个主题，充分利用新世纪赋予的难得的良好机遇，使蒙古文化焕发出强大的生机和活力。在这方面要有新的作为，要有新的建树和创新，以弥补蒙古学研究中的历史性缺憾或薄弱环节。把蒙古学研究推进到新的发展阶段，这是我们的事业，我们的希望，我们的目标，也是我们应尽的职责和责无旁贷的历史使命。

《中国蒙古学文库》的原版"总论"是由《文库》总编辑、内蒙古社会科学院蒙古史著名学者、研究员留金锁先生执笔，编委会讨论通过的。"总论"概括地论述了蒙古文化发展的历史演变，叙述了研究蒙古文化的过程和取得的标志性成果，总结了以往的经验，明确提出了今后的研究方向，在编辑出版"百部书"的过程中起到了重大的宣传和指导作用。随着形势的发展，研究的深入，续版的百部书中将原版的"总论"和"序"重新修改，增加新的内容和要求，称之为"续版总序"。续版在封面设计、装帧等方面都做了一些调整和改进，以崭新的面貌问世，给人以耳目一新的感觉，将会引起作者和读者的兴趣和关注。

续版百部书，在组织机构方面取消了《文库》的顾问。对领导小组成员、总编辑和编委成员都做了一些适当的调整。原有的同志多位是离退休的领导、专家、学者。他们参与了《文库》的一系列具体工作，工作中任劳任怨，淡泊名利，不计报酬，默默耕耘，倾注了一片心血，做出了重大贡献。我们不会忘记，历史也不会忘记。他们的睿智、业绩和奉献精神，随着时间的流逝，将会永驻在《文库》的字里行间，记载于蒙古学研究的史册。

在我国，研究蒙古文化由来已久，而且资料文献甚丰，成果累累。但是将蒙古学真正作为一门科学，进行全面而系统的研究是新中国成立以后才开展的。尤其是改革开放以来，蒙古学的研究方兴未艾，全面推进，著述颇丰，成为哲学社会科学百花园中一朵绚丽的奇葩。我们编辑出版《中国蒙古学文库》续版的百部书，在继承以往成果的基础上，将在更高层次上整体推进蒙古文化的繁荣发展，使其成为反映时代特征、适应实践的发展、满足人们日益增长的文化生活需要、喜闻乐见的崭新的蒙古文化。自治区领导的这一决策和编委会的一系列有关的举措，对加快内蒙古自治区的文化建设，促进国际蒙古学向纵深发展，推动中国特色社会主义建设的伟大事业必将发挥应有的作用。其意义是重大的，也是深远的。

我们深知，《中国蒙古学文库》是繁荣图书出版事业的创新之举，是传承文明、繁荣学术、继往开来的薪火工程，是功在当代、惠泽后人、流芳百世的宏伟事业。我们要认真总结以往经验，在新的起点上继续发扬优良作风，再创新的业绩。编委会要以新的姿态，振作精神，全力以赴，齐心协力，埋头苦干，认真审阅，精心修改，力求编辑出版精品力作。我们的工作是艰巨复杂而光荣的，任重而道远的。由于我们才智的局限，以及理论基础、学术水平和编辑能力等方面的原因，可能会出现一些问题，存在一些缺点，恳请作者和读者及时赐教。

《中国蒙古学文库》编委会

2010年3月

前 言

中国是多民族国家，是一个具有多元性的民族大家庭。汉族与55个少数民族共同缔造了灿烂的中华文明。各民族在其漫长的历史发展中，相互交流，彼此影响，共同发展。毋庸置疑的是，中华各民族的文学是在与其他民族文学的相互交流、融合与促进中发展起来的。蒙古族向来是一个很善于向其他民族学习的民族，历来重视文化的传播和相互交流，因而也很早就开始意识到了翻译的重要性，很早就开始了翻译活动[①]。

蒙古族蒙译活动大致可分为三个时期：（一）13—14世纪为第一时期。蒙古族的蒙译工作或蒙译活动始于13世纪蒙古族建立大蒙古国之时。当时蒙古族最高统治者从国内外邀请知识渊博的学者为王公贵族的子孙后代教授文化知识并同时开始让他们主持蒙译诸多外文书籍。这一时期，在蒙古最高统治者的直接组织与支持下，文人们从梵文、藏文、汉文作品中蒙译出了相当数量的作品，如《苏巴喜地》《珍珠链汇编》《资治通鉴》等。（二）15—18世纪为第二时期。这一时期蒙古族文人主要蒙译梵文和藏文作品。15世纪，由于蒙古封建统治者的内讧，蒙译工作未能大规模展开，但在一定程度上也维持了第一时期的翻译传统，除继续蒙译《五传》（pacadandra）之外，还

① 这里的翻译活动指的是蒙译活动，即指将其他民族的作品翻译成蒙古文。

新译了《魔尸》。虽从13世纪已开始蒙译《五传》，但由于当时主要统一组织文人蒙译长卷大作，因此文人们无暇顾及《五传》一类的小故事书。伴随着14世纪末有组织的大规模翻译活动的停止，译者们的翻译活动变得比较随意，他们按自己的喜好单独翻译《五传》《魔尸》等故事书。15世纪末满都海彻辰夫人统一蒙古，奉太阳汗为蒙古可汗之后，又如火如荼地展开了蒙译活动。这一时期除了翻译故事书之外，还开始翻译医学类的书籍。16世纪中后期开始，由于受到佛教影响，蒙译经书活动迅速展开，到17世纪20年代已完整地译出《甘珠尔》。这一时期，无论是译者，还是翻译作品的数量，都比前一时期明显增多，其中扎雅班智达·那木海扎木苏和他的弟子从藏文蒙译出《明镜》《故事海》等200多部作品，其中他本人翻译了170多部作品。这一时期还从汉文中翻译了《诗经》《尚书》《礼记》《易经》《春秋》等。这一时期阿日那完成了《西游记》的蒙译工作。值得一提的是，这一时期除了直接从事翻译之外，还在具体翻译实践中总结和提出了翻译策略和注意事项等。（三）19世纪至今为第三时期。这一时期以1949年为界，可分为前后两个时期。前期包括清末、民国时期。这一时期的蒙译作品主要来自两种途径，即汉文—蒙古文、汉文—满文—蒙古文，也就是说，或者是直接将汉文原著翻译成蒙古文，或者不是直接蒙译汉文原著，而是将汉文原著的满译本转译为蒙古文。这一时期翻译出的作品数量较多，如《三国演义》《水浒传》《红楼梦》《西游记》《今古奇观》《封神演义》等诸多译本均为这一时期蒙译作品的代表性杰作，当然这些汉文小说中，有的并不是这一时期才被翻译成蒙古文的，而是在蒙古族蒙译活动第二时期的时候已有其蒙译本，如《西游记》等。后期为1949年至今。这一时期的蒙译作品来源较广，除了国内其他民族的作品被翻译成蒙古文之外，许多世界名著，如巴尔扎克《人间喜剧》中的《高老头》《欧也妮·葛朗台》《贝姨》等诸多作品，司汤达的《红与黑》，托尔斯泰的《复活》《安娜·卡列尼娜》，肖洛霍夫的《静静的顿河》，普希金的《叶甫盖尼·奥涅金》《渔夫和金鱼的故事》，安徒生的《安徒生童话》等作品也都被翻译成蒙古文，在蒙古族聚居地区广泛流传，影响着蒙古族读者的文学鉴赏活动。

综上所述，清朝是蒙古族翻译活动最活跃的时期，更是蒙译汉文小说的黄金时期，在清代蒙古族文人大量翻译明清汉文小说，为众多蒙古族读者了解汉族文学奠定了一定的基础。“小说是多重的社会和文化现象。通俗易懂是小说的重要特征。小说的这一特征，使它在不同民族之间的相互了解中，常常可以发挥突出作用。这是在清代一个时期内，汉文小说蒙译活动迅速发展的直接动因。”①当时不仅由清政府统一派人由专门机构统一组织进行蒙译活动，而且民间也有文人自发进行翻译活动。这一时期蒙译活动的规模之大、蒙译作品的数量之多、蒙译本的翻译水平之高是前所未有的。清代汉文小说蒙译活动也大致可分为三个时期：（一）清朝建立至18世纪中叶为第一时期，翻译活动的中心在北京。这一时期在清政府的组织或支持下，由一批朝廷官员或朝廷聘请的文人组成的译者群蒙译了《诗经》《大辽史》《大元史》等儒家经典和正史类的作品，除此之外，在这一时期阿日那蒙译完成《西游记》，该译本不仅成为这一时期蒙译本的代表作，而且也成为整个汉文小说蒙译的代表作之一，拓宽了当时蒙古族读者的阅读领域。（二）18世纪中叶至19世纪初为第二时期。当时蒙古八旗成员的汉文水平提高，更多的人具备了直接阅读汉文原著的能力，这使得汉文作品蒙译本的价值大大降低，导致汉文作品的蒙译活动进入沉寂时期。（三）19世纪初至20世纪初为第三时期。

①郎樱、扎拉嘎主编：《清代汉文小说的蒙古文译本》，载《中国各民族文学关系研究》（元明清卷），贵州人民出版社，2005年，第360页。

这一时期是汉文小说蒙译活动最为繁荣的时期，蒙译活动的中心从北京转到东部卓索图盟和喀尔喀的库伦（今蒙古国首都乌兰巴托）。翻译活动以民间自发为主，翻译对象多为文学作品。在这种民间自发的翻译活动中，到底要翻译哪些作品、采用什么样的翻译原则和策略，主要根据译者的翻译兴趣和读者的阅读兴趣。正如扎拉嘎先生所言："文学翻译从来就是具有深厚文化内容的活动。翻译了哪些作品，没有翻译哪些作品，这反映了一个民族在接受另一个民族文化时的选择性。每个民族，通常首先翻译自己最喜欢的作品，也就是说与本民族审美要求最接近的作品。那种将文学翻译活动仅仅看作被动接受影响的观点，是不符合实际的。"[①]由于卓索图盟和喀尔喀的库伦地理位置不同，两个地区了解和接受汉族文化的程度也不同。卓索图盟由于离中原较近而且该地区较早进入蒙汉杂居状态，在日常蒙古语会话中经常掺入大量的音译汉语词汇。这样的生活现象影响了该地区译者的文学翻译，在该地区问世的蒙译本中也较多地运用音译的汉语词汇。而喀尔喀的库伦离中原较远，对于中原民风民情了解得不太深，这一特点使得当地翻译的蒙译本中音译汉语词汇较少，但误译却比较多。《水浒传》正是在这一时期被蒙古族文人翻译成蒙古文，在蒙古聚居地区广泛传播，不仅丰富了蒙古族读者的文学欣赏内容，同时也向蒙古族读者介绍了中原风土人情、宗教信仰、伦理道德和社会生活等诸多方面的内容。

众所周知，《水浒传》是中国古典文学四大名著之一，是一部在中国文学史上产生过重要影响的小说。《水浒传》自问世以来一直受到国内外读者的喜爱。"从18世纪中叶开始，《水

① 郎樱、扎拉嘎主编：《汉文小说满文古旧译本书目述略——兼与蒙古文译本书目比较》，载《中国各民族文学关系研究》（元明清卷），贵州人民出版社，2005年，第281—282页。

浒传》陆续译入日本、朝鲜、越南等周边国家，并对各国的文学创作产生了不小的影响。19世纪起，《水浒传》又相继被译成法文、英文、拉丁文、德文和俄文等，在西方广泛传播。”① 除了这些国外译本之外，在国内也有《水浒传》满文译本、蒙古文译本、藏文译本等，这些译本不仅丰富了译入语国家地区读者的文学鉴赏内容，而且对译入语国家地区的文学创作产生了深远的影响，与此同时，也对中原地区汉族文化的传播起到重要的推动作用。

蒙译本《水浒传》主要以手抄本的形式在蒙古地区广泛传播，影响了当时蒙古族读者，也在一定程度上影响了文人的创作。这一时期是蒙古族文学欣赏和创作逐渐从蒙古民间文学为主体向书面文学为主体的转变时期。蒙古族文人在很大程度上受到民间艺人在说唱故事时的即兴改编故事内容的影响，在具体翻译过程中，或多或少地对原著进行增删改写，使得译本具有了部分再创造性。蒙古族文人在蒙译《水浒传》的过程中，在基本内容情节忠于原著的前提下，还对原著进行了诸多改写，注入了相当多的游牧文化因素，使得译本更接近于本民族的文化，易于被当时广大蒙古族读者接受，从而推动译本在蒙古地区的传播和接受。

长期以来，中外学者对《水浒传》在国外的翻译与流传情况极为关注，写了诸多相关的研究论著，其研究已相当成熟。而国内少数民族译本的研究还没有进入成熟阶段，系统研究的相关论著并不多见，基于这点，本人在攻读博士学位期间，在导师扎拉嘎先生的指导下，对现收藏于蒙古国国家图书馆的《水浒传》蒙译本进行研究，撰写出博士学位论文《喀尔喀蒙译本〈水浒传〉研究》。在论文中主要对喀尔喀译本与原著进

① 吴永昇、郑锦怀：《〈水浒传〉百年英译的描述研究及其修辞启示》，《宁夏大学学报》（人文社会科学版）2017年第4期。

行比较，从而探讨了译本的“蒙古化”。现呈现给读者的《清代蒙译本〈水浒传〉研究》是在博士论文的基础上，进一步囊括了清代其他译本，以清代蒙译本《水浒传》为研究对象，一方面从版本、故事情节的增删改写及人物形象的“蒙古化”等方面对译本进行详细的分析研究，进一步将译本与原著进行比较研究，从而探讨蒙译本的“创造性叛逆”，即“蒙古化”，进而论证蒙汉文化的差异；另一方面从故事情节的增删改写程度和语言词汇的运用等方面对喀尔喀译本和内蒙古译本进行比较研究，详细分析其异同，从而论证译本的地域性特点。

一部优秀的文学作品主要靠其译本在其他民族地区传播并被其他民族读者所接受，从而在一定程度上影响该民族的文学创作。这就决定了译本的重要性，中外学者历来都很重视译本在传播原著文本内容、文化精神层面上的重要性，正如美国比较文学学家约瑟夫·T·肖所说：“一部作品在被翻译之前，在本民族传统中为它找到适当的文体、形式和词汇之前，仍不真正属于这个民族的传统。作品经过翻译，经常会有些人为的更动，也会有一些释义，然而在吸收和传递文学影响方面，译作却有着特殊的作用。直接影响往往产生于译作而不是原作。”[①]

本书在几经修改之后，今天终于要交给出版社了。心里忐忑不安，唯恐错误百出，愧对我恩师扎拉嘎先生的教诲，愧对一直支持帮助过我的亲朋好友。

---

① 云峰著：《蒙汉文学关系史》，新疆人民出版社，1997年4月，第241页。

目　录

绪　论 ……………………………………………………………001

第一章　清代蒙古地区汉文小说蒙译活动概观 ……………011

第一节　清代喀尔喀蒙古地区与中原关系概述 …………011
第二节　清代蒙古地区汉文小说蒙译活动概观 …………013

第二章　《水浒传》蒙译本版本研究 ……………………………021

第一节　《水浒传》百回本与百二十回本比较 …………021
第二节　《水浒传》蒙译本版本研究 ………………………024

第三章　蒙译本《水浒传》增删改写研究 ……………………049

第一节　蒙译本《水浒传》删节内容研究 …………………050
第二节　蒙译本《水浒传》改写内容研究 …………………069
第三节　蒙译本《水浒传》增加内容研究 …………………088

第四章　人物形象比较研究 ………………………………………098

第一节　林冲形象比较 ……………………………………………099
第二节　鲁智深形象比较 …………………………………………109
第三节　武松形象比较 ……………………………………………117

第五章　喀尔喀译本与内蒙古译本的比较研究 ……128

第一节　增删改写比较 ……128

第二节　语言词汇比较 ……139

结　论 ……147

附　录 ……150

参考文献 ……231

后　记 ……239

蒙古文内容提要及目录 …… 241

《中国蒙古学文库》已经出版书目 …… 247

绪 论

《水浒传》诞生数百年来，虽然得到过学术界褒贬不一的评价，但是它的文学名著地位始终未动摇。《水浒传》以它动人心弦的故事情节和不朽的艺术魅力紧紧地扣住了广大读者的心，也得到了研究者们的普遍关注。在国内，《水浒传》不仅受到汉族读者和研究群体的喜爱和重视，而且也颇受少数民族读者和研究群体的喜爱和重视。正因为如此，在清代，《水浒传》曾多次被蒙古族文人翻译成蒙古文，并在蒙古族地区广泛流传。《水浒传》蒙古文译本在蒙古地区的广泛流传，一方面推动了汉族文化（中原文化）在蒙古地区的传播，另一方面对蒙古族文化生活和文学欣赏活动产生了深远的影响。

一、选题来源

在清代，大量的汉文小说被翻译成蒙古文，并在蒙古地区广为流传，颇受蒙古族读者的喜爱，《水浒传》也正是在这一时期被翻译成蒙古文的。《水浒传》的蒙古文译本，既有内蒙古译本[①]也有喀尔喀译本[②]。内蒙古译本也有8种不同的译本，琶杰、毛依罕等蒙古族著名的民间艺人也曾用说唱文的形

① “内蒙古译本”指的是现收藏于我国境内各图书馆的手抄本，除了收藏于内蒙古各大图书馆的手抄本之外，还包括收藏于民族出版社资料室的手抄本和辽宁省喀喇沁左翼蒙古族自治县档案馆的手抄本。

② “喀尔喀译本”是指收藏于蒙古国国家图书馆的手抄本。

式在民间说唱《水浒传》中的故事，由此可见，当时《水浒传》的确很受蒙古族读者喜爱。蒙古族读者喜爱《水浒传》与它接近于蒙古英雄史诗的故事情节和人物形象大有关系。“鲁智深倒拔垂杨柳”“鲁智深拳打镇关西”“武松景阳冈打虎”“武松醉打蒋门神”等故事情节在蒙古地区已是妇孺皆知。

纵览当时翻译的汉文小说蒙古文译本，不难发现其中蕴含的一些规律性现象，即在蒙古文译本中都存在着对汉文原著不同程度的增删改写，即创造性的改写。译者为迎合蒙古族读者的需求，在没有忠实于原著的情况下，对其做了大幅改写，因此在蒙古地区极受欢迎。

《水浒传》的蒙译本也如此，尤其是喀尔喀译本《水浒传》的译者对汉文原著进行了大量的改写和部分地删节，除此之外还加写了一部分内容。译者们为了适应当时蒙古族接受群体的实际情况和他们的审美情趣，对一些不被当时蒙古族读者所理解的内容，或不符合蒙古族审美心理的一些内容进行删节或改写，并且还做了一定的增补。“这些改写和补写的情节，体现着译者对小说故事的独特理解和发挥，代表着译者对小说中人物形象的重新认识和重新塑造，具有部分再创造的性质，从而显示出翻译者的文学创作萌动。”[①]而这些进行增删改写的部分也体现了蒙、汉两个民族的文学、文化和审美方面的差异。一个民族的文化不仅与周边其他民族文化之间既有联系，又有不可否认的差异，而且在同一个民族文化之内，也存在着地域性差异。因此我们可以说，喀尔喀译本《水浒传》与汉文原著之间出现的差异反映出蒙、汉两个民族之间的文化差异，而喀尔喀译本与内蒙古译本之间存在的差异则体现出蒙古族文化的地域性特点。

① 扎拉嘎著：《比较文学：文学平行本质的比较研究——清代蒙汉文学关系论稿》，内蒙古教育出版社，2002年12月，第56页。

虽然学术界一直以来非常重视对汉文小说蒙译本的研究，肯定汉文小说蒙古文译本在蒙古地区传播后对蒙古族文化生活和文学发展所产生的深远影响，但以往学者们主要围绕《三国演义》《红楼梦》《西游记》等汉文小说的蒙古文译本展开研究，而研究《水浒传》蒙古文译本的学者为数不多。其中，具有代表性的研究成果有中国社会科学院少数民族文学所研究员扎拉嘎先生撰著的《比较文学：文学平行本质的比较研究——清代蒙汉文学关系论稿》。该书中，作者用很大的篇幅对汉文小说蒙古文译本进行了具体研究。该书的出版，拓展了对汉文小说蒙古文译本与汉文原著之间开展比较研究的领域。尤其是该书的《阿日那与他的蒙译本〈西游记〉》《〈水浒传〉蒙译本二种比较》《乌兰巴托蒙译本〈今古奇观〉研究》等篇章，从多角度、多侧面对汉文原著与蒙古文译本进行比较研究，从而归纳出清代汉文小说蒙古文译本的一些规律性特征。由于深受这些文章的观点的影响以及这项研究的重要性和它目前的薄弱性，笔者开始关注这一研究领域并对此进行系统的研究。

二、选题意义

《水浒传》描写北宋末年以宋江为首的108个好汉在梁山泊聚义、接受招安及招安之后四处征战最后全军覆没的故事，从而反映出中国古代的社会思潮、当时中原地区的生活习俗等方面。该书的作者所运用的语言也包含了各种文化因素，为了让蒙古族读者了解到其中所有的字面意思和内涵意义，以及小说中所描绘的中原地区的各种生活画面和文化符号，译者采取了一些不忠实于原著的翻译方法与策略，为了迎合蒙古族读者的阅读喜好和审美心理而选择的翻译方法与策略是值得进行探讨与研究的。

首先，翻译文学是比较文学研究的特殊对象。许多资深的比较文学学者，曾经多次在他们的著作和论文中提出并强调

“翻译文学是比较文学研究的特殊对象”这一观点。王向远在《比较文学学科新论》一书中曾经提出：“由于‘文学翻译’是一种跨语言、跨文化的文学活动，‘翻译文学’则是不同语言、不同文化体系的文学之间传播与沟通的桥梁，因此，翻译文学又理所当然地属于比较文学研究的对象。”①乐黛云等在《比较文学原理新编》中也曾提出：“在异质文化之间文学互补、互证、互识的过程中，语言的翻译是非常重要的问题，它不仅决定着跨文化文学交往的质量，而且译作本身形成了独特的文学体系，也是比较文学研究不可或缺的重要组成部分……由于翻译是不同民族文学之间交流的必由之路，以跨文化文学研究为己任的，比较文学理所当然从一开始就十分重视翻译研究。20世纪30年代前后，翻译研究已发展成为比较文学的一个自成体系的被称为‘译介学’或‘媒介学’的不可或缺的分支。”②一部经典的文学作品不仅以它恒久的艺术魅力影响本民族的读者，而且也主要通过它的译著在异域文化中得到传播，影响其他民族的读者，从而加深民族之间的文学与文化交流。正因如此，笔者认为对《水浒传》蒙译本与汉文原著之间所做的比较研究是一项有意义的工作。这种多侧面、多角度的研究，不仅可以丰富比较文学研究，也有利于促进比较文学研究的发展。

其次，扎拉嘎先生在从事多年蒙汉文学比较研究实践的基础上撰写的《比较文学：文学平行本质的比较研究——清代蒙汉文学关系论稿》一书中，站在哲学的高度，为比较文学提出了一种新的定义，即比较文学是研究文学平行本质相互关系及其发展规律的一门学科。书中论证了文学平行本质的基本单元

---

① 王向远：《比较文学学科新论》，江西教育出版社，2002年3月，第207—208页。

② 乐黛云、陈跃红、王宇根、张辉：《比较文学原理新编》，北京大学出版社，1998年8月，第27—28页。

就是民族文学，民族文学关系研究是比较文学研究的主要内容。中国是个多民族的国家，55个少数民族和汉族共同缔造了中华民族的历史，也缔造了中华民族的文学。中国各个民族的文学是在相互影响和相互促进中发展起来的。在中国各民族文学史上，汉族文学相对于少数民族文学，经常处于比较先进和发达的状态。因此，汉族文学往往影响其他少数民族文学，但这种影响不是单方面的，而是相互的。也就是说，在中国各民族文学关系发展史上，汉族文学不仅影响和促进少数民族文学的发展，而且也吸收众多少数民族文学的营养，促进自身的发展。在清代，蒙古族文人把大量的汉文小说翻译成蒙古文，向广大蒙古族读者传播内地文学与文化，这在当时不仅加深了蒙汉文学、文化的交流，而且也促进了蒙古族文学的发展。在"比较文学是研究文学平行本质相互关系及其发展规律的一门学科"这一理论指导下，对《水浒传》蒙译本进行系统研究，不仅丰富了蒙汉文学关系研究这一课题，同时也进一步论证了"比较文学是研究文学平行本质相互关系及其发展规律的一门学科"这一科学的观点。

再次，经过创造性改动之后的《水浒传》蒙译本与汉文原著之间、喀尔喀译本与内蒙古译本之间存在着多种可比性。这些可比性内容的存在，促使研究者们对此进行比较研究。多年来学者们对原著与译著进行比较研究，有了一定学术基础，但其研究仍然很薄弱，缺乏对人物形象、故事情节、译著的版本等进行系统的研究，因而这方面的相关论著甚少。译者为了迎合蒙古族普通读者的阅读喜好和审美心理而进行的诸多增删改写的内容，使得这些蒙古文译本具有了某些"蒙古化"特色。通过对文本进行系统、认真的比较研究，进而探讨《水浒传》蒙译本的"蒙古化"问题，对蒙汉文学、文化关系研究的系统化和完善具有重要的意义。这项研究对蒙汉文学关系教学与《水浒传》蒙古文译本的教学也具有参考性意义。

另外，将蒙译本《水浒传》置于蒙汉两个不同的民族文化背景中进行比较研究，通过分析蒙古文译本中出现的各种增删改写的内容，探讨蒙、汉两个民族之间的文化差异，进一步了解《水浒传》在被蒙古族读者接受的过程中，在蒙古地区传播过程中出现的一系列原文化现象的扭曲及其产生的原因，促进蒙、汉两个民族的文学、文化交流，从而也促进文学翻译实践与理论研究发展。

三、蒙译本《水浒传》研究概况

《水浒传》是中国文学史上第一部用白话文写成的长篇小说。人物语言各具特色，人物形象个性鲜明，是一部受到国内外读者喜爱的中国古典长篇小说。在国外，《水浒传》很早被翻译成英、法、德、日、意大利等多国语言，对于这些语言的译本的研究在国内外也很早就已经开始，到目前已经很成熟了。在国内，《水浒传》也得到了少数民族读者的喜爱，清代就已经出现多种蒙译版本，最初以手抄本的形式，后又以民间艺人口头传诵的方式在蒙古地区流传。到了20世纪80年代，出现了铅印版本的蒙译本《水浒传》，拓宽了译本的传播。国内外对于蒙译本《水浒传》的研究则相对较晚，而且也只涉及对于手抄本的介绍，或是对译本的某些现象做了些简要的研究，全面系统研究的论著甚少。

（一）国内研究概况

1979年，由内蒙古和北京有关单位联合编辑出版的《全国蒙文古旧图书资料联合目录》中介绍了《水浒传》蒙译本手抄本的相关信息。1999年，在乌林西拉主编的《中国蒙古文古籍总目》中，分别介绍了蒙译本《水浒传》的八种手抄本，在该书中，编者明确指出了每部手抄本的基本信息及收藏单位，为研究者的检索和使用提供了很大的便利。

在国内，蒙译本《水浒传》的研究起步较晚。一直到2000

年，才发表了一些有关该项研究的文章。

1. 扎拉嘎先生的《清季蒙译本〈水浒传〉二种述略》[1]，是站在比较文学的角度，对《水浒传》的汉文原著与蒙古文译本进行比较研究的一篇经典论述。第一，该文章对内蒙古译本的关于林冲误入白虎堂及在发配途中的一些细节描写和鲁智深大闹野猪林等细节描写的改写和删节进行认真、系统的分析研究，从而总结出内蒙古译本是一部进行大删和部分改写的译本。该文章由于篇幅的局限没能对大量的删节和改写部分做出详细的研究。第二，由于资料的不足，作者只对喀尔喀译本第二十二回《横海郡柴进留宾　景阳冈武松打虎》[2]的改写和删节部分做比较研究，并参照国外学者的研究，得出如下结论，即喀尔喀译本《水浒传》也是一部进行增删改写的译本。文章未能具体系统地研究喀尔喀译本中的大量细节描写和人物形象、词汇等。第三，作者在文章中对喀尔喀译本和内蒙古译本的底本问题提出了自己的看法。即内蒙古译本的汉文底本是汉文繁本系统的百回本；喀尔喀译本的底本是金圣叹批本《第五才子书施耐庵水浒传》七十回本。第四，基于喀尔喀译本的第二十二回与内蒙古译本的第二十二回的比较研究，指出在故事情节的改写和对特殊词汇的翻译方面，两个译本之间存在较多差异，这些差异在一定程度上反映出了蒙古文化的地域性特点。由于资料不足，作者未能展开更深入的研究。

总之，该文章对汉文原著与蒙古文译本之间的异同做了些概述性的研究，而没有对蒙古文译本的故事情节、细节描写、人物形象等进行更深入的比较研究，未对译本的版本、大量的

① 《民族文学研究》2000年第1期。

② 策·达木丁苏荣编：《蒙古古代文学一百篇》（第四册），内蒙古人民出版社，1979年9月，第1579—1589页。

细节改写等进行详细系统的研究。

2. 苏赫、赵永铣、梁一儒、扎拉嘎主编的《蒙古族文学史》（内蒙古人民文学出版社，2000年12月）中，也介绍过《水浒传》蒙古文译本，并对此进行了比较研究。

（二）国外研究概况

《蒙古人民共和国科学院图书馆亚洲书库藏蒙古文抄写和印刷本图书总目编录（1）》与《八世哲布尊丹巴蒙古文手抄本藏书》中简要介绍了《水浒传》的蒙古文译本。

1. 蒙古国学者额·图门吉日嘎拉在他撰写的《宋朝凉（梁）山的故事》（ᠰᠦᠩ ᠴᠤᠤ ᠶᠢᠨ ᠯᠢᠶᠠᠩ ᠱᠠᠨ ᠤ ᠦᠯᠢᠭᠡᠷ）[1]中，从“关于作者和作品的主题”“作品概要”“关于蒙古文译本”等几个方面介绍喀尔喀译本《水浒传》。

额·图门吉日嘎拉在该文中也谈到了喀尔喀译本《水浒传》汉文底本的问题。他在该文中提到：“《宋朝凉（梁）山的故事》七十回蒙译本结束于卢俊义的‘惊恶梦’。由此可见，蒙古文译本是以金圣叹的七十回本作为底本的。”他在该文中也举出几个例子说明喀尔喀译本是个经过增删改写的译本，并对一些故事情节进行了初步的研究。书中还提到蒙古国国家图书馆里藏有另一种《水浒传》蒙古文译本，这一蒙古文译本是个残本，现存1—24回、32—35回，并提及该蒙古文译本可能是19世纪的译作。同时他也指出两个蒙古文译本的内容有相差的地方，并举了两个例子，但没有对此进行系统的分析。

在该文的最后，他肯定了《水浒传》蒙古文译本给蒙古族读者带来的深远影响。他说：“将《宋朝凉（梁）山的故事》翻译成蒙古文，有利于蒙古族读者深刻了解汉族历史和汉族人

---

① 策·达木丁苏荣、戈·扎木苏荣扎卜等编：《蒙古文学概要（十九世纪）》（转写本），内蒙古人民出版社，1989年转写本，第450—485页。

民英勇事迹，这是不容置疑的。”

2. 策·达木丁苏荣在《蒙古古代文学一百篇》（第四册）中，编入喀尔喀译本《水浒传》第二十二回《横海郡柴进留宾 景阳冈武松打虎》及蒙古族民间艺人琶杰说唱的“横海郡柴进留宾 景阳冈武松打虎”这部分内容。在其后面的注释中提到《水浒传》是中国经典小说，作者是施耐庵，《水浒传》曾几次被翻译成蒙古文，但始终未出版。并且也提及尹湛纳希长兄古拉兰萨曾翻译过《水浒传》这一信息。

综上所述，《水浒传》蒙古文译本研究，得到了国内外研究者的普遍关注，但其研究仍处于初级阶段，有待进一步深入系统地研究。

四、研究方法

《水浒传》的蒙译者并不是完全按照原著的内容进行翻译的，而是根据自己的理解和蒙古族大多数读者的阅读喜好及审美心理，对汉文原著进行了相当多的增删改写。蒙译本《水浒传》是一部与汉文原著有着多种可比性的译本。正因为如此，我们有必要对蒙译本《水浒传》和汉文原著之间做比较研究，分析和总结两者之间的异同，从而探讨产生这种异同的文化根源。具体研究方法如下：

（一）文本细读法。深入作品内部，反复阅读文本，找出蒙古文译本与汉文原著之间的不同之处。在具体操作上，首先，从汉文原著入手，对原著的故事情节、人物形象和词汇进行详细而系统的分析。其次，对译本的故事情节、人物形象和词汇运用等诸多方面进行详细而系统的分析，从而找出蒙古文译本中的增删改写的内容。

（二）比较法。按照比较文学的基本原理，从蒙古文译本中的诸多增删改写内容中选取可比性例证为自己的论证提供具有说服力的论据。并对此进行认真的研究，探讨译者为什么会采取这些增删改写的翻译方法，这些增删改写所反映的文化内涵是什么，这些增删改写有没有其规律性等一系列问题，由此循序渐进地达到本文所设计的研究目的。

第一章　清代蒙古地区汉文小说蒙译活动概观

清代是蒙古翻译史上的“黄金时代”。在清代，除了《四书》《资治通鉴》《大辽史》《金史》《大元史》等儒家经典和正史类作品被译成蒙古文之外，还有大量的文学作品，如吴承恩的《西游记》、施耐庵的《水浒传》、罗贯中的《三国演义》、曹雪芹的《红楼梦》、蒲松龄的《聊斋志异》以及《金瓶梅》《今古奇观》等汉文小说都被翻译成蒙古文，在蒙古地区广泛流传。这些汉文小说的蒙译本在很大程度上满足了广大蒙古族读者的文学欣赏需求和了解中原文化的需求。

第一节　清代喀尔喀蒙古地区与中原关系概述

清朝建立之后，为了使喀尔喀蒙古地区成为自己的管辖之地，采取了多种措施，逐渐实现对喀尔喀蒙古地区的统治。清朝在乌兰布通大败噶尔丹之后，于1691年5月在多伦诺尔举行盛会庆祝将喀尔喀蒙古地区纳入清朝版图范围。从此以后，喀尔喀蒙古地区也像内蒙古地区一样，成为清朝的直接管辖地。喀尔喀蒙古地区归顺清朝政府后，和中原的往来日益频繁，在政治、经济和文化等方面有了紧密的联系。

清朝政府对喀尔喀蒙古地区实行隔离政策，严禁内蒙古地区和中原的上层阶级及普通民众去喀尔喀蒙古或卫拉特等地经商，而对来到中原地区经商的喀尔喀蒙古地区的人征收税款。喀尔喀蒙古地区归顺清朝政府之后，清廷仍严禁汉族商人在喀尔喀蒙古地区居住，阻止大批汉族流民到喀尔喀蒙古地区开垦种地，但中后期这一政策开始松弛了，因此喀尔喀蒙古族地区蒙古族与中原地区汉族之间的往来日益频繁起来。喀尔喀蒙古族和中原地区汉族之间多年的传统商业往来发生了根本性的变化，即从喀尔喀蒙古地区的蒙古族到中原边界经商发展到汉族商人到喀尔喀蒙古地区经商，与此同时，汉族农民渐渐进入喀尔喀蒙古地区，开始开垦种地。"18世纪末，到喀尔喀蒙古各旗县经商的商人数量越来越多，根据库伦官员1799年的奏文，当时商人们在车臣汗、土谢图汗的40余个旗县和哲布尊丹巴呼图克图管辖的17个旗县内经商。这些商人在指定地区经商，长年不回故乡。按照清朝政府的律法，这些商人只能搭帐篷居住，但大多数人已搭蒙古包，有些地区甚至盖起了房屋，不仅如此，他们与蒙古族妇女结婚，生儿育女，过起了定居生活。"① 这在一定程度上反映出当时喀尔喀蒙古地区与中原地区之间商业往来的发展。

当时除了汉族商人之外，还有大量的农民、手工业者到喀尔喀蒙古地区。这些农民和手工业者对喀尔喀蒙古地区的农业发展和手工业发展起到了积极的作用。许多汉族商人以经商为名进入喀尔喀蒙古地区，实际上在蒙古地区开垦种地，过着定居生活。汉族农民进入喀尔喀蒙古地区之前，喀尔喀蒙古地区与中原地区的农产品交易主要在蒙汉交界处进行，自从中原汉族农民来喀尔喀蒙古地区开垦种地后，蒙古人不用再走很远的路去买农产品，而在自己的家乡就能买到这些农产品，这在很

---

① 舍·纳楚克道尔吉著：《喀尔喀历史》（蒙古文），斯琴高娃、克斯克阿日达扎布转写，内蒙古教育出版社，1997年3月，第248页。

大程度上方便了当地的牧民。随着中原地区农民进入喀尔喀蒙古地区开垦种地，不少中原地区的手工业者也进入了喀尔喀蒙古地区，他们制造一些日常用品卖给当地的蒙古族人民。中原地区手工业者进入喀尔喀蒙古地区，对喀尔喀蒙古地区手工业的发展起到了推动性作用。

当时，随着喀尔喀蒙古地区的蒙古族和中原地区的商业、农业和手工业者往来日益频繁，两地的文学和文化交流也得到了前所未有的发展。其中，汉文小说的蒙译活动尤为突出。

第二节　清代蒙古地区汉文小说蒙译活动概观

清代是蒙古族翻译汉文小说的黄金时期，纵观清代的汉文作品蒙译活动，大致可以分为三个时期。即17世纪初期至18世纪中叶为第一时期，18世纪中叶至19世纪初期为第二时期，19世纪初至20世纪初为第三时期。尤其是在19世纪涌现出了一大批精通汉文的蒙古族文人，蒙译汉文经典作品的数量超出了之前任何一个世纪。

喀尔喀蒙古地区及周边地区的汉文小说蒙译活动，集中在第三时期的后半期，即19世纪末至20世纪初，曾经蒙译过《今古奇观》《水浒传》《金瓶梅》《钟国母传》《和番缘》等许多汉文小说。喀尔喀蒙古地区汉文小说蒙译活动曾经得到一些蒙古王公，乃至喀尔喀蒙古政教首领第八世哲布尊丹巴呼图克图的支持。喀尔喀蒙古地区汉文小说蒙译活动，具有集体合作的特点。产生这一特点的主要原因是，在喀尔喀蒙古地区兼通蒙汉文的文人相对内蒙古地区少一些，所以他们往往在一个高水平译者的组织和指导下，进行集体翻译活动。因此在同一蒙译本中出现前后译文参差不齐或对同一问题前后处理方式不同等问题。如乌兰巴托蒙古文译本《今古奇观》[①]就不是出自同一位译者之手，而是多人合作翻译的译本，因此在该译本中，有大量的因对汉族历史把握程度不同而出现的前后矛盾的内容。喀尔喀译本《水浒传》也是一部集体合作翻译的译本，在该译本手抄本书末明确记载该译本的译者："五品顶戴先生王生吾即乌力吉图、臣宰桑巴勒登策林毕力格图、朝格巴达拉胡贺策英胡等蒙译。"

在蒙古族文人们的共同努力之下，诸多汉族经典文学作品被翻译成蒙古文，并在喀尔喀蒙古地区广泛流传，在一定程度上满足了当时喀尔喀地区蒙古大众的文学欣赏需求。喀尔喀蒙古地区的蒙古族文人不仅自己投身于翻译事业，而且也大量地传抄在内蒙古地区翻译的汉文小说的蒙译本，向喀尔喀蒙古地区的读者介绍汉族文学作品和文化传统，为当地蒙古族了解中原汉族文化和文学起到了推动作用。这些作品，无论是在喀尔喀蒙古地区被翻译成蒙古文的，还是在内蒙古地区被翻译成蒙古文后再流传到喀尔喀蒙古地区的，在一定程度上都能反映出当时汉文小说的确很受喀尔喀蒙古地区蒙古族读者的喜爱。

在《蒙古人民共和国科学院图书馆亚洲书库藏蒙古文抄写与印刷本图书总目录（1）》（以下简称《蒙古国国家图书馆书目》）中，分成历史类、文学类、法律类、语文类、医学类、地理与财经类、哲学与宗教类、其他类等8个类别介绍蒙古国国家图书馆收藏的蒙古文古代抄写本与印刷本。其中古代文学类的抄写本与印刷本共有122种，这122种文学类作品中明确标明原著文字不是蒙古文的作品有73种，在这73种译本中从汉文翻译过来的有64种（其中有同一汉文小说的不同译本），从满文翻译成蒙古文的有3种，从藏文翻译成蒙古文的有4

① 本文中的乌兰巴托蒙古文译本《今古奇观》，是指蒙古国乌兰巴托国家图书馆藏本，1959年由蒙古国科学与高等教育部出版社出版该译本。

种，从俄文翻译成蒙古文的有2种。此外，注明原著是蒙古文的有12种，没有明确记载原著是什么文字的有37种，从书名判断，其中有11种作品可能是描写汉族历史人物或记载某一朝代兴亡的历史等内容的。

综上所述，在蒙古国国家图书馆收藏的蒙古文抄写本与印刷本中，从不同文字翻译成蒙古文的译本占多数，而其中又以汉文小说蒙译本为主，约占译著整体的90%。由此我们可以得出如下结论：包括译者和读者在内的蒙古族群众，对汉族文学作品有着浓厚的兴趣，汉文小说的蒙译本在当时已成为蒙古族文学鉴赏活动中不可或缺的组成部分，丰富了当时众多蒙古族读者的阅读内容。

蒙古族文人面对汉族各类著作，翻译哪些著作，采用什么样的翻译原则和方法，主要根据翻译者的兴趣和读者的兴趣。在某种程度上可以说，翻译了哪些作品，没有翻译哪些作品，则正好反映了一个民族在接受另一个民族文化影响时的选择性。对于译者而言，通常首先选择翻译那些自己最喜爱的作品，也就是说，翻译那些最接近本民族审美情趣的作品。英雄史诗的文化传统，使蒙古族文人在翻译汉族文学作品时，首先选择诸如《三国演义》《水浒传》《西游记》《封神演义》等具有英雄传奇色彩的小说，以及《施公案》《济公传》等公案侠义小说。这些小说中善恶对峙的故事内容、粗犷的艺术风格，与蒙古族古代审美风尚更为接近。《蒙古国国家图书馆书目》中介绍的汉文小说蒙译本的基本情况可以反映出这一问题。

《蒙古国国家图书馆书目》中介绍的汉文小说蒙译本的基本情况如下：

1.《今古奇观》，汉（原著文字——笔者加注，下同），3册，1077页，抄本，一种文学作品。

2.《施公案》，汉（原著文字），75册，7487页，抄本，康熙年间汉族人施公断案的记载。

3.《三侠五义》，汉（原著文字），24册，985页，抄本，一种汉文文学作品。

4.《钟妃传》，汉（原著文字），3册，883页，抄本，一种汉文文学作品。

5.《金瓶梅》，汉（原著文字），40册，2600页，抄本，创作于11世纪，一种汉文文学作品，内容为告诫人们不能贪色。

6.《五美缘》，汉（原著文字），12册，625页，抄本，是一部描写一个人的家史的汉文文学作品。

7.《绿牡丹》，汉（原著文字），6册，329页，抄本，是一部描写一个人的家史的汉文文学作品。

8.《二度梅》，汉（原著文字），8册，213页，抄本，是一部描写一个人的家史的汉文文学作品。

9.《红楼梦》，汉（原著文字），10册，375页，抄本，是一部写四大家族兴衰史的汉文文学作品。

10.《聊斋志异》，汉（原著文字），12册，545页，抄本，一种文学作品。

11.《济公传》[①]，汉（原著文字），234册，20915页，抄本，一种文学作品。

12.《圣禅会》[②]，汉（原著文字），109册，6243页，抄本，一种文学作品。

13.《列国志》，汉（原著文字），20册，1190页，抄本，记载周国灭亡后成十八国的历史事件。

14.《唐朝粉妆楼》，汉（原著文字），8册，387页，抄本，一种汉文文学作品。

15.《西汉演义》，汉（原著文字），10册，1248页，抄

① 在《蒙古国国家图书馆书目》中，还有另一种蒙古文译本《济公传》，汉（原著文字），80册，8241页，抄本，原文中注明的是一种文学作品。

② 在《蒙古国国家图书馆书目》中，还有另一种蒙古文译本《圣禅会》，汉（原著文字），9册，551页，抄本，原文中注明的是一种文学作品。

本，记载秦国灭亡、汉朝建立的历史。

16.《东汉演义》，汉（原著文字），10册，487页，抄本，记载篡夺汉朝皇位的王莽的灭亡。

17.《封神演义》，汉（原著文字），20册，1463页，抄本，创作于公元前2100年，描写了姜子牙辅佐周文王、周武王伐纣、斩将封神的故事，一种文学作品。

18.《大唐罗通扫北》，汉（原著文字），10册，170页，抄本，记载了7世纪唐朝平定北方一个国家的历史故事。

19.《升仙传》，汉（原著文字），4册，422页，抄本，一种汉文文学作品。

20.《兴唐传》，汉（原著文字），9册，905页，抄本，一种汉文文学作品。

21.《五毒传即张天师镇压五毒妖史》，汉（原著文字），14册，1415页，抄本，一种文学作品。

22.《小五义》，汉（原著文字），6册，176页，抄本，一种汉文文学作品。

23.《锋剑春秋》，汉（原著文字），1册，26页，抄本，秦始皇战七国的历史。

24.《和番缘》，汉（原著文字），1册，97页，抄本，一种汉文文学作品。

25.《英烈传》，汉（原著文字），1册，133页，抄本，一种汉文文学作品。

26.《禅真逸史即梁朝史》，汉（原著文字），1册，536页，抄本，一种汉文文学作品。

27.《水浒传》，汉（原著文字），4册，162页，抄本，一种汉文文学作品。

28.《小五义》[1]，汉（原著文字），4册，160页，抄本，

---

①《小五义》共有两种不同的蒙译本。

一种汉文文学作品。

29.《平山冷燕》，汉（原著文字），3册，133页，抄本，一种汉文文学作品。

30.《合映楼》，汉（原著文字），1册，118页，抄本，一种汉文文学作品。

31.《唐僧西游记》，汉（原著文字），2册，918页，抄本，一种汉文文学作品。

32.《唐宋传》，汉（原著文字），5册，157页，抄本，一种汉文文学作品。

《蒙古国国家图书馆书目》将《苦喜传》《全家福》《尚尧传》《契僻传》和《平北传》等书也列入汉文小说蒙译本中。如今，学者们普遍认为《苦喜传》《全家福》《尚尧传》《契僻传》和《平北传》不是汉文小说的蒙古文译本，而是由蒙古族作者在借鉴和接受汉文同类故事的前提下，根据本民族审美心理创作出来的蒙古族文学中不可或缺的组成部分[①]，笔者也赞同这一观点，因此在本文当中未列入统计范围之内。除此之外，还有十余种作品由于从书名难以辨认是从什么文字翻译而来的，因此也没有列入统计。

---

① 在清代蒙汉文学关系史上，著名的系列长篇故事本子新作“五传”，具有举足轻重的地位。“五传”也称作“唐五传”或“说唐五传”，包括《苦喜传》《全家福》《尚尧传》《契僻传》《羌胡传》等五部长篇故事本子新作。五部故事本子新作，在故事情节方面各自成篇，具有相对独立性，又前后承接。是生活在蒙古地区的作者，以约百年间的唐朝兴衰的故事为题材创作的长篇大作。其中包含着大大小小的诸多战争故事，以及朝廷忠臣与奸臣斗争的故事。这些故事并无史实根据，是作者在深受汉文“说唐”故事影响的基础上，从蒙古族审美理想出发，仿照汉文“说唐”故事，借鉴甚至择取清代流传的各类汉文讲史演义和公案类小说的细节，经过艺术虚构再创作出来的。扎拉嘎先生在《比较文学：文学平行本质的比较研究——清代蒙汉文学关系论稿》一书中，将《平北传》称为“蒙古族花木兰的故事”。作者通过几个典型的例证说明《平北传》不是一部汉文小说蒙译本，而是一部在汉族有关花木兰的诗词、戏剧、曲艺、小说、民间故事的基础上，从蒙古族审美心理出发，创作出来的具有蒙古族特色的故事。

以上，被列入统计的汉文小说蒙古文译本中除了《五毒传即张天师镇压五毒妖史》《锋剑春秋》《平山冷燕》《合映楼》《禅真逸史即梁朝史》《英烈传》之外，其他26种均在我国《全国蒙文古旧图书资料联合目录》和《中国蒙古文古籍总目》中有记载，即内蒙古地区亦有其蒙译本。这一数量说明当时内蒙古和喀尔喀地区在选择翻译哪些汉文小说方面几乎没有太大的区别。

上述蒙译本共计32种。其中《施公案》《三侠五义》《钟妃传》《聊斋志异》《济公传》《圣禅会》《列国志》《唐朝粉妆楼》《西汉演义》《东汉演义》《封神演义》《大唐罗通扫北》《升仙传》《兴唐传》《五毒传即张天师镇压五毒妖史》《小五义》(4册)、《小五义》(6册)、《锋剑春秋》《英烈传》《禅真逸史即梁朝史》《水浒传》(《宋朝凉山的故事》)、《唐僧西游记》《唐宋传》等作品属于演义公案类，共计23种；《今古奇观》《金瓶梅》《五美缘》《绿牡丹》《二度梅》《红楼梦》《和番缘》《平山冷燕》《合映楼》等作品属于世俗言情类，共计9种。

比较以上两种类型，很明显演义公案类小说占据了绝大多数。在32种汉文小说蒙古文译本中，演义公案类有23部，而言情世俗类只有9部，不到演义公案类的1/2。两者之间的这一差距，反映出当时喀尔喀蒙古地区的蒙古族译者们普遍喜爱那些情节粗犷的故事和性格豪放的英雄人物，充分体现出当时蒙古族的文学鉴赏主要以民间文学为主，因此蒙古族文人在翻译汉文小说时，也主要选择接近于蒙古族民间文学，尤其是接近于蒙古英雄史诗的作品，以适应当时大多数读者的审美心理，从而使译本得到蒙古民众的喜爱并在蒙古地区得以广泛传播。

这些演义公案类小说，当时能够在喀尔喀地区受欢迎，翻译成蒙古文，被艺人说唱，直到被搬上舞台，正说明那时的汉族文化在喀尔喀地区已经产生广泛的影响。除此之外，《今古奇观》《金瓶梅》《五美缘》《绿牡丹》《二度梅》《红楼梦》《和番缘》《平山冷燕》《合映楼》等作品也被翻译成蒙古文，在喀尔喀蒙古地区流传，说明当时喀尔喀蒙古地区的蒙古族对汉族文化的吸收已经从相互类同的演义公案类故事拓展到文化氛围大不相同的市民生活故事。这种文化视野的拓展，对当时喀尔喀蒙古地区蒙古文学与文化的发展起到了积极的推动作用。

第二章　《水浒传》蒙译本版本研究

毋庸置疑，蒙译本《水浒传》对当时蒙古族了解内地文学和文化起到了举足轻重的作用。近些年随着学术研究突飞猛进的发展，《水浒传》蒙古文译本也得到了广大学者们的普遍关注。“从理论上讲，版本研究是文本研究的基础，文本研究是版本研究的目的——研究者一般都不难认同这样的大道理。”[①]也就是说，版本研究在整个文本研究中起到关键作用。在本章，笔者试图通过阅读现存蒙古文诸手抄本，认真分析与汉文原著之间的关系，从而探讨蒙古文诸版本与汉文原著之间的对应关系，即初步考证蒙译本诸版本所对应的汉文底本，以便为今后的研究提供可参考的文献资料。

第一节　《水浒传》百回本与百二十回本比较

《水浒传》汉文原著的版本研究早已得到学术界的关注，学者们不断发表论著各抒己见，迄今已硕果累累。如海雪的论文《〈水浒〉版本简介》（1975年）、刘世德的论文《谈〈水浒传〉映雪草堂刊本的底本——〈水浒传〉版本探索之一》

① 陈维昭：《〈红楼梦〉版本与〈红楼梦〉文本——沟通版本研究与文本研究》，《红楼梦学刊》2002年第4期。

（1985年）、王珏的《〈水浒传〉版本之谜》（1996年）、侯会的《〈水浒传〉版本浅说》（1998年）、张杰的《初论〈水浒传〉简本与繁本的关系》（1998年）、顾关元的论文《〈水浒传〉的三种版本》（2003年）、齐裕焜的《〈水浒传〉不同繁本系统之比较》（2011年）、何心的《水浒研究》（专著）等文章从不同的角度介绍了《水浒传》汉文原著的版本的诸多问题。

《水浒传》汉文版本极为复杂。可以分为繁本和简本两个系统。繁本系统又可分为百回本、百二十回本和七十回本。现存繁本有《京本忠义水浒传》（一百回）、《忠义水浒传》（一百回）、《李卓吾先生批评忠义水浒传》（一百回）、《新镌李氏藏本忠义水浒传》（百二十回）、《第五才子书施耐庵水浒传》（七十回）等；简本系统有《新刊京本全像插增田虎王庆忠义水浒传》《京本增补校正全像忠义水浒传志传评林》等不同版本流传至今。本文之所以选择百回本和百二十回本进行比较，是因为：一、根据扎拉嘎先生文章中所提到的"'内蒙古译本'不包括征讨田虎和王庆的故事，由此可以确认它是译自汉文繁本系统的百回本，并非源于汉文简本系统，其删节和改定亦出于译者之笔"[①]这一观点，没有把简本系统作为本文研究对象。二、因为七十回本的内容（除了第七十回"惊恶梦"的内容外）基本与《水浒传》百回本和百二十回本相同，因此本文也没有对七十回本做具体的研究。

一、回目比较

《水浒传》汉文原著的百回本[②]和百二十回本[③]之间有6回的回目是不相同的（见下表）。

---

① 扎拉嘎著：《比较文学：文学平行本质的比较研究——清代蒙汉文学关系论稿》，内蒙古教育出版社，2002年12月。

② 施耐庵、罗贯中著：《水浒全传》，上海人民出版社，1975年9月。

③ 施耐庵、罗贯中著：《水浒传》，人民文学出版社，1975年10月。

序号	回数	百回本	百二十回本
1	第二十六回	郓哥大闹授官厅 武松斗杀西门庆	偷骨殖何九叔送丧 供人头武二郎设祭
2	第三十七回	没遮拦追赶及时雨 船火儿夜闹浔阳江	没遮拦追赶及时雨 船火儿大闹浔阳江
3	第五十回	吴学究双用连环计 宋公明三打祝家庄	吴学究双掌连环计 宋公明三打祝家庄
4	第七十五回	活阎罗倒船偷御酒 黑旋风扯诏谤徽宗	活阎罗倒船偷御酒 黑旋风扯诏骂钦差
5	第八十一回	燕青月夜遇道君 戴宗定计赚萧让	燕青月夜遇道君 戴宗定计出乐和
6	第九十回	五台山宋江参禅 双林渡燕青射雁	五台山宋江参禅 双林镇燕青遇故

二、故事情节的比较

百回本和百二十回本不仅回目有差别之处，而且故事情节和回中诗词也有很多不同之处。就故事情节而言，众所周知，百回本没有征田虎和王庆之内容，百二十回本则有这一内容。此外还有两处不同值得一提：

其一，第二十回《梁山泊义士尊晁盖 郓城县月夜走刘唐》后半回的内容有所不同。

百回本的第二十回的后半回，写刘唐受晁盖、吴用等梁山泊众头领之托，带些金银去见宋江，以酬谢宋江的救命之恩。宋江只收了一条金子，并再三嘱咐刘唐要多加小心。

百二十回本后半回，先写做媒的王婆带着阎婆找宋江讨一具棺材安葬阎公，不久又将阎婆之女阎婆惜嫁给宋江做妾，后因宋江不近女色，疏远了阎婆惜，阎婆惜也另找了宋江之同僚押司张文远寻欢作乐。（在百回本里，这一段内容是第二十一回《虔婆醉打唐牛儿 宋江怒杀阎婆惜》的前半回的内容。）

在此内容之后才写刘唐来找宋江这一内容。

其二，百二十回本，从第九十一回起插入征田虎、王庆的故事，因此，不仅第九十回下半回回目不同于百回本第九十回下半回回目，而且百回本和百二十回本第九十回下半回的内容也不相同。

百回本第九十回下半回的内容：在破辽回京的路上，燕青射雁，宋江见燕青射这些“仁、义、礼、智、信”五常俱备的禽，联想到众兄弟之间的情谊，感慨万分，写了一首词。众英雄回京朝见天子，蔡京和童贯奏天子，封宋江为保义郎，封卢俊义为宣武郎，吴用等34名好汉被加封正将军，朱武等72名好汉被加封偏将军。公孙胜辞别众英雄好汉回山。之后的日子里，宋江等在朝廷受气。众好汉虽起反心，但碍于宋江的面子，没人敢动。后来得知江南方腊造反，宋江等好汉领兵征剿方腊。

百二十回本第九十回下半回的内容：在破辽回京的路上，燕青遇见故友许贯忠，许贯忠在闲聊之时，慨叹“当今奸邪当道，妒贤嫉能，如鬼如蜮的，都是峨冠博带；忠良正直的，尽被牢笼陷害”，并提醒燕青“功成名就之日，也宜寻个退步”。燕青与许贯忠作别后，回京与众好汉一起朝见天子，天子见众将英雄，龙颜大喜，特命省院官员计议封爵，蔡京和童贯迟迟未商议封爵之事。在该回结尾处写戴宗和石秀在酒店遇见一位送信的公人，为下回征田虎之事埋下伏笔。

第二节　《水浒传》蒙译本版本研究

《水浒传》蒙古文译本的版本有“内蒙古译本”和“喀尔

喀译本”两大系统[①]。据《中国蒙古文古籍总目》上介绍，“内蒙古译本”分别收藏于民族出版社资料室、内蒙古师范大学图书馆、内蒙古大学图书馆、赤峰市民族事务委员会古籍办公室[②]、内蒙古社会科学院图书馆、辽宁省喀喇沁左旗蒙古族自治县档案馆和内蒙古图书馆。“喀尔喀译本”有1种。无论是在词汇运用方面，还是在对原著的内容进行增删改写方面，“内蒙古译本”和“喀尔喀译本”之间都存在着诸多差异。“内蒙古译本”和“喀尔喀译本”中存在的差异在一定程度上能反映出蒙古文化的地域性特点。

“内蒙古译本”，最初是以手抄本的形式在民间广为流传，后来由民间艺人琶杰、毛依罕、悉尼尼格等以说唱的方式，在民间广泛说唱《水浒传》的故事，直至20世纪70年代中后期，内蒙古语言文学历史研究所将藏于内蒙古社会科学院图书馆的手抄本整理出版发行。这一铅印本的问世在很大程度上拓宽了《水浒传》蒙古文译本的流传领域，为众多蒙古族读者提供了阅读的机会。虽然在此之前也有一部开鲁蒙古文学会石印本，但是从石印本现存情况来看，当时的流传领域并不太

---

① 这里的“内蒙古译本”指的是现收藏于中国境内各图书馆的手抄本，除了包括收藏于内蒙古各大图书馆的手抄本之外，还包括收藏于民族出版社资料室的手抄本和辽宁省喀喇沁左翼蒙古族自治县档案馆的手抄本。“喀尔喀译本”是指收藏于蒙古国国家图书馆的手抄本。

② 笔者于2006年6月曾去与内蒙古赤峰市民族事务委员会古籍办公室的有关人员联系，欲查阅古籍办公室所藏《水浒传》蒙古文译本手抄本，但是管理人员说，他们古籍办公室没有《水浒传》蒙古文译本的手抄本。当笔者提到《中国蒙古文古籍总目》里明确记载的时候，他们说当时可能是弄错了，他们古籍办公室根本没有《水浒传》蒙古文译本手抄本。所以一直到现在，笔者也没能看到《中国蒙古文古籍总目》里所记载的收藏于内蒙古赤峰市民族事务委员会古籍办公室的手抄本。

广[1]。在从原著到译著，从手抄本到说唱艺术，再到铅印本的发行这一漫长的岁月中，《水浒传》始终以它诱人的故事情节和不朽的人物形象吸引着众多蒙古族的读者和研究群体。

一、内蒙古译本版本研究

通过比较得知，《水浒传》百回本和百二十回本的第二十六回、第三十七回、第五十回、第七十五回、第八十一回、第九十回的回目不同，故事情节和回中诗词的内容也有多处不同。笔者从这些不同的回目、不同的情节与不同的诗词入手，对照内蒙古译本诸手抄本的回目、故事情节、诗词内容，是与百回本相对应，还是与百二十回本相对应，从而初步考证蒙古文译本诸版本的汉文底本。

蒙古族文人翻译《水浒传》时所运用的翻译策略之一，就是将原著中大量的诗词删去不译，只翻译了其中很少一部分的诗词内容。笔者从内蒙古译本诸手抄本中的诗词着手，从原著中找出与这些诗词相对应的诗词，对照内蒙古译本中的这些诗词，是与百回本中的诗词相对应，还是与百二十回本中的诗词相对应，从而进一步探讨《水浒传》蒙古文版本与汉文版本之间的对应性。

（一）藏于内蒙古社会科学院图书馆的手抄本（简称“内蒙古译本1”[2]）

将“内蒙古译本1”的第二十六回、第三十七回、第五十

---

① 现该石印本在内蒙古图书馆藏有两册，是残本，现存第一回至第三十五回的完整内容和第三十六回的一小部分内容。内蒙古其他各图书馆里均没有此石印本，到现在为止，民间也没有发现此本。如果流传领域广或流传状况较好的话，应该从其他地方找到一些蛛丝马迹，可是到现在为止，笔者没有发现其他关于此本的任何信息，故此得出以上结论。

② “内蒙古译本1”为清末年间的手抄本（毛笔书写），现存1—24册、26—40册，共39册，是线装本。此抄本的字迹清晰，语句通畅，用满文记载人名和地名。

回、第七十五回、第八十一回、第九十回的回目与百回本和百二十回本相应的回目对照如下：

序号	回数	百回本	百二十回本	内蒙古译本1
1	第二十六回	郓哥大闹授官厅 武松斗杀西门庆	偷骨殖何九叔送丧 供人头武二郎设祭	偷骨殖何九叔送丧 供人头武二郎设祭
2	第三十七回	没遮拦追赶及时雨 船火儿夜闹浔阳江	没遮拦追赶及时雨 船火儿大闹浔阳江	没遮拦追赶及时雨 船火儿大闹浔阳江
3	第五十回	吴学究双用连环计 宋公明三打祝家庄	吴学究双掌连环计 宋公明三打祝家庄	吴学究教秘计征战 宋江三打祝家庄
4	第七十五回	活阎罗倒船偷御酒 黑旋风扯诏谤徽宗	活阎罗倒船偷御酒 黑旋风扯诏骂钦差	活阎罗倒船偷御酒 黑旋风扯诏骂钦差
5	第八十一回	燕青月夜遇道君 戴宗定计赚萧让	燕青月夜遇道君 戴宗定计出乐和	燕青月夜遇道君 戴宗定计出乐和、萧让
6	第九十回	五台山宋江参禅 双林渡燕青射雁	五台山宋江参禅 双林镇燕青遇故	五台山宋江参禅 双林渡燕青射雁

“内蒙古译本1”的第二十回《梁山泊义士尊晁盖　郓城县月夜走刘唐》的后半回内容与百二十回本相同，即先写做媒的王婆带着阎婆找宋江讨一具棺材安葬阎公，不久又将阎婆之女阎婆惜嫁给宋江做妾，后因宋江不近女色，疏远了阎婆惜，阎婆惜也另找了宋江之同僚押司张文远寻欢作乐。（在百回本里，这一段是第二十一回《虔婆醉打唐牛儿　宋江怒杀阎婆惜》前半回的内容。）在此内容之后，才写刘唐来找宋江这部分内容。

该回结束时，有一人从宋江的背后叫住了他，在百回本里，这个人是做媒的王婆，而在百二十回本里，此人是阎婆。“内蒙古译本1”里，这人是阎婆，这与百二十回本相一致。

该手抄本第九十回的回目与百回本第九十回的回目完全一样，即《五台山宋江参禅　双林渡燕青射雁》，笔者经过逐字对照发现，其内容也与百回本第九十回的内容相一致。即在破辽回京的路上，燕青射雁，宋江见燕青射这些“仁、义、礼、智、信”五常俱备的禽，联想到众兄弟之间的情谊，感慨万分，写了一首词。众英雄回京朝见天子，蔡京和童贯奏天子封宋江为保义郎、卢俊义为宣武郎，吴用等34人加封正将军，朱武等72人加封偏将军。公孙胜辞别众英雄好汉回山。宋江等在朝廷受气，众好汉虽起反心，但碍于宋江的面子，没人敢动。后来得知江南方腊造反，宋江等好汉领兵征剿。

对照“内蒙古译本1”、百回本和百二十回本的诗词，发现下列四处相对应的例子，其四处皆与百二十回本的内容相一致（见下表）。

序号	回数	百回本	百二十回本	内蒙古译本1
1	第十五回	人称立地太岁， 果然混世魔王。	休言村里一渔人， 便是人间真太岁。	与百二十回本的内容相一致
2	第十五回	面皮上常有些笑容， 心窝里深藏着鸩毒。	面上虽有些笑容， 眉间却带着杀气。	
3	第二十四回	从来男女不同筵， 卖俏迎奸最可怜。 不独文君奔司马， 西门庆亦偶金莲。	从来男女不同筵， 卖俏迎奸最可怜。 不记都头昔日语， 犬儿今已到篱边。	
4	第二十五回	云情雨意两绸缪， 恋色迷花不肯休。 毕竟难逃天地眼， 武松还砍二人头。	恋色迷花不肯休， 机谋只望永绸缪。 谁知武二刀头毒， 更比砒霜狠一筹。	

根据上列表格发现：一、“内蒙古译本1”的第二十回《梁山泊义士尊晁盖　郓城县月夜走刘唐》的内容与百二十回本相一致，而第九十回的内容与百回本相一致。二、翻译出来的诗词则全部与百二十回本一致。三、“内蒙古译本1”的第二十六回、第三十七回、第七十五回的回目与百二十回本相同。第九十回的回目与百回本相同。第八十一回的回目是百回本和百二十回本的总合。第五十回的回目既有别于百回本，也不同于百二十回本。

结合以上信息，笔者认为译者在翻译《水浒传》时可能同时接触过汉文原著的百回本和百二十回本，在具体翻译的时候也有过些许的混淆，但“内蒙古译本1”的大部分内容还是和百二十回本一致，所以笔者认为“内蒙古译本1”的底本是百二十回本《水浒传》。

（二）藏于内蒙古师范大学图书馆的手抄本（简称“内蒙古译本2”①）

“内蒙古译本2”可谓是“内蒙古译本”中最有特点的抄本。与其他抄本不同的是，该抄本基本上把原著中的诗词全部都翻译成了蒙古文，另外该抄本没有使用标点符号，没有划分自然段。

上面已谈过，百回本和百二十回本有六回的回目不相同，那么在“内蒙古译本2”现存各回中，与之相对应的有第二十六回和第三十七回，经对照发现第二十六回的回目与百二十回本相同，第三十七回的回目与百回本相同（见下表）。

序号	回数	百回本	百二十回本	内蒙古译本2
1	第二十六回	郓哥大闹授官厅 武松斗杀西门庆	偷骨殖何九叔送丧 供人头武二郎设祭	偷骨殖何九叔送丧 供人头武二郎设祭
2	第三十七回	没遮拦追赶及时雨 船火儿夜闹浔阳江	没遮拦追赶及时雨 船火儿大闹浔阳江	没遮拦追赶及时雨 船火儿夜闹浔阳江

①“内蒙古译本2”为清末年间的手抄本（毛笔书写），现存6册（3函）。该抄本为残本，现存第九回—第十二回、第二十五回—第三十回、第三十六回—第三十九回、第四十四回—第四十七回、第五十二回—第五十五回等二十二回。三函中确实共有6册书，但笔者进行核对发现其中5册是《水浒传》蒙译本的手抄本，另一册则并不是《水浒传》蒙译本的手抄本。导致这一差错的原因可能有以下两种：其一，该图书馆收藏的《水浒传》蒙译本的手抄本确实有6册，有可能在整理时误把其中的一本与其他书调换了；其二，应有5册，当编入《中国蒙古文古籍总目》时，因没能进行仔细阅读和核对，把一本原本不是讲述《水浒传》故事内容的书也包括在其中。笔者经仔细对照和核对，发现现存的二十二回内容一回不少地都在五册当中，因此可以肯定，导致这种差错的原因可能是后者。

笔者通过认真对照，将百回本和百二十回本里不同的诗词与“内蒙古译本2”相对应的诗词做对照，发现17个相对应的例子（见下表）。

<table>
<tr><th>序号</th><th>回数</th><th>回目</th><th>百回本</th><th>百二十回本</th><th>内蒙古译本2</th></tr>
<tr><td>1</td><td>第十回</td><td>林教头风雪山神庙陆虞候火烧草料场</td><td>凛凛严凝雾气昏，
空中祥瑞降纷纷。
须臾四野难分路，
顷刻千山不见痕。
银世界，玉乾坤，
望中隐隐接昆仑。
若还下到三更后，
仿佛填平玉帝门。</td><td>天理昭昭不可诬，
莫将奸恶作良图。
若非风雪沽村酒，
定被焚烧化朽枯。
自谓冥中施计毒，
谁知暗里有神扶。
最怜万死逃生地，
真是魁奇伟丈夫。</td><td rowspan="2">与百二十回本内容相一致</td></tr>
<tr><td>2</td><td>第十一回</td><td>朱贵水亭施号箭林冲雪夜上梁山</td><td>银迷草舍，
玉映茅檐。
数十株老树杈枒，
三五处小窗关闭。
疏荆篱落，
浑如腻粉轻铺；
黄土绕墙，
却似铅华布就。
千团柳絮飘帘幕，
万片鹅毛舞酒旗。</td><td>天丁震怒，
掀翻银海，
散乱珠箔。
六出奇花飞滚滚，
平填了山中丘壑。
皓虎癫狂，
素麟猖獗，
掣断珍珠索。
玉龙酣战，
鳞甲满天飘落。
谁念万里关山，
征夫僵立，
缟带沾旗脚。
色映戈矛，
光摇剑戟，
杀气横戎幕。
貔虎豪雄，
偏裨英勇，
共与谈兵略。
须拚一醉，
看取碧空寥廓。</td></tr>
</table>

续表

序号	回数	回目	百回本	百二十回本	内蒙古译本2
3	第三十八回	及时雨会神行太保 黑旋风斗浪里白跳	黑熊般一身粗肉，铁牛似遍体顽皮。交加一字赤黄眉，双眼赤丝乱系。怒发浑如铁刷，狰狞好似狻猊。天蓬恶煞下云梯。李逵真勇悍，人号铁牛儿。	家住沂州翠岭东，杀人放火恣行凶。不搽煤墨浑身黑，似着朱砂两眼红。闲向溪边磨巨斧，闷来岩畔斫乔松。力如牛猛坚如铁，撼地摇天黑旋风。	与百二十回本内容相一致
4	第三十九回	浔阳楼宋江吟反诗 梁山泊戴宗传假信	仿佛浑如驾雾，依稀好似腾云。如飞两脚荡红尘，越岭登山去紧。顷刻才离乡镇，片时又过州城。金钱甲马果通神，万里如同眼近。	仿佛浑如驾雾，依稀好似腾云。如飞两脚荡红尘，越岭登山去紧。顷刻才离乡镇，片时又过州城。金钱甲马果通神，千里如同眼近。	与百二十回本内容相一致
5	第四十四回	锦豹子小径逢戴宗 病关索长街遇石秀	没有与此相对应的内容	豪杰遭逢信有因，连环钩锁共相寻。汉廷将相由屠钓，莫怪梁山错用心。	与百二十回本内容相一致
6	第四十四回	锦豹子小径逢戴宗 病关索长街遇石秀	黑鬒鬒鬓儿，细弯弯眉儿，光溜溜眼儿，香喷喷口儿，直隆隆鼻儿，红乳乳腮儿，粉莹莹脸儿，轻袅袅身儿，玉纤纤手儿，一捻捻腰儿，软胧胧肚儿，翘尖尖脚儿，花簇簇鞋儿，肉奶奶胸儿，白生生腿儿。	没有与此相对应的内容	与百回本内容相一致

续表

序号	回数	回目	百回本	百二十回本	内蒙古译本2
6	第四十四回	锦豹子小径逢戴宗 病关索长街遇石秀	二八佳人体似酥， 腰间仗剑斩愚夫。 虽然不见人头落， 暗里教君骨髓枯。	没有与此相应的内容	与百回本内容相一致
7	第四十五回	杨雄醉骂潘巧云 石秀智杀裴如海	没有与此相对应的内容	朝看释迦经， 暮念华严咒。 种瓜还得瓜， 种豆还得豆。 经咒本慈悲， 冤结如何救？ 照见本来心， 方便多竟究。 心地若无私， 何用求天祐？ 地狱与天堂， 作者还自受。	与百二十回本内容相一致
8	第四十五回	杨雄醉骂潘巧云 石秀智杀裴如海	一个青旋旋光头新剃， 把麝香松子匀擦； 一领黄烘烘直裰初缝， 使沉速栴檀香染。 山根鞋履， 是福州染到深青； 九缕丝绦， 系西地买来真紫。 那和尚光溜溜一双贼眼， 只睃趁施主娇娘； 这秃驴美甘甘满口甜言， 专说诱丧家少妇。 淫情发处， 草庵中去觅尼姑； 色胆动时， 方丈内来寻行者。 仰观神女思同寝， 每见嫦娥要讲欢。	一个青旋旋光头新剃， 把麝香松子匀搽； 一领黄烘烘直裰初缝， 使沉速栴檀香染。 山根鞋履， 是福州染到深青； 九缕丝绦， 系西地买来真紫。 光溜溜一双贼眼， 只睃趁施主娇娘； 美甘甘满口甜言， 专说诱丧家少妇。	与百回本内容相一致

续表

序号	回数	回目	百回本	百二十回本	内蒙古译本2
9	第四十五回	杨雄醉骂潘巧云 石秀智杀裴如海	班首轻狂，念佛号不知颠倒；阇黎没乱，诵真言岂顾高低。烧香行者，推倒花瓶；秉烛头陀，错拿香盒。宣名表白，大宋国称做大唐；忏罪沙弥，王押司念为押禁。动铙的望空便撇，打钹的落地不知。敲铦子软做一团，击响磬的酥做一块。满堂喧哄，绕席纵横。藏主心忙，击鼓错敲了徒弟手；维那眼乱，磬槌打破了老僧头。十年苦行一时休，万个金刚降不住。	没有与此相对应的内容	与百回本内容相一致
10	第四十五回	杨雄醉骂潘巧云 石秀智杀裴如海	不顾如来法教，难遵佛祖遗言。一个色胆歪斜，管甚丈夫利害；一个淫心荡漾，从他长老埋冤。这个气喘声嘶，却似牛齁柳影；那一个言娇语涩，浑如莺啭花间。一个耳边诉雨意云情，	没有与此相对应的内容	与百回本内容相一致

续表

序号	回数	回目	百回本	百二十回本	内蒙古译本2
10	第四十五回	杨雄醉骂潘巧云 石秀智杀裴如海	一个枕上说山盟海誓。阇黎房里，翻为快活道场；报恩寺中，反作极乐世界。可惜菩提甘露水，一朝倾在巧云中。	没有与此相对应的内容	与百回本内容相一致
11	第四十六回	病关索大闹翠屏山 拼命三火烧祝家庄	破戒沙门情最恶，终朝女色昏迷。头陀做作亦跷蹊。睡来同衾枕，死去不分离。小和尚片时狂性起，大和尚魄丧魂飞。长街上露出这些儿。只因胡道者，害了海阇黎。	淫行沙门招杀报，暗中不爽分毫。头陀尸首亦蹊跷，一丝真不挂，立地吃屠刀。大和尚此时精血丧，小和尚昨夜风骚。空门里刎颈见相交，拚死争同穴，残生送两条。	与百二十回本内容相一致
12	第四十七回	扑天雕双修生死书 宋公明一打祝家庄	怪眼圆睁谁敢近，神眉剔竖果难当。生来长在中山府，鬼脸英雄性最刚。	面貌天生本异常，怒时古怪更难当。三分不像人模样，一似酆都焦面王。	与百二十回本内容相一致
13	第四十七回	扑天雕双修生死书 宋公明一打祝家庄	头戴缕金凤翅荷叶盔，身穿连环锁子梅花甲。腰悬一副弓和箭，手执二件刀与枪。马额下红缨如血染，宝镫边气焰似云霞。	头戴缕金荷叶盔，身穿锁子梅花甲，腰悬锦袋弓和箭，手执纯钢刀与枪。马额下垂照地红缨，人面上生撞天杀气	与百二十回本内容相一致
14	第四十七回	扑天雕双修生死书 宋公明一打祝家庄	攘鸡无赖笑时迁，被捉遭刑不可言。骚动宋江诸煞曜，三庄迅扫作平川。	软弱安身之本，刚强惹祸之胎。无争无竞是贤才，亏我些儿何碍！钝斧锤砖易碎，快刀劈水难开。但看发白齿牙衰，惟有舌根不坏。	与百二十回本内容相一致

续表

序号	回数	回目	百回本	百二十回本	内蒙古译本2
15	第五十二回	李逵打死殷天锡 柴进失陷高唐州	没有与此相对应的内容	脂唇粉面毒如蛇，铁卷金书空里花。可怪祖宗能让位，子孙犹不保身家。	与百二十回本内容相一致
16	第五十三回	戴宗智取公孙胜 李逵斧劈罗真人	李逵巨斧白如霜，惊得婆婆命欲亡。幸得戴宗来救护，公孙方肯出中堂。	药炉丹灶学神仙，遁迹深山了万缘。不是凶神来屋里，公孙安肯出堂前。	与百二十回本内容相一致
17	第五十五回	高太尉大兴三路兵 呼延灼摆布连环马	火砲落时城郭碎，烟云散处鬼神愁。轰天雷起驰风砲，凌振名闻四百州。	强火发时城郭碎，烟云散处鬼神愁。金轮子母轰天振，炮手名闻四百州。	与百二十回本内容相一致

从表格可以看出，“内蒙古译本2”中13首诗词内容与百二十回本的内容相一致，4首诗词内容与百回本的内容相一致，第二十六回的回目与百二十回本一致，第三十七回的回目与百回本一致。

同一回（如44、45回）的诗词既有与百回本一致的，也有与百二十回本一致的，由此可见译者在翻译时可能同时参阅了百回本和百二十回本。

（三）藏于内蒙古图书馆的手抄本①

1.“内蒙古译本3”

“内蒙古译本3”的第二十六回和第九十回的回目与百回本的回目相一致。

---

① 内蒙古图书馆收藏有两种《水浒传》蒙古文译本的手抄本和一种石印本。将这三个不同的版本分别简称为“内蒙古译本3”“内蒙古译本4”“内蒙古译本5”。在《中国蒙古文古籍总目》上只介绍了“内蒙古译本5”，即石印本，该石印本是由民国时期开鲁蒙文学会印刷，共有2册，现存第一回—第三十六回。“内蒙古译本3”是清末年间的抄本（毛笔书写），“内蒙古译本4”是“内蒙古译本3”的转抄本，用钢笔抄写在普通信纸上。

“内蒙古译本3”的诗词与百回本和百二十回本的不同诗词之间有如下对应的关系：

序号	回数	回目	百回本	百二十回本	内蒙古译本3
1	第二十五回	王婆计啜西门庆 淫妇药鸩武大郎	没有与此相对应的内容	三寸丁儿没干才，西门驴货甚雄哉！亲夫却教奸夫害，淫毒皆成一套来。	与百二十回本的内容相一致
2	第二十五回	王婆计啜西门庆 淫妇药鸩武大郎	云情雨意两绸缪，恋色迷花不肯休。毕竟难逃天地眼，武松还砍二人头。	恋色迷花不肯休，机谋只望永绸缪。谁知武二刀头毒，更比砒霜狠一筹。	与百二十回本的内容相一致
3	第四十五回	杨雄醉骂潘巧云 石秀智杀裴如海	那妇人道：“师兄，你关我在这里怎的？”这贼秃淫心荡漾，向前捧住那妇人，说道：“我把娘子十分爱慕，我为你下了两年心路。今日难得娘子到此，这个机会作成小僧则个！”那妇人又道：“我的老公不是好惹的，你却要骗我。倘若他得知，却不饶你。”和尚跪下道：“只是娘子可怜见小僧则个！”那妇人张着手，说道：“和尚家倒会缠人，我老大耳刮子打你！”和尚嘻嘻的笑着说道：“任从娘子打，只怕娘子闪了手。”那妇人淫心也动，便搂起和尚道：“我终不成真个打你。”和尚便抱住这妇人，向床前卸衣解带，共枕欢娱。	没有与此相对应的内容	与百回本的内容相一致

上面表格里三首相互对应的诗词中，两首与百二十回本的内容相一致。除此之外，“内蒙古译本3”还有两处与百二十回本相一致的内容。

该手抄本第二十回《梁山泊义士尊晁盖　郓城县月夜走刘唐》的后半回内容与百二十回本相同，即先写做媒的王婆带着阎婆找宋江讨一具棺材安葬阎公，不久又将阎婆之女阎婆惜嫁给宋江做妾，后因宋江不近女色，疏远了阎婆惜，阎婆惜也另找了宋江之同僚押司张文远寻欢作乐。（在百回本里这一段内容是第二十一回《虔婆醉打唐牛儿　宋江怒杀阎婆惜》的前半回的内容。）在此内容之后，才写刘唐来找宋江这一内容。

“内蒙古译本3”里叫住宋江的人是阎婆，这与百二十回本相一致。

第九十回的回目与百回本第九十回的回目完全一样，即《五台山宋江参禅　双林渡燕青射雁》，笔者经过逐字对照发现，其内容也与百回本第九十回的内容相一致。即在破辽回京的路上，燕青射雁，宋江见燕青射这些“仁、义、礼、智、信”五常俱备的禽，联想到众兄弟之间的情谊，感慨万分，写了一首词。众英雄回京朝见天子，蔡京和童贯奏天子封宋江为保义郎，封卢俊义为宣武郎，吴用等34人加封为正将军，朱武等72人加封为偏将军。公孙胜辞别众英雄好汉回山。宋江等在朝廷受气，众好汉虽起反心，但碍于宋江的面子，没人敢动。后来得知江南方腊造反，宋江等好汉领兵征剿。

从如上几处对应的内容，我们可以断定“内蒙古译本3”的底本很可能是百二十回本。

“内蒙古译本4”是“内蒙古译本3”的转抄本，因此不再进行分析，其结论与“内蒙古译本3”相同。

2.“内蒙古译本5”

“内蒙古译本5”相应的回目与百回本、百二十回本的回目之间的对应关系如下：

序号	回数	百回本	百二十回本	内蒙古译本5
1	第二十六回	郓哥大闹授官厅 武松斗杀西门庆	偷骨殖何九叔送丧 供人头武二郎设祭	偷骨殖何九叔送丧 供人头武二郎设祭
2	第三十七回	没遮拦追赶及时雨 船火儿夜闹浔阳江	没遮拦追赶及时雨 船火儿大闹浔阳江	没遮拦追赶及时雨 船火儿大闹浔阳江
3	第七十五回	活阎罗倒船偷御酒 黑旋风扯诏谤徽宗	活阎罗倒船偷御酒 黑旋风扯诏骂钦差	活阎罗倒船偷御酒 黑旋风扯诏骂钦差
4	第八十一回	燕青月夜遇道君 戴宗定计赚萧让	燕青月夜遇道君 戴宗定计出乐和	燕青月夜遇道君 戴宗定计出乐和
5	第九十回	五台山宋江参禅 双林渡燕青射雁	五台山宋江参禅 双林镇燕青遇故	五台山宋江参禅 双林渡燕青射雁

从上面的表格可以看出，五回当中，第二十六回、第三十七回、第七十五回、第八十一回这四回的回目与百二十回本相一致，而第九十回的回目与百回本相同。笔者进一步进行对照发现，第二十六回的回目在书前的总回目中标的是《偷骨殖何九叔送丧　供人头武二郎设祭》，但是在书中具体内容前标的是《郓哥大闹授官厅　武松斗杀西门庆》，与百回本一致。其他回的内容现已遗失，所以无法考证其书中正文前所标的回目是什么样的。

下面将再具体对照“内蒙古译本5”和百回本、百二十回本相应的诗词内容，以便进一步探讨其底本到底是百回本，还是百二十回本（见下表）。

序号	回数	回目	百回本	百二十回本	内蒙古译本5
1	第六回	九纹龙剪径赤松林 鲁智深火烧瓦罐寺	清长老接书，把来拆开看时，上面写道："智真和尚合掌白言贤弟清公大德禅师：不觉天长地隔，别颜睽远。虽南北分宗，千里同意。今有小浼：敝寺檀越赵员外剃度僧人智深，俗姓是延安府老种经略相公帐前提辖官鲁达，为因打死了人，情愿落发为僧。二次因醉，闹了僧堂，职事人不能和顺。特来上刹，万望作职事人员收录。幸甚！切不可推故。此僧久后正果非常，千万容留。珍重，珍重!"	清长老接书拆开看时，中间备细说着："鲁智深出家缘由，并今下山投托上刹之故；万望慈悲收录，做个职事人员，切不可推故。此僧久后必当正果。"	与百回本内容相一致
2	第十二回	梁山泊林冲落草 汴京城杨志卖刀	残雪初情，薄云方散。溪边踏一片寒冰，岸畔涌两条杀气。一上一下，似云中龙斗水中龙；一往一来，如岩下虎斗林下虎。一个是擎天白玉柱，一个是架海紫金梁。那个没些需破绽高低，这个有千般威风勇猛。一个尽气力望心窝对戳，一个弄精神向胁肋忙穿。架隔遮拦，却似马超逢翼德；盘旋点搠，浑如敬德战秦琼。斗来半晌没输赢，战到数番无胜败。果然巧笔画难成，便是鬼神须胆落。	没有相对应的内容	与百回本内容相一致
3	第十八回	美髯公智稳插翅虎 宋公明私放晁天王	有仁有义宋公明， 交结豪强秉志诚。 一旦阴谋皆外泄， 六人星火夜逃生。	义重轻他不义财， 奉天法网有时开。 剥民官府过于贼， 应为知交放贼来。	与百回本内容相一致

续表

序号	回数	回目	百回本	百二十回本	内蒙古译本5
4	第十八回	美髯公智稳插翅虎 宋公明私放晁天王	捕盗如何与盗通，只因仁义动其衷。都头已自开生路，观察焉能建大功。	捕盗如何与盗通，官赃应与盗赃同。莫疑官府能为盗，自有黄天不肯容。	与百回本内容相一致
5	第二十回	梁山泊义士尊晁盖 郓城县月夜走刘唐	水浒英锋不可当，黄安捕捉太诪张。战船人马俱亏损，更把何颜见故乡。	堪笑王伦妄自矜，庸才大任岂能胜。一从火并归新主，会见梁山事业新。	与百回本内容相一致
6	第第二十四回	王婆贪贿说风情 郓哥不忿闹茶肆	从来男女不同筵，卖俏迎奸最可怜。不独文君奔司马，西门庆亦偶金莲。	从来男女不同筵，卖俏迎奸最可怜。不记都头昔日语，犬儿今已到篱边。	与百二十回本内容相一致
7	第二十五回	王婆计啜西门庆 淫妇药鸩武大郎	没有与此相对应的内容	三寸丁儿没干才，西门驴货甚雄哉！亲夫却教奸夫害，淫毒皆成一套来。	与百二十回本内容相一致
8	第二十五回	王婆计啜西门庆 淫妇药鸩武大郎	云情雨意两绸缪，恋色迷花不肯休。毕竟难逃天地眼，武松还砍二人头。	恋色迷花不肯休，机谋只望永绸缪。谁知武二刀头毒，更比砒霜狠一筹。	与百二十回本内容相一致

“内蒙古译本5”第二十回后半回的内容与百回本第二十回后半回的内容相一致，即只有刘唐来找宋江的内容。

该回结尾处，从宋江的背后叫住他的人是做媒的王婆，与百回本是一致的。

第九十回的后半回的内容是燕青射雁，这也与百回本的内容相一致。

“内蒙古译本5”主要的故事情节和诗词内容都与百回本相一致，只有三首诗与百二十回本相同，因此笔者推断“内蒙古译本5”的汉文底本是百回本。

（四）藏于内蒙古大学图书馆的手抄本（简称“内蒙古译本6”[①]）

将百回本和百二十回本不相同的6个回目与“内蒙古译本6”中相应的回目进行对照，发现“内蒙古译本6”现存内容中，第二十六回和第五十回的回目与百回本的回目相同，第三十七回的回目与百二十回本第三十七回的回目相一致。具体内容见下表。

序号	回数	百回本	百二十回本	内蒙古译本6
1	第二十六回	郓哥大闹授官厅 武松斗杀西门庆	偷骨殖何九叔送丧 供人头武二郎设祭	郓哥大闹授官厅 武松斗杀西门庆
2	第三十七回	没遮拦追赶及时雨 船火儿夜闹浔阳江	没遮拦追赶及时雨 船火儿大闹浔阳江	没遮拦追赶及时雨 船火儿大闹浔阳江
3	第五十回	吴学究双用连环计 宋公明三打祝家庄	吴学究双掌连环计 宋公明三打祝家庄	吴学究双用连环计 宋公明三打祝家庄
4	第七十五回	活阎罗倒船偷御酒 黑旋风扯诏谤徽宗	活阎罗倒船偷御酒 黑旋风扯诏骂钦差	此部分内容已遗失
5	第八十一回	燕青月夜遇道君 戴宗定计赚萧让	燕青月夜遇道君 戴宗定计出乐和	此部分内容已遗失
6	第九十回	五台山宋江参禅 双林渡燕青射雁	五台山宋江参禅 双林镇燕青遇故	此部分内容已遗失

“内蒙古译本6”第二十回后半回的内容与百二十回本第二十回后半回的内容相一致，既有宋江与阎婆惜之间的故事，也有刘唐来找宋江的内容。“内蒙古译本6”里叫住宋江的人是阎婆，这与百二十回本也是一致的。

---

① “内蒙古译本6”为清末年间的手抄本（毛笔书写），现存12册（3函），用满文记载人名和地名。

第三十回《施恩三入死囚牢　武松大闹飞云浦》里，张督监为了陷害武松，设圈套在中秋节晚让人喊“后堂进贼”，之后武松的心理描写在百回本和百二十回本里稍有区别。

百回本里是这样描写武松当时的想法：

武松听得道：“督监相公如此爱我，又把花枝也似个女儿许我。他后堂内里有贼，我如何不去救护？”

百二十回本中无“又把花枝也似个女儿许我”这一内容。“内蒙古译本6”中也没有这一内容。笔者认为“内蒙古译本6”是以百二十回本为底本的，因此也正好无此内容。

综上所述，“内蒙古译本6”的汉文底本可能是百二十回本，而不像《中国蒙古文古籍总目》上所介绍的是百回本。

（五）藏于民族出版社资料室的手抄本（简称“内蒙古译本7”①）

将“内蒙古译本7”的回目与百回本和百二十回本相应的回目做比较（见下表）。

序号	回数	百回本	百二十回本	内蒙古译本7
1	第二十六回	郓哥大闹授官厅 武松斗杀西门庆	偷骨殖何九叔送丧 供人头武二郎设祭	郓哥大闹授官厅 武松斗杀西门庆
2	第三十七回	没遮拦追赶及时雨 船火儿夜闹浔阳江	没遮拦追赶及时雨 船火儿大闹浔阳江	没遮拦追赶及时雨 船火儿大闹浔阳江
3	第五十回	吴学究双用连环计 宋公明三打祝家庄	吴学究双掌连环计 宋公明三打祝家庄	没有此内容

① “内蒙古译本7”为清末年间的手抄本（毛笔书写），现存第3册、第5册和第7—40册，线装本。在该手抄本的第27册最后一页有抄录者（或者译者）所写的一段内容，大致意思如下：“光绪二十六年六月十九、二十、二十一三个夜晚，七月二十六、二十七、二十八共六个夜晚，点着香，没有熄灯，彻夜写。桌上放了五个饼和一杯白开水。晚上不能睡，如睡唯恐被俄罗斯人伤害。不能告知他人……”从这一内容判断，当时抄写（或翻译）《水浒传》还要防备着俄国人，原因还有待进一步探讨。

续表

序号	回数	百回本	百二十回本	内蒙古译本7
4	第七十五回	活阎罗倒船偷御酒 黑旋风扯诏谤徽宗	活阎罗倒船偷御酒 黑旋风扯诏骂钦差	活阎罗倒船偷御酒 黑旋风扯诏骂钦差
5	第八十一回	燕青月夜遇道君 戴宗定计赚萧让	燕青月夜遇道君 戴宗定计出乐和	燕青月夜遇道君 戴宗定计出乐和、萧让
6	第九十回	五台山宋江参禅 双林渡燕青射雁	五台山宋江参禅 双林镇燕青遇故	五台山宋江参禅 双林渡燕青射雁

第二十六回和第九十回的回目与百回本相一致，第三十七回和第七十五回的回目与百二十回本一相致，第八十一回的回目是百回本和百二十回本的整合。

“内蒙古译本7”中蒙译的诗词很少，蒙译的内容均为百回本和百二十回本相一致的诗词。

“内蒙古译本7”第二十回《梁山泊义士尊晁盖　郓城县月夜走刘唐》的后半回的内容与百回本一致；第九十回的后半回内容是燕青射雁的故事，这与百回本的内容相一致。

结合如上信息，笔者认为“内蒙古译本7”的底本是百回本。

（六）藏于辽宁省喀喇沁左旗蒙古族自治县档案馆的手抄本[①]（简称“内蒙古译本8”）

将“内蒙古译本8”的回目与百回本和百二十回本进行比较，结果如下（见下表）。

① 《中国蒙古文古籍总目》上介绍该档案馆还有另外一种民国时期的手抄本，该抄本为百二十回本。笔者到档案馆查阅资料时，工作人员介绍说：该馆只有清末年间的一种手抄本，没有《中国蒙古文古籍总目》上介绍的第二种手抄本。所以笔者没能查阅到该抄本。现有的抄本为清末年间抄写（毛笔书写），共20册，线装本，用满文记载人名和地名。

序号	回数	百回本	百二十回本	内蒙古译本8
1	第二十六回	郓哥大闹授官厅 武松斗杀西门庆	偷骨殖何九叔送丧 供人头武二郎设祭	偷骨殖何九叔送丧 供人头武二郎设祭
2	第三十七回	没遮拦追赶及时雨 船火儿夜闹浔阳江	没遮拦追赶及时雨 船火儿大闹浔阳江	没能查阅到该回内容
3	第五十回	吴学究双用连环计 宋公明三打祝家庄	吴学究双掌连环计 宋公明三打祝家庄	没能查阅到该回内容
4	第七十五回	活阎罗倒船偷御酒 黑旋风扯诏谤徽宗	活阎罗倒船偷御酒 黑旋风扯诏骂钦差	活阎罗倒船偷御酒 黑旋风扯诏骂钦差
5	第八十一回	燕青月夜遇道君 戴宗定计赚萧让	燕青月夜遇道君 戴宗定计出乐和	由于抄本严重破损，看不清该回回目
6	第九十回	五台山宋江参禅 双林渡燕青射雁	五台山宋江参禅 双林镇燕青遇故	没能查阅到该回内容

第二十六回和第七十五回的回目与百回本一致。

将“内蒙古译本8”的诗词与百回本和百二十回本对照(见表下)。

序号	回数	回目	百回本	百二十回本	内蒙古译本8
1	第二十一回	虔婆醉打唐牛儿 宋江怒杀阎婆惜	假意虚脾却似真， 花言巧语弄精神。 几多伶俐遭他陷， 死后应知拔舌根。	只要孤老不出门， 花言巧语弄精魂。 几多聪慧遭他陷， 死后应须拔舌根。	与百二十回本内容相一致
2	第九回	柴进门招天下客 林冲棒打洪教头	门迎黄道， 山接青龙。 万株桃绽武陵溪， 千树花开金谷苑。 聚贤堂上， 四时有不谢奇花； 百卉厅前， 八节赛长春佳景。 堂悬敕额金牌，	门迎黄道， 山接青龙。 万株桃绽武陵溪， 千树花开金谷苑。 聚贤堂上， 四时有不谢奇花； 百卉厅前， 八节赛长春佳景。 堂悬敕额金牌，	与百二十回本内容相一致

续表

序号	回数	回目	百回本	百二十回本	内蒙古译本8
3	第九回	柴进门招天下客 林冲棒打洪教头	家有誓书铁卷。 朱甍碧瓦， 掩映着九级高堂； 画栋雕梁， 真乃是三微精舍。 仗义疏财欺卓茂， 招贤纳士胜田文。	家有誓书铁卷。 朱甍碧瓦， 掩映着九级高堂； 画栋雕梁， 真乃是三微精舍。 不是当朝勋戚第， 也应前代帝王家。	与百二十回本内容相一致
4	第九回	柴进门招天下客 林冲棒打洪教头	门高墙壮， 地阔池深。 天王堂畔， 两行垂柳绿垂烟； 点视厅前， 一簇乔松青泼黛。 来往的， 尽是咬钉嚼铁汉； 出入的， 无非降龙缚虎人。 埋葬聂政荆轲士， 深隐专诸豫让徒。	门高墙壮， 地阔池深。 天王堂畔， 两行细柳绿如烟； 点视厅前， 一簇乔松青泼黛。 来往的， 尽是咬钉嚼铁汉； 出入的， 无非沥血剖肝人。	与百二十回本内容相一致

“内蒙古译本8”第二十回《梁山泊义士尊晁盖　郓城县月夜走刘唐》的后半回的内容与百二十回本一致，即先写做媒的王婆带着阎婆找宋江讨一具棺材安葬阎公，不久又将阎婆之女阎婆惜嫁给宋江做妾，后因宋江不近女色，疏远了阎婆惜，阎婆惜也另找了宋江之同僚押司张文远寻欢作乐。（在百回本里，这一段内容是第二十一回《虔婆醉打唐牛儿　宋江怒杀阎婆惜》的前半回的内容。）在此内容之后，才写刘唐来找宋江。

第十回《林教头风雪山神庙　陆虞候火烧草料场》有两首形容雪的诗。

第一首是：“凛凛严凝雾气昏，空中祥瑞降纷纷。须臾四野难分路，顷刻千山不见痕。银世界，玉乾坤，望中隐隐接昆仑。若还下到三更后，仿佛填平玉帝门。”

第二首是："广莫严风刮地，这雪儿下的正好。扯絮挦绵，裁几片大如栲栳。见林间竹屋茅茨，争些儿被他压倒。富室豪家，却言道压瘴犹嫌少。向的是兽炭红炉，穿的是绵衣絮袄。手捻梅花，唱道国家祥瑞，不念贫民些小。高卧有幽人，吟咏多诗草。"

百回本里第二首诗在前边，第一首诗在后边，而百二十回本中，则是第一首在前边，第二首在后边。"内蒙古译本 8"里两首诗都有，位置和百二十回本一致。

在百回本里，第十一回《朱贵水亭施号箭　林冲雪夜上梁山》开篇有一首诗："天丁震怒，掀翻银海，散乱朱箔。六出奇花飞滚滚，平填了山中丘壑。皓虎颠狂，素麟猖獗，掣断珍珠索。玉龙酣战，鳞甲满天飘落。谁念万里关山，征夫僵立，缟带沾旗脚。色映戈矛，光摇剑戟，杀气横戎幕。貔虎豪雄，偏裨英勇，共与谈兵略。须拚一醉，看取碧空寥廓。"

百二十回本中，该诗不在回前，而在回中。"内蒙古译本 8"里，该诗也在回中。

从以上诸多比较不难看出，"内蒙古译本 8"的汉文底本应该是百二十回本。

由于蒙古族文人在翻译《水浒传》之前就有可能已经阅读或了解了原著的百回本和百二十回本，因此在翻译时，也有可能同时参阅两个版本，从而出现"内蒙古译本"各手抄本中，同一个手抄本的内容有的与百回本一致，而有的与百二十回本一致的情况。这给确定"内蒙古译本"的汉文底本增加了很大的难度。

二、喀尔喀译本版本研究

喀尔喀译本《水浒传》现藏于蒙古国国家图书馆，是一部七十回本，把书名蒙译为《[Mongolian script]》，即

《宋朝凉山的故事》①。该译本的最终回为《忠义堂石碣受天文　梁山泊英雄惊恶梦》，由此可以推断，该译本是从金圣叹批评本《第五才子书施耐庵水浒传》翻译成蒙古文的②，该蒙译本中把“第五才子书”翻译成“[illegible]”，意思为“五个才子著的奇书”。译者把“第五”理解成“五个人”，把“才子书”理解成“奇书”了。该蒙译本的底本虽然是金圣叹批评本《第五才子书施耐庵水浒传》，但译者只把小说内容翻译成蒙古文，而把金圣叹的大量批语全部删节，对删节这些批语也没有做出任何解释说明。《蒙古人民共和国科学院图书馆亚洲书库藏蒙古文抄写和印刷本图书总目编录（1）》与《八世哲布尊丹巴蒙古文手抄本藏书》中，都简要介绍了该译本。在喀尔喀译本《水浒传》手抄本末详细记载了翻译年代、蒙译者和抄录者的姓名：“全译第五才子书，大清朝宣统元年仲夏月十三日吉日写毕。笔帖式喇嘛巴图尼戈塔毕力格图、臣宰桑齐格道日扎布霍尔查毕力格图等誊写，五品顶戴先生王省吾即乌力吉图、臣宰桑巴勒登策林毕力格图、朝格巴达拉胡贺策英胡等蒙译”。这与内蒙古译本《水浒传》不记录翻译年代、翻译者和抄写者大不相同。“《宋朝凉（梁）山的

① 译者把汉语中的“梁”误理解为“凉”，因此把书名译成《宋朝凉山的故事》。

② 推断喀尔喀译本《水浒传》的底本是金圣叹批评本《第五才子书施耐庵水浒传》的依据还有如下几点：第一，第六十回（金圣叹批评本《第五才子书施耐庵水浒传》第五十九回），晁盖要去打曾头市，百回本和百二十回本里，宋江劝说道：“哥哥是山寨之主，不可轻动，小弟愿往。”晁盖道：“不是我要夺你的功劳，你下山多遍了，厮杀劳苦，我今替你走一遭，下次有事，却是贤弟去。”宋江苦劝不听。而金圣叹批评本无此内容，喀尔喀译本《水浒传》也没有该内容。第二，晁盖准备出军时，风吹折了认军旗，百回本和百二十回本中，是宋江劝晁盖的。宋江劝道：“哥哥方才出军，风吹折认旗，于军不利……”金圣叹批评本里则是吴用劝说的，喀尔喀译本《水浒传》中也是吴用劝说的。从上述两点可以推断喀尔喀译本的汉文底本是金圣叹批评本《第五才子书施耐庵水浒传》。

故事》，十五卷，每页九行，蒙古文手抄本，蔡伦（?）纸，黑墨，黄布封面。”①

该蒙译本共15册，其中第六、七、八、九、十册分别有上下两册，同内蒙古译本一样，也是线装本，也用满语记载人名和地名。把《第五才子书施耐庵水浒传》楔子的前一部分，即“纷纷五代乱离间，一旦云开复天见……就金殿上焚起御香，亲将丹诏付与洪太尉，即便登程前去”这部分内容稍作改动后，变为“五个才子著的奇书之序”。将《第五才子书施耐庵水浒传》的楔子《张天师祈禳瘟疫　洪太尉误走妖魔》和第一回《王教头私走延安府 九纹龙大闹史家村》作为该译本第一回的回目。对一些汉语特殊用语多采取意译的方式，其中，翻译梁山好汉的绰号时多采取意译方式，但偶尔也运用音译、意译两种译法，分别写在两行，即在前行写音译，后行写意译。

该译本是一部经过增删改写的译本，经过与《水浒传》汉文原著对照，发现改写明显甚至删节。

笔者经过对照，发现该译本的回目与《第五才子书施耐庵水浒传》基本相同，故在此没有列表格一一列举。

《水浒传》蒙古文译本诸版本与汉文版本对应性研究，对《水浒传》蒙古文译本的整体研究来说是至关重要的。本文在阅读大量文献资料的基础上，对蒙古文译本的各手抄本进行认真的研究，发现“内蒙古译本”既有以百回本为底本的，又有以百二十回本为底本的，也有些抄本可能同时参阅了百回本和百二十回本，甚至有些抄本由于文献资料的缺乏，无法断定其底本，而“喀尔喀译本”则是很明确地对应七十回本。

① 《八世哲布尊丹巴蒙古文手抄本藏书》，转引自扎拉嘎著：《此较文学：文学平行本质的比较研究——清代蒙汉文学关系论稿》，内蒙古教育出版社，2002年12月，第75页。

第三章 蒙译本《水浒传》增删改写研究

译者的个人经历、文化背景和生活习俗等有别于作者，这些将影响译者对原著的解读，从而或多或少地影响译者的翻译。在文学翻译的过程中，译者往往有意或无意间在译本中注入包含译入语民族文化内涵的内容。正如曾剑平和蔡魏立在他们文章中说的那样："不同文化背景的接受者具有不同的思维方式、生活风俗和知识结构，从而具有不同的'期待视野'(horizon of expection)。因此，译者为了迎合读者的期待视野，往往对原作进行加工或改造，甚至是曲解或杜撰，以使他的译作能够在译语文化语境中得到认同或发挥特定的作用。"[①] 学界普遍将这一现象称为文学翻译中的"创造性叛逆"。

法国文学社会学家埃斯卡皮在他的著作《文学社会学》中提出"创造性叛逆"这一概念。他说："如果大家愿意接受翻译总是一种创造性的背叛这一说法的话，那么，翻译这个带刺激性的问题也许能获得解决。说翻译是背叛，那是因为它把作品置于一个完全没有预料到的参照体系里（指语言）；说翻译是创造性的，那是因为它赋予作品一个崭新的面貌，使之能与更广泛的读者进行一次崭新的文学交流；还因为它不仅延长了

① 曾剑平、蔡魏立：《论有意误译中的意识形态与文化过滤因素》，《江西广播电视大学学报》2015年第2期。

作品的生命，而且又赋予它第二次生命。”①

清代蒙译本《水浒传》对原著进行了较大改动，充分体现出了译本对原著的“创造性叛逆”。译者在翻译汉文原著时采取了选择性的翻译方法，即删去或改写较难翻译、不符合本民族读者审美情趣的内容，除了删节和改写之外，还在译本中增加了大量汉文原著中没有的内容。正如茅盾所说：“这样的翻译，自然不是单纯技术性的语言外形的变异，而是要求译者通过原作的语言外形，深刻地体会原作者的艺术创造的过程，把握住原作的精神，在自己的思想、感情、生活体验中找到最适合的印证，然后运用适合于原作的文学语言，把原作的内容与形式正确无遗地再现出来。这样的翻译过程，是把译者和原作者合而为一，好像原作者用另外一国文字写出自己的作品。这样的翻译既需要译者发挥工作上的创造性，而又要完全忠实于原作的意图……这是一种很困难的工作。但是文学翻译的主要任务，既然在于把原作的精神、面貌忠实地复制出来，那么，这种艺术创造性的翻译就完全是必要的。”②本章分别从故事情节的“删节”“改写”“增加”三个内容着手，系统分析《水浒传》蒙译本与汉文原著之间的差异，从而探讨译本的“蒙古化”及译本的“创造性叛逆”。

第一节　蒙译本《水浒传》删节内容研究

翻译是将一种语言的文本翻译成另一种语言的文本的活动。在文本翻译的过程中，译者的意识形态和价值立场往往影

---

① 埃斯卡皮著：《文学社会学》，王美华、于沛译，安徽文艺出版社，1987年，第137—138页。

② 茅盾：《为发展文学翻译事业和提高翻译质量而奋斗》，载《翻译研究论文集》（1949—1983），1984年。

响译者对译介对象的选择和理解，对故事情节的增删或改写；同时译者为了使译作在译入语民族得以广泛传播，又必须考虑译入语民族读者的接受心理和接受水平，它在某种程度上制约着译者的翻译行为。“由于受到译语文化框架的强烈制约，译者总是倾向于按自身的需求和价值标准对原作中传递的文化信息进行选择性解读和接受，对之进行删节、改造和重构。”①

通常情况下，译者在翻译过程中应将原著的内容毫无遗漏地、完整地传达给译入语民族的读者，可是在一些特定的情况下，对原著内容进行删节又是不可避免的，删节在某种程度上可以避免造成译入语民族读者理解上的文化障碍。如《黑奴吁天录》是美国女作家斯托夫人的小说，林纾与魏易在翻译该小说时，将小说中许多与儒家伦理思想直接对立的基督教思想的有关内容删去未译。

在清代，诸多汉文小说被翻译成蒙古文在蒙古地区广泛流传。纵览当时翻译的汉文小说蒙古文译本，不难发现其中蕴含了一些有规律的现象，即在蒙古文译本中存在着对汉文原著不同程度的删节。无论是蒙古八旗人阿日那翻译的《西游记》，还是土默特右旗闲散贵族哈斯宝翻译的《红楼梦》《今古奇观》，或是喀尔喀蒙古地区文人们翻译的《水浒传》及《今古奇观》，都具有如上特点，即均对汉文原著进行了不同程度的删节。尤其是哈斯宝翻译的《新译红楼梦》仅有四十回，相当于汉文原著的1/3。扎拉嘎先生分析哈斯宝为什么采取节译的翻译方式时曾说道：“采用节译的方式，不采用全译的方式，主要是出于对原著内容的考虑。在哈斯宝时代，汉族文化影响蒙古文化，尚处于逐渐深入的阶段。《红楼梦》故事中所包含的文化精神，在当时还不是方方面面都容易为普通蒙古族读者

---

① 曾剑平、蔡魏立：《论有意误译中的意识形态与文化过滤因素》，《江西广播电视大学学报》2015年第2期。

所理解所接受的。这样，与其全译出来，增加读者阅读中的困难和烦琐之嫌，莫如择取易于为一般读者所理解的宝黛爱情故事，采取节译方式。况且，宝黛爱情故事，原本就是《红楼梦》最精彩最感人的部分。”[①]这些删节即首先删去那些按译者翻译水平难以翻译的内容，以及由于蒙汉两个民族传统文化的隔膜而难以被蒙古族读者所理解和接受的部分。在翻译过程中保留哪些内容、删节哪些内容，这反映出译者对原著的审美选择和取舍，反映出不同民族文学与文化之间的联系与区别。

喀尔喀译本《水浒传》是在清朝宣统元年（1909）翻译完成的。喀尔喀蒙古地区离中原地区较远，当地的蒙古族大多数可能对中原地区的社会生活、风土人情比较生疏。一方面，译者为了适应当时蒙古族接受群体的理解水平和审美情趣，使自己的译文能够被当时大多数读者所理解和接受，有意识地对汉文原著进行删节，另一方面，译者由于翻译水平有限，也将一部分难以翻译的内容删节。经过与汉文原著进行对照，发现无论是喀尔喀译本，还是内蒙古译本，都对汉文原著进行了一定程度的删节[②]，仔细分析这些被删节的内容，不仅能够发现如上所说的规律性，而且从这些删节的内容也能看出蒙汉两个民族不同的文学传统和文化传统。

一、回末适用于说书的承上启下内容的删节

说书艺人为了吸引听众，往往在故事发展的紧要关头突然打住，宣称“欲知后事如何，且听下回分解。”中国古代章回小说大都也在回末写一段适用于说书的承上启下的内容。

《水浒传》汉文原著的每个回的回末都有诸如“不是这伙

① 扎拉嘎著：《比较文学：文学平行本质的比较研究——清代蒙汉文学关系论稿》，内蒙古教育出版社，2002年12月，第246页。

② 见附录一，第150页。

人来捉史进并三个头领，有分教：史进先杀了一两个人，结识了十数个好汉，大闹动河北，直使天罡地煞一齐相会。直教芦花深处屯兵士，荷叶阴中治战船。毕竟史进与三个头领怎地脱身，且听下回分解”（汉文百回本第二回《王教头私走延安府 九纹龙大闹史家村》）[①]、“吴用便就忠义堂上传令。言不过数句，话不尽一席，有分教：北京城内，变成火窟枪林；大名府中，翻作尸山血海。正是：谈笑鬼神皆丧胆，指挥豪杰尽倾心。毕竟军师吴用设出甚么计来，且听下回分解”（汉文百回本第六十五回《托塔天王梦中显圣 浪里白跳水上报冤》）等适用于说书的承上启下的一段内容。清代蒙译本《水浒传》则删节了这些内容。

其实这些内容中，几乎没有难懂的语句和难翻译的字词。蒙古族文人在翻译过程中，之所以删去汉文原著中的这些内容，可能是为了使译文更加通俗易懂。翻译这些内容无疑会加大译者的工作量，而即使删去这些内容，也不会影响故事内容的完整性和连贯性，所以译者在翻译过程中主要采取删去不译的翻译策略，把古代说书形式改编成现代小说形式，以便读者阅读。

二、诗词的删节

《水浒传》汉文原著中有大量的诗词，不仅每回回首都有在正文故事开始之前以诗词开篇的引首，而且在回中或回末也都有诸如赞美英雄英勇姿态、山水秀丽景色、总结评价情节等内容的诗词，在原著中有着不可替代的作用，如突出人物特点、渲染气氛、总结情节等。学界也早已注意到这些诗词在原著中的重要性而撰写出不少论著，如由姜世栋等主编的《〈三国演义〉、〈水浒传〉、〈西游记〉诗词注析》中，比较详细地分

① 施耐庵、罗贯中著：《水浒传》，人民文学出版社，1975年10月。

析了《水浒传》中的几十首诗词。段文生在他的《〈水浒传〉律诗研究》中，把《水浒传》中的律诗与唐宋明律诗做比较，进而探讨《水浒传》中的律诗在律诗史上的地位。除此之外，还有阳建雄、张继刚、张育红、孙步忠等均对《水浒传》的诗词做了详细的分析和研究。

内蒙古译本《水浒传》中却只保留翻译了一小部分的诗词，而将大部分的诗词删去未译，原因大概在于：首先，删掉这些诗词并不影响小说故事内容的完整性；其次，也有可能是出于翻译上存在困难从而采取删去不译的翻译策略。有的诗词中运用了大量的典故，如小说最后一回用一首律诗来总结提炼小说的思想内容："莫把行藏怨老天，韩彭赤族已堪怜。一心报国摧锋日，百战擒辽破腊年。煞曜罡星今已矣，谗臣贼子尚依然！早知鸩毒埋黄壤，学取鸱夷范蠡船。"[①]如果不熟谙诗中典故之意是很难理解该诗内容的，这对于译者而言是棘手的，对蒙古族读者而言也是晦涩难懂的。所以蒙古族文人在翻译过程中，在不影响故事情节完整性的前提下，将诸如此类的大量诗词删掉未译，使得译本更加符合当时蒙古族读者的阅读习惯。金圣叹批改的七十回本《第五才子书施耐庵水浒传》[②]中，删去了汉文原著中大量的诗词。如前所说，喀尔喀蒙译本《水浒传》的底本是金圣叹批改本《第五才子书施耐庵水浒传》，所以在该译本中也看不到《水浒传》汉文原著中的大量诗词。

① 施耐庵、罗贯中著：《水浒传》，人民文学出版社，1975年10月，第1397页。

②〔清〕金圣叹评点：《第五才子书施耐庵水浒传》，文子生校点，中州古籍出版社，1985年。

三、批语的删节

金圣叹批改本《第五才子书施耐庵水浒传》的回前、回中有金圣叹的大量批语、特殊记号等，喀尔喀译本将这些内容全部删节。

删去这些批语的原因可能有如下几点：第一，删去这些批语可能是因为译者并不太赞同这些批语的观点。第二，译者只注重把故事情节翻译成蒙古文，而对这些批语不感兴趣，而且删去这些内容丝毫不影响故事情节的完整性和连贯性。蒙古族传统文学往往直接进入故事，几乎从不在故事中加入与故事情节的发展没有直接关系的批语。第三，可能是因为翻译这些批语实有困难。翻译金圣叹的这些批语，确实是比翻译小说内容要难得多。诸如“尝观古学剑之家，其师必取弟子，先置之断崖绝壁之上，迫之疾驰；经月而后，授以竹枝，追刺猿猱，无不中者；夫而后归之室中，教以剑术，三月技成，称天下妙也……行文亦犹是矣……不阁（搁）笔，不卷纸，不停墨，未见其有穷奇尽变出妙入神之文也。笔欲下而仍各（搁），纸欲舒而仍卷，墨欲磨而仍停，而吾之才尽，而吾之髯断，而吾之目矐，而吾之腹痛，而鬼神来助，而风云忽通，而后奇则真奇，变则真变，妙则真妙，神则真神也。吾以此法遍阅世间之文，未见其有合者……”（第四十一回《还道村受三卷天书　宋公明遇九天玄女》）的长篇批语很多。译者如果没有很好的古汉语基础，很难翻译这些古文批语。因为删去这些内容不会影响故事情节的完整性，反而在一定程度上给读者的阅读带来了便利，所以可以说，与其错译或翻译得生硬无味，倒不如删去这些批语。这在当时不仅给译者的翻译工作带来了便捷，而且也给读者的阅读带来了方便。

四、典故及惯用语的删节

不同的民族在其不同的历史背景下，各自积累了大量的历史典故。典故是一种以简单符号传递复杂信息的方法，结构虽简单，却包含着丰富的内涵，具有很强烈的文化特征。只有熟知该民族的历史、文化渊源，才能正确理解其典故的丰富内涵。

汉语典故是中华民族文化中的一颗璀璨的明珠。文学大家们往往都喜欢运用一些历史典故来润色自己的作品。施耐庵在《水浒传》中也运用了大量的历史典故，增添了小说的艺术魅力。这些典故给译者的翻译工作带来了很大的难度。

汉文原著第二十一回《阎婆大闹郓城县　朱仝义释宋公明》中，宋江怒杀阎婆惜之后，与弟弟宋清一起出逃，在路上两人商量投奔何处。原著中写道：

> 两个取路登程，正遇着秋末冬初。弟兄两个行了数程，在路上思量道："我们却投奔兀谁的是？"宋清答道："我只闻江湖上人传说沧州横海郡柴大官人名字，说他是大周皇帝嫡派子孙，只不曾拜识，何不只去投奔他？人都说他仗义疏财，专一结识天下好汉，救助遭配的人，是个现世的孟尝君[①]。我两个只投奔他去。"

喀尔喀译本中删去了汉文原著中的"是个现世的孟尝君"这一句。孟尝君是战国时期齐国的贵族，名叫田文，袭其父田婴的封爵，号孟尝君，为"战国四君"之一，以养士出名。他招贤纳才，但凡投奔到他门下来的，他都收留下来，供养他们。这种人叫作"门客"，也叫作"食客"。据说，孟尝君门下

① 在删去不译的字句下面加"____"，下文亦同。

一共养了三千个食客。曾联合韩、魏先后打败楚、秦、燕三国。一度入秦为相，不久逃归。公元前294年，因田甲叛乱事，出奔魏，任魏相，主张联秦伐齐，后来与燕、赵等国合纵攻齐。在汉语里，“孟尝君”已成为“仗义疏财、好养士”之人的象征。在喀尔喀译本中删去这一内容，也许是因为译者本人不了解“孟尝君”这一历史人物，所以采取绕开的方式，删节了该内容；或许是译者虽然对“孟尝君”这一历史人物有所了解，但是考虑到当时大多数蒙古族读者可能不了解这一历史人物，所以在翻译的时候有意识地删掉了该内容，以便当时的广大读者群体理解和接受。也就是说，删去这一内容是为了沟通的便捷。

汉文原著第二十三回《王婆贪贿说风情　郓哥不忿闹茶肆》中，有一段叙述潘金莲和西门庆第一次碰面的情景，在潘金莲不小心把撑门帘的叉竿弄倒时，恰好打着了正从帘子下走过的西门庆的头巾，汉文原著中描写道：

> 那人立住了脚，意思要发作，回过脸来看时，却是一个妖娆的妇人，先自酥了半边，那怒气直钻过爪洼国去了，变作笑吟吟的脸儿。

喀尔喀译本中把这段内容翻译成如下一段文字：

> 那人甚是生气，寻思道：“如此了得的妇人，痛打她一回。”当他返回去，看到潘金莲长得如此妖娆，气已消了。

喀尔喀译本中删去了“那怒气直钻过爪洼国去了”这一句。“爪洼国”现今是印度尼西亚的一个省。有人分析，当时民间可能认为爪洼国是个遥远的地方，于是“爪洼国”就演变成为一个常用语了。其意为很远的地方，常说的“抛到爪洼国外”的意思与抛到九霄云外的意思相同。当时喀尔喀蒙古地区的一般读者可能对“爪洼国”这一词的含义不甚了解，因此译者删掉了该内容。

在这一段内容中，除了删去上述典故之外，还删去了“先自酥了半边”这一句。可能是由于理解上的困难而删掉了该内容。

除了以上两处删节外，这一段内容中还有一处值得注意的改写，即在喀尔喀译本中，将汉文原著中“意思要发作”改写成“如此了得的妇人，要痛打她一回”。译者在这里提前解读了故事内容，说出了自己的见解。译者在此提前告知读者潘金莲是个十分了得的妇人，而西门庆也是个非常霸道的人，他只是因为潘金莲刮掉了他的帽子[①]，而要痛打一回，这比汉文原著中的“意思要发作”更显霸道。

汉文原著第一回《王教头私走延安府　九纹龙大闹史家村》中，史进活捉了前来侵犯他的少华山头领陈达。少华山另外两个头领朱武和杨春很清楚自己不是史进的对手，因此他们两个为了救出陈达，使用苦肉计。在汉文原著中，朱武等并不带武器，步行来到史家村。原文如下：

> 朱武哭道：“小人等三个累被官司逼迫，不得已上山落草。当初发愿道：‘不求同日生，只愿同日死。’虽不及关、张、刘备的义气，其心则同。今日小弟陈达不听好言，误犯虎威，已被英雄擒捉在贵庄，无计恳求，今来一迳就死。望英雄将我三人一发解官请赏，誓不皱眉。我等就英雄手内请死，并无怨心。”

① 在汉文原著中潘金莲“手里叉竿不牢，失手滑将倒去，不端不正，却好打在那人头上”，在喀尔喀译本中，则改写成潘金莲在关门的时候刮掉了西门庆的帽子。

在喀尔喀译本中，删去了汉文原著中的“落草”及“当初发愿道：‘不求同日生，只愿同日死。’虽不及关、张、刘备的义气，其心则通”这一段内容。其译文如下：

两个人哭着求道：“大人听禀，我们并没有侵犯史家村的意图，只是我们愚兄陈达不曾对我们说，而自行做傻事，招来如此之祸。如今将我们杀死还是送衙门，由大官人定夺，我们并无怨心。我们是逃脱官司来此间的，没有生计的办法，所以才干出这等事，事已至此，只求赐死，别无他求。”

“落草”的意思是指到山林当强盗，是早期的白话。删去该内容，可能是因为译者没有理解该词的意思。

喀尔喀译本中删节“‘不求同日生，只愿同日死。’虽不及关、张、刘备的义气，其心则通”这一内容，可能与不理解该词的含义有关。“不求同日生，只愿同日死”，形容生死之交，也说成“不愿同日生，只愿同日死”。删去这一内容，有可能与不了解“桃园三结义”的故事有关。“桃园三结义”是指东汉末年刘备、关羽和张飞在一个桃园，点燃香烛，拜告天地，结为兄弟，并发誓“同心协力，报效国家”的事件。三人结为兄弟后，果然做出一番惊天动地的事业。“桃园三结义”的故事在民间广为流传。罗贯中在《三国演义》中突出刘备、关羽、张飞三人相互间的“义气”。当时喀尔喀地区的普通读者未必熟悉在内地几乎是家喻户晓、妇孺皆知的“桃园三结义”的故事内容，所以译者为了使译文更易于被当时蒙古族读者所理解而删掉了该内容。

汉文原著第三回《赵员外重修文殊院　鲁智深大闹五台山》中，鲁智深在闲逛五台山近处的市井时，发现一家打铁铺子，便进去让铁匠给自己打一条禅杖和一口戒刀，在汉文原著中，是这样描写他跟打铁铺子待诏间的对话的：

智深道："洒家要打条禅杖，一口戒刀，不知有上等好铁么?"待诏道："小人这里正有些好铁，不知师父要打多少重的禅杖，戒刀？但凭分付。"智深道："洒家只要打一条一百斤重的。"待诏笑道："重了。师父，小人打怕不打了，只恐师父如何使得动？便是关王刀，也只有八十一斤。"智深焦躁道："俺不及关王，他也只是个人！"那待诏道："小人据常说，只可打条四五十斤的，也十分重了。"智深道："便依你说，比关王刀，也打八十一斤的。"待诏道："师父，肥了，不好看，又不中使。依着小人，好生打一条六十二斤的水磨禅杖与师父，使不动时，休怪小人。戒刀已说了，不用分付，小人自用十分好铁打造在此。"智深道："两件家生要几两银子?"待诏道："不讨价，实要五两银子。"智深道："俺便依你五两银子。你若打得好时，再有赏你。"

喀尔喀译本中将这段300多字的内容简译成如下一段不足100字的文字：

花和尚道："我打一口刀。""打多重的?""不用很重，一百斤重的就可以。"那些人很是吃惊，道："不能打那么重的，给你打六十二斤重的，要五两银子。"花和尚道："若打得好时，还要赏你。"

在这里译者删去了鲁智深和打铁匠商量打多少斤重的禅杖的一大段内容。译者可能不了解这一段内容中有些词汇的含义或难以用蒙古语表达这些汉语词汇的意思，如"肥了""水磨禅杖"等词语，从而采取了删去不译的翻译策略。译者或许不熟悉"关王"这一人物，由此也不理解"关王刀"这一武器或是译者即使对其有所了解，但考虑到当时大多数蒙古族读者可能不了解其人其物，因此在译本中删掉该内容。由于要删掉这些词语，所以与这些词语相关的故事情节也随之被删掉了。关王即关羽，字云长，生活于东汉三国时代。《三国演义》里描写的关羽是身长3米（九尺），髯长0.667米（二尺），面如重枣，唇若涂脂，丹凤眼，卧蚕眉。关羽所用的武器是青龙偃月刀，青龙偃月刀又名冷艳锯，重41公斤，长一丈二尺（按汉时的长度），所谓“关王刀”即指该刀。

第三十四回《石将军村店寄书　小李广梁山射雁》中，宋江、花荣等大闹清风寨，杀死刘高一家老小后，便投奔梁山。晁盖等梁山众头领摆筵席招待新来的头领，席间提到“吕方、郭盛两个比试戟法，花荣一箭射断了绒绦，分开画戟”一事，晁盖不相信。席后在山间闲走时，花荣为了在众头领面前证实自己的本事，当众射雁。花荣说要射第三只雁的头部，结果果然射中了第三只雁的头部。汉文原著中用下面一段话形容当时众头领的反映：

> 晁盖和众头领看了，尽皆骇然，都称花荣做神臂将军。吴学究称赞道：“休言将军比小李广，便是养由基也不及神手，真乃山寨有幸。”自此梁山无一个不钦敬花荣。

喀尔喀译本中把这一内容翻译成如下一段文字：

> 众人看了，尽皆骇然，都称花荣做“神臂将军”。吴学究道：“不能称为‘神臂将军’，众头领只敬重他便罢，人的身上怎能有神的手臂呢。”众人听罢，都特别敬重花荣。

喀尔喀译本中删节了汉文原著中的“休言将军比小李广，便是养由基也不及神手，真乃山寨有幸”这一内容。喀尔喀译本的译者删节该内容可能与不熟悉“小李广”“养由基”等历史人物有关。养由基是春秋时楚国大夫，善射，能百步穿杨。

在汉文原著中，吴学究赞叹花荣道“……便是养由基也不及神手”，而在喀尔喀译本中，吴学究不让大家称花荣为“神臂将军”，而且还说“人的身上怎能有神的手臂呢”。这样改写的原因可能有如下两点：第一，有可能是误解了该词的词义。“神臂将军”是形容花荣射箭之准，而喀尔喀译本的译者可能将“神臂将军”误理解为长着神的手臂的将军，因此在译本中改写成“人的身上怎能有神的手臂呢”；第二，这一改写可能与蒙古族信奉佛教有关。自从藏传佛教传入蒙古族地区以后，大多数蒙古人“一闻喇嘛教，为来世享福享乐的预约，即再至阳世亦可生享富贵，所以蒙古人民多信奉之”[①]。正如罗布桑却丹所说：“蒙古人是如梦似的生着，如醉似的活着，人人都向往成佛，对于别的什么读书的好处等均不相信，而且也听不进去，理解不了。”[②]就因为蒙古族如此虔诚地信奉佛教，视佛教为神圣不可侵犯的，所以称呼一个普通人为“神臂将军”，对蒙古人来说是不合乎情理的。译者将汉文原著中不符合蒙古族读者心理的内容进行改写，以便引起读者的阅读兴趣。

这类词语在《水浒传》汉文原著中也不少见。如“众人却似吃了吕太后一千个筵宴”[③]、“马泊六”[④]等，喀尔喀译本中

---

①《蒙古人的生活特质》，载《中国西北文献丛书》第23卷，兰州古籍书店，1990年，第249页。

② 罗布桑却丹：《蒙古风俗鉴》，赵景阳译，辽宁民族出版社，1988年11月，第174页。

③ 第二十五回《偷骨殖何九叔送丧　供人头武二郎设祭》中，武松摆一桌筵席并强行请来街坊邻居，让士兵把着门不让他们走。汉文原著中说道“众人却似吃了吕太后一千个筵宴”。吕太后即汉高祖刘邦的妻子吕雉。一次她请群臣吃酒，命朱虚侯刘章做监察，有一人避席逃走，当场被刘章杀死，因此，后来就用“吕太后的筵席（筵宴）”表示不容易吃的酒席。

④ 第二十三回《王婆贪贿说风情　郓哥不忿闹茶肆》中，郓哥到茶肆找西门庆时，王婆不让他进去，所以他骂王婆为“马泊六”。“马泊六”是指给不正当男女关系牵线的人。

也将这些词多舍去不译。

由于喀尔喀蒙古地区距中原较远，当时大多数普通读者对中原汉族文化和文学的了解不是很深，译者删去这些当时蒙古族普通读者较陌生的内容，使译文便于被普通读者所接受，从而推进译本在蒙古地区的广泛流传。

将一部文学作品，从一个民族的语言翻译成另一个民族的语言是一件很难的事情。抛开理解方面的难度不谈，仅就遣词用字这一点来说，其难度也是不小的。从蒙古语词汇中找到恰当的词汇，传达出汉文原著中的特定意思，给《水浒传》译者带来了一定的难度。在汉文原著的第五回《九纹龙剪径赤松林　鲁智深火烧瓦罐寺》中，鲁智深初到大相国寺后缠着智清长老要做职事僧。汉文原著中是这样描写这一段内容的：

> 智深便道："本师真长老着洒家投大刹讨个职事僧做，却不教俺做个都寺[①]、监寺，如何教洒家去管菜园？"首座便道："师兄，你不省得，你新来挂搭，又不曾有功劳，如何便做得都寺？这管菜园也是个大职事人员了。"智深道："洒家不管菜园，杀也要做都寺、监寺！"知客又道："你听我说与你：僧门中职事人员，各有头项。且如小僧做个知客，只理会管待往来客官、僧众。至如维那、侍者、书记、首座，这都是清职，不容易得做。都寺、监寺、提点、院主，这个都是掌管常住财物。你才到得方丈，怎便得上等职事？还有那管藏的唤做藏主，管殿的唤做殿主，管阁的唤做阁主，管化缘的唤做化主，管浴堂的唤做浴主；这个都是主事人员，中等职事。还有那管塔的塔头，管饭的饭头，管茶的茶头，管东厕的净头与这管菜园的菜头；这个都是头事人员，末等

① 难翻译的名词下划"____"，在这里由于删去一些较难翻译的词，而导致了整个故事情节的删节。

职事。假如师兄，你管了一年菜园，好，便升你做个塔头；又管了一年，好，升你做个浴主；又一年，好，才做监寺。”智深道：“既然如此，也有出身时，洒家明日便去。”清长老见智深肯去，就留在方丈里歇了。当日议定了职事，随即写了榜文，先使人去菜园里退居廨宇内，挂起库司榜文，明日交割。当夜各自散了。次早，清长老升法座，押了法帖，委智深管菜园。

其中有大量的诸如“都寺”“监寺”“首座”“知客”“维那”“提点”“藏主”“殿主”“阁主”“化主”“浴主”“塔头”“饭头”“茶头”“净头”“菜头”等寺庙里的职事名称。用蒙古语恰当地翻译这些名称实有些难度，故此译者采取了删节的方法，将这一段500多字的内容，只用“清长老叫来鲁智深告知此事（让鲁智深当菜头的事——引者注），把他派到菜园子”这样不足30字的一句话代之。

译者在译本中也删去了大量的诸如“大虫不吃伏肉”“惺惺惜惺惺，好汉识好汉”“急来抱佛脚，闲时不烧香”“怀着鬼胎”等汉语惯用语。删去这些惯用语的原因可能在于：一、理解上的难度。二、蒙古族文化和汉族文化不对应引起的语言词汇缺失等。

五、不符合本民族审美心理内容的删节

不同民族之间，其审美理想既具有客观上共同的要求一面，又因为民族生活习俗及传统的不同而存在诸多差异。不同民族之间的文化差异是翻译中的障碍和难题。“在翻译过程中，译者应具有文化自觉意识，竭力克服中外不同文化之间的差异（在此我们可以理解为蒙汉两个民族之间的文化差异——引者注），以求承受、接纳和改铸对方文化内涵与影响，即克

服在翻译中存在的不同文化传统造成的障碍。”[①]因蒙汉两个民族之间的文化差异，蒙古族文人在蒙译《水浒传》的时候，也遇到了不少不符合蒙古族审美心理的内容。针对这类问题，译者采取了删节或改写的翻译策略，明显地体现出了译本对原作的“叛逆”。正如谢天振先生所言：“文学翻译中的叛逆性，在多数情况下就是反映了在翻译过程中译者为了达到某一主观愿望而造成的一种译作对原作的客观背离。”[②]下面将对删节部分进行具体分析研究。

第七回《林教头刺配沧州道　鲁智深大闹野猪林》中，用大量的笔墨描写林冲在被发配途中受折磨的情节，其中有一段林冲被董超和薛霸烫脚的内容：

薛霸去烧一锅百沸滚汤，提将来，倾在脚盆内，叫道：“林教头，你也洗了脚好睡。”林冲挣的起来，被枷碍了，曲身不得。薛霸便道：“我替你洗。”林冲忙道：“使不得！”薛霸道：“出路人那里计较的许多。”林冲不知是计，只顾伸下脚来，被薛霸只一按，按在滚汤里。林冲叫一声：“哎也！”急缩得起时，泡得脚面红肿了。林冲道：“不消生受！”薛霸道：“只见罪人伏侍公人，那曾有公人伏侍罪人。好意叫他洗脚，颠倒嫌冷嫌热，却不是‘好心不得好报’！”口里喃喃的骂了半夜。

喀尔喀蒙译本中删去林冲被烫脚的这一细节描写。删节的原因可能有以下两点：第一，由于蒙古族读者对林冲的喜爱和受蒙古英雄史诗的粗犷风格的影响，当时蒙古族读者很难接受

① 奚永吉著：《文学翻译比较美学》，湖北教育出版社，2001年3月，第107页。

② 谢天振：《翻译研究新视野》，青岛出版社，2003年，第66页。

林冲受尽折磨的这一情节。在《水浒传》中，林冲是东京八十万禁军教头，是一个有一定社会地位的人物。他本来尽心尽责地做好自己的本职工作，从没招惹谁，可是高衙内偏偏看上了他的娘子，由此引发了一系列事端，最后林冲因“手执利刃，故入节堂，杀害本官”的罪名，被发配到沧州。读者对林冲的这一遭遇深感同情，也无法接受自己喜爱的英雄人物遭受折磨。这一心理感受的形成与当时蒙古族读者深受蒙古英雄史诗传统的影响是分不开的。在汉文小说蒙译本大量传播到蒙古地区之前，蒙古族读者的文学欣赏活动，主要还局限在蒙古民间文学的范围内。蒙古民间文学，尤其是蒙古英雄史诗，以其粗犷、豪放的风格影响着一代又一代的蒙古族读者。蒙古英雄史诗里的英雄人物往往是在战场上战胜敌人，很少被敌人打败，即使败了，也不会遭受像林冲所受的诸如“被烫脚”之类的苦。对仍以蒙古民间文学为主要文学鉴赏范围的蒙古族接受群体来说，在当时是很难接受林冲被董超和薛霸这种无名小人折磨的事实的。第二，喀尔喀蒙古地区的读者在当时可能不理解折磨犯人的这些行为和做法。

第六十一回《放冷箭燕青救主　劫法场石秀跳楼》中，也详细地描写了卢俊义在被发配途中备受折磨的细节：

> 董超、薛霸收了银子，相别归家收拾包裹，连夜起身。卢俊义道：“小人今日受刑，杖疮作痛，容在明日上路罢！”薛霸骂道：“你便闭了鸟嘴！老爷自晦气，撞着你这穷神！沙门岛往回六千里有余，费多少盘缠！你又没一文，教我们如何布摆！”卢俊义诉道：“念小人负屈含冤，上下看觑则个！”董超骂道：“你这财主们，闲常一毛不拔；今日天开眼，报应得快！你不要怨怅，我们相帮你走！”卢俊义忍气吞声，只得走动。行出东门，董超、薛霸把衣包、雨伞，都挂在卢员外枷头上……卢俊义是财主出身，这般事却不会

做，草柴火把又湿，又烧不着，一齐灭了；甫能尽力一吹，被灰眯了眼睛。董超又喃喃讷讷地骂。

译者在喀尔喀译本中将这一段内容舍去，没有翻译。卢俊义虽然是个大财主，但他为人厚道、扶危济困，号称“河北三绝”，深得读者的喜爱。燕青父母双亡，卢俊义便把他抚养成人，教他一身本事，视为自己的心腹；李固因投奔相识不着，冻倒在卢俊义门外，被卢俊义收留，在卢家掌管全家大小事宜。译者为了适应读者同情卢俊义的心理，将卢俊义受折磨的这段细节描写删去未译，以便译文得到更多读者的理解和接受，从而推进译本在蒙古地区的传播。

汉文原著第三回《赵员外重修文殊院　鲁智深大闹五台山》中，鲁智深为了逃脱官府的追捕，到五台山当了和尚。他虽然入了佛门，但本性难改，几次喝酒闹事。有一次，他竟然打翻了寺门前的两个金刚。下面是汉文原著中的文字：

智深敲了一回，扭过身来，看了左边的金刚，喝一声道：“你这个鸟大汉，不替俺敲门，却拿着拳头吓洒家，俺须不怕你！”跳上台基，把栅刺子只一拔，却似撅葱般拔开了；拿起一根折木头，去那金刚腿上便打，簌簌的泥和颜色都脱下来……智深等了一会，调转身来，看着右边金刚，喝一声道：“你这厮张开大口，也来笑洒家。”便跳过右边台基上，把那金刚脚上打了两下，只听得一声震天价响，那尊金刚从台基上倒撞下来，智深提着折木头大笑。

藏传佛教在蒙古地区广泛传播以后，渐渐地替代了蒙古族传统的萨满教。蒙古人民虔诚地信仰佛教的因果报应，也信服前世、今生、来世、命运。罗布桑却丹的《蒙古风俗鉴》历来被称为蒙古族“百科全书”，书中介绍蒙古族对佛教的虔诚时写道："现今蒙古人的思想中，特别虔诚祈祷的想法是，死死的信佛，而不断祈祷叩头……蒙古地方兴起喇嘛教后，请西藏的名活佛喇嘛到蒙古地方来，几个旗的诺颜联合起来，筹集几万两白银办这种丁呼而汪经会……蒙古人都手拿串珠口念码尼六个字。"①虽然鲁智深当和尚是迫于无奈，是为了避难，但是他毕竟已成为佛门弟子。对佛教如此虔诚的蒙古族大众很难理解而且更不接受鲁智深作为佛门弟子而对佛大不敬的行为。众所周知，鲁智深是蒙古族读者尤为喜爱的英雄人物，因此他们更不能接受自己喜爱的英雄做出在他们看来极其无礼的事情。译者为了适应当时蒙古族读者群体的接受心理，删掉了鲁智深打翻庙门前的金刚的细节描写。

喀尔喀译本中还删去了汉文原著中与"招安"有关的内容。众所周知，金圣叹批改本《第五才子书施耐庵水浒传》是个节本，结束于《忠义堂石碣受天文　梁山泊英雄惊恶梦》，删节了梁山好汉受"招安"和征讨辽、田虎、王庆、方腊等部分的故事内容，但《第五才子书施耐庵水浒传》中仍看到有关"招安"的故事内容。这或许是因为金圣叹本人的疏忽，或许是因为他虽然已注意到了，但没来得及删节。

在汉文原著的第三十一回《武行者醉打孔亮　锦毛虎义释宋江》中，在孔太公庄上的一次筵宴后，武松与宋江议论准备投二龙山鲁智深那里入伙时，宋江想让武松跟着自己去清风寨找小李广花荣，武松谢绝道："哥哥，怕不是好情分，带携兄弟投那里去住几时。只是武松做下的罪犯至重，欲赦不宥，因此发心，只是投二龙山落草避难。亦且我又做了头陀，难以和哥哥同往。路上被人设疑，倘或有些决撒了，须连累了哥哥。便是哥哥与兄弟同死同生，也须累及了花知寨不好。只是由兄

① 罗布桑却丹著：《蒙古风俗鉴》，赵景阳译，辽宁民族出版社，1988年11月，第171—173页。

弟投二龙山去了罢。天可怜见，异日不死，受了‘招安’，那时却来寻访哥哥未迟。”这是全书第一次提出“招安”的问题。

在第三十一回中，就在武松首次提出招安主张的十数日之后，宋江在与武松话别时说道：“如得朝廷招安，你便可撺掇鲁智深投降了。日后但是去边上，一枪一刀，博得个封妻荫子，久后青史山留得一个好名，也不枉了为人一世。我自百无一能，虽有忠心，不能得进步。兄弟你如此英雄，决定做得大事业，可以记心，听愚兄之言，图个日后相见。”武松认真听了宋江的这一番话，两人洒泪不忍分别。

在喀尔喀译本中，则删去了武松所说的“天可怜见，异日不死，受了招安，那时却来寻访哥哥未迟”和宋江所说的“如得朝廷招安，你便可撺掇鲁智深投降了”这两段内容。喀尔喀译本中删节关于“招安”的内容，可能出于以下两个原因：第一，对于没有读过其他版本的喀尔喀蒙古地区的蒙古族读者而言，因为没有后半部分受招安的内容，因此他们很难理解武松和宋江所说的关于“招安”的言论；第二，喀尔喀蒙古地区的蒙古族可能也不理解“招安”这一词的词义。译者可能考虑到以上两种原因，在译本中删掉了关于“招安”的全部内容，以便读者阅读和译本在蒙古地区广泛传播。从删去的这段内容足以看出喀尔喀译本的译者翻译《水浒传》的用心良苦。

译者一方面采取删减的方法，绕开当时蒙译工作中的困难，另一方面删去一些可能不符合当时蒙古族读者审美心理的故事情节，使译文适应当时大多数蒙古族读者的阅读喜好，从而使译文更好地在蒙古地区传播。

第二节　蒙译本《水浒传》改写内容研究

《水浒传》的蒙译者或是按照自己的理解方式，或是为了适应本民族普通读者的阅读喜好和审美情趣，对汉文原著进行了不同程度的改写。安德烈·勒菲弗尔（Andre Lefevere）曾经说过："读者的需要不仅影响不同时代的不同译者选择不同的翻译策略，它实际上会从根本上引导译者，使译者做出决定译文最终形式的选择。"[①]这一说法虽然有些偏激，但是不可否认，没有读者的译文称不上是一部成功的译作。对大多数读者而言，译作一旦形成，便成为一部独立的文学作品，能否吸引读者，在一定程度上决定了译作的命运。王佐良先生在《严复的用心》这一论文中谈道："严复之所以选择'汉以前字法句法'，也不只是从语言或风格着眼的。他从事翻译是有目的的，即要吸引士大夫们的注意……但他又认识到这些书对于那些仍在中古的梦乡里酣睡的人是多么难以咽下的苦药，因此他在上面涂了糖衣，这糖衣就是士大夫们所心折的汉以前的古雅文体。雅，乃是严复的招徕术。"[②]王先生在该文的结尾处，更加明确地指出："吸引心目中预定的读者——这是任何译者所不能忽视的大事。"[③]正因为能否赢得读者的心，关系到译文的命运，所以很多翻译家往往在翻译过程中，为了迎合本民族读者的阅读喜好、审美心理、道德伦理等而对原著进行有意识的改写。

包天笑是我国近现代著名的小说家和翻译家。他翻译了《迦茵小传》《身毒叛乱记》《福尔摩斯探案》全集等诸多作品。他将意大利作家亚米契斯的《爱的教育》译为《馨儿就学记》，颇受读者欢迎。关于翻译这部小说，他回忆道："我是从日本文转译得来的。日本人当时翻译欧美小说，他们把书中的

① Bassnett.S.& Lefevere.A.：《文化建构》，载《文学翻译论集》，上海外语教育出版社，2001年。

② 王佐良著：《严复的用心》，载《中外文学之间》，江苏人民出版社，1984年3月，第132页。

③ 王佐良著：《严复的用心》，载《中外文学之间》，江苏人民出版社，1984年3月，第133页。

人名、习俗、文物、起居，一切改成日本化。我又把一切都改变为中国化。此书本为日记体，而我又改为我中国的夏历（出版在辛亥革命以前），有数节，全是我的创作，写到我的家事了。如有一节写清明时节的‘扫墓’，全以我家为蓝本。”[①]正因为这部译本注入了更多的中国文化因素，所以才在当时受到了读者的欢迎。蒙古族文人在翻译《水浒传》时，也为了适应蒙古族普通读者的阅读喜好，对汉文原著进行了不同程度的改写[②]，而这些改写也正反映了蒙汉两个民族之间的文化差异，这些改写也有其一定的规律性，因此对这些改写进行系统的分析和研究是有必要的。

一、因生活环境与方式的不同而进行的改写

在汉文原著的第五十五回《吴用使时迁偷甲　汤隆赚徐宁上山》中，梁山好汉因无法破前来征剿他们的呼延灼的连环马阵而犯愁。这时，刚投梁山不久的汤隆告诉大家，破此连环马需要请来东京金枪班教师徐宁，他的钩镰枪法能破呼延灼的连环马阵。为了赚徐宁上梁山，吴用派时迁去偷徐宁的镇家之宝——一副雁翎砌就圈金甲。汉文原著中，汤隆告诉众头领这副雁翎砌就圈金甲的隐藏处：

> 这副甲，是他（指徐宁——引者注）的性命。用一个皮匣子盛着，直挂在卧房中梁上。

蒙古族文人在翻译这段内容的时候，改写了隐藏金甲的地方，即从汉文原著的“房梁”变成了喀尔喀译本中的“佛桌底下的地窖里”，译本中是这样描写的：

---

① 包天笑：《钏影楼回忆录》，龙文出版社，1980年，第461页。

② 见附录二，第159页。

他将这副金甲放在一个隐蔽之处。他家佛桌底下有一个地窖，上面用木板盖着，里边有一个铁匣子，把金甲盛在那个铁匣子里面。

喀尔喀译本的这样改写可能有以下两种原因：第一，与蒙古族信仰佛教的心理有关。对长期虔诚地信奉佛教的蒙古族来说，佛是神圣不可侵犯的。因此对他们来说，在佛桌底下挖个地窖，把贵重物品藏在那里是再安全不过的了。第二，可能与蒙古族居住的蒙古包的结构特点有关。由于其生产生活方式的需要，清代多数地区的蒙古族住居仍以传统的蒙古包为主。一般的蒙古包都不是很大，也不是很高，其结构也很简单，而且蒙古包内部设备也很简单，蒙古包的中央有一个台，上面放着火炉用来烹饪、取暖，蒙古包的正面是主人的卧处，迎门偏右供佛龛，前面放一张小供桌，如果来客人就坐在此桌之左侧，这与中原房屋分卧室、客厅、厨房的习惯大不相同。蒙古包的这种格局不允许把贵重物品挂在“哈那”或房顶上。蒙古包里最隐蔽的地方莫过于佛桌下面的地窖了。译者结合自己民族的特点，在喀尔喀译本中把汉文原著中隐藏金甲的地点改写成“佛桌底下的地窖”。经过这样改写，小说内容就能很容易被读者所理解，有利于译本在蒙古地区的传播。

汉文原著第二十三回《王婆贪贿说风情　郓哥不忿闹茶肆》中，潘金莲叉帘子时，不小心将叉竿掉在西门庆的头巾上，原著中是这样描写的：

当日武大将次归来，那妇人惯了，自先向门前来叉那帘子。也是合当有事，却好一个人从帘子边走过。自古道：没巧不成话。这妇人正手里拿叉竿不牢，失手滑将倒去，不端不正却好打在那人头巾上。

喀尔喀译本中则把这段内容改写成如下一段文字：

> 当日天色将晚，那妇人潘金莲将要去闩门，见门旁边立着一位陌生人，潘金莲刚要把门关上，却刮掉了那人的毡帽。

在这段内容中有两处值得注意的改动。其一，译文中将汉文原著中的"叉帘子"改写成"闩门"。这样改写与蒙古族的住房——蒙古包的结构有关。蒙古包有门无窗户，顶上有圆形能看见天空的天窗（蒙古语叫togunu），有盖，天气不好或晚上睡觉的时候关上盖子。由于蒙古包的这种独特的结构，译者（或大多数蒙古族）可能不理解"叉帘子"这一中原汉族日常生活中的琐碎事情。因此译者通过上下文的意思，将其翻译成"闩门"。这样改写后才符合蒙古人居住的房屋的特点，也符合蒙古族普通读者的理解程度。

其二，译者把汉文原著中的"打在那人头巾上"改写成"刮掉了那人的毡帽"。

由于受其生存环境及生产生活方式的影响，蒙汉两个民族在服饰方面也体现出各自独特的特点。"蒙古人的帽冠样式多种。冬帽有风雪帽、皮帽、圆帽、羊绒帽等多种。夏帽有尖顶圆帽、毡帽等。妇女特有的帽子还有耳朵套、凉圆帽等。"[①]蒙古族男人的帽冠与中原汉族男人用的方形扎头巾有明显的区别。由于存在这样的差异，译者把汉文原著中的"打在那人头巾上"改写成"刮掉了那人的毡帽"。在译本中，"头巾"变成了"毡帽"，显然与蒙古族日常穿戴习惯有关。"不同的地理环境与物质条件，使人们形成了不同的生活方式与思想观念。在

① 金海、齐木德道尔吉、胡日查、哈斯巴根著：《清代蒙古志》，内蒙古人民出版社，2009年9月，第423页。

衣食住行方面，中国各地历来就存在很大的差别，久而久之就形成各种不同的风俗习惯。”[①]由于受本民族生活习惯的影响，译者（或读者）很难理解“打在那人头巾上”这句话，因此译者把这一内容改写成蒙古族读者所熟悉的内容，从而使译文得到更多蒙古族读者的理解。

第二十七回《武松威镇安平寨　施恩义夺快活林》中，武松因杀死潘金莲和西门庆，被发配到孟州牢城。牢城的管营按照惯例欲打他一百个杀威棒，被儿子施恩制止住了。汉文原著中是这样描写施恩的相貌和穿戴的：

> 只见管营相公身边立着一个人：六尺以上身材，二十四五年纪，白净面皮，三柳髭须，额头上缚着白手帕，身上穿着一领青纱上盖，把一条白绢搭胳膊着手。

汉文原著中，蒋门神抢夺了施恩的酒店并打伤了他，因此施恩刚出场时“额头上缚着白手帕”。译者结合自己民族的穿戴习惯，在喀尔喀译本中，将汉文原著的“额头上缚着白手帕”这一句改写成“戴一顶白色毡帽”。

二、受蒙古族传统文化的影响而进行的改写

在长期的生产、生活中，各个民族形成了自己独特的文化体系。各民族对于“真、善、美”有着共同的标准，但由于各个民族的文化之间也存在或多或少的差异，所以其标准的着重点也会有所不同。译者在翻译某一文学作品时，受自己民族传统文化的影响，对原著进行一定程度的改写是难免的，喀尔喀译本中也有这一类的改写。

① 张岱年、方克立主编：《中国文化概论》，北京师范大学出版社，1994年5月，第30页。

第六十回《放冷箭燕青救主 劫法场石秀跳楼》中，有一段介绍卢俊义家的主管李固的内容，下面是汉文原著中的文字：

这李固原是东京人，因来北京投奔相识不着，冻倒在卢员外门前，卢员外救了他性命，养在家中。因见他勤谨，写得算得，教他管顾家间事务。五年之内，直抬举他做了都管，一应里外家私都在他身上，手下管着四五十个行财管干。一家内外都称他做李都管。

喀尔喀译本中则把这一内容改写成：

这李固原是东京人，因来北京乞讨，一日卢俊义见他正坐在他家门旁。卢俊义向来好救济穷苦人，因此把李固收留在家，让他饲养牲畜。五年之后见他有功劳，一应里外家私都交给他一人，让他当头等管家，将一切账簿、钥匙之类全交付与他。

在这里有两处值得推敲的改写，其一，是喀尔喀译本将汉文原著中"因来北京投奔相识不着"这一内容改写成"因来北京乞讨"。在译文中，译者将李固贬低成是个"乞讨要饭的人"，是出于译者对李固的极大厌恶。如果没有卢俊义，李固很可能早已命丧黄泉了，更没有总管卢府的今天。卢俊义是李固的大恩人，然而李固不但不感恩反而背叛主人，为了霸占其妻子和全部财产，用钱收买官府上下官员，欲杀害卢俊义。在汉文原著中，燕青的遭遇与李固很相似，"燕青是北京土居人氏，自小父母双亡，他在卢员外家中长大的"，但其行为却正好与李固相反，他知恩图报，当卢俊义被捉入官府时，他冒着被牵连的危险讨了饭食送至监牢给卢俊义吃。在卢俊义被刺配途中，他救了主人并背着他去投奔梁山。虽然没有成功，卢俊义再次被官兵捉去，可燕青并不放弃其主人，上梁山报信搬来救兵，直至救出卢俊义，因此他成为读者喜爱的人物之一。“蒙古人认天命，为官或平民已定为代代相传。无论多坏的官，也是命里该然，遇上多坏的诺颜（官员——引者注）也要忠心于他，如果当地诺颜特别不好，就是换掉也还是他们自己的家族。自古官员代代相传至今，属民也是代代相传至今。从这里可以看出，蒙古民族的素质如何，很重君臣之礼义。”[①]如上所说，蒙古族向来非常注重忠诚于主人，在任何情况下，都不允许背叛主人。在《蒙古秘史》中，成吉思汗曾数次赞赏并赏赐忠实于主人的人，也曾重罚背叛主人的人。例如，纳牙阿同父亲和几个兄弟捉住塔儿忽台乞邻勒秃黑后，欲送往成吉思汗处，当时“纳牙阿说：‘我每若将他拿至帖木真处，必说我每拿了正主，难做伴当，必将咱每杀了。不如放回去，对帖木真说：我每本将塔儿忽台乞邻勒秃黑拿来，因是正主，心内不忍的上头，放回去了。成吉思必容我每。’于是放回去了。到成吉思处，备言其事。成吉思说：‘若你每将他拿来，我必杀了你每，你每不忍却放了，也好。’所以特赏纳牙阿”[②]。成吉思汗也曾重罚背叛主人的人，哪怕那些人背叛原来的主人是为了投奔他。如，王汗之子桑昆的车夫阔阔出与主人一起逃亡时，将主人桑昆抛弃在荒野上，随后与妻子一起来太祖处，将抛弃了桑昆的缘故都说了。太祖说：‘这等如何教他做伴？’遂将他妻赏赐，将阔阔出杀了[③]”。由于蒙古族自古以来如此重视

① 罗布桑却丹著：《蒙古风俗鉴》，赵景阳译，辽宁民族出版社，1988年11月，第155页。

② 巴雅尔标音：《蒙古秘史》，内蒙古人民出版社，1998年，第526页。

③ 阔阔出欲弃桑昆时，其妻说：“在前好衣服，好茶饭，曾与你吃穿。如今正主上如何那般弃了？”就立住不行。阔阔出说：“你不行，莫不要嫁桑昆？”其妻说：“人虽说妇人是狗面皮，你可将这金盂子与他教寻水吃。”阔阔出遂将金盂子撇下了。因此成吉思汗赏赐阔阔出的妻子，而将阔阔出杀了。参见巴雅尔标音：《蒙古秘史》，内蒙古人民出版社，1998年，第768页。

忠实于主人，所以极为憎恶李固的忘恩负义和他的背叛行为，因此在译文中将李固贬低成一个“乞讨要饭的人”，以适应蒙古族读者的审美心理。

其二，汉文原著中卢俊义收留李固之后“因见他勤谨，写得算得，教他管顾家间事务”，而在喀尔喀译本中，卢俊义收留李固之后“让他饲养牲畜”。卢俊义家住北京城，怎么可能在家饲养牲畜呢？译者在这里完全是按照自己民族的生活生产方式理解和翻译汉文原著的。或许是译者本人并不了解卢俊义所生活的地理环境和他所从事的行业，也就是说，译者并不了解中原汉族的生活生产方式；或许是译者虽然了解中原汉族人的生活，但是考虑到自己民族普通读者的理解和接受水平，在译本中注入了蒙古游牧文化信息，从而在译本中出现了与汉文原著毫无相干的“饲养牲畜”这一充满游牧文化色彩的内容。如此一改，译文的内容更贴近蒙古族日常生活，从而也更容易被蒙古族普通读者所理解，在一定程度上为译本在蒙古地区广泛流传奠定了基础。

蒙古族自古有赞赏不取他人财物和厌恶偷盗行为的传统。反映到《水浒传》译本中，一个突出的例子便是喀尔喀译本对汉文原著第四回中鲁智深离开桃花山这一情节的改写。在汉文原著第四回《小霸王醉入销金帐　花和尚大闹桃花村》中，桃花山的头领小霸王周通强逼桃花村刘太公，要娶他的女儿当压寨夫人。鲁智深在去东京的路上路过桃花村，得知此事后，为了救刘太公的女儿，打伤了周通，制止了此事。又因认识大头领李忠，便与他们一起上桃花山。李、周二人想挽留鲁智深，鲁智深见他二人不是慷慨之人，因此没有答应他们的请求。李忠和周通挽留不住鲁智深，便要下山劫取财物，送给鲁智深当路费。这让慷慨大方的鲁智深心中很是不快。山寨里的金银如山，反倒要“借”财送客，因此鲁智深在一气之下趁李、周二人下山打劫，卷走了酒席上所有的金银酒器。汉文原著中是这样描写鲁智深离开桃花山的时情景的：

李忠、周通道："哥哥既然不肯落草，要去时，我等明日下山，但得多少，尽送与哥哥作路费。"……且说这鲁智深寻思道："这两个人好生悭吝，见放着许多金银，却不送与俺，直等要去打劫得别人的，送与洒家。这个不是把官路当人情，只苦别人！洒家且教这厮吃俺一惊。"便唤这几个小喽罗近前来筛酒吃。方才吃得两盏，跳起身来，两拳打翻两个小喽罗，便解搭膊做一块儿捆了，口里都塞满了些麻核桃。便取出包裹打开，没要紧的都撇了，只拿了桌上金银酒器，都踏扁了，拴在包里，胸前度牒袋内，藏了真长老的书信；跨了戒刀，提了禅杖，顶了衣包，便出寨来。到后山打一望时，都是险峻之处，却寻思道："洒家从前山去时，一定吃那厮们撞见，不如就此间乱草处滚将下去。"先把戒刀和包裹拴了，望下丢落去，对把禅杖也撺落去。却把身望下只一滚，骨碌碌直滚到山脚边，并无伤损。

喀尔喀译本中则用如下一段文字描写鲁智深离开桃花山的过程：

李忠、周通道："哥哥决定要去时，我等明日送你下山。"当晚，又是准备路上吃的食物，又是杀猪宰羊，安排筵席。次日早晨，李忠和周通送来许多金银，并敬离别之酒，带数人把鲁智深送到山下，挥手道别。

在喀尔喀译本中有两处明显的改写：第一，李忠和周通从汉文原著中的"悭吝"到喀尔喀译本中的"慷慨送金银"；第二，在汉文原著中，鲁智深趁李忠和周通下山打劫，偷其金银酒器后不辞而别，但在喀尔喀译本中，鲁智深却没有偷取李忠和周通的金银酒器，而且其离别场景也颇为隆重。

蒙古族因放牧的需要居住得较分散，长期在人烟稀少的环境中生活，因此蒙古族向来有善待客人的传统。“蒙人等待人甚为亲切，其宗亲或同族固无论矣，即外来生疏之人亦一见如旧，有举家欢待之风。故偶有旅客，骤遇风雨乞宿或有他事愿意居留数日者，苟来历很正大光明，蒙人大多数欢迎而优待之。”[①]待人如此热情、诚恳的蒙古族是不喜欢李忠、周通在汉文原著中所反映出来的“悭吝”性格的，他们难以想象对待自己的朋友如此吝啬小气。蒙古民间文学，尤其是蒙古英雄史诗当中的正面人物形象往往较完美，几乎没有什么缺点。在当时，仍以民间文学为鉴赏主体的蒙古族读者很难理解，更不可能接受《水浒传》正面人物身上会有如此缺点。译者为了适应读者群体的审美情趣（亦是译者的审美情趣），在翻译《水浒传》时，对正面人物身上存在的一些缺点进行了改写。“一个人的审美框架总是在给定的文化或文学氛围中逐渐垒成的，而这一文化或文学氛围又往往让某一美学原则唱主角，长期的耳濡目染，他就很难不以此为尺度去衡量日后所碰到的艺术品。这是一种审美惯性或文化心理动力定型。它往往只能接受以同类美学原则创造的作品，而对非同类美学原则所创造的作品要么无力鉴赏，要么索性排斥。”[②]译文如果因为不符合译文读者的审美心理而被“无力鉴赏”或被“排斥”，可想而知这部译作的命运会是怎样的。译者在当时翻译《水浒传》时，特别重视译文应符合译文读者的审美心理这一原则，为了适应蒙古族大多数读者的接受心理，对汉文原著进行了改写，从而汉文原著中小气吝啬的李忠和周通变成了译本中慷慨的李忠和周通，

① 中国西北文献丛书编辑委员会编：《蒙古人的生活特质》，载《中国西北文献丛书》第23卷，兰州古籍书店，1990年，第247页。

② 夏中义著：《艺术链》（第2版），上海文艺出版社，2001年1月，第161页。

从而与读者的审美心理相一致，因此也被读者所理解和接受。

在汉文原著中，鲁智深偷窃朋友的“金银酒器”这一行为更不符合崇尚英雄、憎恶偷盗行为的蒙古族群众的心理。蒙古族自古以来就崇尚英雄，在他们眼里，英雄几乎就是完美的。蒙古族英雄史诗《江格尔》中，以勇士洪古尔为代表的众多勇士为了保卫家园和朋友，不顾自身的安危，不惜豁出自已的性命勇敢地与敌人战斗，且能够在危难之际化险为夷。这些勇士个个英勇善战、光明磊落，绝不会因个人的恩怨或利益而去偷取别人的财物。鲁智深之所以受蒙古族读者的喜爱，是因为他那粗放勇猛的人物性格，路见不平、拔刀相助的英雄气概与蒙古英雄史诗中的英雄人物相似。在当时仍以鉴赏民间文学为主的蒙古族读者，深受蒙古族英雄史诗人物模式的影响，从而很难接受他们心目中的英雄人物具有偷窃行为。蒙古族不仅憎恶偷窃行为，而且自古以来严加惩处有偷盗行为的人，在《大札撒》里有好几条惩治有偷窃行为的人的律法，如“如发现有人在自已的故土上抢劫或公然偷窃，就会毫不留情地将其杀死”“不但杀死偷窃者，而且将其妻小、牲畜和家财送给被盗者。如果甲的奴隶偷了乙的东西或乙的奴隶的东西，收甲和其奴隶的妻小、家财和牲畜，并处死甲和其奴隶，这叫惩治发端事故者”[①]等。罗布桑却丹在《蒙古风俗鉴》中也曾介绍蒙古地区惩治小偷的一些律法：“偷人家的东西要按数加倍奉还；偷马偷牛要拿命赔，当重罪处之……对几次偷马的人，要把生牛皮用水泡软，把犯人用这生牛皮包上，用针线缝紧，放在阳光下晒。皮干时收紧，越干越紧，以至把犯人紧紧地包死。也有用鞭子打死的。”[②]我们在此可以领略到蒙古族用这些律法来制止

① 格·那木吉拉编著：《成吉思汗札撒与必里克》，内蒙古文化出版社，1989年12月，第141、154页。

② 罗布桑却丹著：《蒙古风俗鉴》，赵景阳译，辽宁民族出版社，1988年11月，第40—41页。

偷盗行为的良苦用心。译者结合本民族读者憎恶偷盗行为的人的审美心理，对汉文原著进行了如上改写，以便吸引更多蒙古族读者，从而使译本得到广泛传播。

三、由于宗教信仰的差异而进行的改写

宗教是一种十分复杂的文化现象。不但具有不同宗教信仰的两个民族之间存在文化差异，而且在具有同一宗教信仰的两个民族之间，由于受其他文化因素的影响，也会存在某些差异。无论是自古以来就信奉的萨满教，还是后来传入蒙古地区的佛教，都给蒙古人的生活带来了一定的影响。喀尔喀译本的译者在翻译《水浒传》的时候，从本民族的宗教信仰出发，对汉文原著进行了一些改写，使译文更具蒙古特色。

汉文原著第二十五回《偷骨殖何九送丧 供人头武二设祭》中，武松办完知府交给他的差事从东京返回来后，得知兄长武大已故。他怀疑哥哥的死必有蹊跷，于是他当晚睡在武大灵床子前，希望哥哥能托梦给自己，好给哥哥报仇。汉文原著中是这样描写当时情景的：

> 武松叹了一口气，坐在席子上，自言自语，口里说道："我哥哥生时懦弱，死了却有甚分明！"说犹未了，只见灵床子下卷起一阵冷气来，盘旋混暗，灯都遮黑了，壁上纸钱乱飞。那阵冷气，逼得武松毛发皆竖。定睛看时，只见个人从灵床底下钻将出来，叫声："兄弟，我死得好苦！"武松听不仔细，却待向前来再看时，并没冷气，亦不见人。自家便一交颠翻在席子上坐地。

喀尔喀译本中则是另一番笔墨：

> 武松哭着说道："哥哥您在世时，小弟我曾经再三嘱咐

过，现如今您已去世，虽然尸体已无，但是灵魂却未消失。你若是负屈衔冤，托梦与我，兄弟为你舍身拼命。”武大的灵魂变成一股冷气，那阵冷气灭了灵床子前的琉璃灯，在黑暗中变成一个人影。武松见了毛发皆竖。问道：“你是哥哥么？”那只是个灵魂，怎能言语，只有附入人体才能说话。士兵在旁边正睡得死，因此附入他的身体道：“因你已知此事，不再重复。你找得到此间何九叔并好生询问，他会备细说与你，并且也有一证见。我是被冤死的阴魂，所以在此间徘徊，兄弟你应该知道这些事情。”说完了，那阴魂从士兵身上离开了。

各民族的生存环境和生产方式的具体差异，使他们对客观世界的具体认识也存在差异，如对灵魂、死亡、天地、无法解释和抗拒的自然力量，均产生不同的看法和解释。萨满教便是北方游牧狩猎民族特有的一种原始宗教，是蒙古人自古以来信奉的原始宗教。喀尔喀译本中“虽然尸体已无，但是灵魂却未消失”“那只是个灵魂，怎能言语，只有附入人体才能说话”等改写，很显然是与受萨满教灵魂观的影响有关。萨满教的产生，与自然崇拜和万物有灵观有关，灵魂观念，在萨满原始宗教理念中占据极其重要的位置。灵魂观主张灵魂为形体的主宰，灵魂可以脱离肉体而独立存在，人死而魂不灭。他们认为被人杀死的人的灵魂在空中游荡，直到复仇之后，他的灵魂才飞往阴间。因为武大是被潘金莲毒死的，以灵魂观来解释，他的灵魂已变成冤魂，他必须附入人体才能说话，因此有了如上的改动。

四、误译

所谓误译，指的是“译者部分扭曲了原文某些内容的深刻含义甚至重新创造了与原文不同的另一意象的翻译”[①]。“对于来自不同文化背景的译者而言，在两种不同文化载体的语言转换过程中，由于受到自身文化传统、民族文化心理结构、民族文化精神和思维样式等文化因素的制约，译者难免会‘误收’对方信息，以致以‘误解’的方式去选择、取舍、理解、消融外来文化现象。”[②]蒙汉两个民族之间存在着诸多差异，尤其是喀尔喀蒙古地区距离中原地区较远，即喀尔喀译本的译者生活在受汉族文化影响相对较小的环境中，因此对汉文原著中的某些内容缺乏更具体的理解，从而在译本中出现了一些误译的内容。

在文本翻译过程中，误译的存在是必然的，造成误译的原因是多方面的，如受两个民族的文化差异、译者掌握外语的程度、译者的主体性等诸多因素。对于“译者的主体性”，学者们从多个侧面给予界定。查明建和田雨在《论译者主体性》一文中，是这样界定其定义的：“译者主体性是指作为翻译主体的译者在尊重翻译对象的前提下，为实现翻译目的而在翻译活动中表现出的主观能动性，包括对译文文本的选择，对作品的理解与阐释，语言层面上的艺术再创造，以及对译作预期效果的操控等，其基本特征是翻译主体自觉的文化意识、人文品格和文化、审美创造性。”[③]而侯林平做出了如下界定：“译者主体性是从译者与文本，原文读者和译文读者的关系中规定译者主体性。译者主体性是译者在翻译过程中表现出来的属性。一方面认为文本原文作者和译文读者是译者主体性的基础，另一方面突出译者在对文本原文作者和译文读者的适应与选择活动

① 梁其宝：《文学翻译中的无意识误译与有意误译简析》，《淮北煤炭师范学院学报》（哲学社会科学版）2010年第1期。

② 奚永吉著：《文学翻译比较美学》，湖北教育出版社，2001年3月，第91页。

③ 查明建、田雨：《论译者的主体性》，《中国翻译》2003年第1期。

中体现其特性。”[①]由于受译者主体性的影响，译本中会出现诸多“创造性叛逆”现象，如改写、删节、增加、误译等。

误译一般分无意误译与有意误译。无意误译指的是由于译者的外语水平有限，或由于译者的疏忽大意，抑或受到其他客观因素的影响而产生的误译，而非译者有意为之的误译。对于有意误译，谢天振先生给出了合理的界定，他在《译介学》一书中指出：“有意误译是指要么为了迎合本民族的文化心态，大幅度地改变原文的语言表达方式：文学形象、文学语境等；要么为了强行引入异族文化模式，置本民族的审美趣味的接受可能性于不顾，从而故意用不等值的语言手段进行翻译。”[②]从这个意义上讲，前面分析研究的删节、改写内容均包括在有意误译这个范畴里，故这里不再探讨有意误译的内容，而主要分析《水浒传》蒙译本中出现的无意误译问题。

在汉文原著的第十一回《梁山泊林冲落草　汴京城杨志卖刀》中，一开始就有一段描写杨志的穿着和相貌的内容，其中描写到他“带着抓角儿软头巾”。在喀尔喀译本中，却把这一句话翻译成了“头上长了两只犄角（ᠡᠪᠡᠷ）”。在汉语里“角”字有“jiǎo”“jué”两个读音，读作“jiǎo”时，又有两个意思，即分别指“棱角”和“动物头上的犄角”。“抓角儿”指的是头巾两边扎成角儿。一方面，蒙古族男人多戴帽子而不戴头巾，所以译者不理解“抓角儿软头巾”的意思；另一方面，有可能是译者对汉语言词汇掌握得不够充分，或者忽视，或者不知道“角”（jiǎo）字还有“棱角”的意思，因此见有个“角”字，就误以为是指动物头上长的犄角，所以在译文中将“带着抓角儿软头巾”翻译成了“头上长了两只犄角”。

第十二回《急先锋东郭争功　青面兽北京斗武》中，有一

---

① 侯林平、姜泗平：《我国近十年来译者主体性研究的回顾与反思》，《山东科技大学学报》2006年第3期。

② 谢天振著：《译介学》，上海外语教育出版社，1999年，第194页。

段描写美髯公朱仝相貌的内容，最后说道“满县人都称他作美髯公”。在喀尔喀译本中将这句话翻译成“满县的人都称他做格斯尔”（[illegible]）。这短短一句话中有两处值得注意的误译：

其一，汉文原著中的“满县人”指的是全县人、整个县的人，但是译者将它误理解为是叫作“满”的县里的人。

其二，在《水浒传》中，朱仝“身长八尺四五；有一部虎须髯；长一尺五寸，面如重枣，目若朗星，似关云长模样，满县人都称他作美髯公”。在喀尔喀译本中，将“称他作美髯公”改写成“称他做格斯尔”。众所周知，格斯尔是蒙古族英雄史诗《格斯尔》的主人公，是蒙古族所喜爱的英雄人物之一。关云长，即关羽，是《三国演义》中的主人公之一，人称“美髯公”。他平生最重义，被后人推举为“忠”“信”“义”“勇”的象征，在民间颇有威信。正如“汉族将格斯尔称为西藏的‘关公’，藏族把关帝（关老爷）称为‘汉族格斯尔’”[①]，蒙古族也长年将“关老爷”（即关羽）和“格斯尔”混为一谈。在喀尔喀蒙古地区的格斯尔庙里祭祀的格斯尔像其实就是关老爷——关羽之像。内蒙古呼伦贝尔盟甘珠尔庙的格斯尔之像也是关老爷的彩色画像[②]。译者一方面将汉文原著中的美髯公朱仝与关羽混淆，另一方面又基于蒙古族混淆“格斯尔”和“关老爷”的现象，在喀尔喀译本中，将“称他作美髯公”翻译成“称他做格斯尔”。在当时，从译者和读者的理解角度而言，美髯公即是关老爷，关老爷即指的是格斯尔。

汉文原著第四十三回《锦豹子小径逢戴宗　病关索长街遇石秀》中，有一段内容介绍杨雄如何来到此地，又是如何当上

---

① 巴雅尔图著：《蒙古族第一部长篇小说——北京版〈格斯尔〉研究》，内蒙古大学出版社，1989年10月，第31页。

② 巴雅尔图著：《蒙古族第一部长篇小说——北京版〈格斯尔〉研究》，内蒙古大学出版社，1989年10月，第17页。

两院押狱兼充市曹行刑刽子手的，其文如下：

> 那人祖贯是河南人氏，姓杨，名雄，因跟一个叔伯哥哥来蓟州做知府，一向流落在此。续后一个新任知府却认得他，因此就参他做两院押狱，兼充市曹行刑刽子。因为他一身好武艺，面貌微黄，以此人都称他做病关索杨雄。

喀尔喀译本中却是如下一段文字：

> 这人是河南人，姓杨名雄，是个忠厚老实之人。他的哥哥是个知府，因此他来见哥哥。哥哥早已辞官返乡。杨雄无奈，携带着带来的礼物住进了一个店里。没过几日，那新任的知府听狱官们谈论来了个叫杨雄的好汉，便非常担心。狱官们有事需要请杨雄。当时，杨雄正害了个病，在故事的结尾处讲述到底害了什么病，如果用现在说的话，就叫作“病关索”的病。虽然那两个狱官再三请他，但因为害了病，所以怎么能去呢？这害的病叫作“锁关口的门的铁绳”（[illegible]），心脏和肝在肚子里变成淤血似的。杨雄一直没去。

“病关索”是杨雄的绰号。民间传说，关索是关羽的儿子。历史上有无关索其人，还有待进一步考证。在《水浒传》中，杨雄因面貌微黄而得此绰号。喀尔喀译本的译者把这一绰号误理解为是个病的名称，因此出现了上述误译。

在喀尔喀译本中，由于理解错误而误译的例子还有很多，例如，将汉文原著中的“一丈青扈三娘”翻译成“‘一丈青’和‘扈三娘’”两个人；将“射中李成副将”（汉文原著中是射中李成的副将的意思）翻译成“李成的右肩被射中”；将第十五回中的“两个虞候”翻译成“虞候两姓”，“虞候”指的是官位名称，但译者未能准确理解其意而误译为“虞候两姓”。

这些无意误译的主要原因在于译者的疏忽大意，或由于其汉语水平的问题，没能正确理解文意，而非译者有意为之，但在一定程度上，也能从中窥探出蒙汉两个民族的文化差异。

译本中出现误译是不可避免的。误译当然是不忠实的翻译，会带来一些消极的影响（尤其是无意误译）。误译会或多或少地歪曲原文的信息，不能完全真实地将原文信息传递给译入语民族的读者，不利于译本读者全面真实地了解原著中的文化信息。误译虽然有歪曲原著文化信息的消极影响，但误译也存在着它不可代替的积极影响。译者在翻译过程中有意进行的误译（译本中增删改写的内容）能够与译入语民族文化有机地融合，使译本能够在译入语民族读者中容易被理解并被接受，在一定程度上促使译本在译入语民族读者中广泛传播，从而丰富译入语民族读者的文学鉴赏内容。

毋庸置疑的是，误译研究对翻译研究者来说是非常必要的、有价值的，正如谢天振先生所言：“对于比较文学来说，误译有时候有着非同一般的研究价值，因为误译反映了译者对另一种文化的误解与误释，是文化或文学交流中的阻滞点。误译特别鲜明、突出地反映了不同文化之间的碰撞、扭曲与变形。”[①]

综上所述，我们不难理解，由于两个民族之间具有文化差异，在一种文化里不言而喻的内容，在另一文化里却要费很大的力气加以解释，才能被理解。对一种文化的读者来说一目了然的内容，另一种文化的读者却难以理解。这一现象给文学翻译者带来了很大的困难，翻译家为了使译本的读者能够理解和接受原著，不得不对原著进行改写。喀尔喀译本《水浒传》

---

① 谢天振著：《译介学》，上海外语教育出版社，1999年，第151页。

中，除了上述例子中出现的改写内容之外，还有大量的改写内容（见附录二）。这些改写内容在一定程度上反映了蒙汉两个民族之间的文化差异。译者通过改写不被当时蒙古族读者所理解或接受的内容，使译著得到更多读者的理解和接受，由此使译著在蒙古地区得以广泛流传。

第三节　蒙译本《水浒传》增加内容的研究

在本章的前两节已探讨过影响喀尔喀译本《水浒传》的删节和改写的诸多因素。就如上两节所分析的那样，删节和改写的主要原因有两种：其一，是因为翻译上的困难；其二，是为了符合读者的审美心理。译者不仅对汉文原著进行删节和改写，而且还增加了很多内容[①]。增加这些内容大概是为了使译文更加符合蒙古族读者的审美心理，从而更受当时蒙古族读者的喜爱，使译文在蒙古地区得以广泛流传。另外，也有可能是由于译者在翻译的过程中，结合对原著的理解和体会添加内容，进一步强调小说的主题。正如曾剑平和蔡魏立所说："翻译是在一定的社会文化语境下进行的，打上了译者所处的文化烙印。翻译的各项活动实际上是由译语文化里的各个系统所决定，翻译文本的选择取决于译语文化的特定需要，翻译方式和翻译策略也取决于译语文化里的某些规范。由于受到译语文化框架的强烈制约，译者总是倾向于按自身的需求和价值标准对原作中传递的文化信息进行选择性解读和接受，对之进行删节、改造和重构。"[②]

---

① 见附录三，第208页。

② 曾剑平、蔡魏立：《论有意误译中的意识形态与文化过滤因素》，《江西广播电视大学学报》2015年第2期。

一、突出上层阶级腐败、以权谋私的内容

在很多时候，译者在翻译文本的过程中，有意或无意间在译本中补充写入新的细节。这些被补写的细节，多数是为了表现译者对原著故事中人物的爱憎，或者是为了加重自己喜爱的故事情节的分量。喀尔喀译本《水浒传》的译者也在译本中增加了一些细节描写，使故事情节和人物性格进一步趋向蒙古化，为译本得到更多蒙古族读者的喜爱和在蒙古地区广泛流传奠定了一定的基础。例如，第一回《王教头私走延安府　九纹龙大闹史家村》中，端王见高俅会踢几脚好球，甚是喜欢。他为了把高俅留在自己的身边，特意摆了一桌酒席宴请王都尉。在汉文原著中，作者没有描写这桌宴席是何等的丰盛，但译者在喀尔喀译本中却增加了许多文字，描写端王宴请王都尉的这桌酒席之丰盛：

> 太尉看那端王准备的筵席，满桌都是只有在皇宫中才能看到的鲜果、菜肴。大大小小的碗碟不是象牙的，就是用银或玉制成的。酒也是用名果酿造的酒。这次宴请一桌席上的各种物什，算起来不下五百两白银。因世勋王达官之家，一次宴请客人之费用，在他们心中想来甚为从俭，可在贫民却足够一生生计之用。

在喀尔喀译本中，译者通过增加这一段评论世勋王达官与平民百姓之间贫富差距的内容来揭示和批判上层阶级奢侈的生活。

在清朝200多年的统治之下，清末的蒙古族社会已极为贫弱和落后。在当时，蒙古地区普通蒙古民众的生活一天比一天艰难，而与之相反的是作为蒙古族上层阶级的蒙古王公们照样过着腐败、奢侈的生活。喀尔喀译本的译者在译文的第一回特

意加写这一段内容，可能就是为了揭示当时蒙古地区一些王公贵族和众多普通蒙古民众之间的贫富差距。尤其是“这次宴请一桌席上的各种物什，算起来不下五百两白银。因世勋王达官之家，一次宴请客人之费用，在他们心中想来甚为从俭，可在贫民却足够一生生计之用”这一段内容，一针见血地道出了译者欲表达的意思。

第七回《林教头刺配沧州道　鲁智深大闹野猪林》中，林冲买了一口宝刀，第二天，高太尉就差人叫林冲拿着宝刀去他府上，导致林冲误入白虎节堂而招致杀身之祸。译者在喀尔喀译本中增加了交代这口刀的来龙去脉的一段内容：

> 府尹先将林冲扣留，拿起那口刀细看，觉得奇怪，缘何奇怪呢？原来这口刀，只在高太尉家有一个，别的地方都没有。府尹正疑虑，这口刀怎么会传到别人的手里，又卖到林冲的手里的呢？

林冲是个武艺高强的东京八十万禁军教头，喜欢宝刀。高太尉有一把宝刀，林冲想借他的刀看一看，但是高太尉总不肯拿出来给他看。高太尉便利用林冲喜欢宝刀的这一心理特点，为了陷害林冲而设下阴谋。首先是指使手下的人去卖宝刀，骗林冲把宝刀买下。而后又指使人以自己要和林冲比刀的名义，将林冲骗入了商议军机大事的地方——白虎节堂。最后，高太尉把“手执利刃，故入节堂，杀害本官”的罪名强加给林冲，将林冲押送开封府审判。最终林冲从一名赫赫有名的东京八十万禁军教头变成脸上有金印的朝廷罪犯。

在汉文原著中，虽然没有直接说出这口刀就是高太尉家的刀，但是用林冲的话点到了该问题。在汉文原著中，林冲很是喜欢自己买下的这口宝刀，他喝彩道：“端的好把刀！高太尉府中有一口宝刀，胡乱不肯教人看，我几番借看，也不肯将出来。今日我也买了这口好刀，慢慢和他比试。”读者将这一段话和在此之前高太尉、陆虞候等人密谋陷害林冲的一段内容结合起来，推断这口刀就是高太尉的刀。

喀尔喀译本中加写这段内容，第一，是为了清楚地交代这口刀的来龙去脉。在汉文原著中，作者并没有直接说出这口刀是高太尉的，也就是说，在汉文原著中并没有直接交代这口刀是从哪儿来的，尽管大家都推断是高太尉的。译者考虑到当时蒙古族读者可能弄不清楚这口刀的来龙去脉，因此在译本中增加如上一段内容加以说明。这样一来，喀尔喀译本比汉文原著更直接地告诉读者，林冲买的这口刀就是高太尉家的刀，从而便于读者的理解。第二，为府尹减轻林冲的罪埋下伏笔。一开始府尹就知道“这口刀，只在高太尉家有一个，别的地方都没有”，从而怀疑这口刀是高太尉的，因此他也怀疑是高太尉陷害林冲，由此同情林冲的遭遇，欲减轻他的罪。

译者在译本中加写如上两个例子，主要是为了适应当时蒙古族百姓痛恨那些王公贵族的奢侈腐败和以权谋私、欺压百姓的心理，从而使译文在一定程度上能够成为当时蒙古族大众的心声，以便译文得以更好地流传。

二、突出人物性格的内容

有些补写或改写的细节，使人物性格趋于率真、坦诚，从而折射出译者所处环境中的群体审美理想和民族的性格。

在汉文原著第六回《花和尚倒拔垂杨柳　豹子头误入白虎堂》中，高衙内看上了林冲的娘子，设下计谋把她骗到陆虞候的家中欲调戏她。在汉文原著中，林冲的娘子极力反抗说道：“清平世界，如何把我良人妻子关在这里？”在喀尔喀译本中，译者还加写了如下一段内容：

林冲的娘子大声叫道："在光天化日之下要欺侮良人妻子，老娘告知我家官人将你这厮千刀万剐。你杀我可以，你若是想玷污我，那可不容易。"

林冲的娘子咬牙切齿地骂道："那厮虽然像个魔鬼，但我不会那么容易被他玷污的。他如果靠近我，我准备用这口刀将他戳死。"林冲一看，娘子从袖子里拿出一个一尺多长的刀，林冲问她从哪里得来，娘子道："当这厮说起风流话时，我便知情况不妙，一看这桌底下有一口杀猪的刀，所以趁他关门窗时把这口刀放进袖子里，便想如果他靠近我的话戳他几刀将他杀死，之后先告知陆谦，再回去。"

在喀尔喀译本中，译者没有拘泥于汉文原著里林冲妻子的形象，而是从蒙古族独特的审美理想出发，塑造了林冲妻子的形象，既美丽、对爱情忠贞，又朴实、豪放。译者在译本中增加如上一段内容，塑造区别于汉文原著中林冲妻子的形象，不是偶然的。勤劳质朴、性情豪放、温柔宽和，是古代蒙古族妇女的普遍性特征。《蒙古秘史》高度赞扬了阿阑豁阿、诃额仑等杰出蒙古族女性的事迹，尤其是"诃额仑好生能事，拾着果子，撅着草根，将儿子养活了。这般艰难的时分，养的儿子长成了，都有帝王的气象"[①]。在明代，又出现满都海彻辰夫人和三娘子等具有英雄气概的蒙古族妇女。满都海彻辰夫人为了维护成吉思汗黄金家族继承汗位，实现蒙古的统一而牺牲了一切。年已三十几岁的满都海宁愿嫁给年幼的巴图蒙克，并竭力帮助他取得汗位，尊称他为达延汗。此后，她多次以皮囊载着幼小的可汗率军出征，她带弓插箭，身先士卒，冲锋陷阵，指挥战斗，征服了西部的瓦剌蒙古，加强了蒙古统一政权的统治，为东西蒙古的统一做出了卓越贡献。满都海彻辰夫人是中

① 巴雅尔标音：《蒙古秘史》，内蒙古人民出版社，1998年，第137页。

外历史上少见的具有远见卓识、深明大义、文武兼备的巾帼英雄。罗布桑却丹也称赞："蒙古族妇女天生素质好，罕见懒惰者。从古至今出现了许多有远见庄重大器的著名女子，蒙古族能够保持古代礼仪全靠妇女的本领。"[①]译者在喀尔喀译本中，将林冲妻子的形象塑造成泼辣、勇敢、敢于反抗的女性，乃是蒙古族文化传统、审美心理，尤其是蒙古族女性观念的自然流露。

汉文原著的第四十四回《杨雄醉骂潘巧云　石秀智杀裴如海》中，潘公请报恩寺的僧人到家来做功德，和尚裴如海和杨雄之妻子潘巧云旁若无人地互相调情。杨雄的结义兄弟石秀看到这些后，心里很是气愤，在汉文原著中，他只是在肚里暗忖道："原来这婆娘倒不是个良人！莫叫撞在石秀手里，敢替杨雄做个出场也不见得！"之后又借答话之际，旁敲侧击，话里有话，对潘巧云和裴如海发出警告。在喀尔喀译本中又加写了如下一段内容：

> 石秀道："如果因不怀好意而撞在我手里，将必死无疑。若忠诚老实做善事，我也会来拜。"那和尚吓得直流汗道："明日众人再来。"便出门回寺。

"在历史上，蒙古族是一个崇拜英雄的民族。这反映到文学作品中，则是出现了很多描写英雄的传说和故事。这些英雄，不但具有超人的力量和智慧，而且勇敢无畏，心胸开阔，性格豪放粗犷。"[②]在汉文原著里石秀因好管闲事，替人出力而被人们叫作拼命三郎。作为一种民族的审美心理，蒙古族比较

① 罗布桑却丹著：《蒙古风俗鉴》，赵景阳翻译，辽宁民族出版社，1988年11月，第327页。

② 扎拉嘎著：《〈一层楼〉〈泣红亭〉与〈红楼梦〉》，内蒙古人民出版社，1984年2月，第83页。

喜欢性格直爽、办事利索的人。译者从自己的生活传统出发，认为像石秀这样路见不平拔刀相助的好汉，面对这样的事情只在心里暗忖是不够的，而应该有一定的具体行动；对喜欢直率性格的蒙古族读者来说，在汉文原著中，石秀采取的旁敲侧击的说法是不符合他们的审美心理的，所以译者为了使石秀的性格更加符合当时蒙古族读者的审美情趣，在译文中加写了如上一段话，这样，他的性格变得粗犷直率、缺少含蓄，趋向于"蒙古化"，从而更受当时蒙古族读者的喜爱，而这也在一定程度上推进了译文的广泛流传。

汉文原著第六十六回《宋江赏马步三军　关胜降水火二将》中，李逵偷偷地下山，先杀了韩伯龙，后撞见没面目焦挺，之后和他一起去枯树山找丧门神鲍旭。他们几个救出被水火二将捉住后送往东京的宣赞和郝思文，又去凌州，打破北门，杀入城中，放火，强掳仓库钱粮，立了大功。当时，戴宗对李逵说道："只为你偷走下山，兄弟赶了许多路。如今时迁、乐和、李云、王定六四个先回山去了。我如今先去报知哥哥，免至悬望。"在汉文原著中，李逵没有说什么，喀尔喀译本中却加写了一段内容：

> 李逵再次吩咐道："你对哥哥备细说知，我收了枯树山的英雄好汉并在凌州放火之功劳。我不是说大话，此次我又立了大功不是么？今后饮酒已经无妨了。"

李逵是个杀人不眨眼的粗鲁汉子，他虽然因为冲动、鲁莽而经常惹事、闯祸，但事后也会老老实实地认错。有一次他误认为宋江和柴进抢了刘太公的女儿，便气冲冲地回到山上一边砍倒了杏黄旗，把"替天行道"四个字扯得粉碎，一边嚷着让宋江交出刘太公的女儿，否则将他杀死。他又是写赌赛军令状，又是带着宋江和柴进到刘太公那里对质，最后他得知抢走刘太公女儿的不是宋江和柴进时，他说道："只是我性紧上错做了事……"后见到宋江后又说道："兄弟的不是了，哥哥拣大棍打几十罢"。在六十六回中，他是知法犯法偷着下山的，他知道宋江的赏罚之严厉，因此他即使立了功，也不敢说出炫耀自己的话语。

根据汉文原著中李逵几次惹事后的表现推断，他在该回中虽然立了功，但是毕竟违法在先，所以他不可能说出如此狂傲的话语。喀尔喀译本中加写的这段内容，明显地违背了汉文原著中的文化精神，却注入了蒙古文化精神。经过如上加写，李逵的言谈中便显得更为直率和少含蓄，从而使人物形象趋向蒙古化。

在喀尔喀译本《水浒传》中，改写人物形象的例子很多，由于后面有一章专门介绍人物形象的改写，因此在此不再一一分析。

三、使故事结构趋于完整的内容

汉文原著的第四十三回《锦豹子小径逢戴宗　病关索长街遇石秀》中，李逵回家乡接母亲返回来后，告诉大家路上发生的一连串的事情：假李逵剪径，母亲被老虎吃掉，李逵杀四虎，在沂水县被捉，从而又给山寨添了两个好汉。众头领因山寨中又添了两个头领而兴高采烈，没有人因为李逵的母亲被老虎吃掉而伤心难过，就连李逵自己也没有任何反应。喀尔喀译本的译者在翻译时增加了如下一段内容：

> 因老娘被大虫吃了，李逵伤心得痛哭了一场。宋江上前劝说道："老娘虽被大虫吃了，但你也杀了那大虫，已报了仇，不要再哭了。"

喀尔喀译本的译者不但阅读和翻译原著，又在思考小说的故事情节是否完整、是否合乎逻辑。译者可能认为，汉文原著的如上结构不合乎逻辑。母亲被老虎吃掉的情况下，李逵见了同甘共苦的兄弟，应该更加伤心难过，晁盖、宋江作为山寨里的大头领，应该安慰失去亲人的兄弟才符合人之常情。译者出于以上考虑，在译本中增加了如上一段内容。

汉文原著第六十三回《呼延灼月夜赚关胜　宋公明雪天擒索超》中，关胜被擒后，见宋公明如此忠义，便入了伙。在原著中他并没有提及家人，但在喀尔喀译本中，译者却加写了关胜牵挂家人的一段内容：

> 关胜道："我一家老小见今都在蒲州城，若小人如今在此间与众头领一起快活，我全家老小定会吃苦头。"

关胜是个文武兼备的英雄好汉，是深得读者喜爱的人物之一。他身为朝廷命官应该清楚自己的所作所为已经牵连了家人及亲戚朋友。身为顶天立地的英雄，在当时他应该考虑家人的安危，只有这样才合乎逻辑，故事结构才能完整。喀尔喀译本的译者可能出于如上考虑，在译本中增加了关胜念及家人的情节，使故事情节更加合乎逻辑，故事结构更加完整，从而便于当时蒙古族读者的阅读。

在汉文原著第六十七回《宋公明夜打曾头市　卢俊义活捉史文恭》中，卢俊义活捉了史文恭，宋江按照晁盖的遗言①，把第一把交椅让给卢俊义，卢俊义不接受，吴用也主张以宋江为尊，卢俊义为次，众头领皆有此意，便你一言我一语地劝宋江。喀尔喀译本中加写了吴用和卢俊义劝宋江坐第一把交椅的一

① 在汉文原著中，晁盖在打曾头市时中了史文恭的毒箭而身亡，他在临死之前曾嘱咐宋江道："贤弟莫怪我说：若那个捉得射死我的人，便教他做梁山泊主。"言罢，便瞑目而死。因此，在该回中，宋江见卢俊义活捉了史文恭，便将第一把交椅让给卢俊义。

段话：

> 卢俊义、吴用并众头领道："哥哥您乃是上天派将下来，专门占领此山的，因为您有召集众弟兄的命。您虽不肯，但我们众人难以违天数。不但如此，九天玄女曾在梦中招你灵魂，亲自托付过你，因此人不能随意改之。"

蒙古族自古以来崇拜长生天，他们认为长生天创造了一切，用以维持生命的火、牲畜的繁衍都是由长生天事先安排的，凡是上天安排的诸多事情，不能由人的意志而改变。宋江备受众头领们的拥护，众人为他赴汤蹈火、不顾自已的死活，放弃自己想过的快活日子，跟着他受招安，即使最终的结果很悲惨，但好汉们却毫无怨言，始终如一地跟着他。译者认为这是上天安排的结果，是宋江命里早已注定的。因此在翻译原著时加写了如上一段话，以此强调梁山泊第一把交椅非宋江莫属。

译者从自己民族的生活和传统出发，在喀尔喀蒙译本中增加的这些内容，更加符合当时蒙古族普通读者的审美趣味，从而使译著得到更多读者的认同，也使译著得到更广泛的流传。

第四章　人物形象比较研究

人物是小说的核心成分，在小说中起到推动故事情节的作用。出色的人物形象塑造是《水浒传》艺术成就中最突出的一点。小说所描写的人物多达几百人，他们遍及社会各个阶层，许多人物形象都是家喻户晓的，并长期活在广大读者群众的心中。其中鲁智深、武松、林冲、李逵等侠肝义胆的英雄人物形象写得最为出色。开篇阅读，这些具有鲜明个性的英雄人物形象就会一一展现在读者的面前。金圣叹对《水浒传》人物进行了褒贬不一的评价，在《第五才子书》中，将《水浒传》梁山好汉分为"上上人物"（鲁智深、武松等）、"上中人物"（呼延灼、卢俊义等）、"中上人物"（公孙胜、燕青等）、"中下人物"（戴宗、杨雄等）、"下下人物"（宋江、时迁等）等几个层次。小说中的英雄人物不仅受汉族读者的喜爱，而且也颇受蒙古族读者的喜爱。喀尔喀译本《水浒传》中，译者从本民族读者的审美情趣出发，对鲁智深、武松、林冲、李逵等人物形象进行或多或少的增删改写，使这些英雄人物形象更趋于"蒙古化"，从而使人物性格更加符合蒙古族读者的审美心理，更加受到他们的喜爱。

第一节　林冲形象比较

在中国小说的发展史上，《水浒传》有着重要的地位。就其艺术成就而言，它成功地塑造了一系列叱咤风云的英雄人物形象，这些人物个性鲜明，特征突出。正如金圣叹所言：“叙一百八人，人有其性情，人有其气质，人有其形状，人有其声口。”[①]其中豹子头林冲可以说是家喻户晓的英雄人物。林冲作为《水浒传》中的一个主要人物，是作者所着力刻画的对象之一。

林冲作为一个典型的艺术形象，在《水浒传》中得到了着力的刻画。刚出场时，作者是这样描写他的：“头戴一顶青纱抓角儿头巾，脑后两个白玉圈连珠鬓环，身穿一领单绿罗团花袍，腰系一条双獭尾龟背银带。穿一双磕爪头朝样皂靴，手中执一把折选纸西川扇子”“生的豹头环眼，燕颔虎须，八尺长短身材，三十四五年纪。”从他的装束和长相来看，既雄姿英发，又俊秀儒雅，真可谓仪表非凡，气质不俗。纵观全书，林冲是个小心谨慎、精细细致、性情急躁、具有侠义心肠的英雄人物。金圣叹曾赞叹道：“林冲自然是上上人物，写得只是太狠。看他算得到，熬得住，把得牢，做得彻，都使人怕。这般人在世上，定做得事业来，然琢削元气也不少。”[②]总之，林冲的形象作为作者的一种审美观的体现，在道德、才能，尤其是在处世态度方面，集中地体现了作者的追求和理想；而广大读者对他的喜爱和认可，实际上就是两者追求、向往和理想的

① 〔清〕金圣叹评点：《第五才子书施耐庵水浒传》（上），文子生校点，中州古籍出版社，1985年3月，第9页。

② 〔清〕金圣叹评点：《第五才子书施耐庵水浒传》（上），文子生校点，中州古籍出版社，1985年3月，第21页。

契合。

不同地区或不同民族的人们在长期的生产生活中，形成了各自独特的审美观，对某个地区或某个民族的人来说毫无意义的东西，在另一个民族中却可以成为一种美的享受。在同一个地区或同一个民族当中，因其身份的不同，其审美观也有可能不同。例如“在塞内冈比亚[①]，富有的黑人妇女穿着很小的鞋子，小到不能把脚完全放进去，因而这些太太们具有步态别扭的特色。然而正是这种步态被认为是极其诱惑人的”[②]。蒙古族在长期的生产生活当中，也形成了自己独特的审美观，因此在喀尔喀译本中，译者按照本民族的审美情趣对林冲的性格进行了一些改写，从而使林冲这一人物性格趋向蒙古化。

一、从小心谨慎到粗犷少疑的性格变化

在汉文原著第六回《花和尚倒拔垂杨柳　豹子头误入白虎堂》中，林冲跟着两个承局去往高太尉府的路上，曾几次停住脚步询问。他的这一行为在一定程度上反映出他小心谨慎的性格特点，下面是汉文原著中的文字：

> （林冲）拿了那口刀，随这两个承局来。一路上，林冲道：“我在府中不认得你。”两个人说道：“小人新近参随。”却早来到府前。进得到厅前，林冲立住了脚。两个又道：“太尉在里面后堂内坐地。”转入屏风至后堂，又不见太尉，林冲又住了脚。两个又道：“太尉直在里面等你，叫引教头进来。”又过了两三重门，到一个去处。

---

① 塞内冈比亚（Senegambia）是过去对西非洲很广大地区的称呼，这个名称是由塞内戈尔河（Senegal R.）、冈比亚河（Gambia R.）而来的。

②贝朗瑞-费罗：《塞内冈比亚的部落》（巴黎，1879年，第11页），转引自普列汉诺夫《论艺术（没有地址的信）》，曹葆华译，生活·读书·新知三联书店，1973年2月，第23页。

喀尔喀译本中却删去了这段内容，使林冲的性格发生了变化，从汉文原著中的小心谨慎到喀尔喀译本中的粗犷少疑，从而使林冲的性格更加符合当时蒙古族读者喜爱豪放的审美心理。

在汉文原著中，林冲被两个承局带到一座殿前，让他在那里等候高太尉，林冲当时并不知道那是商议军机大事的白虎节堂。只是久候不见高太尉来，也不见两个承局返回，心中生疑，探头误入白虎节堂，招致“手执利刃，故入节堂，杀害本官”的罪名。如果他事先知道那是白虎节堂，是决不会入内的。汉文原著中是这样描写的：

两个又引林冲得堂前，说道：“教头，你只在此少待，等我入去禀太尉。”林冲拿着刀，立在檐前。两个人自入去了，一盏茶时不见出来。林冲心疑，探头入帘看时，只见檐前额上有四个青字，写道“白虎节堂。”林冲猛省道：“这节堂是商议军机大事处，如何敢无故辄入？不是礼！”

喀尔喀译本中却把上面一段内容改写成如下一段文字：

林冲又问道：“高太尉在何处？”而差役道：“太尉必是在白虎节堂等候。”于是，三人直入白虎节堂，却不见太尉。二差役道：“请林教头在此暂候，我们去禀报太尉。”说完，便走入内堂。林冲独自在白虎节堂等候多时，猛然想到：“白虎节堂乃处理军机要处，平常时节擅自入内便要获充军之罪，若携刀枪入内便是杀头之罪。我如何便听信了那二人的话，进到这里来！”方才醒悟欲出去时……

林冲作为八十万禁军教头，是很清楚不能擅自进入白虎节堂的，尤其是不能携刀枪进入节堂内，但是当两个差役堂而皇之地将他带进白虎节堂时，他居然没有想到这些，在久候高太尉不到时，才猛然醒悟不该进入白虎节堂。这样改写更加显出喀尔喀译本中林冲性格的粗犷少疑。这样的改写，显而易见不是因为翻译技巧上的困难或对原著内容的不理解，而是为适应当时蒙古族读者喜爱豪放，不喜欢深究的审美习惯和文化心态，有意使人物性格蒙古化。

在汉文原著的第六十六回《宋江赏马步三军　关胜降水火二将》中，关胜领兵征水火二将单廷珪和魏定国。单廷珪被捕后归降于关胜，魏定国兵败之后听单廷珪的劝说，决定归降，但他提出要求道："若是要我归顺，须是关胜亲自来请，我便投降；他若是不来，我宁死不辱！"关胜听后不顾个人安危便要前往，这时林冲谏道："兄长，人心难忖，三思而行。"在这里又反映出林冲小心谨慎的性格特点，他担心关胜单枪匹马深入敌营，万一中其奸计，便会有去无回。他为了朋友的安全劝说"三思而行"。

在喀尔喀译本中删掉了林冲的这段话，显然这也不是因为翻译上的困难，而是译者按照蒙古族读者的审美心理，对林冲这一人物的性格进行了适当的改写，以便使林冲的形象更受蒙古族读者的喜爱。"作为一种民族的审美心理，蒙古族不喜欢心机特别深细和对琐碎事津津乐道的个性。他们从自己的生活传统出发，常常将这样的个性与狡猾奸诈混淆在一起，虽然心机深细和乐道琐事未必都意味着狡猾奸诈。蒙古族还特别鄙视那类心胸狭小、多心好疑以至爱耍'小性子'的人，尽管在蒙古族中也有不少这样的人。'心较比干多一窍'的比喻，在蒙古族人的眼中，不管作任何解释，加以何种修饰和限制，用在何种人的身上，都很难产生美的感觉。蒙古族虽然也很喜爱内心灵巧和聪明颖慧的个性，但是，必须使这种个性与多心好疑和爱作内心盘算划清界限，他们才能接受。蒙古族在赞赏勇敢、豪迈、粗犷这些个性特征的同时，还特别赞赏朴实、忠厚、直爽和宽和待人的个性。无论是文学作品中，或是日常生活的接触中，我们都可以很容易地感觉到他们的这些既是性格的，又是审美的特征。”[①]出于这种民族审美心理，译者在译本中将林冲的性格重新塑造成粗犷、少疑。

二、从精细细致到鲁莽大意的性格变化

在汉文原著中，林冲是个精细细致、处处为他人着想的人。例如，当他被刺配沧州，告别妻翁时，为了不连累妻子而主动写休书给她，当杀人事发后官司追捕得紧时，他为了不连累柴进而又主动要求离开。所有这些都鲜活地反映出了林冲的这一性格特征。

在汉文原著的第八回《柴进门招天下客　林冲棒打洪教头》中，林冲在被发配途中遇见小旋风柴进，得到柴进的盛情款待。柴进府里的洪教头视林冲是个被刺配的罪犯，很是看不起，欲要和林冲比试武艺。汉文原著中这样描写林冲当时的心理：

> 林冲自肚里寻思道：“这洪教头必是柴大官人师父，若我一棒打翻了他，柴大官人面上须不好看。”

在这里突出反映了林冲精细细致的性格特点，林冲在被洪教头欺辱的情况下，仍然为自己的朋友（柴进）着想，他怕“柴大官人面上须不好看”，所以不想与得意忘形的洪教头比试武艺。

喀尔喀译本中删去了该内容，而且把汉文原著中洪教头逼

① 扎拉嘎著：《〈一层楼〉〈泣红亭〉与〈红楼梦〉》，内蒙古人民出版社，1984年2月，第84页。

林冲比试武艺改写成林冲主动与洪教头比武。经过如此一删一改，喀尔喀译本中林冲的性格由汉文原著中的精细细致变成不拘小节，甚至表现出有些鲁莽的性格特点。

在汉文原著的第十八回《林冲水寨大火并　晁盖梁山夺小泊》中，写晁盖、吴用等七人到梁山泊入伙时，林冲前来拜访，并谈起柴进举荐他上梁山入伙的经过道："只因小可犯下大罪，投奔柴大官人，非他不留林冲，诚恐负累他不便，自愿上山，不想今日去住无门！非在位次低微，只为王伦心术不定，语言不准，难以相聚。"金圣叹在"非他不留林冲"六个字旁批道："此六字令我读之骇然。盖写林冲，便活写出林冲来，写林冲精细，便活写出林冲精细来。何以言之？夫上文吴用文中，乃说柴进肯荐林冲上山也。林冲却忽然想道：他说柴进荐我上山，或者疑到柴进不肯留我在家耶？说时迟，那时疾，便急道一句非他不留林冲六个字，千伶百俐，一似草枯鹰疾相似。妙哉妙哉，盖自非此句，则写来已几乎不是林冲也。"[①]这是一段很细致也很深刻的分析。将"非他不留林冲"六个字孤立起来看，是一句很普通的话，没有什么特殊之处，但是用在这里，却能充分反映出林冲精细细致的性格特点。

在喀尔喀译本中，则正好删去了"非他不留林冲"这六个字，经过删节后，从喀尔喀译本中则看不到汉文原著中林冲精细细致的性格特征。

性格粗放、豪爽的蒙古族在日常生活和为人处世当中，总是很少注意到细节方面的问题，甚至不拘小节有时显得有点粗心和鲁莽。译者很清楚大凡受欢迎的文学作品和成功的艺术形象，往往都在某种程度上投合广大读者的审美心理，反映大众的价值取向。因此在译本中按照蒙古族的这一特征，对汉文原

① 〔清〕金圣叹评点：《第五才子书施耐庵水浒传》（上），文子生校点，中州古籍出版社，1985年3月，310页。

著中林冲的性格进行了如上改动，其目的就是为了使林冲这一人物性格更加符合当时蒙古族大众的审美情趣，从而得到他们的喜爱。

三、侠义气概的进一步升华

林冲不仅仅是个英勇无比的好汉，而且他还具有救弱济贫的侠义气概。在汉文原著的第七回《林教头刺配沧州道　鲁智深大闹野猪林》中，当两个公人押送林冲离开开封府时，他的丈人和众邻舍来送他，汉文原著中是这样写的：

> 两个人是董超、薛霸，二人领了公文，押送林冲出开封府来，只见众邻舍并林冲的丈人张教头都在府前接着。

金圣叹在“众邻舍”三个字旁边批道：“此句非邻舍情重，亦非林冲有恩，只为便于后文写休书耳。”[1]在此暂且不论金圣叹所言是否合乎实际，总而言之，在汉文原著中，就这么一提而过。但在喀尔喀译本中却用大量的文字描写众邻舍送林冲的场面，众人争先恐后地又是送吃的，又是送银两，以此感谢和回报林冲往日对他们的帮助和救济：

> 街坊邻舍、平日里结交的挚友们和东京城里的八十万禁军听得林冲被发配的消息后，皆心灰意冷，只骂高太尉。林冲向来与朋友和谐，帮助众友，是一个忠心忠义的人，因此众人尽自己的所能准备早餐和酒菜，还有人拿出三五两、几千（两）钱以表心意。不仅如此，八十万禁军每人拿出几钱，转眼间收集了两千多两白银。众教头（qerigun terigün

①〔清〕金圣叹评点：《第五才子书施耐庵水浒传》（上），文子生校点，中州古籍出版社，1985年3月，第152页。

daruga）准备几桌好菜，让几个人抬到东京城门外，排放在路两旁。众人给林冲敬酒道："我们曾经真诚地结交，人人都知道您是不小心被歹人所害，众禁军和我们几个全表心意敬奉粗茶淡饭和一些钱。希望您接受。"

由于在喀尔喀译本中加写了如上一段内容，更加突出了林冲救弱济贫的侠义气概。

在汉文原著的第九回《林教头风雪山神庙　陆虞候火烧草料场》中，林冲在闲逛之时遇见了在东京时曾帮助过的李小二。酒生儿李小二是个年轻人，以前曾经在东京的一家酒店里做事。他偷了店主的钱财，被捉住了，要把他送官府治罪。林冲知道以后，尽管李小二和他不沾亲带故，但是他主动替李小二向店主求情，赔礼道歉，又自己掏钱偿付了店主所丢失的物品，这样，使李小二避免了一场在小小年纪里就会留下严重创伤的官司。林冲又是一个做人须做彻、办事办到底的人，看到李小二没有盘缠，又打发给他一些钱，使他离开了东京，到外地去谋生。后来李小二到了沧州，在一家酒店帮忙。店主见他"勤谨，安排得好菜蔬，调和的好汁水"，所以就招他为女婿。如今李小二和妻子一起经营这茶酒店，做着正当的生意。下面是汉文原著中介绍林冲如何帮李小二的一段文字：

（酒生李小二）当初在东京时，多得林冲看顾。后来不合偷了店主人家钱财，被捉住了，要送官司问罪；又得林冲主张陪话，救了他，免送官司；又与他陪了些钱财，方得脱免。京中安不得身，又亏林冲赍发他盘缠。

在喀尔喀译本中则是另一番笔墨：

李小二道："小人在东京时，借了很多钱，因一时还不起而犯愁的时候，兄长您曾经多次帮助过我。最后我把所有的家当都卖了，还了债，便来到此间。”

蒙古族特别憎恨小偷，在上一节里已经谈过蒙古族惩罚有偷盗行为的人的各种律法，从中我们可以知道惩罚小偷的律法是非常严厉的。在汉文原著中，李小二曾偷窃其主人的钱财。在蒙古族大多数人看来，林冲帮助这样一个既是小偷，又背判主人的人，是不太合乎情理的。蒙古族读者是喜欢林冲的侠义心肠，但小说中他所救济的人是个偷主人钱财的不忠不义之人，所以在他们看来，这大大影响了林冲的侠义气概，因此译者在翻译的时候稍做了些改动。在喀尔喀译本中，将李小二从汉文原著中的小偷改写成一个负债累累的穷人。经过这样改写李小二的身份，对当时蒙古族读者而言，林冲的救济行为变得合乎情理，由此他们心目中的林冲的形象变得更加完美。

除此之外，在汉文原著的第七回《林教头刺配沧州道　鲁智深大闹野猪林》中，两个押送人员董超和薛霸按照陆虞候的吩咐，在野猪林欲杀害林冲。他们俩怕林冲反抗，找借口把林冲绑在树上，之后将陆虞候传高太尉钧旨，要他们在此结果林冲性命的事一一告知林冲。在汉文原著中，林冲听了董超和薛霸的话后“泪如雨下”，并求他们不要杀自己，他对董超和薛霸说道：“你二位如何救得小人，生死不忘。”

喀尔喀译本将汉文原著中林冲的“泪如雨下”和向两位押送公人求饶的话全部删节了。对一个人来说，生命只一次，怕死乃人之常情，可是对于当时仍以民间文学为鉴赏主体的蒙古族读者来说，他们心目的英雄人物就像蒙古英雄史诗中的英雄人物一样视死如归，在死亡和苦难面前毫无畏惧。在蒙古史诗《格斯尔》中，有一次，锡莱河三汗趁十方圣主格斯尔不在家，打算掠去格斯尔的妻子如格慕·高娃。当时扎萨·希格尔与众猛将奋勇迎敌，他对众猛将说道：“……我们即使看到猛虎跑来，也要和它搏斗；野熊扑来，也要把它刺死；大象袭来，也要冲上前去；猛狮跑来，也要结果了它；敌军袭来，我们要和它拼命搏斗。他们如果像咬人的毒蛇那样袭来，那我们就像大鹏鸟一样飞腾，和他们搏斗；如果他们像下山的猛虎一样袭来，我们就要像铜鬃神狮一样去应战。大家要奋勇前进，誓不后退。”[①]为了保卫家乡，如此奋不顾身地与敌人血战的场面在蒙古英雄史诗中比比皆是。蒙古族读者由于深受这些蒙古英雄史诗中英雄人物英勇无畏的性格的影响，大概是难以接受林冲面对死亡的“泪如雨下”和向无名小辈求饶的情节。林冲是个侠肝义胆、勇猛善战的英雄，这也是他深受蒙古族读者喜爱的主要原因，所以译者为了适应当时蒙古族读者的审美情趣，将汉文原著中林冲所表现出来的软弱或懦弱的一面删去，将一个面对死亡无所畏惧的蒙古英雄史诗中的蒙古英雄似的林冲的形象展现在了蒙古族读者的面前。

为了适应不同读者的审美情趣而对故事情节或人物形象进行改写是一个很普遍的现象。如“著名的加里克，莎士比亚的热烈崇拜者，也竭力使自己的‘偶像’高贵起来。在他上演《哈姆雷特》的时候，他删掉了有掘墓人的那一场，认为这太粗俗了。他给《李尔王》添上了一个幸福的收场”[②]等。译者们往往从自己或自己民族的审美心理出发，对不太符合自己或自己民族审美情趣的内容进行改动，从而使人物形象更富有魅力。汉文原著中林冲的形象，经过译者的如上改写，更趋向于蒙古化，从而更受蒙古族读者的喜爱，这在一定程度上推动了译本在蒙古地区的广泛流传。

---

① 内蒙古自治区社会科学院文学研究所：《北京版〈格斯尔传〉》，内蒙古自治区《格斯尔》（工作办公室翻印本），1985年7月，第139页。

② 普列汉诺夫著：《论艺术（没有地址的信）》，曹葆华译，生活·读书·新知三联书店，1973年2月，第25—26页。

第二节　鲁智深形象比较

鲁智深是《水浒传》作者竭力塑造的重要人物形象之一，他那“路见不平拔刀相助”的英雄气概，给众多读者留下了不可磨灭的印象。他那粗放勇猛、爱憎分明、粗中有细的性格，被刻画得栩栩如生。金圣叹曾赞叹道：“鲁达自然是上上人物，写得心地厚实，体格阔大。论粗卤处，他也有些粗卤；论精细处，他亦甚是精细。”①可以说金圣叹的这句话是对鲁智深形象的高度概括。金圣叹还多次以“阔”字评价鲁智深。除上面引文外，还在第二回夹批中说道：“写鲁智深阔绰，打人亦打得阔绰。”第二回回首总评中叹道：“写鲁达为人处，一片热血直喷出来，令人读之深愧虚生世上，不曾为人出力。”在第四回回首总评中的“写得鲁智深天空海阔”；在第二十五回回首总评中写道：“鲁达何如人也？曰：阔人也！”此外，第五十七回因史进身陷囹圄，嗜酒如命的鲁智深一滴不吃，金圣叹夹批道：“句句使人洒出热泪，字字使人增长义气。”②金圣叹的言语之间充满了对鲁智深人格的敬佩和赞叹。作者在“倒拔垂杨柳”“拳打镇关西”“野猪林救林冲”等故事情节中充分刻画出鲁智深粗放勇猛、粗中有细的性格特点。

蒙古族文人在翻译《水浒传》的时候，按照本民族的审美情趣（对于译者，亦是他本人的审美情趣）对汉文原著进行了不同程度的增删改写，以适应蒙古族读者的阅读喜好。翻译者们不仅对故事情节进行或多或少的增删改写，而且按照自己的

① 金圣叹：《读第五才子书法》，载《〈水浒〉评论资料》第十一、第二期，上海人民出版社，1975年，第129页。

②〔清〕金圣叹评点：《第五才子书施耐庵水浒传》，文子生校点，中州古籍出版社，1985年3月，第67页。

理解和喜好（亦是本民族的理解和喜好），对汉文原著中的人物性格也进行了不同程度的改写，从而使人物形象趋向蒙古化。

经过比较喀尔喀译本与汉文原著中的鲁智深形象，不难发现喀尔喀译本中鲁智深形象的细微的变化。这一细微的变化则能反映出蒙汉两个民族文化之间的差异。“研究一个民族怎样翻译另一个民族的文学作品，事实上是在研究这个民族的民族性格和审美理想，以及研究这两个民族之间文化上的异同。”①

《水浒传》第三回《史大郎夜走华阴县　鲁提辖拳打镇关西》中，号称“镇关西”的郑屠横行一方，公然强夺民女金翠莲做妾，后因妻子不同意，随即把金翠莲父女俩逐出家门，并讹诈“典身钱”三千贯银子。金氏父女无力和他争辩，只得含泪卖唱还债。当鲁智深与史进、李忠吃酒时得知这一事情，勃然大怒，当即就要去打死郑屠，被史进和李忠劝住。他立即凑钱，送与金氏父女做盘缠，让他们收拾行李，自己来打发他们起身。当天气得连晚饭也没吃就睡，第二天起个大早，打发金氏父女走后。他怕店小二拦截报信，在店里坐了两个时辰，约莫金氏父女走远了，方才起身去寻郑屠，故意要精肉臊子、肥肉臊子、软骨臊子来激怒郑屠，最后三拳两脚便把郑屠打死。鲁智深打死“镇关西”之后，为了躲避官府的追捕，便慌忙出逃。在逃脱的途中遇到金老并应邀到他家。原来金氏父女在路上，遇到在京师时的旧邻居，通过那个人的介绍，当地一个大财主赵员外把金翠莲养作外宅，如今他们过着丰衣足食的日子。当金氏父女和赵员外非常热情地招待这位恩人的时候，鲁智深却摆出一副客客气气的样子，说了很多客套的话。汉文原著的第三回《赵员外重修文殊院　鲁智深大闹五台山》中，这

① 扎拉嘎著：《比较文学：文学平行本质的比较研究——清代蒙汉文学关系论稿》，内蒙古教育出版社，2002年12月，第110页。

样描写这段内容：

（那女子）拜罢，便请鲁提辖道："恩人上楼去请坐。"鲁达道："不须生受，洒家便要去。"金老便道："恩人既到这里，如何肯放教你便去。"老儿接了杆棒、包裹，请到楼上坐定。老儿分付道："我儿陪侍恩人坐坐，我去安排饭来。"鲁达道："不消多事，随分便好。"

赵员外让鲁达上首坐地，鲁达道："洒家怎敢。"员外道："聊表相敬之礼。多闻提辖如此豪杰，今日天赐相见，实为万幸。"鲁达道："洒家是个粗卤汉子，又犯了该死的罪过，若蒙员外不弃贫贱，结为相识，但有用洒家处，便与你去。"

次日，又备酒食管待。鲁达道："员外错爱，洒家如何报答。"

蒙古族文人在翻译《水浒传》的时候，把这一部分内容全部删节了。在第二章我们已探讨喀尔喀译本《水浒传》中的删节问题，其中也谈及进行删节的原因有二：其一，是出于翻译中的困难；其二，是汉文原著的一些内容，或者不易被蒙古族读者理解，或者不能引起当时蒙古族一般读者的兴趣。显而易见，上述这些内容中并没有难翻译的字词，也没有难懂的语句，由此可以认为删掉这些内容不是因为翻译上的困难，而是为了符合蒙古族生活习俗和审美情趣，使人物性格趋向蒙古化，从而能够引起当时蒙古族一般读者的兴趣。

蒙古族自古以来以"好客"远近闻名，无论是交往很深的老朋友，还是刚刚认识的新朋友，无论是专门来访的客人，还是过路的陌生人，他们都会热情地招待。广阔无垠的大草原，常常是几十里、几百里没有人家，远行的行人必须通过得到他人的帮助才能解决自己的饮食和居住等问题。草原上的蒙古人一直把帮助他人作为自己日常生活中所遵循的一种美德。在成吉思汗的《大札撒》里有一条规定是这样定的："骑着马从用餐人旁边路过的行人，在没有事先得到主人允许的情况下，也可以下马用餐，主人不得拒绝。"[①]在《大札撒》里专门写入这样的规定，说明蒙古族统治阶级也十分重视这一问题，从而使这些约定成俗的习惯更普及、更完善。在蒙古人家里做客，要实实在在，来不得半点虚假。如果客人过于客气，那他们就会以为对方没把自己当朋友，会非常不高兴或者认为对方不够坦诚、不够爽快，甚至会觉得对方是个不值得交往的人。蒙古族对发自内心的热情招待向来不会客气，而是像在自己家里一样吃好喝好，以谢主人的盛情款待。尤其是像鲁智深这样勇猛豪放的军汉，绝不会说出"不须生受，洒家便要去""不消多事，随分便好""洒家怎敢""洒家是个粗卤汉子，又犯了该死的罪过，若蒙员外不弃贫贱，结为相识，但有用洒家处，便与你去""员外错爱，洒家如何报答"等客气的话语。译者把不符合蒙古族生活习俗和审美心理的这一片段删去，使鲁智深形象更趋向蒙古化，以便能够吸引更多的蒙古族读者，从而使自己的译著能够更好地传播。

同样也是在汉文原著中的第四回中，鲁智深为了逃脱官府的追捕，决定去五台山当和尚避难。在汉文原著中，他和赵员外是坐轿子去五台山的，是这样交代当时去五台山的情况："赵员外与鲁提辖两乘轿子抬上山来"。在翻译成蒙古文的时候，删去了"乘轿子抬上山来"这一句，翻译成："次日，跟着赵员外到五台山上的寺里。"很显然，删节此内容也不是因为翻译上的困难，而可能是由于以下两种原因：

其一，不太符合蒙古族接受群体的审美心理。一个力大无

① 格·那木吉拉编著：《成吉思汗札撒与必里克》（蒙古文），内蒙古文化出版社，1989年12月，第148页。

比，能以三拳两脚打死“镇关西”郑屠的，有“万夫不当之勇”的鲁智深赶“三十余里”路程时乘轿子让人抬着走，这似乎不大符合蒙古人的生活习惯和审美情趣。蒙古人在日常生活中，无论是年龄小的小孩，还是年迈的老人，无论是粗壮有力的男人，还是美貌如花的女人，都掌握一套熟练的骑马技术。约翰·普兰诺·加宾尼在他的《蒙古史》中这样写道：“他们的小孩刚刚两三岁的时候，就开始骑马和驾驭马，并骑在马上飞跑”“年轻姑娘们和妇女们骑马并在马背上飞跑，同男人们一样敏捷。我们甚至看见她们携带着弓箭。男人们妇女们都能忍受长途骑马。”[①]可以说，这一内容是蒙古族日常生活的真实写照。众所周知，蒙古族自古以来就号称是“马背上的民族”。蒙古人和马是分不开的，蒙古人视马为自己的好朋友、好伙伴，从不虐待它。蒙古史诗中的英雄人物都是骑着快马，在战场上与敌人交锋，在战马的协助下战胜敌人，保护家乡和人民，使自己部落的人民过上幸福安康的生活。在蒙古人看来，英雄人物应该是骑着快马驰骋在草原上，而不应该是乘坐轿子让人抬着赶路。可能是由于这样的思考，译者删节了鲁智深乘轿子的内容。

其二，理解上的困难。生活在无边无际大草原上的蒙古族，因为放牧的需要，居住得比较分散，从这一户人家到那一户人家，可能有上百里路程。牧场和自己的家也离得较远，所以他们的主要交通工具是马。不管是探亲访友，还是游牧迁徙，都会骑上他们心爱的马儿，与马相伴而行。就连在婚礼上，牧人的送亲队伍也是浩浩荡荡的马队，马背上驮来盛装的新娘，不像中原地区把新娘用轿子抬来。蒙古族从帝王、大臣到平民百姓，不管出身高贵，还是贫贱，都同样骑马赶路。在

---

① ［英］道森编：《出使蒙古记》，吕浦泽，周良霄校注，中国社会科学出版社，1983年10月，第18页。

这一点上，他们是平等的。基于蒙古民族的生活环境和生活习俗，在当时很多人是无法理解还能“乘轿子”让人抬着赶路。译者为了使自己的译著能够被当时的大多数人所接受，理所当然地站在众多读者的立场上考虑问题，因此即便译者本人熟知“乘轿子”是中原人的习惯，也会删掉这不被当时多数人所理解的内容。

经过如上改动，鲁智深的形象更接近于蒙古英雄史诗中的英雄人物形象，从而更受蒙古族读者的喜爱，使译著能够很好地在蒙古族读者中流传。

在汉文原著的第五十六回《徐宁教使钩镰枪　宋江大破连环马》中，有一段内容是写鲁智深、武松、杨志等二龙山的头领们帮助桃花山的李忠、周通去攻打呼延灼的故事。呼延灼与他们厮并了一日后，夜间却退回青州府。在返回二龙山的路上，武松碰见结义兄弟孔亮，并得知孔亮的叔父孔宾被青州慕容知府捉去，兄弟俩为了救出叔父去打青州府，结果不但没能救出叔父，反而孔明又失陷在青州府。武松对孔亮详细说明打呼延灼一事，并告诉他得御赐马的经过，说道：“山寨中（指桃花山——引者注）留我弟兄三个筵宴，把这匹御赐马送与我们。”这匹日行千里的宝马是当初呼延灼前去争剿梁山泊时皇帝赐予他的，呼延灼战败之后，在去青州府的路上经过桃花山一带时，马被周通等人偷去。在蒙古文译本中，是这样描写鲁智深等人得到此御赐马的经过的：

> 听周通说道：“此马能够日行千里，是一匹宝马。”鲁智深便道：“如此将这匹马送与洒家。”周通便敬献与他。

从汉文原著中周通主动送马给鲁智深，到蒙古文译本中鲁智深听说是一匹宝马便开口要马时，不难发现鲁智深形象的变化。如果不理解蒙古族民族性格，很容易将经过改写的鲁智深形象视为贪财或爱占小便宜的小人物形象。鲁智深是个路见不平拔刀相助，该出手时就出手，扶危济困的英雄豪杰。他给毫不相干的金氏父女银两作盘缠，甚至因为他们而出手打死“镇关西”，失去了提辖之位，从一名响当当的提辖变成一名剃发和尚，即便如此，他也毫无怨言，从没想过得到什么回报。又为了搭救朋友（林冲），明知“山中有虎，偏向虎山行”与有权有势的高太尉作对，从而又失去了在佛门庇护下安稳度日的好机会，踏上了流浪江湖之途，但是始终如一地牵挂着朋友（在梁山泊重遇林冲时，开口便问林冲妻子的安危），而这样一个“爱管闲事”“见义勇为”“行侠仗义”的好汉不至于因为帮助和自己命运相仿的好汉打退官兵（其实官兵是他们共同的敌人，在此之前，鲁智深也曾听说青州府欲出兵征剿桃花山、二龙山、白虎山之事）而开口要人家的宝马。上述改写明显地违反了汉文原著的文化精神，却又注入了蒙古游牧文化精神。译者认为像鲁智深这样的英雄人物，碰到了这匹“日行千里”的宝马，自然会喜欢并想拥有它。但这绝不是因为贪财或爱占小便宜而引起的，而是因为具有强烈的“爱才”情怀而引起的。蒙古族向来喜爱马，尤其喜爱好马。在蒙古人的眼里，马不仅仅是个交通工具，而更是日常生活中不可缺少的伴侣。蒙古人崇拜马，马是蒙古人的自然神。马在蒙古人的游牧生活中起着非常重要的作用，打仗时，马是蒙古人最好的坐骑和伙伴，平时是蒙古人日常生活中必不可少的交通工具。蒙古人在长期的游牧生活中跟马建立了特殊的关系。在蒙古民族英雄史诗和民间传说中洋溢着蒙古人对马的赞美，在蒙古民族悠扬动听的长调中波动着蒙古人对马的无限之爱。在家养的牲畜当中，马是非常机灵而又勤奋的动物。蒙古人崇拜马，喜欢马，更离不开马。“马背上的民族”“骑马民族”已经成了对蒙古民族广为流传的美称。机灵的家畜——马身上充分体现了蒙古民族勤劳、勇敢的民族性格和惊人的民族智慧。在萧大亨的《北虏风俗》

中有记载："夷人畜产，惟牛羊犬骆驼而已，其爱惜之勤，视南人之爱惜田禾尤甚；其爱惜良马，视爱惜他畜尤甚。见一良马，即不吝三四马易之，得之则旦视而暮抚，剪拂珍重更无以加，出入不以骑，惟蓄其力以为射猎战阵所需而已。"[①]从这一记载能够充分看出蒙古人是何等地爱护马，尤其是好马。就因为呼延灼的这匹御赐马是一匹宝马，所以鲁智深才开口要这匹马，如果换了是金银珠宝，他绝不会开口要。汉文原著中，当李忠和周通请鲁智深等来打呼延灼的时候，就曾经允诺过"请大头领将军下山相救，明朝无事了时，情愿来纳进奉"，对此鲁智深等不屑一顾。可见他们相助桃花山打退青州军马绝不是因为钱财，而是因为英雄豪杰的义气。结合上述内容，我们可以理解鲁智深开口要马的真正原因。经过如上改动，鲁智深变得更为粗放而少含蓄，从而使他的形象趋向蒙古化。译者违反了汉文原著的文化精神，而注入蒙古游牧文化精神，是为了迎合当时本民族广大读者的审美情趣，从而使自己的译著能够引起他们的注意并得到很好的流传。

从《水浒传》蒙古文译本中对鲁智深形象的改动，不难发现蒙古族文人在翻译《水浒传》汉文原著时并不是按照原著的内容逐字翻译的，而是根据蒙古民族的审美情趣，对汉文原著中的故事情节或人物形象进行或多或少的增删改写，注入了大量的蒙古游牧文化精神，使人物形象趋向蒙古化，吸引了众多的蒙古族读者，从而得到更多人的关注，使译著得以广泛流传。

① 萧大亨撰：《北虏风俗》，阿莎拉图译，内蒙古人民出版社，1979年6月，第36页。

第三节　武松形象比较

正如容与堂刊本评点写的："《水浒传》的文字妙绝千古，全在同而不同处有辨。如鲁智深、李逵、武松、阮小七、石秀、呼延灼、刘唐等众人，都是急性的。渠形容刻画来各有派头，各有光景，各有家数，各有身份，一毫不差，半些不混，读去自有分辨，不必见其姓名，一睹事实，就知某人某人也。"[①]在《水浒传》中，作者着力描写出许多精彩情节来衬托各个人物形象，人物塑造的功夫已臻出神入化的境地。金圣叹也曾经说过："别一部书，看过一遍即休，独有《水浒传》，只是看不厌，无非为他把一百零八个人性格，都写出来。《水浒传》写一百八个人性格，真是一百零八样。若别一部书，任他写一千个人，也只是一样，便只写得两个人，也只是一样。"[②]正如金圣叹所言，《水浒传》中的众多英雄人物有着各自鲜明的特点。

在众多英雄好汉中，武松是被刻画得比较成功的一位。在小说中，他的故事长达十回，向有"武十回"[③]之称。作者通过摄人心魄的笔法，描绘了他景阳冈打虎、斗杀西门庆、醉打蒋门神、大闹飞云浦、血溅鸳鸯楼等一系列生动的情节，塑造出了这位富有传奇色彩的英雄人物，使之成为一个深得读者喜爱的艺术形象。在小说中，他的出场极为平常，是宋江杀了阎婆惜，避难在柴进府里之后，才引出落魄于此的武松来。这时的武松，形象并不太好，他经常喝酒打人，因此柴进府里包括

① 叶朗著：《中国小说美学》，北京大学出版社，1982年12月，第301页。

②〔清〕金圣叹评点：《第五才子书施耐庵水浒传》（上），文子生校点，中州古籍出版社，1985年3月，第19页。

③ 耶佳燕：《武松的归宿》，《社苑漫步》2005年第7期。

柴进在内的多数人都对他不满。然而，景阳冈赤手空拳与老虎搏斗，却使他第一次大放异彩。从此，他声名远扬，广交豪杰，充分展示出了他的个性形象：路见不平、拔刀相助，扶危济困，惩恶扬善。其怒火烧时，拳打人间不平；性子起时，杀人累及无辜。真是敢作敢为，一反到底，八面威风，好生了得。可以说，他这种鲜明的人物形象熠熠生辉，让人过目难忘。金圣叹对于这样一位刚柔相济、有胆有识的人物分外欣赏，认为武松是众多梁山好汉中的"第一人"。他把武松与其他好汉相比，指出武松性格中兼有他人之长。通过"一"与"多"的对照，更加突出了武松高大勇猛、刚正不阿、疾恶如仇的形象。他说道："固独人人未若武松之绝伦超群。然则武松何如人也？曰：'武松，天人也。'武松天人者，因具有鲁达之阔，林冲之毒，杨志之正，柴进之良，阮七之快，李逵之真，吴用之捷，花荣之雅，卢俊义之大，石秀之警者也。断曰第一人，不亦宜乎？"①

《水浒传》塑造的众多英雄人物当中，蒙古族最喜欢的人物非武松莫属。根据以下几点可以推断出从内蒙古地区的蒙古族到喀尔喀蒙古地区的蒙古族，对武松这一人物形象是偏爱有加的。

其一，蒙古国著名学者策·达木丁苏荣在《蒙古古代文学一百篇》（以下简称"《一百篇》"）中，编入了《水浒传》第二十二回《横海郡柴进留宾　景阳冈武松打虎》和蒙古族民间艺人琶杰说唱的同回内容。策·达木丁苏荣在《一百篇》中编入该回，说明他非常喜欢这一回，其实这一回当中写得最精彩的是武松景阳冈打虎部分，因此可以说他很喜欢武松这一人物形象。编书、写书不是给自己看的，而是给众多读者看的，因此编书和写书的人首先考虑的是读者的喜好，有读者的书才

---

①〔清〕金圣叹评点：《第五才子书施耐庵水浒传》（上），文子生校点，前引书，第19、423页。

称得上是好书。策·达木丁苏荣将这一回编入该书中，说明这一回的故事内容符合当时蒙古族读者的审美趣味，即当时蒙古族读者喜欢武松这一人物形象。策·达木丁苏荣唯独选择该故事，而且把喀尔喀译本和民间艺人琶杰说唱的内容同时编入《一百篇》中，足以说明他对武松这一人物形象的偏爱。

其二，蒙古族民间艺人琶杰说唱《水浒传》，也说明蒙古族群众非常喜欢《水浒传》的故事内容。想要成为一名成功的艺人，不仅要有卓越的说唱技术，而且也应会选择故事，即要选择听众喜欢的故事来进行说唱。只有听众喜欢，艺人的说唱才有意义，才有成功的可能性。琶杰之所以说唱武松打虎这段故事，是因为它深得蒙古族群众的喜爱，说唱该故事将有极深厚的听众基础。

其三，如今我们无法证实琶杰是否还说唱过《水浒传》的其他回。在此我们将分析两种可能性。第一种可能性：除了第二十二回，琶杰还说唱过《水浒传》的其他回；策·达木丁苏荣在《一百篇》中，没有编入其他回，而只编入武松打虎这一回。那么，由此我们也可以推断蒙古族群众在《水浒传》众多英雄当中最喜欢的是武松。第二种可能性：只说唱过第二十二回。这说明琶杰也最喜欢武松打虎这一段内容。策·达木丁苏荣和琶杰，一个生活在喀尔喀蒙古地区，可以说是喀尔喀蒙古地区蒙古族的代表；一个生活在内蒙古东部，可以说是内蒙古地区蒙古族的代表，他们俩不约而同地喜欢武松打虎这一段，即喜欢武松这一人物形象，绝不是偶然的，而是由他们共同的审美情趣所决定的。

总之，蒙古族读者非常喜欢武松这一人物形象，因此在喀尔喀译本中对武松的形象进行了几处改写，从而使这一人物形象趋向蒙古化。

在喀尔喀译本中，武松力大无比的形象得到进一步升华，但与此同时也显出比原著更加直率而少含蓄的性格，即整个人物形象趋向蒙古化。

一、人物性格的粗犷化

在汉文原著的第二十八回《施恩重霸孟州道　武松醉打蒋门神》中，武松决定要给施恩报仇，将快活林从蒋门神的手中再夺回来。喀尔喀译本中有一段增加的内容，即武松得知蒋门神如何欺负施恩并抢夺快活林之后，气得口吐白沫、火冒三丈，决心要将蒋门神杀死，他说道：

> “若不杀得蒋门神那厮，不报得兄弟的仇，不能声称为好汉也！”说完便火冒三丈，口吐白沫。

在汉文原著中，无论是施恩，还是武松，都没有将蒋门神杀死的想法，而只是想把他教训一顿后，将快活林再夺回来而已。在喀尔喀译本中，译者却增加了如上一段内容，从而使武松的性格显得更加粗犷。在这里，译者又用夸张式的手法描写武松急于为朋友报仇的心情，也是为了适应读者喜欢武松豪放性格的审美心理，而将武松讲义气的形象活灵活现地展现在了读者的眼前。

在汉文原著中，武松不仅是个性情急躁、饮酒闹事（在小说中刚出场时就是因为酒后打人，怕吃官司而躲在柴进家里的；也因酒后性起而打店主人后，又与孔家兄弟打架，等等）、性格粗犷的好汉，而且也有较含蓄、小心谨慎、机智的性格特点。

在第二十二回《横海郡柴进留宾　景阳冈武松打虎》中，在柴进的庄上，武松第一次与宋江见面的时候，宋江便问武松为何在此。在汉文原著中，武松是这样回答的：

> 小弟在清河县，因酒后醉了，与本处机密相争，一时间

怒起，只一拳，打得那厮昏沉。小弟只道他死了，因此一径的逃来，投奔大官人处来躲灾避难，今已一年有余。后来打听得那厮却不曾死，救得活了……

在喀尔喀译本中则是如下一番笔墨：

武松道："小人在家乡时，常常伙同众兄弟一起同他人斗架生事，是一个不本分的人。有一天，打死了一个庄客，因此一径的逃出来，投奔柴大官人处，躲灾避难。后来打听得那被打的人却不曾死，所以今欲要回去。"

在汉文原著中，武松说明自己打人是"因酒后醉了""一时间怒起"而为，可是在喀尔喀译本中却删去了这些打人的理由，而且又加写了"小人在家乡时，常常伙同众兄弟一起同他人斗架生事，是一个不本分的人"这一句话。武松是个力搏猛虎的勇士，自然会豪放一些，但是总不至于自己讲贬低自己的话，尤其面对初次见面的宋江，他不可能说自己是个"不本分的人"。上述改写明显是违反了原著的文化精神，却又注入了蒙古文化精神，从而使武松显得更加粗犷直率而少含蓄，使人物形象趋向蒙古化。

武松打死老虎之后，已是疲惫不堪，在汉文原著中用如下一段文字描写武松当时的身体状况和他的心理：

（武松）寻思道："我就地拖得这死大虫下冈子去。"就血泊里双手来提时，那里提得动？原来使尽了气力，手脚都苏软了……武松再来青石上坐了半歇，寻思道："天色看看黑了，倘或又跳出一只大虫来时，却怎地斗得他过？且挣扎下冈子去，明早却来理会。"

喀尔喀译本中则改写成："能打死这东西真是妙啊！我将它背下山去，让城里人看一看岂不更妙！"而且也删去了原著中的"天色看看黑了，倘或又跳出一只大虫来时，却怎地斗得他过?"和"挣扎下冈子"这些文字，在这里"挣扎"两字传神地刻画出了武松当时打死老虎后筋疲力竭的状态。刚刚与老虎之间展开你死我活的激烈搏斗，武松不仅已是浑身松软无力，而且受到惊吓的心还没有平静。而喀尔喀译本中的武松全然没有劳累和惊吓的样子，反而首先想到向人们夸耀自己的勇气和力气。"改写后武松这样自思，很像蒙古英雄史诗中的人物形象，也符合古代蒙古族崇尚勇力的审美理想，以及坦率的性格特征。"①

在汉文原著中，武松向山下走的时候，看到草丛中两个披老虎皮的猎人，心中着实吓了一大跳，寻思道："呵呀！我今番罢了！"在这里作者运用现实主义手法，细节描写非常到位，十分真实地写出了武松的体能变化和内心活动，使人物形象跃然纸上。但在喀尔喀译本中，武松却想道："真老虎也不曾怕，如何会惧怕他们！"当猎人发问后，在汉文原著中，武松是这样回答的：

> 我是清河县人氏，姓武，排行第二。却才冈子上乱树林边，正撞见那大虫，被我一顿拳脚打死了。

在喀尔喀译本中，武松却是这样回答的：

> 你们这山里的虎崽，莫说碰我身上，我只要大喊一声，那疯虎也要吓得跑开。已将这只虎打死。

① 扎拉嘎著：《比较文学：文学平行本质的比较研究——清代蒙汉文学关系论稿》，内蒙古教育出版社，2002年12月，第78页。

“从这改动中，可以看出‘喀尔喀译本’的译者对武松的形象特别喜爱。同时，这改动也反映出译者审美情趣方面的特点。‘喀尔喀译本’的译者，或许认为武松既然是打虎英雄，不会将披虎皮的猎人误认作真虎，所以将原著中武松心中惊吓的状态，改写作‘真老虎也不曾怕，如何会惧怕他们！’在这之后武松对猎人讲的那番话，则更显出稚气和可爱。他口出豪言，将别乡山里的老虎也蔑视为‘虎崽’，声称只要自己大吼一声，就可以吓跑老虎，全然将自己喻为史诗故事里的英雄。如果不理解蒙古族的民族性格，很容易将经过改写的武松这番话视为狂傲或者吹牛。蒙古族自古崇拜英雄，无论在任何情况下——胜利或者失败，处于强势或者弱势，都不会轻易放弃以英雄自居。‘喀尔喀译本’的上述改动，正是古代蒙古族民族性格的自然流露。”[①]

二、人物力气的夸张化

在汉文原著第二十七回《武松威震安平寨　施恩义夺快活林》中，武松被刺配到安平寨后，得到了小管营施恩的特殊照顾，每天有人送来好吃好喝的，武松不明其因，因此叫来施恩问其原因。当时施恩道：“因为兄长是个大丈夫、真男子，有件事欲要相央，除是兄长便行得。只是兄长远路到此，气力有亏，未经完足。且请将息半年三五个月，待兄长气力完足，那时却对兄长说知备细。”武松是个粗中有细的人，自然听明白施恩说此话的意思，所以大笑道：“管营听禀：我去年害了三个月疟疾，景阳冈上酒醉里打翻了一只大虫，也只三拳两脚，便自打死了，何况今日！”施恩说道：“且等兄长再将养几时，

① 郎樱、扎拉嘎主编：《中国各民族文学关系研究》（元明清卷），贵州人民出版社，2005年9月，第369页。

待贵体完完备备，那时方敢告诉。”听了这番话后，武松便问施恩，天王堂前那座石墩的重量，当施恩告知足有三五百斤重时，武松便要去拔一拔，原著中是这样描写当时的情景的：

两个来到天王堂前，众囚徒见武松和小管营同来，都躬身唱喏。武松把石墩略摇一摇，大笑道：“小人真个娇惰了，那里拔得动！”施恩道：“三五百斤石头，如何轻视得他！”武松笑道：“小管营也信真个拿不起？你众人且躲开，看武松拿一拿。”武松便把上半截衣裳脱下来，拴在腰里，把那个石墩只一抱，轻轻地抱将起来。双手把石墩只一撇，扑地打下地里一尺来深。众囚徒见了，尽皆骇然。武松再把右手去地里一提，提将起来，望空中一掷，掷起去离地一丈来高；武松双手只一接，接来轻轻地放在原旧安处。回过身来，看着施恩并众囚徒。武松面上不红，心头不跳，口里不喘。施恩近前抱住武松便拜道：“兄长非凡人也，真天神！”众囚徒一齐都拜道：“真神人也！”

在这一段描写中，作者第二次将武松力大无比的形象展现在了读者的面前。景阳冈打虎，在某种程度上可以说他是凭借酒后的一股蛮劲儿，那么这次拔起三五百斤重的石墩，靠的却是他一身的傻劲儿。这一段描写中的“把那个石墩只一抱，轻轻地抱将起来。双手把石墩只一撇，扑地打下地里一尺来深”这一句不是很夸张的写法，因为在当今举重比赛中，能举三四百斤重杠铃的人为数不少，而“武松再把右手去地里一提，提将起来，望空中一掷，掷起去离地一丈来高；武松双手只一接，接来轻轻地放在原旧安处”这一句却采用夸张式的写法，夸大了武松的力气之大。武松是作者极力歌颂的英雄好汉之一，无论是在景阳冈打虎、阳谷县杀奸夫淫妇为哥哥报仇、快活林醉打蒋门神为朋友报仇，还是大闹飞云浦、血溅鸳鸯楼中，作者都以赞扬的口吻描写武松的英勇和他的讲义气。就因为作者的一番用心，武松的形象在《水浒传》中脱颖而出，成了读者喜爱的英雄人物。不同时代、不同国家或民族的读者，都以自己的方式解读武松这一人物形象，但是他在读者心目中的英雄形象与作者的初衷是相吻合的。

在喀尔喀译本中，对上一段内容稍做了些改动：

> 两个来到天王堂前，众囚徒见武松和小管营同来，都躬身唱喏。武松道："兄弟你看看我能不能拔得动此石墩。"武松便用一只手提起那个石墩，施恩并众囚徒尽皆骇然。武松便道："这明明是个石头，怎么像棉花一般轻呢，我好好耍一耍。"耍得众人眼花缭乱，武松再将石墩往地上只一撇，扑地打下地里六尺来深，众人看了都赞叹不已。武松就像拔一根草也似再从地上拔起那个石墩要起来，众囚徒都逃走了。武松把石墩放回原处，并坐在上面。施恩并众囚徒忙来拜道："真是天神也！"

在喀尔喀译本中，虽然没有很大的改动，但是采用夸张的手法描写了武松的力气。如武松将三五百斤重的石墩说成"像棉花一般轻""将石墩往地上只一撇，扑地打下地里六尺来深""武松就像拔一根草也似再从地上拔起那个石墩"等。译者在翻译这一段内容的时候，采用如上夸张式手法来改写汉文原著，很显然是因为受了蒙古族英雄史诗写作方式的影响。在蒙古族英雄史诗中，往往采取夸张式手法描写英雄的英勇善战等行为。如蒙古族英雄史诗《江格尔》中就有很多此类描写。在第十章《阿尔格乌兰洪古尔与洪德尕尔萨布尔之战》中，阿拉坦策吉欲让洪古尔去救洪德尕尔萨布尔，他说道：

> 喂，乌兰洪古尔，

你不是凭你的勇气，
攻入六十万顽敌中，
把那参天的赞丹树，
连根拔了出来，
削去它的枝枝杈杈，
把树杆扛在肩上，
对准顽敌挥树扫去，
能击倒五十个英雄；
你即使胡乱扫去，
也能击倒五六个英雄吗？
喂，乌兰洪古尔，
当你的铠甲被人击碎，
身上的创伤化脓溃烂，
脓血流满你的周身，
你那赞丹般的硬腰，
弯下来难以支撑的时候；
你那红扑扑的脸蛋，
变成土灰色的时候；
当六千支长矛的利尖，
一齐向你刺来的时候；
你不是四肢不着矛尖，
轻轻地跳过矛林，
像一颗火星一般，
一步跳到山顶吗？[①]

洪古尔是蒙古族英雄史诗《江格尔》中的重要人物之一，

① 黑勒：《江格尔》（汉文全译本），丁师浩译，浩·巴岱校订，新疆人民出版社，1993年3月，第336—337页。

在有些章回中，他被描写得比江格尔还要精彩和完美。同样也在该章里，描写洪古尔的喊声“震撼了山岩，震碎的岩石一块块地滚落”[①]，如此夸张式的描写在英雄史诗中比比皆是。看了蒙古族英雄史诗中的如上描写之后，我们很容易理解译者在喀尔喀译本中进行的如上改写。

译者之所以能够如此流利地翻译出其他民族的文学作品，与他深受本民族文学传统的影响是分不开的。只有在牢固掌握本民族文学文化传统的基础上，才能正确对待和接受外来文学文化的影响，这是不容置疑的。译者在翻译《水浒传》的时候，基于当时蒙古族读者文学鉴赏活动还以民间文学为主的实际情况，在译本中更多地注入了蒙古族民间文学的文化成分，使译本更接近蒙古族民间文学的创作，从而使译本易于被当时蒙古族读者所理解和接受。而武松的形象也更接近于蒙古族英雄史诗中的英雄人物形象，也更受当时蒙古族读者的喜爱。

① 黑勒：《江格尔》（汉文全译本），丁师浩译，浩·巴岱校订，新疆人民出版社，1993年3月，第351页。

第五章 喀尔喀译本与内蒙古译本的比较研究

《水浒传》蒙译本的两大系统，即喀尔喀译本与内蒙古译本之间有着较大的差异，本章对两大系统之间进行比较，探讨喀尔喀译本与内蒙古译本表现出的地域性特点。

第一节 增删改写比较

喀尔喀译本《水浒传》和内蒙古译本《水浒传》之间既有共同之处，也有不同之处。

一、喀尔喀译本与内蒙古译本的共同点

二者的共同点是均未完全按照汉文原著进行翻译，而是对其进行了不同程度的增删改写，例如：喀尔喀译本《水浒传》和内蒙古译本《水浒传》对汉文原著中大量的诗赋和回末“且听下回分解”等转承话语多舍去不译，删去或改写不被当时蒙古族读者所理解或不符合当时蒙古族读者审美情趣的一些内容。如前所说，在汉文原著的第四回《小霸王醉入销金帐　花和尚大闹桃花村》中，鲁智深在去往东京大相国寺的路上，因路见不平，拔刀相助，而结识了桃花山的两个头领。鲁智深见两个头领“不是个慷慨之人，做事悭吝”，所以决定要走，两个头领见留他不住，

便要下山劫取财物作为送别的赉资。鲁智深见此情景，心中十分地不快。山寨里的金银如山，他们却舍不得给，反而要劫财送客，因此鲁智深在一气之下卷走了酒席上所有的金银酒器。喀尔喀译本中将李忠和周通的吝啬行为，以及鲁智深趁李忠和周通两个头领下山打劫，偷走酒席上的金银酒器的细节改写成李忠和周通主动送给鲁智深金银并亲自送下山。内蒙古译本中也将汉文原著中的这一段内容改写成如下一段文字：

> 李忠、周通两人给鲁智深敬酒并齐声说道："谁敢违抗贤兄之言语。"两人邀请鲁智深到山寨，鲁智深却说道："承蒙两位兄弟看得起，洒家便从此地去东京。"李忠、周通使人去山寨拿了三十两银子作为盘缠送给鲁智深。鲁智深推却不收，经两人再三敬献方才收下。

从上述例子，我们可以看出内蒙古译本的译者同喀尔喀译本的译者一样，也对汉文原著的内容进行了改写，而且两个译本的内容大体相同，即把汉文原著中小气吝啬的李忠和周通两个头领，改写成慷慨大方地送金银给鲁智深。正因为有如上一段改动，所以喀尔喀译本和内蒙古译本中的鲁智深也没有了汉文原著中所描写的偷盗行为。在两个译本中不约而同地出现这一相似现象绝不是偶然的，而是与蒙古族传统文化和文学有着密不可分的关系。蒙古族自古以来崇尚英雄，蒙古族英雄史诗中的英雄人物形象很少有缺点，几乎是完美的。由于深受这些传统文化的影响，在当时，无论是外蒙古的读者，还是内蒙古的读者，都很难接受他们所喜爱的英雄人物是个小气吝啬之人或者有偷盗行为。译者为了适应本民族读者的审美心理，对汉文原著的内容进行了如上改写。喀尔喀地区和内蒙古地区的译者同受蒙古族传统文化的影响，所以在翻译领域里出现了一种"共享文化"的结构和要素。由此可见，喀尔喀地区和内蒙古地区虽有地域差异，从历时和共时的角度而论，各种文化因素和成分互相交错，彼此结合，必然处于一种水乳交融、浑然一体的状态。从上述例子我们可看出，喀尔喀地区和内蒙古地区译者的审美情趣极为默契。两个译本的译者的心会如此相近，因此在译文中的审美传达也会如此冥合。

在喀尔喀译本和内蒙古译本中，有很多这样的例子。这些不约而同形成的相似之点，反映出蒙古族审美情趣方面的共同特点。

二、喀尔喀译本与内蒙古译本的差异

经过比较也可以发现，喀尔喀译本和内蒙古译本之间也存在着不少的区别，正如奚永吉先生所言："即使具有相同文化传统和民族心理的异者，对本文化的原著的理解、阐释和表达亦存在差异，在所难免。"[①]因为喀尔喀译本的译者（读者）和内蒙古译本的译者（读者），所受汉文化影响的程度深浅不一，所以在翻译《水浒传》的时候，对原著中所蕴含的文化精神、文化模式和文化风格等产生不同的理解和识别是在所难免的。下面将具体地分析喀尔喀译本《水浒传》和内蒙古译本《水浒传》之间的差异。

（一）故事基本框架的差异

喀尔喀译本《水浒传》和内蒙古译本《水浒传》都对汉文原著进行了不同程度的增删改写，但两个译本又有各自独特的特点，存在一定的差异。

喀尔喀地区的汉文小说蒙译活动和内蒙古地区的汉文小说蒙译活动有着不尽相同的地方。喀尔喀地区的汉文小说蒙译活动，曾经得到一些蒙古王公，乃至喀尔喀地区政教首领八世哲

① 奚永吉著：《文学翻译比较美学》，湖北教育出版社，2001年3月，第175页。

布尊丹巴的支持，而内蒙古地区的汉文小说蒙译活动多为民间翻译活动。喀尔喀地区的汉文小说蒙译活动具有在王公贵族的支持下集体合作翻译某一汉文小说的特点。他们在本民族一般读者能够理解和接受的前提下，尽可能少删减，在集体合作的情况下，这也不是很难办到的。内蒙古地区的汉文小说蒙译活动很少有集体合作翻译某一汉文小说的情况，而是多为蒙汉文水平较高的文人独立翻译。因此，内蒙古地区的译者在翻译汉文小说时比较自由，即个人的选择性较强，遇到难翻译的内容或译者自己觉得烦琐的时候，在不影响故事情节连贯性的前提下，会对汉文原著进行大块的删节，甚至有些时候不顾原著内容的完整性，而大片段地删减。生活在土默特右旗的闲散贵族哈斯宝翻译《红楼梦》时采取大删减的方法，他翻译的《新译红楼梦》仅有四十回，相当于汉文原著的三分之一。他主要围绕贾宝玉与林黛玉的爱情故事，以及与此相关的情节，对汉文原著进行了有选择的翻译。喀尔喀地区和内蒙古地区汉文小说蒙译活动，正因为有其各自独特的特点，所以导致了喀尔喀译本《水浒传》和内蒙古译本《水浒传》之间的区别。

喀尔喀译本《水浒传》的译者极力保留汉文原著的内容，对其删节得较少，从而使喀尔喀译本中部分的篇幅有些生硬，甚至出现了误译的内容，这些现象明显多于内蒙古译本《水浒传》。在对汉文原著的内容进行删节时，喀尔喀译本多采取平均式删节，虽然篇幅不长，但几乎回回都有一些删节。喀尔喀译本《水浒传》里也有相当篇幅的增加内容，例如，在第一回《王教头私走延安府　九纹龙大闹史家村》中，端王为了把高俅留在自己身边，曾宴请王都尉。喀尔喀译本中增加了一段议论贫富的文字，进一步揭示了上层阶级腐朽奢侈的生活。第六回《花和尚倒拔垂杨柳　豹子头误入白虎节堂》中，高衙内把林冲的妻子骗到陆虞候的家里，欲调戏她。喀尔喀译本中增加了一段内容，描写林冲妻子竭力反抗的情节，使人物性格更加蒙古化。

内蒙古译本《水浒传》有相当多的删节，经过与汉文原著对照，发现前半部分的删节程度明显甚于后半部分。例如，内蒙古译本《水浒传》的第六回《九纹龙剪径赤松林　鲁智深火烧瓦罐寺》、第八回《林教头刺配沧州道　鲁智深大闹野猪林》、第九回《柴进门招天下客　林冲棒打洪教头》、第十回《林教头风雪山神庙　陆虞候火烧草料场》等回的篇幅已不及汉文原著的五分之一；而后半部分的许多回，如第五十二回《戴宗智取公孙胜　李逵斧劈罗真人》、第六十二回《放冷箭燕青救主　劫法场石秀跳楼》、第六十三回《宋江兵打北京城　关胜议取梁山泊》、第六十七回《宋公明夜打曾头市　卢俊义活捉史文恭》等，基本与汉文原著的篇幅相当。扎拉嘎先生曾在他的专著中总结内蒙古译本对汉文原著前半部分内容删节较多，后半部分内容保留较多的原因。他认为可能出于两个原因：首先，与译者的翻译经验有关。其次，是为了适应蒙古族读者的审美情趣。在谈到这一可能性时，他从《水浒传》故事的特点出发指出："《水浒传》故事的重要特点之一，是小说前半部以各个人物如何被'逼上梁山'为主，如同人物某个时期的传记，故事线索也通过描写不同人物而转换，内容包括较多的内地社会风貌，世俗习惯。小说的后半部，大部分英雄人物已经先后汇聚梁山，于是主要描写梁山英雄的征战故事。当时的蒙古族读者，大约更为喜欢征战故事，所以译者对小说后半部保留的多一些。"[①]笔者通过对汉文原著和内蒙古译本之间进行比较研究，也认为内蒙古译本对汉文原著前半部分内容删节较多，后半部分内容保留较多的原因有如上两点。内蒙古译本几乎没有译者增加的内容，这也明显区别于喀尔喀译本《水浒传》。

---

① 扎拉嘎著：《比较文学：文学平行本质的比较研究——清代蒙汉文学关系论稿》，内蒙古教育出版社，2002年12月，第72页。

（二）具体细节描写的差异

1. 注入游牧文化信息程度不同而出现的差异

在汉文原著的第六十六回《宋江赏马步三军　关胜降水火二将》中，关胜带着本部人马去打凌州的水火二将单廷珪和魏定国。在一次交战中，关胜活擒单廷珪，内蒙古译本按照汉文原著描写关胜活擒单廷珪的细节：

> 关胜回头喝道："你这厮不下马受降，更待何时！"单廷珪挺枪直取关胜后心。关胜使出神威，拖起刀背，只一拍，喝一声："下去！"单廷珪落马。

喀尔喀译本却将这一段内容改写成如下一段文字：

> 关胜有一套马技，别人都不知道。等单廷珪靠近自己时忽地转身闪开。单廷珪用枪猛地一刺，关胜突然鞭打马儿，诈做倒往左侧，而却钻到马肚子底下，转而又急回身从单廷珪的背后抱将起来，单廷珪虽然往前拽，但是由于关胜的力气大，因此将单廷珪抓起来，交给林冲等人。

在这一改动中，反映出喀尔喀译本译者的审美趣味方面的特点。马和蒙古族有着密切的关系，蒙古族的生产、生活都离不开马，而且马曾经伴随和协助蒙古族建立了震惊世界的蒙古帝国。在很多大大小小的战争中，蒙古人是借助于马才得以战胜敌人的。"'人借助于马'，就是指人与马构成'一体'，这个'一体'，当然是以人为主，人凭借马的有关功能，马按照人的意图而行动。'人控马以腾跃，马随人而奋击'从而带来两个重要结果：其一，由马的速度代替人的速度，同时在人的体力之基础上，再加上马的冲力及其惯性，而形成一股巨大的力量。这并非简单等于人力加马力之和，而是二者的合力，胜于双方任何一方。其二，由此转换成一定的勇气、魄力和胆识。于是激发起更大的战斗激情、进取勇气、胜利意向。战士的体力、智力和精神力量随之提高。这些对于夺取战争的胜利，至关重要……游牧人的骑兵，当然需要有娴熟的马上战斗之功夫，笼统以'骑射'称之。"[①]喀尔喀译本的译者，或许认为像关胜这样的勇将应该有一套熟练的马上技术，在战马的配合下才能胜得如此完美，所以在译本中改写为关胜活擒单廷珪靠的是一套熟练的马上技术。

在汉文原著和内蒙古译本中，关胜活擒单廷珪是在没有旁人的地方，并没有其他人看见。林冲见关胜、单廷珪两人并马而来后问其原因，当时关胜并没有说起输赢。他说道："山僻之内，诉旧论新，招请归降。"关胜为了维护单廷珪的尊严，故意没有说出自己打败单廷珪的事实，由此充分体现了关胜为人精细、替他人着想的性格特点。但在喀尔喀译本中，却将该内容改写成"将单廷珪抓起来，交给林冲等人"。如此一改，关胜的性格显得更加粗犷、直率、少含蓄，即人物性格更趋向于蒙古化。从上述改写内容中，不难发现喀尔喀译本的译者在译本中注入了更多的蒙古文化精神，内蒙古译本的译者则更多地保留了原著的文化精神，即中原农业文化精神，从而体现出了两个译本之间存在的地域性特点。

在汉文原著的第二十二回《横海郡柴进留宾　景阳冈武松打虎》中，武松赤手空拳与老虎搏斗的场面被作者描写得绘声绘色，令读者百读不厌。内蒙古译本的译者大致按照汉文原著翻译武松与老虎搏斗的场面和经过。而喀尔喀译本却进行了很大的改动，译本中是这样描写武松和老虎的搏斗的：

---

① 孟古托力：《骑兵基本功能探讨——兼释马文化》，《北方文物》1996年第4期。

突然一阵风扑来，吼声大作，武松跃起身看时，只见一只生着赤红眼睛，张开嘴的白虎蹿过来。武松提起梢棒，刚站到石头旁，老虎挺身蹬地，直扑过来，便欲吞武松。武松侧身闪过，老虎转身再次扑向武松，武松也再次躲闪过去。那时，武松大惧，冷汗如注。老虎愈加狂怒，冲向武松，将两只爪搭在武松双肩上。武松毕竟是英雄，也怒火中烧，用力揪住那虎厮打起来。那冈子上有一片大水洼，四周皆是泥淖。老虎与武松纠缠厮斗到泥淖边，武松的勇力有增无减，抓住那疯虎的两只耳朵，向下按它的头，又用脚踏瞎它的两只眼睛，将它按到泥滩中，再拿棒子狠力抽打几番。老虎口鼻中血流如涌，便死去了。那时，武松心中稍松口气，又想到："这虎或许尚未死去。"于是，将棒子赏它几下，拽起来看时，果然断了气。①

在汉文原著和内蒙古译本中，老虎的本领是"一扑、一掀、一剪"。武松首先躲闪开老虎的"一扑、一掀、一剪"，按住老虎，然后再拳打脚踢。喀尔喀译本中，老虎三次都是从正面扑过来的，武松在躲闪开老虎的两番进攻后，第三次便与老虎面对面如同摔跤般厮斗起来。喀尔喀译本中的这一改写是基于蒙古族长期的生活经验。古代蒙古族狩猎，经常是骑马上阵，很少有徒步去狩猎的，而且与猎物的距离也不会很近，往往采取在一定距离之内弯弓射箭或用布鲁棒（一种猎具）打的方法获取猎物。这使得喀尔喀译本的译者们，难以从具体形象上理解老虎的"一掀""一剪"的实际意义，因为面对骑在马上的猎手，老虎的"掀"和"剪"的本领大约也很难施展，因而译者想象到近距离与老虎搏斗时，老虎可能只有正面扑过来的

---

① 这一段文字引自扎拉嘎先生撰写的《清季蒙译本〈水浒传〉二种述略》（载于《民族文学研究》2000年第1期）中的翻译。

本领。"'喀尔喀译本'将武松与虎搏斗的具体方式，改写为先扭缠在一起厮斗，武松逐渐占上风后，再用棍棒打而不是用拳头打虎，则明显是将蒙古族男子摔跤的格斗形式用在打虎上。摔跤是蒙古族男子徒步空手格斗的主要形式，许多史诗英雄也经常在摔跤中战胜强大的敌人。即使在蒙古族最早的书面著作《蒙古秘史》中，也不乏这样的例证，如第一百四十节，成吉思汗的弟弟别勒古台，便是先将对手不里孛可摔倒在地，然后折断不里孛可的腰，杀死不里孛可的。拳打脚踢不是古代蒙古族男子空手格斗的主要形式。这生活经验的特殊性，使'喀尔喀译本'的译者，对原著中武松用拳头打死老虎的描写感到生疏，所以改写为先在摔跤式的厮搏中制服老虎，然后用棒子打死老虎。在这时，棒子类同于蒙古族狩猎时用的包鲁。"[①]喀尔喀译本中，基于蒙古族生活习俗而对汉文原著进行改写的内容很多。

喀尔喀译本的译者并没有按照汉文原著翻译武松打死老虎之后的言行举止，而对此进行了一定程度的改写，内蒙古译本则按照汉文原著翻译武松打死老虎之后的言行举止。在喀尔喀译本中，武松看到披着老虎皮的猎人后心想："真老虎也不曾怕，如何会惧怕他们"，并且他对猎人说，自己只要大吼一声，就能吓跑老虎。经过译者的如上改写，武松的性格变得更加粗犷、豪放，从而使人物性格更趋向蒙古化。

2. 对汉族文化理解程度不同而出现的差异

在汉文原著第五十九回《公孙胜芒砀山降魔　晁天王曾头市中箭》中，公孙胜在打芒砀山的樊瑞、李衮、项充等时，摆了石阵。在汉文原著和内蒙古译本中，公孙胜这样介绍自己要摆的阵：

① 扎拉嘎著：《比较文学：文学平行本质的比较研究——清代蒙汉文学关系论稿》，内蒙古教育出版社，2002年12月，第80—81页。

公孙胜对宋江、吴用献出那个阵图道:“是汉末三分诸葛孔明摆石为阵之法……”

喀尔喀译本中将上一段内容翻译成如下一段文字:

公孙胜道:“贫道认为,小人的此计策非常了得,强于汉代孔明诸葛亮的策略。”

公孙胜是“闻名江湖,善能用兵,有鬼神不测之机,呼风唤雨之法”的道法很深的人,是梁山泊中掌管军事的重要人物之一。在汉文原著和内蒙古译本中,他只介绍自己的阵是“汉末三分诸葛孔明摆石为阵之法”,而并没有评价自己的这一阵如何,但在喀尔喀译本中,译者增加了公孙胜评价自己阵法的一段话,即“贫道认为,小人的此计策非常了得,强于汉代孔明诸葛亮的策略”。在这里,公孙胜全然不顾自己的身份和地位,对着宋江、吴用和众好汉毫不谦虚地夸耀自己。这在一定程度上违背了原著的文化精神,而更多地注入了自己民族的文化精神,使他的性格更加粗犷和直率,从而得到更多蒙古族读者的喜爱。

在喀尔喀译本中,删去了汉文原著中“摆石为阵之法”这一内容,内蒙古译本是按照汉文原著的意思进行翻译的。喀尔喀译本的译者或许不了解“摆石为阵之法”是什么样的阵法,或许即使自己理解该阵法,但是考虑到当时大多数一般的蒙古族读者不一定了解该阵法,所以删去这一内容,将汉文原著中的这一意思笼统地翻译成“孔明诸葛亮的策略”。

同样在第五十九回中,当北京龙华寺法主经过梁山泊时,宋江等众头领将他请上山寨内做道场。在吃斋闲话间,宋江问起北京风土人物时,和尚向他们说起被喻为“河北三绝”的卢俊义。内蒙古译本按照汉文原著的意思翻译出了该段内容:

那大圆和尚说道："头领如何不闻河北玉麒麟之名？"宋江听了，猛然省起，说道："你看我们未老，却恁地忘事！北京城里是有个卢大员外，双名俊义，绰号玉麒麟，是河北三绝……"

喀尔喀译本中则把"河北玉麒麟"的"河北"翻译成"ᠮᠥᠷᠡᠨ ᠭᠣᠣᠯ"（该译本中把"江湖"也翻译成"ᠮᠥᠷᠡᠨ ᠭᠣᠣᠯ"），把"河北三绝"翻译成"如同河的北面的三种大关口似的人"（ᠭᠣᠣᠯ ᠤᠨ [illegible]）。产生这种误译大概是因为译者没有理解"河北"这一词的意思。现如今对中国人（不论是汉族，还是少数民族）来说再熟悉不过的这一省名，可能对当时喀尔喀地区的蒙古人来说，是陌生的，因为喀尔喀地区离中原较远，而且当时交通和消息又是相对闭塞的，所以他们不知道这是个中原的地名，只从字面上的意思理解并解释其意，所以将"河北"翻译成了"河的北面"。在地理位置上，内蒙古和河北是相邻的，因此内蒙古译本的译者能够理解汉文原著中的"河北"指的是地名，而不是"河的北面"的意思，因此内蒙古译本的译者按照汉文原著的意思翻译了这段内容。

3. 对汉字理解程度不同而出现的差异

在汉文原著的第十二回《急先锋东郭争功　青面兽北京斗武》中，杨志被刺配到大名府后得到梁中书的赏识。梁中书有心抬举他，但又担心手下其他人不服气，因此特意安排一场演武试艺仪式。在这次演武比试中，杨志不负梁中书所望，大败副牌军周谨，与急先锋索超不分上下。梁中书对杨志和索超大加赞赏，并赏给两人"两锭白银，两副表里"。内蒙古译本按照汉文原著的意思翻译成"梁中书赏给每人五十两银子，两副绸缎”，喀尔喀译本中却翻译成“梁中书赏给每人一两元宝、一个钟表（时钟）”。在这里，喀尔喀译本的译者把汉文原著中的“表里”理解为“钟表（时钟）”了。

同样也在第十二回中，有一段描写美髯公朱仝相貌的内容，最后说道“满县人都称他作美髯公”。内蒙古译本是按照汉文原著的意思进行翻译的。喀尔喀译本中将这句话翻译成“满县的每一个人都称他做格斯尔”。汉文原著中的“满县人”是全县人、整个县的人的意思，内蒙古译本的译者能够理解该词义，但是喀尔喀译本的译者将它误理解为是个县名，即是个叫“满县”的县。由此喀尔喀译本和内蒙古译本之间出现了如上差异。

通过以上比较，可以发现喀尔喀译本《水浒传》和内蒙古译本《水浒传》在故事情节的处理方面既存在共同点，即均没有按照汉文原著逐字翻译，而是对其进行了一些删节或改写；又存在不少的差异，即喀尔喀译本对汉文原著改写得较多，删节得较少，而且又有相当篇幅的增加内容，内蒙古译本则对汉文原著有较多的删节，却较少改写，也几乎没有增加内容。可以说，喀尔喀译本更多地注入了蒙古游牧文化信息，而内蒙古译本则更多地保留了汉文原著的汉族文化信息。产生这种差异的原因在于喀尔喀译本的译者与汉族文化的接触相对少一些，内蒙古译本的译者与汉族文化的接触相对多一些。

第二节　语言词汇比较

人们在欣赏文学作品的时候，首先而且直接与人们的感官发生联系的就是文学作品的语言。对于文学欣赏者来说，如果不能理解文学作品的语言，欣赏文学作品就成了空谈。译者在翻译一部文学作品时，往往注重运用本民族最为熟悉的语言来传达原著的意思。

经过认真地比较研究发现，喀尔喀译本《水浒传》与内蒙古译本《水浒传》之间不仅在故事情节的增删改写方面存在着一定的差异，而且在运用语言方面也存在着一定的差异。“翻译一如创作，由于译者和作者所处地域的社会和文化条件的差异，毫无疑问，必然具有地域性的审美特征。换言之，这种地区的差异，必然也决定了译品的地域色彩和差别。但这种差别往往又体现于译文中的用词选语，即语言风格。诚如我国先秦时期，南北地域存在着不同风格。又如南北朝时期，南方重视音律，北方则又讲究气质，因而形成了两种迥然不同的风格；前者崇尚清绮，后者擅长贞刚。”[①]喀尔喀蒙古地区和内蒙古地区，在语言方面存有很大的差异。

因为喀尔喀蒙古地区距离中原较远，所以在当地蒙古族日常会话中渗入的音译汉语词汇较少。由于具有如上特点，因此在喀尔喀译本《水浒传》中，音译汉语词汇量少一些，对一些汉语名词，如“城隍庙”“道童”“督军”“官吏”等，多取意译或者删去不译。内蒙古译本中则出现了较多的音译的汉语词汇，这说明在内蒙古地区，由于蒙汉杂居或蒙汉兼通者较多，已经有大量的汉语词汇渗入日常蒙古语会话当中。在内蒙古东部地区蒙古族日常会话中，经常以音译方式借用汉语词语，有些汉语词语对当地蒙古族来说，已变得非常熟悉。内蒙古译本的译者基于这样的语言环境，在翻译《水浒传》的时候，对特殊的汉语名词多取音译，而喀尔喀译本的译者基于喀尔喀蒙古地区的特点，多采取意译[②]。

---

① 奚永吉著：《文学翻译比较美学》，湖北教育出版社，2001年3月，第426页。

② 见附录四，第219页。

一、同一蒙古语词汇对应不同汉语词汇

由于喀尔喀译本的译者刻意地将汉语特殊词汇意译成蒙古文，而又无法一一找到与其相对应的蒙古语词汇，因此经常将汉文原著中不同意思的名词翻译成同一蒙古语词汇。如在喀尔喀译本中，把汉文原著中指官位名称的不同汉语词汇翻译成同一个蒙古语词汇的例子很多。这样一来，喀尔喀译本的读者虽然理解这些名词是指官职，但从译本中理解不了汉文原著中这些官职称谓之间的区别。内蒙古译本却采取音译的方式，通晓汉语的人一看就能明白这些官职之间的区别，但是汉语水平不高的人虽然从字面上知道这些词有不同的意思，但又不明白其准确的意思。例如，在汉文原著第一回《王教头私走延安府　九纹龙大闹史家村》中，介绍高俅经过多人的推荐最后以他会踢两脚好球的本领得到端王的欣赏，留在了端王府。最初是柳世权把他推荐到开药铺的董将仕那里的，董将仕见他不是良人，便又推荐到小苏学士那里。在这段内容中，出现一个官位名称“学士”。内蒙古译本的译者和喀尔喀译本的译者对这一词采取了不同的翻译方法，即内蒙古译本的译者采取音译的翻译方法，将“学士”翻译成“ᠰᠢᠣᠸᠧ ᠱᠢ”，而喀尔喀译本的译者采取意译的翻译方法，将“学士”翻译成“ᠲᠦᠰᠢᠮᠡᠯ”。

在汉文原著第二十九回《施恩三入死囚牢　武松大闹飞云浦》中，出现一个官位名称“都监”。内蒙古译本把它音译成“ᠳᠤᠵᠢᠶᠠᠨ”，而喀尔喀译本将它意译成“ᠲᠦᠰᠢᠮᠡᠯ”。

从以上两个例子可以明显看出，喀尔喀译本将汉文原著中的“学士”“都监”都翻译成“ᠲᠦᠰᠢᠮᠡᠯ”。在汉语里“学士”和“都监”虽然都是官位名称，但有区别。

"学士"[①]是指官名。北齐置文林馆学士，北周置麟趾殿学士，皆掌著述。南朝梁有抄撰学士，隋有东宫学士。唐初开文学馆，以大臣十八人兼学士，讨论文典，号称十八学士，又置弘文馆学士，讲论文义，商量政事。唐太宗时命学士起草诏令，无名号。唐宋皆有翰林侍学士、侍读学士与侍讲学士，为皇帝讲论经史，沿袭至清。宋又有观文殿、资政殿、端明殿等学士与龙图阁、天章阁、宝文阁等学士与大学士，侍从皇帝，以备顾问，并无实职。

"都监"也指官名。宋兵马都监简称都监，其中，路分都监掌本路禁军屯戍、边防、训练，州府以下都监掌本城军队屯驻、器械、训练、差使，以资浅武官担任者称监押。

喀尔喀译本中，译者把两个意义相区别的词汇"学士"和"都监"，都译成"ᠲᠦᠰᠢᠮᠡᠯ"，所以从喀尔喀译本中看不出汉文原著中"学士"和"都监"之间的区别，在一定程度上影响了蒙古族读者对汉文原著的理解和解读。

内蒙古译本将汉文原著中的"团头""节级"音译成"ᠲᠤᠸᠠᠨᠲᠤᠤ"和"ᠵᠢᠶᠧᠵᠢ"；而喀尔喀译本把两个不同的词意译成了一个词"ᠴᠡᠷᠢᠭ ᠦᠨ ᠳᠠᠷᠤᠭ᠎ᠠ"，蒙古语的意思是"军官"。

宋时各行业都有市肆，叫作团行。行有行老、团有团头，是各自行业的首领。"节级"是唐、宋军事机关中低级军佐的总称。因为喀尔喀译本中将"团头"和"节级"意译成同一词语"ᠴᠡᠷᠢᠭ ᠦᠨ ᠳᠠᠷᠤᠭ᠎ᠠ"，所以读者无法知悉两者的区别。

内蒙古译本将汉文原著的"提辖"这一军官的名称音译为

---

① 对这些词语的解释主要参考如下几个辞典：
龚延明编著：《宋代官制辞典》，中华书局，1997年4月。
沈起炜、徐光烈编著：《中国历代职官词典》，上海辞书出版社，1992年8月。
贺旭志编著：《中国历代职官辞典》，吉林文史出版社，1991年10月。
罗竹风主编：《汉语大词典》，汉语大词典出版社，1989年3月。

“[illegible]”，而喀尔喀译本将其意译成“[illegible]”（蒙古语里是官员的意思）。

内蒙古译本中把汉文原著第二十七回《武松威震安平寨 施恩义夺快活林》里的“管营”音译成“[illegible]”，而喀尔喀译本将其翻译成“[illegible]”。

“提辖”和“管营”两个词虽然都指官位名称，但也有区别。“提辖”指的是官名。宋常以知州、知府兼提辖兵甲，简称提辖，掌军旅训练教阅，督捕盗贼，镇压民众反抗。“管营”指的是古代边远地区管理徒留充军罪犯服役的官吏。

由于喀尔喀译本中将“提辖”和“管营”两个词笼统地译成“[illegible]”，因此从该译本中区别不出“提辖”和“管营”两个官位名称词的如上区别。

汉文原著第一回《王教头私走延安府 九纹龙大闹史家村》中，前后出现“都军”“喽啰”等词，内蒙古译本的译者将分别音译成“[illegible]”“[illegible]”，而喀尔喀译本的译者将这两个词都翻译成“[illegible]”（蒙古语的意思是“兵”）。在汉语中，“都军”和“喽罗”的意义不相同。

“都军”指的是官名，督视军马的简称或别名，是军职差遣名。以执政官（知枢密院事、签书枢密院事、参知政事等）统领前线军事，称督视军马。而“喽啰”指的是强盗头目的部下，绿林中的小卒。

由于喀尔喀译本里把“都军”和“喽罗”都译成同一个蒙古语词汇“[illegible]”，因此从译本中辨别不出两者的区别。

喀尔喀译本的译者因为采取意译的方式翻译这些特殊词汇，而蒙古语词汇中又没有与其相对应的词汇，因此只能笼统地将其基本意思表达出来，从而把相互区别的两个汉语词汇翻译成同一个蒙古语词汇。由于译者采取这样的翻译方法，因此读者无法从喀尔喀译本中看出这些词汇细微的区别。这在很大程度上影响了蒙古族读者解读和理解汉文原著的意思。

二、用解释式词语翻译汉语词汇

从一个民族的语汇中找不到与另一个民族语汇准确对应的词汇是一个很普遍的现象，尤其对从事翻译工作的翻译家们来说是不足为奇的。这不是这一个民族的语言词汇比那一个民族的语言词汇多或少的问题，而主要还是与两个民族的文化传统有关。比如，以游牧为主的民族的语言词汇中，关于游牧文化方面的词汇相对比农耕文化方面的词汇要多；以农业为主的民族的语言词汇中，农耕文化方面的词汇比游牧文化方面的词汇多，等等。蒙古族文人在翻译《水浒传》时，也遇到从蒙古语词汇中难以找到相对应的词汇的问题。喀尔喀译本的译者遇到该问题时，经常采用解释式词语把汉文原著中的意思表达出来，而内蒙古译本的译者则采取或删节，或音译、硬译的方法。例如，在汉文原著的第四十七回《一丈青单捉王矮虎　宋公明两打祝家庄》中，用“铜墙铁壁”来形容祝家庄的防守很坚固、严实。在内蒙古译本中，译者把这一词语删去不译，而喀尔喀译本的译者将其翻译成“[illegible]”，即“墙是用铜铸造的墙，门是用铁铸造的门”的意思。译者在找不到对应的蒙古语词汇的情况下，运用这种解释式的语句将汉文原著中的四字成语翻译成两个句子，传达汉文原著中的意思。用铜和铁铸造成的墙和门是坚固、严实的，因此喀尔喀译本的这种翻译，在一定程度上与汉文原著中的意思是相同的。

第六十回《吴用智赚玉麒麟　张顺夜闹金沙渡》中，吴用为了赚卢俊义上梁山，扮作算命先生去北京城。当卢俊义让他“推算目下行藏”时，他便故作惊讶道：“员外这命，目下不出百日之内必有血光之灾；家私不能保守，死于刀剑之下。”

内蒙古译本中，将“血光之灾”硬译成“ᠴᠢᠰᠤᠨ ᠭᠡᠷᠡᠯ ᠦᠨ ᠭᠠᠮᠤᠭ”；在喀尔喀译本中，将其翻译成“ᠴᠠᠭᠠᠨ ᠪᠡᠶ᠎ᠡ ᠤᠯᠠᠭᠠᠨ ᠪᠣᠯᠵᠤ᠂ ᠤᠯᠠᠭᠠᠨ ᠴᠢᠷᠠᠢ ᠴᠠᠭᠠᠨ ᠪᠣᠯᠬᠤ”，即“白色肢体变为红色，红色脸庞变为白色”的意思。从字面上看，似乎与“血光之灾”不相吻合，是个误译，但仔细分析其字义，其实这正是“血光之灾”这一词的含义。汉语里的“血光之灾”的意思是“被杀的灾难”。在后文中又说“死于刀剑之下”，那么肯定是要流血，人被血染得从白色变为红色，这是喀尔喀译本中所谓的“白色肢体变为红色”；正常人的脸色是有血色的，如果流血过多，脸色会变得苍白，这又与喀尔喀译本中的“红色脸庞变为白色”相对应。译者在着手翻译之时，一时找不到与“血光之灾”相对应的蒙古语词汇，因此采取这种解释式（也可以说成是批注式）翻译法，把汉文原著中的四字成语翻译成了句子。这虽然有碍体现汉文原著用词方面的成就，但以解释式的词语解释出汉文原著中一些成语或特殊词汇的意思，对蒙古族读者理解和解读《水浒传》提供了一定的便利条件，从而也推动了译本在蒙古地区的广泛流传。

除此之外，喀尔喀译本的译者还运用不同的蒙古语词语翻译汉文原著中的同一词语。在汉文原著中，“大虫”这一词多次出现。具体指动物时，喀尔喀译本和内蒙古译本均意译为“ᠪᠠᠷᠰ”（蒙古语里的意思是“老虎”）。梁山好汉中也有人号称“大虫”，如薛勇的绰号叫“病大虫”，女将顾大嫂号称“母大虫”。汉文原著中，写一个叫牛二的泼皮，人们给他起了个绰号叫“没毛大虫”。喀尔喀译本的译者将“母大虫”译为“ᠡᠮ᠎ᠡ ᠪᠠᠷᠰ”（蒙古语的意思是“母虎”），“病大虫”翻译成“ᠡᠪᠡᠳᠴᠢᠨᠲᠡᠢ ᠪᠠᠷᠰ”（蒙古语的意思是“有病的老虎”），把“没毛大虫”译成“ᠦᠰᠦ ᠦᠭᠡᠢ ᠮᠣᠭᠠᠢ”（蒙古语里的意思是“没有毛的蛇”）。显而易见，喀尔喀译本中，把“母大虫”和“病大虫”中的“大虫”都译为“ᠪᠠᠷ”（蒙古语里的意思是“虎”），而把“没毛大虫”中的“大虫”翻译成“ᠮᠣᠭᠠᠢ”（蒙古语里的意思是“蛇”），运用两个不同的蒙古语词语来表达汉文原著中的同一个汉语词语。

内蒙古译本的译者对这些绰号均采取音译，即把“母大虫”译成“ᠮᠦ ᠳ᠋ᠠ ᠴᠦᠩ”，把“病大虫”译成“ᠪᠢᠩ ᠳ᠋ᠠ ᠴᠦᠩ”，把“没毛大虫”翻译成“ᠮᠧᠢ ᠮᠣᠤ ᠳ᠋ᠠ ᠴᠦᠩ”。内蒙古译本的译者采取音译法，是基于当时在内蒙古地区，尤其是在漠南蒙古地区的蒙古族日常用语中已经掺入大量汉语词汇的实际情况。蒙汉杂居地区的蒙古族读者容易理解这些音译词的词义。

喀尔喀译本的译者和内蒙古译本的译者对汉文原著的特殊词语采取的不同翻译方法，在一定程度上也体现出了两个译本的地域性特点。

结 论

首先，将《水浒传》蒙译本的诸版本与汉文原著进行比较，从而初步考证了蒙译本各版本的汉文底本。其次，本文从情节的改写、人物形象和翻译词汇等几个方面，系统研究了喀尔喀译本《水浒传》各种不同类型的增删改写，认为这些增删改写对译本在喀尔喀蒙古地区的流传具有推动作用，并且对喀尔喀蒙古地区的读者接受《水浒传》具有促进意义。再次，通过对喀尔喀译本与内蒙古译本的比较研究，论证了蒙古文化以及蒙汉文化交流在清代具有地域性特征。论文通过多重比较研究，探讨了喀尔喀译本在增删改写中显示出的译者的审美理想，以及译本与原著在审美理想方面的差别，这些都说明当时的文学翻译具有再创作的性质，喀尔喀蒙译本已经成为具有自己特点的《水浒传》文本。

进一步归纳对汉文原著与蒙译本，喀尔喀译本与内蒙古译本所做的比较研究的结论：

一、在清代，喀尔喀蒙古地区的蒙古族文人在内蒙古地区已数次翻译《水浒传》的前提下，仍着手翻译《水浒传》，这一方面证明了蒙汉两个民族之间的文化、文学交流之源远流长，绵延不断；另一方面也反映了喀尔喀蒙古地区的蒙古族喜欢《水浒传》这个故事，他们对《水浒传》的故事内容有很强的认同感。在清代，喀尔喀蒙古地区的蒙古族文人曾翻译大量的汉文小说，这些汉文小说译著向蒙古族介绍中原社会生活、风土人情、审美理想等诸多方面的内容，不断地加深蒙汉文化、中原文学的交流，同时也增强蒙古族与中原之间与在文化上的认同感。这些汉文小说的蒙译本也对蒙古族文学的发展产生了重要的影响。一个民族的不朽的文学作品，不仅影响自己民族的读者和文学的发展，而且总是会通过各种方式流传到别的民族之中，直接或间接地影响其他民族的读者和文学的发展。《水浒传》被翻译成蒙古文，在内蒙古地区和喀尔喀蒙古地区广为流传，加深了蒙汉文化、文学的交流，同时也对蒙古族文学的发展起到了推动作用。

二、喀尔喀译本《水浒传》与汉文原著之间的差异，从一个方面反映了蒙汉两个民族之间审美理想方面的差别。蒙汉两个民族在长期的生活和生产活动中，形成了各自独特的审美心理。因为蒙汉两个民族在审美心理方面存在着一定的差别，所以蒙古族在蒙译《水浒传》等汉文小说时，对原著做了一定的改编和再创作。喀尔喀译本《水浒传》的一个重要的特点就是对汉文原著做了大量的增删改写。译者在翻译过程中，对原著中一些不符合蒙古族审美心理的内容做了删节或改写，而且也增加了一些内容，使译本更加符合蒙古族接受群体的审美心理。这些增删改写不仅反映了蒙汉两个民族在审美理想方面的差别，而且也对译本在蒙古地区广泛流传起到了推动作用。

三、喀尔喀译本和内蒙古译本之间的差异，反映了两个译本的地域性特点，从而也反映了蒙古族文化的区域性差异。喀尔喀译本《水浒传》对汉文原著改写得更多一些，而且也更有特色，内蒙古译本删节得较多，而改写得相对少一些，改写得也远不如喀尔喀译本那样有特色。对一些汉语名词，如“城隍庙”“道童”“通鉴”“告示”“帖子”等，喀尔喀译本多采取意译，内蒙古译本则多采取音译。产生这一特点是由于喀尔喀蒙古地区距离中原较远，因此在接受汉族文化影响方面也比较浅，而内蒙古地区距离中原较近，所以接受汉族文化影响也颇深。

四、无论是喀尔喀译本《水浒传》，还是内蒙古译本《水浒传》，在一定程度上反映出译者的文学创作萌动。如前所说，喀尔喀译本中有大量的改写和加写内容。这些改写和加写的情节，体现着译者对小说故事的独特理解和解读，体现着译者对《水浒传》人物形象的重新认识和重新塑造，具有部分再创作的性质，从而反映出译者的文学创作萌动。

五、无论是喀尔喀译本，还是内蒙古译本，经过译者的增删改写已成为具有自己特点的《水浒传》文本。正如哈斯宝在《新译红楼梦·总录》中，称自己翻译的《新译红楼梦》是有别于汉文原著的“另一部《红楼梦》”，喀尔喀译本《水浒传》和内蒙古译本《水浒传》也反映出了自己有别于汉文原著的独特特征。喀尔喀译本更适合于喀尔喀蒙古族的文化心态和审美心理，在当时特定的文化环境下，也更有利于译本在喀尔喀蒙古地区的传播。内蒙古译本则更适合于内蒙古地区，特别是内蒙古东南部地区蒙古族的文化心态和审美心理，有利于译本在内蒙古地区的流传。无论是喀尔喀译本，还是内蒙古译本，都有力地推动了蒙汉文学关系的发展和蒙古族文学自身的发展。

《水浒传》蒙译本，对清代蒙古地区的广大蒙古族读者了解中原的社会生活、风土人情、审美理想等诸多方面的内容所起到的积极作用是不容置疑的，同时它对蒙古族读者的文学鉴赏活动所起到的积极作用也是不容忽视的。

附 录

附录一：喀尔喀译本删节内容[①]

1. 智深见没人说他，到晚便放翻身体，横罗十字，倒在禅床上睡……要起来净手，大惊小怪，只在佛殿后撒尿撒屎，遍地都是。侍者禀长老说："智深好生无礼，全没些个出家人体面！丛林中如何安着得此等之人？"长老喝道："胡说！且看檀越之面，后来必改。"自此无人敢说。（第三回，90页，第15—20行）

2. 智深穿了皂布直裰，系了鸦青绦，换了僧鞋。（第三回，90—91页，第20行、第1行）

3. 监寺听得门子报说，叫起老郎、火工、直厅、轿夫，三二十人，各执白木棍棒，从西廊下抢出来。（第三回，93页，第8—9行）

4. 智深敲了一回，扭过身来，看了左边的金刚，喝一声道："你这个鸟大汉，不替俺敲门，却拿着拳头吓洒家，俺须

---

① 一、本附录中的汉文原著指的是金圣叹评点，文子生校点的《第五才子书施耐庵〈水浒传〉》（中州古籍出版社，1985年3月）。二、回数、页码和行数均指的是汉文原著中的回数、页码和行数。三、用"___"表示删节部分前后的内容。

不怕你！”跳上台基，把栅刺子只一扳，却似撅葱般扳开了；拿起一根折木头，去那金刚腿上便打，簌簌的泥和颜色都脱下来……智深等了一会，调转身来，看着右边金刚，喝一声道：“你这厮张开大口，也来笑洒家。”便跳过右边台基上，把那金刚脚上打了两下，只听得一声震天价响，那尊金刚从台基上倒撞下来，智深提着折木头大笑。（第三回，99页，第9—18行）

5. 遇林而起，遇山而富，遇州而迁，遇江而止。（第四回，105页，第5行）

6. 智深听了他这篇话，又见他如此小心，便道：“叵耐几个老僧戏弄洒家！”提了禅杖，再回香积厨来。这几个方才吃些粥，正在那里。看见智深忿忿的出来，指着老和尚道：“原来是你几个坏了常住，犹自在俺面前说谎。”老和尚们一齐都道：“师兄休听他说，见今养着一个妇女在那里。他恰才见你有戒刀、禅杖，他无器械，不敢与你相争。你若不信时，再去走遭，看他和你怎地。师兄，你自寻思：他们吃酒吃肉，我们粥也没的吃，恰才还只怕师兄吃了。”智深道：“也说得是。”倒提了禅杖，再往方丈后来，见那角门却早关了。（第五回，125页，第12—22行）

7. 那崔道成斗智深不过，只有架隔遮拦，掣仗躲闪，抵当不住，却待要走。这丘道人见他当不住，却从背后拿了条朴刀，大踏步搠将来。智深正斗间，忽听得背后脚步响，却又不敢回头看他，不时见一个人影来，知道有暗算的人，叫一声：“着！”那崔道成心慌，只道着他禅杖，托地跳出圈子外去。智声恰才回身，正好三个摘脚儿厮见。（第五回，126页，第3—9行）

8. 智深便道：“本师真长老着洒家投大刹讨个职事僧做，却不教俺做个都寺、监寺，如何教洒家去管菜园？”首座便道：“师兄，你不省得，你新来挂搭，又不曾有功劳，如何便做得都寺？这管菜园也是个大职事人员了。”智深道：“洒家不管菜园，杀也要做都寺、监寺！”知客又道：“你听我说与你：僧门中职事人员，各有头项。且如小僧做个知客，只理会管待往来客官、僧众。至如维那、侍者、书记、首座，这都是清职，不容易得做。都寺、监寺、提点、院主，这个都是掌管常住财物。你才到的方丈，怎便得上等职事？还有那管藏的唤做藏主，管殿的唤做殿主，管阁的唤做阁主，管化缘的唤做化主，管浴堂的唤做浴主；这个都是主事人员，中等职事。还有那管塔的塔头，管饭的饭头，管茶的茶头，管东厕的净头与这管菜园的菜头；这个都是头事人员，末等职事。假如师兄，你管了一年菜园，好，便升你做个塔头；又管了一年，好，升你做个浴主；又一年，好，才做监寺。”智深道：“既然如此，也有出身时，洒家明日便去。”清长老见智深肯去，就留在方丈里歇了。当日议定了职事，随即写了榜文，先使人去菜园里退居廨宇内，挂起库司榜文，明日交割。当夜各自散了。次早，清长老升法座，押了法帖，委智深管菜园。（第五回，132—133页，第22—23行、第1—20行）

9.（林冲）拿了那口刀，随这两个承局来。林冲道：“我在府中不认得你。”两个人说道：“小人新近参随。”却早来到府前。进得到厅前，林冲立住了脚。两个又到：“太尉在里面后堂内坐地。”转入屏风至后堂，又不见太尉，林冲又住了脚。两个又道：“太尉直在里面等你，叫引教头进来。”又过了两三重门，到一个去处。（第六回，148页，第2—8行）

10. 陆赚大喜道：“还是薛端公真是爽利！明日到地了时，是必揭取林冲脸上金印回来做表证。（第七回，155页，第21—22行）

11. 薛霸去烧一锅百沸滚汤，提将来，倾在脚盆内，叫道：“林教头，你也洗了脚好睡。”林冲挣的起来，被枷碍了，曲身不得。薛霸便道：“我替你洗。”林冲忙道：“使不得！”薛霸道："出路人那里计较的许多。"林冲不知是计，只顾伸下脚来，被薛霸只一按，按在滚汤里。林冲叫一声："哎也！"急缩得起时，泡得脚面红肿了。林冲道："不消生受！"薛霸道："只见罪人伏侍公人，那曾有公人伏侍罪人。好意叫他洗脚，颠倒嫌冷嫌热，却不是'好心不得好报'！"口里喃喃的骂了半夜。（第七回，156—157页，第21—24行、第1—5行）

12. 只见董超、薛霸道："行一步，等一步，倒走得我困倦起来，且睡一睡却行。"放下水火棍，便倒在树边，略略闭得眼，从地下叫将起来。林冲道："上下做什么？"董超、薛霸道："俺两个正要睡一睡，这里又无关锁，只怕你走了，我们放心不下，以此睡不稳。"林冲答道："小人是个好汉，官司既已吃了，一世也不走。"薛霸道："那里信得你说？要我们心稳，须得缚一缚。"林冲道："上下要缚便缚，小人敢道怎的？"薛霸腰里解下索子来，把林冲连手带脚和枷紧紧的绑在树上。同董超两个跳将起来，转过身来，拿起水火棍，看着林冲说道："不是俺要结果你，自是前日来时，有那陆虞候传着高太尉钧旨，教我两个到这里结果你，立等金印回去回话。便多走的几日，也是死数，只今日就这里，倒作成我两个回去快些。休得要怨我弟兄两个，只是上司差遣，不由自己。你须精细着明年今日是你周年。我等已限定日期，亦要早回话。"林冲见说，泪如雨下，便道："上下，我与你二位往日无仇，近日无冤，你二位如何救得小人，生死不忘。"董超道："说什么闲话？救你不得。"薛霸便提起水火棍来，望着林冲脑袋上劈将来。（第七回，158页，第1—22行）

13. 体知东溪村山上有株大红叶树，别处皆无，你们众人采几片来县里呈纳，方表你们会巡到那里。各人若无红叶，便是汝等虚妄，定行责罚不恕。（第十二回，223页，第11—13行）

14. 次日五更起来，安排早饭吃了，晁盖取出三十两花银，送与阮家三兄弟道："权表薄意，切勿推却。"三阮那里肯受。吴用道："朋友之意，不可相阻。"三阮方才受了银两。（第十五回，253页，第3—5行）

15. 宋清答道："我只闻江湖上人传说沧州横海郡柴大官人名字，说他是大周皇帝嫡派子孙，只不曾拜识，何不只去投奔他？人都说他仗义疏财，专一结识天下好汉，救助遭配的人，是个现世的孟尝君。我两个只投奔他去。"（第二十一回，357页，第13—17行）

16. 王婆笑道："……老身那条计，是个上着，虽然入不得武成王庙，端的强如孙武子教女兵，十捉九着。（第二十三回，397—398页，第23行、第1行）

17. 那婆子吃他这两句道着他真病，心中大怒，喝道："含鸟猢狲，也来老娘屋里放屁辣臊！"郓哥道："我是小猢狲，你是马泊六！"（第二十三回，410页，第2—3行）

18. 只使火家自去殓了，就问他几时出丧。若是停丧在家，待武二归来出殡，这个便没甚么皂丝麻线；若他便出去埋葬了，也不妨；若是他便要出去烧化时，必有蹊跷。（第二十五回，425页，第10—12行）

19. 第三日早，众火家自来扛抬棺材，也有几家邻舍街坊相送。那妇人带上孝，一路上假哭养家人。来到城外化人场上，便教举火烧化。（第二十五回，426页，第4—6行）

20. 再说那妇人归到家中，去槅子前面设个灵牌，上写"亡夫武大郎之位"。灵床子前，点一盏琉璃灯，里面贴些经幡、钱垛、金银锭、采缯之属。（第二十五回，426—427页，第22行、第1—2行）

21. 众人却似吃了吕太后一千个筵宴。（第二十五回，438页，第9行）

22. 母夜叉孙二娘道："本是不肯下手。一者见伯伯包裹沉重……"武松道："我是斩头沥血的人，何肯戏弄良人？我

见阿嫂瞧得我包裹紧，先疑忌了，因此特地说些风话，漏你下手……”（第二十六回，454—455页，第21行、第1—3行）

23. 管营道：“这厮是途中得病到这里，我看他面皮才好，且寄下他这顿杀威棒。”两边行杖的军汉低低对武松道：“你快说病。这是相公将就你，你快只推曾害便了。”武松道：“不曾害，不曾害，打了倒干净！我不要留这一顿寄库棒，寄下倒是钩肠债，几时得了！”两边看的人都笑。（第二十七回，461页，第11—16行）

24. 小弟不肯让他，吃那厮一顿拳脚打了，两个月起不得床。前日兄长来时，兀自包着头，兜着手，直到如今疮痕未消。（第二十八回，471页，第8—10行）

25. 次日，施恩父子商议道：“都头昨夜痛醉，必然中酒，今日如何敢叫他去？且推道使人探听来，其人不在家里。延挨一日，却再理会。”当日施恩来见武松，说道：“今日且未可去，小弟已使人探知这厮不在家里。明日饭后，却请兄长去。”武松道：“明日去时不打紧，今日又气我一日。”早饭罢，吃了茶，施恩与武松去营前闲走了一遭，回来到客房里，说些枪法，较量些拳棒。看看晌午，邀武松到家里，只具着数杯酒相待，下饭按酒，不记其数。武松正要吃酒，见他只把按酒添来相劝，心中不在意。吃了晌午饭，起身别了，回到客房了坐地。只见那两个仆人，又来伏侍武松洗浴。武松问道：“你家小管营，今日如何只将肉食出来请我，却不多些酒出来与我吃，是甚意故？”仆人答道：“不敢瞒都头说，今早老管营和小管营议论，今日本是要央都头去，怕都头夜来酒多，恐今日中酒，怕误了正事，因此不敢将酒出来。明日正要央都头去干正事。”武松道：“恁地时，道我醉了，误了你大事？”仆人道：“正是这般计较。”（第二十八回，473—474页，第9—23行、第1—3行）

26. 武松道："我和你出得城去，只要还我无三不过望。"施恩道："兄长，如何无三不过望？小弟不省其意。"武松笑道："我说与你：你要打蒋门神时，出得城去，但遇着一个酒店便请我吃三碗酒。若无三碗时，便不过望子去。这个唤做无三不过望。"施恩听了，想道：这快活林离东门去，有十四五里田地，算来卖酒的人家，也有十二三家，若要每店吃三碗时，恰好有三十五六碗酒，才到得那里。恐哥哥醉了，如何使得？"（第二十八回，474页，第10—19行）

27. 武松开话道："众位高邻，都在这里。我武松自从阳谷县杀了人，配在这里，便听得人说道：快活林这座酒店，原是小施管营造的屋宇等项买卖，被这蒋门神依势豪强，公然夺了，白白地占了他的衣饭。"（第二十九回，482—483页，第22—23行、第1—2行）

28. 快活林一境之人都知武松了得，那一个不来拜见武松。自此重整店面，开张酒肆，老管营自回安平寨理事。施恩使人打听蒋门神带了老小，不知去向，这里只顾自做买卖，且不去理他。就留武松在店里居住。自此施恩的买卖比往常加增三五分利息，各店里并各赌坊兑坊，加利倍送闲钱来与施恩。施恩得武松争了这口气，把武松似爷娘一般敬重。施恩自此重霸得孟州道快活林，不在话下。（第二十九回，483页，第16—22行）

29. 武松道："……天可怜见，异日不死，受了招安，那时却来寻访哥哥未迟。"（第三十一回，521页，第21—22行）

30. 花荣笑道："花荣如何敢欺压刘高，他又是个正知寨，只是他累累要寻花荣的过失，不想惊动知府，有劳都监下临草寨，花荣将何以报？"黄信附耳低言道："知府只为足下一个人。倘有些刀兵动时，他是文官，做得何用？你只依着我行。"（第三十二回，541页，第1—4行）

31. 宋江便道："且住！非是如此去。假如我这里有三五百人马投梁山泊去，他那里亦有探细的人，在四里探听，倘或只道我们真是来收捕他，不是要处。等我和燕顺先去报知了，你们随后却来，还作三起而行。”（第三十四回，563页，第16—21行）

32. 下面一个丫鬟上来，就侧首春台上，先折了一领紫绣圆领；又折一领官绿衬里袄子，并下面五色花绣踢串，一个护项彩色锦帕，一条红绿结子并手帕一包；另用一个小黄帕儿，包着一条双獭尾荔枝金带；也放在包袱内，把来安在烘笼上。时迁都看在眼里。（第五十五回，903页，第13—18行）

33. 徐宁便教众军道：“但凡马上使这般军器，就腰胯里做步上来：上中七路，三钩四拨，一捌一分，共使九个变法。若是步行使这钩镰枪，亦最得用：先使八步四拨，荡开门户；十二步一变，十六步大转身，分钩镰捌缴；二十四步，那上攒下，钩东拨西；三十六步，浑身盖护，夺硬斗强。此是钩镰枪正法。”……徐宁将正法一路路敷演，教众头领看。（第五十六回，916页，第5—12行）

34. 鲁智深道：“正是如此。我只见今日也有人说宋三郎好，明日也有人说宋三郎好，可惜洒家不曾相会。众人说他的名字，聒得洒家耳朵也聋了，想必其人是个真男子，以致天下闻名。前番和花知寨在清风山时，洒家有心要去和他厮会，及至洒家去时，又听得说道去了，以此无缘，不得相见……”（第五十七回，932页，第6—11行）

35. 宋江道：“小可宋江怎敢背负朝廷？盖为官吏污滥，威逼得紧，误犯大罪；因此权借水泊里随时避难，只待朝廷赦罪招安。不想起动将军，致劳神力。实慕将军虎威。今者误有冒犯，切乞恕罪。”（第五十七回，937页，第18—21行）

36. 宋江道：“……等朝廷见用，受了招安，那时尽忠报国，未为晚矣。”（第五十七回，938页，第9—10行）

37. 卢俊义是财主出身，这般事却不会做，草柴火把又

湿，又烧不着，一齐灭了；甫能尽力一吹，被灰眯了眼睛。董超又喃喃讷讷地骂。（第六十一回，1004页，第3—5行）

38. 吴用到得中军帐内，与宋江道："我等众军围许多时，如何杳无救军来到，城中又不敢出战？何有三骑马奔出城去，必是梁中书使人去京师告急。他丈人蔡太师必然上紧遣兵，中间必有良将。倘用围魏救赵之计，且不来解此处之危，反去取我梁山大寨，如之奈何？兄长不可不虑。我等先着军士收拾，未可都退。"（第六十三回，1023页，第6—11行）

39. 霹雳火秦明听得，大叫一声，舞狼牙棍，纵马直抢过来；林冲也大叫一声，挺枪出马，飞抢过来，两将双取关胜。三骑马向征尘影里，转灯般厮杀。宋江，忽然指指点点，便教鸣金收军。林冲、秦明回马，一齐叫道："正待擒捉这厮，兄长何故收军罢战？"宋江高声道："贤弟，我等忠义自守；以两取一，非所愿也。纵使一时捉他，亦令其心不服。吾看大刀义勇之将，世本忠臣，乃祖为神。若得此人上山，宋江情愿让位。"林冲、秦明变色各退。当日两边各自收兵。（第六十三回，1026页，第11—22行）

40. 早间阵上，林冲、秦明待捉将军，宋江火急收军，诚恐伤犯足下。此人素有归顺之意，无奈众贼不从。方才暗与呼延灼商议，正要驱使众人归顺。（第六十三回，1029页，第19—22行）

41. 转过山径，约行了半个更次，前面撞见三五十个小军，低声问道："来的不是呼将军么？"呼延灼喝道："休言语！随在我马后走！"（第六十三回，1030页，第20—23行）

42. 有谏议大夫赵鼎出班奏道："前者往往调兵征发，皆折兵将，盖因失其地利，以致如此。以臣愚意，不若降敕赦罪招安，诏取赴关，命作良臣，以防边境之害。"蔡京听了大怒喝叱道："汝为谏议大夫，反灭朝廷纲纪，猖獗小人，罪合赐死！"天子道："如此，目下便令出朝。"当下革了赵鼎官爵，

罢为庶人。（第六十六回，1065页，第13—18行）

43. 吴用慌忙劝道："兄长差矣！我等相争，皆为气耳。既是曾家差人下书讲和，岂为一时之忿，以失大义？"随即便写回书，取银十两赏了来使。回还本寨，将书呈上。（第六十七回，1086页，第11—14行）

44. 宋江见了说，叹直："卢俊义直如此无缘！特地教吴学究、公孙胜都去帮他，只想要他见阵成功，坐这第一把交椅，谁想又逢敌手！既然如此，我等众兄弟引兵都去救应。"（第六十九回，1105页，第8—11行）

45. 却说林冲、花荣把龚旺截住在一边，吕方、郭盛把丁得孙也截住在一边。龚旺心慌，便把飞枪摽将来，却摽不着花荣、林冲。龚旺先没了军器，被林冲、花荣活捉归阵。这边丁得孙舞动飞叉，死命抵敌吕方、郭盛，不提防浪子燕青在阵门里看见，暗忖道："我这里被他片时连打了一十五员大将，若拿他一个偏将不得，有何面目！"放下杆棒，身边取出弩弓，搭上弦，放一箭去，一声响，正中了丁得孙马蹄，那马便倒，却被吕方、郭盛捉过阵来。（第六十九回，1109页，第6—13行）

附录二：喀尔喀译本改写内容①

1. 原著：俺（王进）道是甚么高殿帅，却原来正是东京帮闲的圆社高二！比先时曾学使棒，被我父亲一棒打翻，三四个月将息不起。（第一回，49页，第5行）

① 一、附录二中的汉文原著指的是金圣叹评点，文子生校点的《第五才子书施耐庵〈水浒传〉》（中州古籍出版社，1985年3月）。二、回数、页码和行数均指的是汉文原著中的回数、页码和行数。三、用"___"表示原著中被改写的内容。

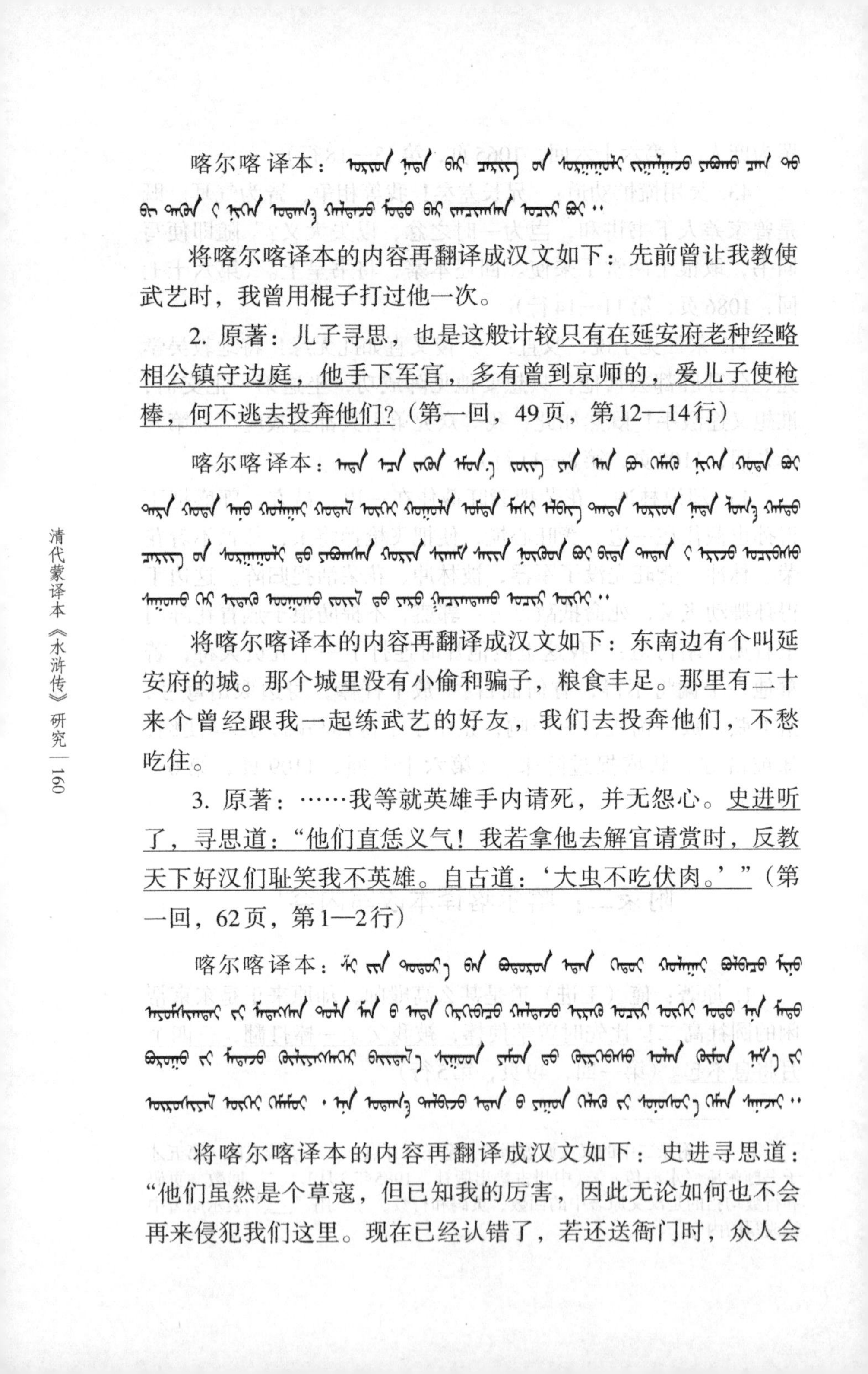

喀尔喀译本：[illegible]

将喀尔喀译本的内容再翻译成汉文如下：先前曾让我教使武艺时，我曾用棍子打过他一次。

2. 原著：儿子寻思，也是这般计较只有在延安府老种经略相公镇守边庭，他手下军官，多有曾到京师的，爱儿子使枪棒，何不逃去投奔他们？（第一回，49页，第12—14行）

喀尔喀译本：[illegible]

将喀尔喀译本的内容再翻译成汉文如下：东南边有个叫延安府的城。那个城里没有小偷和骗子，粮食丰足。那里有二十来个曾经跟我一起练武艺的好友，我们去投奔他们，不愁吃住。

3. 原著：……我等就英雄手内请死，并无怨心。史进听了，寻思道："他们直恁义气！我若拿他去解官请赏时，反教天下好汉们耻笑我不英雄。自古道：'大虫不吃伏肉。'"（第一回，62页，第1—2行）

喀尔喀译本：[illegible]

将喀尔喀译本的内容再翻译成汉文如下：史进寻思道："他们虽然是个草寇，但已知我的厉害，因此无论如何也不会再来侵犯我们这里。现在已经认错了，若还送衙门时，众人会说我不恩赐。这次放了，听他们说什么。”

4. 原著：鲁达寻思道：“俺只指望痛打这厮一顿，不想三拳真个打死了他。洒家须吃官司，又没人送饭，不如及早撒开。”拔步便走，回头指着郑屠尸道：“你诈死，洒家和你慢慢理会！”一头骂，一头大踏步去了。（第二回，79页，第3—7行）

喀尔喀译本：[illegible]

将喀尔喀译本的内容再翻译成汉文如下：鲁诺颜寻思道：“这厮的命怎么这么脆弱，只打了几拳便死了。现在去吃饭。”

5. 原著：智深道：“洒家要打条禅杖，一口戒刀，不知有上等好铁么？”待诏道：“小人这里正有些好铁，不知师父要打多少斤重的禅杖，戒刀？但凭分寸。”智深道：“洒家只要打一条一百斤重的。”待诏笑道：“重了，师父，小人打怕不打了，只恐师父如何使得动？便是关王刀，也只有八十一斤。”智深焦躁道：“俺不及关王？他也只是个人！”那待诏道：“小人据常说，只可打条四五十斤的，也十分重了。”智深道：“便依你说，比关王刀，也打八十一斤的。”待诏道：“师父，肥了不好看，又不中使。依着小人，好生打一条六十二斤的水磨禅杖与师父，使不动时，休怪小人。戒刀已说了，不用分付，小人自用十分好铁打造在此。”智深道：“两件家生要几两银子？”待诏道：“不讨价，实要五两银子。”智深道：“俺便依你五两银子。你若打得好时，再有赏你。”（第三回，96页，第3—19行）

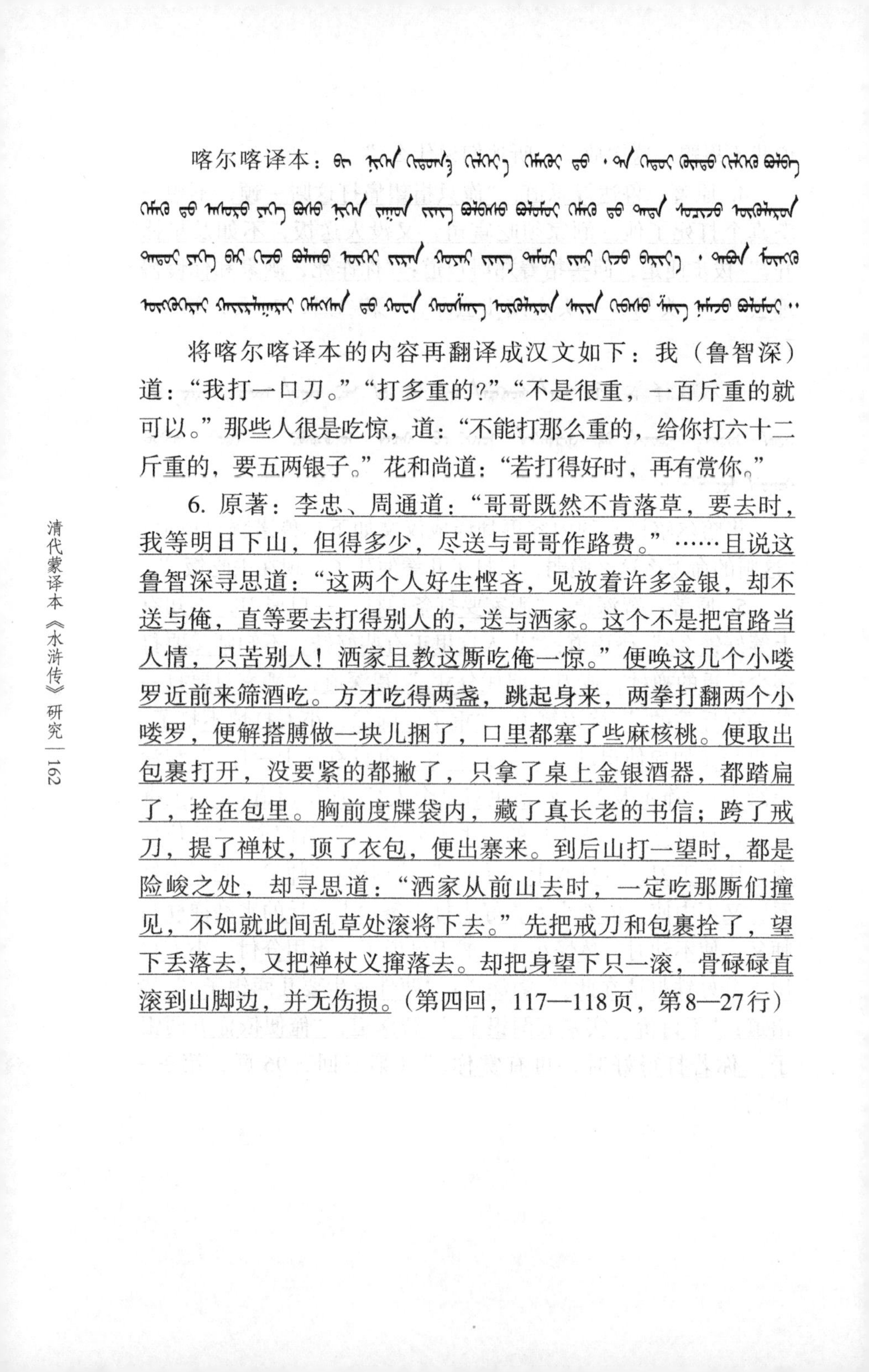

喀尔喀译本：[illegible]

将喀尔喀译本的内容再翻译成汉文如下：我（鲁智深）道："我打一口刀。""打多重的？""不是很重，一百斤重的就可以。"那些人很是吃惊，道："不能打那么重的，给你打六十二斤重的，要五两银子。"花和尚道："若打得好时，再有赏你。"

6. 原著：李忠、周通道："哥哥既然不肯落草，要去时，我等明日下山，但得多少，尽送与哥哥作路费。"……且说这鲁智深寻思道："这两个人好生悭吝，见放着许多金银，却不送与俺，直等要去打得别人的，送与洒家。这个不是把官路当人情，只苦别人！洒家且教这厮吃俺一惊。"便唤这几个小喽罗近前来筛酒吃。方才吃得两盏，跳起身来，两拳打翻两个小喽罗，便解搭膊做一块儿捆了，口里都塞了些麻核桃。便取出包裹打开，没要紧的都撇了，只拿了桌上金银酒器，都踏扁了，拴在包里。胸前度牒袋内，藏了真长老的书信；跨了戒刀，提了禅杖，顶了衣包，便出寨来。到后山打一望时，都是险峻之处，却寻思道："洒家从前山去时，一定吃那厮们撞见，不如就此间乱草处滚将下去。"先把戒刀和包裹拴了，望下丢落去，又把禅杖义撺落去。却把身望下只一滚，骨碌碌直滚到山脚边，并无伤损。（第四回，117—118页，第8—27行）

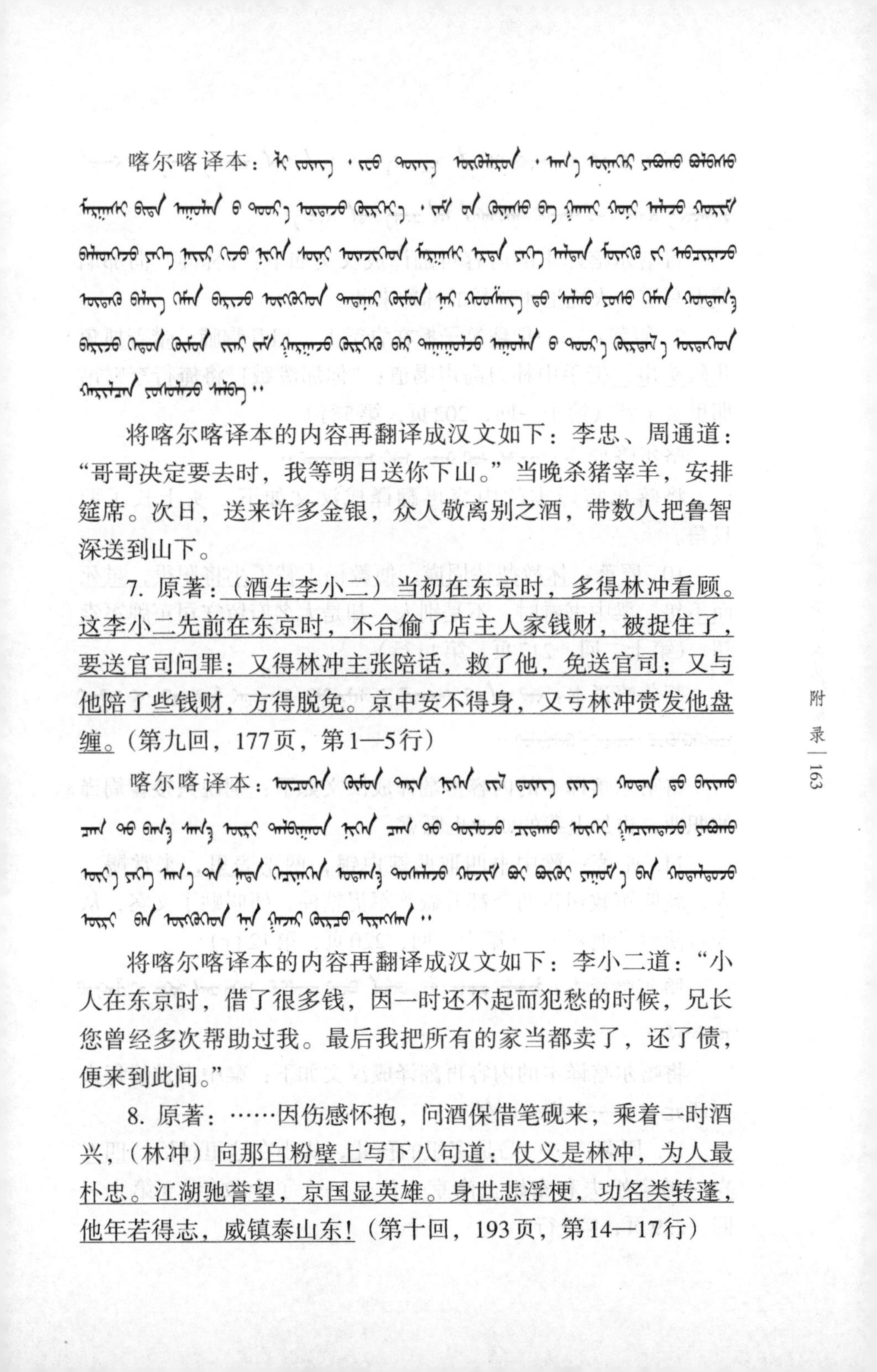

喀尔喀译本：[illegible]

将喀尔喀译本的内容再翻译成汉文如下：李忠、周通道："哥哥决定要去时，我等明日送你下山。"当晚杀猪宰羊，安排筵席。次日，送来许多金银，众人敬离别之酒，带数人把鲁智深送到山下。

7. 原著：（酒生李小二）当初在东京时，多得林冲看顾。这李小二先前在东京时，不合偷了店主人家钱财，被捉住了，要送官司问罪；又得林冲主张陪话，救了他，免送官司；又与他陪了些钱财，方得脱免。京中安不得身，又亏林冲赍发他盘缠。（第九回，177页，第1—5行）

喀尔喀译本：[illegible]

将喀尔喀译本的内容再翻译成汉文如下：李小二道："小人在东京时，借了很多钱，因一时还不起而犯愁的时候，兄长您曾经多次帮助过我。最后我把所有的家当都卖了，还了债，便来到此间。"

8. 原著：……因伤感怀抱，问酒保借笔砚来，乘着一时酒兴，（林冲）向那白粉壁上写下八句道：仗义是林冲，为人最朴忠。江湖驰誉望，京国显英雄。身世悲浮梗，功名类转蓬，他年若得志，威镇泰山东！（第十回，193页，第14—17行）

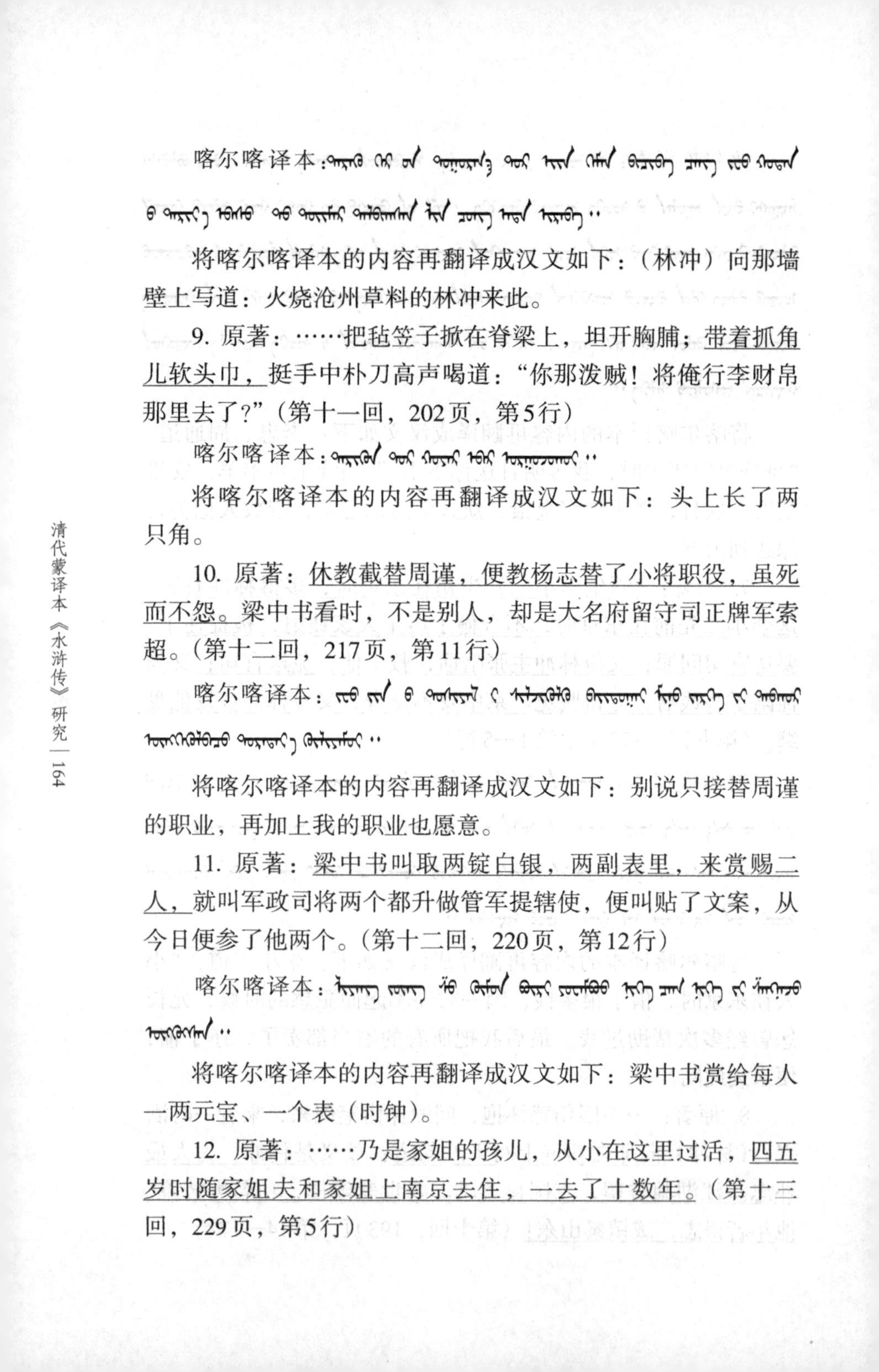

喀尔喀译本：[illegible]

将喀尔喀译本的内容再翻译成汉文如下：（林冲）向那墙壁上写道：火烧沧州草料的林冲来此。

9. 原著：……把毡笠子掀在脊梁上，坦开胸脯；带着抓角儿软头巾，挺手中朴刀高声喝道："你那泼贼！将俺行李财帛那里去了？"（第十一回，202页，第5行）

喀尔喀译本：[illegible]

将喀尔喀译本的内容再翻译成汉文如下：头上长了两只角。

10. 原著：休教截替周谨，便教杨志替了小将职役，虽死而不怨。梁中书看时，不是别人，却是大名府留守司正牌军索超。（第十二回，217页，第11行）

喀尔喀译本：[illegible]

将喀尔喀译本的内容再翻译成汉文如下：别说只接替周谨的职业，再加上我的职业也愿意。

11. 原著：梁中书叫取两锭白银，两副表里，来赏赐二人，就叫军政司将两个都升做管军提辖使，便叫贴了文案，从今日便参了他两个。（第十二回，220页，第12行）

喀尔喀译本：[illegible]

将喀尔喀译本的内容再翻译成汉文如下：梁中书赏给每人一两元宝、一个表（时钟）。

12. 原著：……乃是家姐的孩儿，从小在这里过活，四五岁时随家姐夫和家姐上南京去住，一去了十数年。（第十三回，229页，第5行）

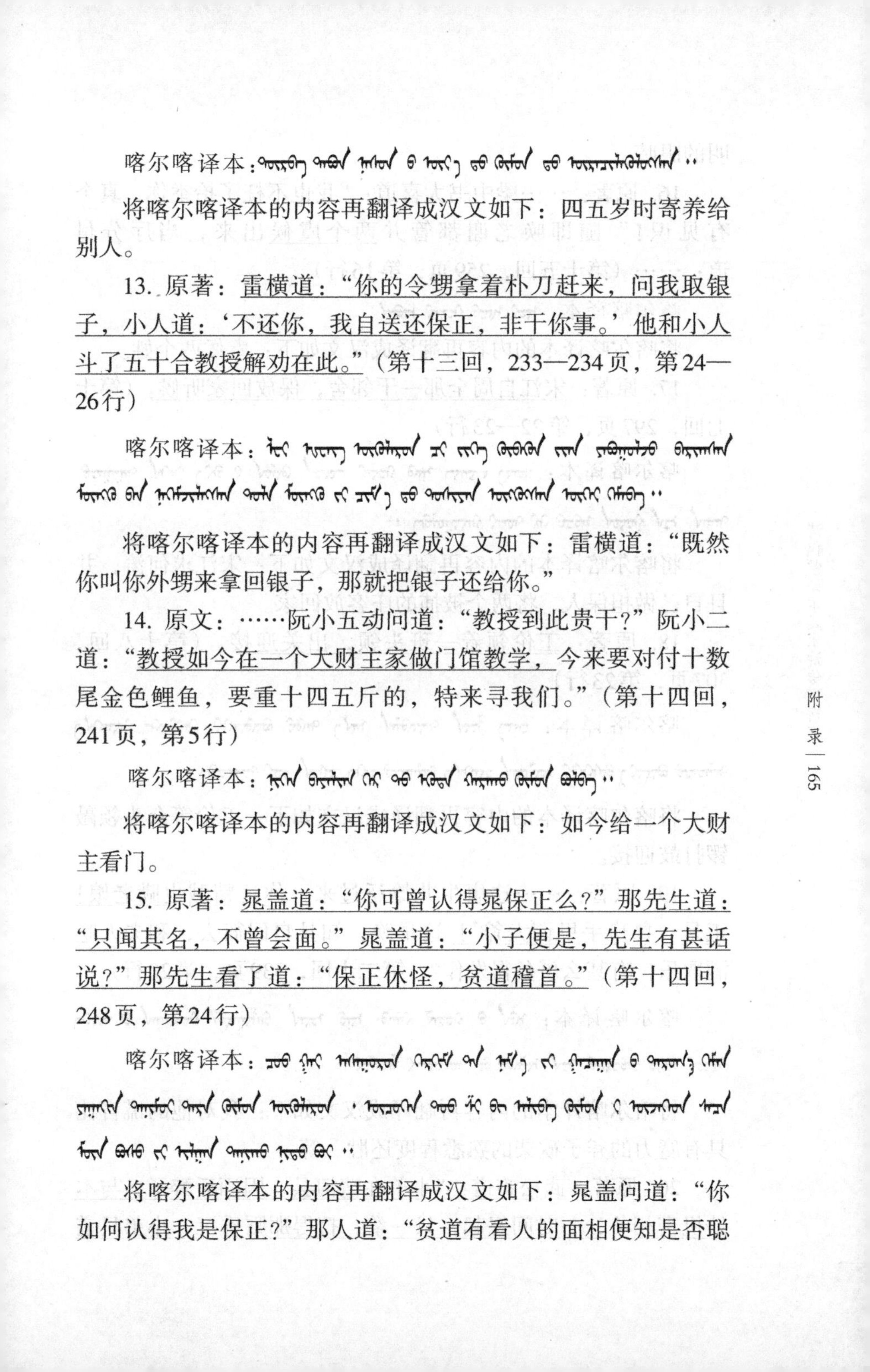

喀尔喀译本：[illegible]

将喀尔喀译本的内容再翻译成汉文如下：四五岁时寄养给别人。

13. 原著：雷横道："你的令甥拿着朴刀赶来，问我取银子，小人道：'不还你，我自送还保正，非干你事。'他和小人斗了五十合教授解劝在此。"（第十三回，233—234页，第24—26行）

喀尔喀译本：[illegible]

将喀尔喀译本的内容再翻译成汉文如下：雷横道："既然你叫你外甥来拿回银子，那就把银子还给你。"

14. 原文：……阮小五动问道："教授到此贵干？"阮小二道："教授如今在一个大财主家做门馆教学，今来要对付十数尾金色鲤鱼，要重十四五斤的，特来寻我们。"（第十四回，241页，第5行）

喀尔喀译本：[illegible]

将喀尔喀译本的内容再翻译成汉文如下：如今给一个大财主看门。

15. 原著：晁盖道："你可曾认得晁保正么？"那先生道："只闻其名，不曾会面。"晁盖道："小子便是，先生有甚话说？"那先生看了道："保正休怪，贫道稽首。"（第十四回，248页，第24行）

喀尔喀译本：[illegible]

将喀尔喀译本的内容再翻译成汉文如下：晁盖问道："你如何认得我是保正？"那人道："贫道有看人的面相便知是否聪

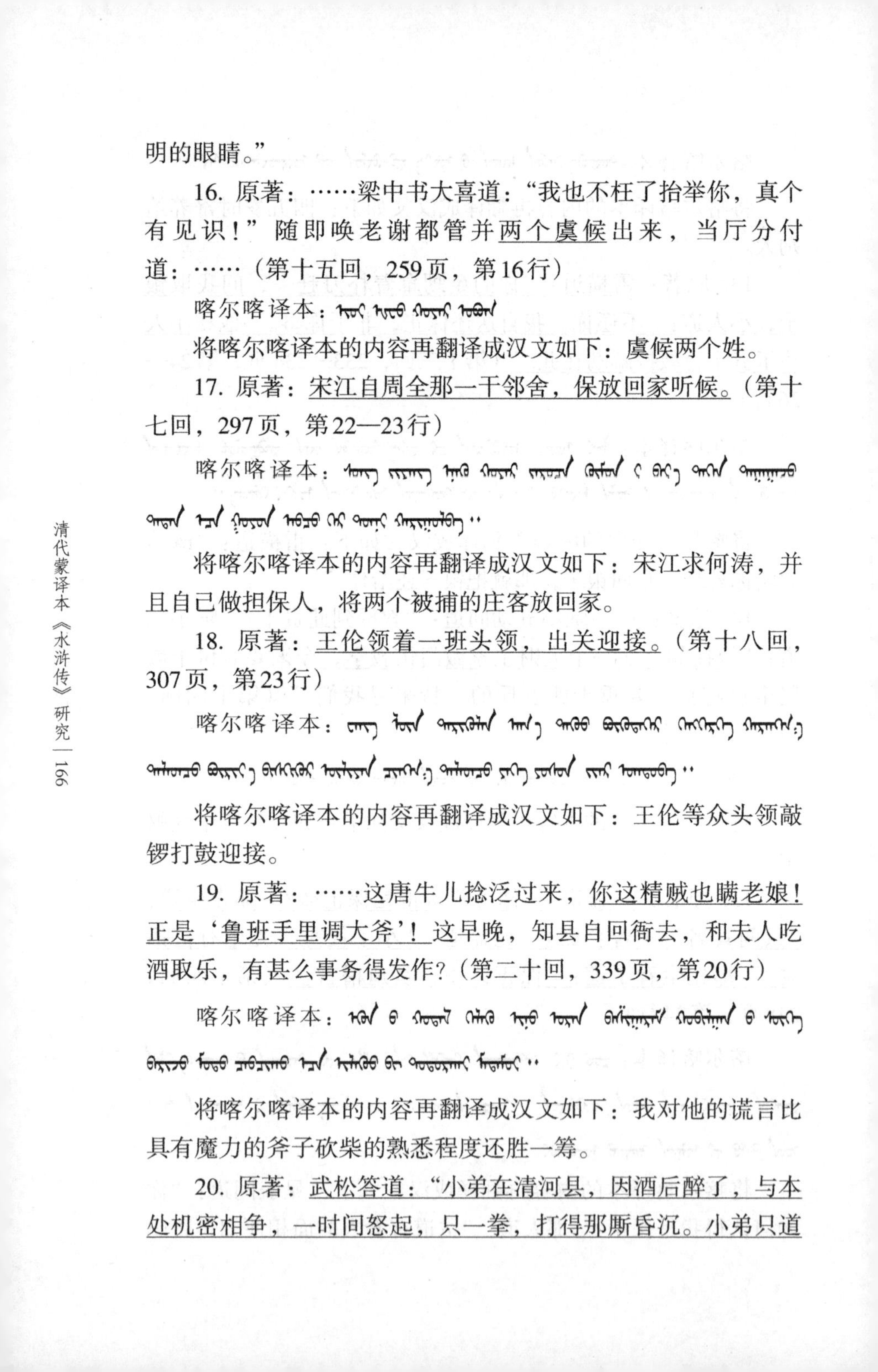

明的眼睛。"

16. 原著：……梁中书大喜道："我也不枉了抬举你，真个有见识！"随即唤老谢都管并两个虞候出来，当厅分付道：……（第十五回，259页，第16行）

喀尔喀译本：[illegible]

将喀尔喀译本的内容再翻译成汉文如下：虞候两个姓。

17. 原著：宋江自周全那一干邻舍，保放回家听候。（第十七回，297页，第22—23行）

喀尔喀译本：[illegible]

将喀尔喀译本的内容再翻译成汉文如下：宋江求何涛，并且自己做担保人，将两个被捕的庄客放回家。

18. 原著：王伦领着一班头领，出关迎接。（第十八回，307页，第23行）

喀尔喀译本：[illegible]

将喀尔喀译本的内容再翻译成汉文如下：王伦等众头领敲锣打鼓迎接。

19. 原著：……这唐牛儿捻泛过来，你这精贼也瞒老娘！正是'鲁班手里调大斧'！这早晚，知县自回衙去，和夫人吃酒取乐，有甚么事务得发作？（第二十回，339页，第20行）

喀尔喀译本：[illegible]

将喀尔喀译本的内容再翻译成汉文如下：我对他的谎言比具有魔力的斧子砍柴的熟悉程度还胜一筹。

20. 原著：武松答道："小弟在清河县，因酒后醉了，与本处机密相争，一时间怒起，只一拳，打得那厮昏沉。小弟只道

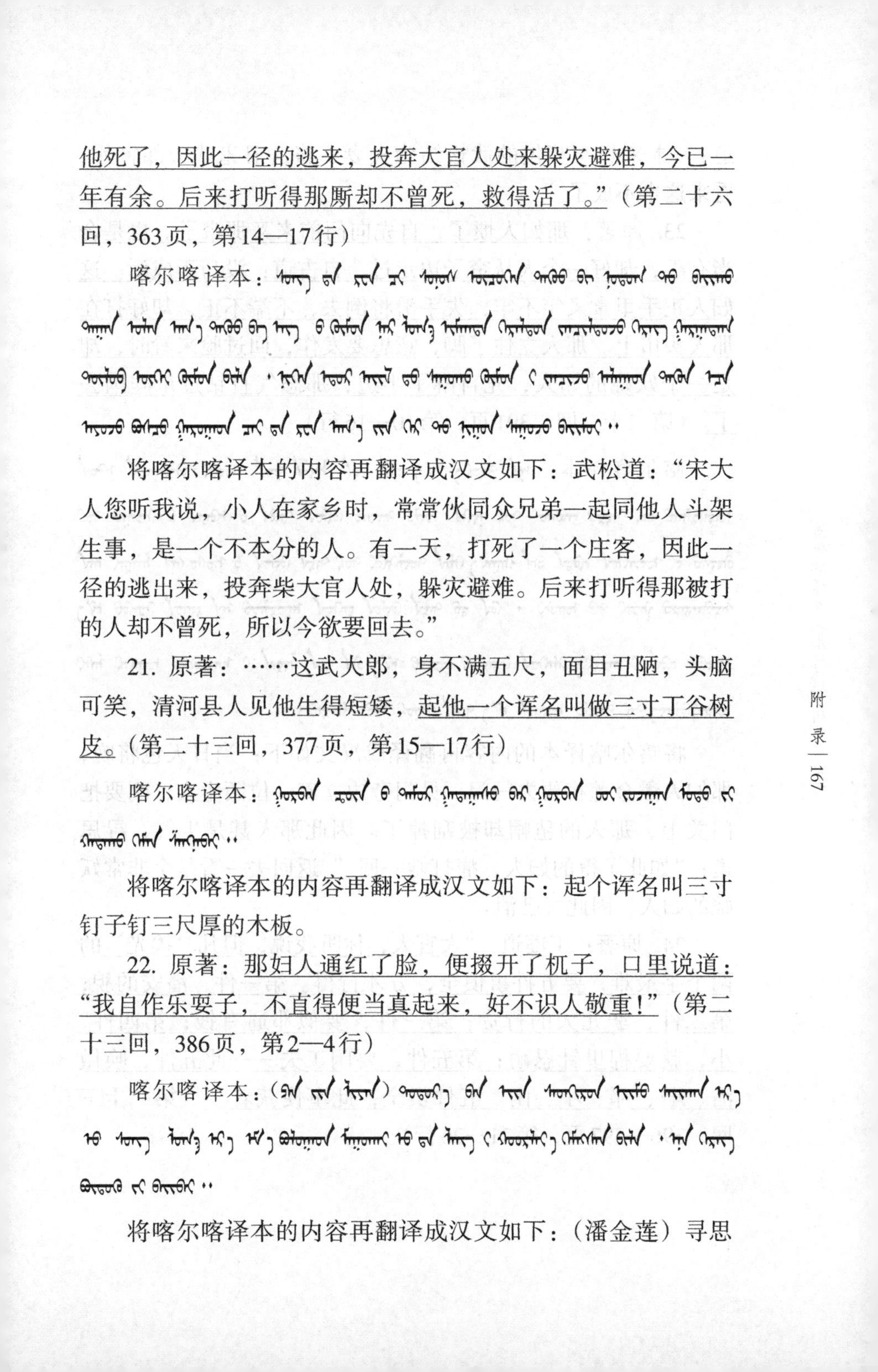

他死了，因此一径的逃来，投奔大官人处来躲灾避难，今已一年有余。后来打听得那厮却不曾死，救得活了。”（第二十六回，363页，第14—17行）

喀尔喀译本：[illegible]

将喀尔喀译本的内容再翻译成汉文如下：武松道：“宋大人您听我说，小人在家乡时，常常伙同众兄弟一起同他人斗架生事，是一个不本分的人。有一天，打死了一个庄客，因此一径的逃出来，投奔柴大官人处，躲灾避难。后来打听得那被打的人却不曾死，所以今欲要回去。”

21. 原著：……这武大郎，身不满五尺，面目丑陋，头脑可笑，清河县人见他生得短矮，起他一个诨名叫做三寸丁谷树皮。（第二十三回，377页，第15—17行）

喀尔喀译本：[illegible]

将喀尔喀译本的内容再翻译成汉文如下：起个诨名叫三寸钉子钉三尺厚的木板。

22. 原著：那妇人通红了脸，便掇开了杌子，口里说道：“我自作乐耍子，不直得便当真起来，好不识人敬重！”（第二十三回，386页，第2—4行）

喀尔喀译本：（[illegible]）[illegible]

将喀尔喀译本的内容再翻译成汉文如下：（潘金莲）寻思

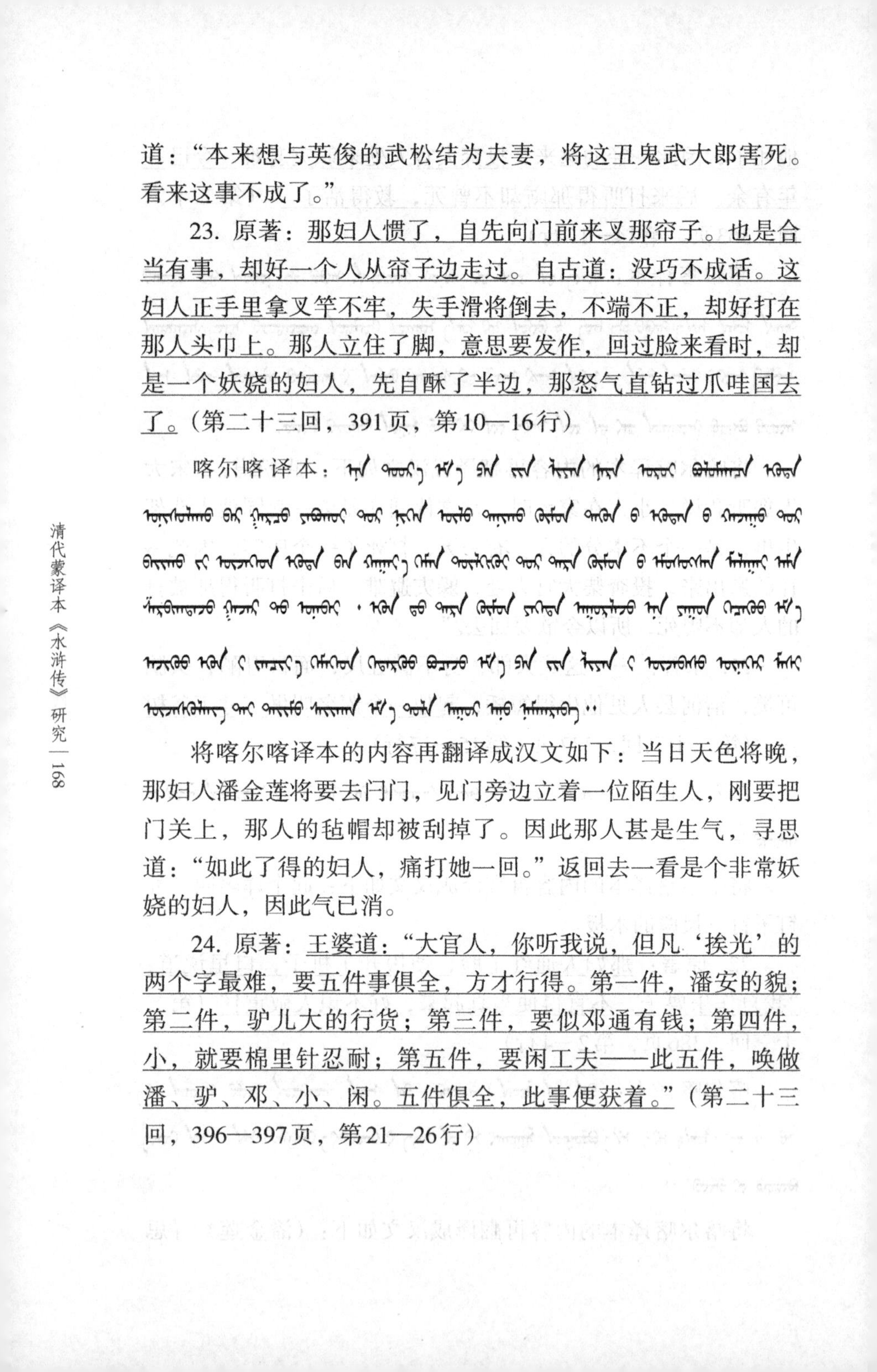

道："本来想与英俊的武松结为夫妻，将这丑鬼武大郎害死。看来这事不成了。"

23. 原著：那妇人惯了，自先向门前来叉那帘子。也是合当有事，却好一个人从帘子边走过。自古道：没巧不成话。这妇人正手里拿叉竿不牢，失手滑将倒去，不端不正，却好打在那人头巾上。那人立住了脚，意思要发作，回过脸来看时，却是一个妖娆的妇人，先自酥了半边，那怒气直钻过爪哇国去了。（第二十三回，391页，第10—16行）

喀尔喀译本：[illegible]

将喀尔喀译本的内容再翻译成汉文如下：当日天色将晚，那妇人潘金莲将要去闩门，见门旁边立着一位陌生人，刚要把门关上，那人的毡帽却被刮掉了。因此那人甚是生气，寻思道："如此了得的妇人，痛打她一回。"返回去一看是个非常妖娆的妇人，因此气已消。

24. 原著：王婆道："大官人，你听我说，但凡'挨光'的两个字最难，要五件事俱全，方才行得。第一件，潘安的貌；第二件，驴儿大的行货；第三件，要似邓通有钱；第四件，小，就要棉里针忍耐；第五件，要闲工夫——此五件，唤做潘、驴、邓、小、闲。五件俱全，此事便获着。"（第二十三回，396—397页，第21—26行）

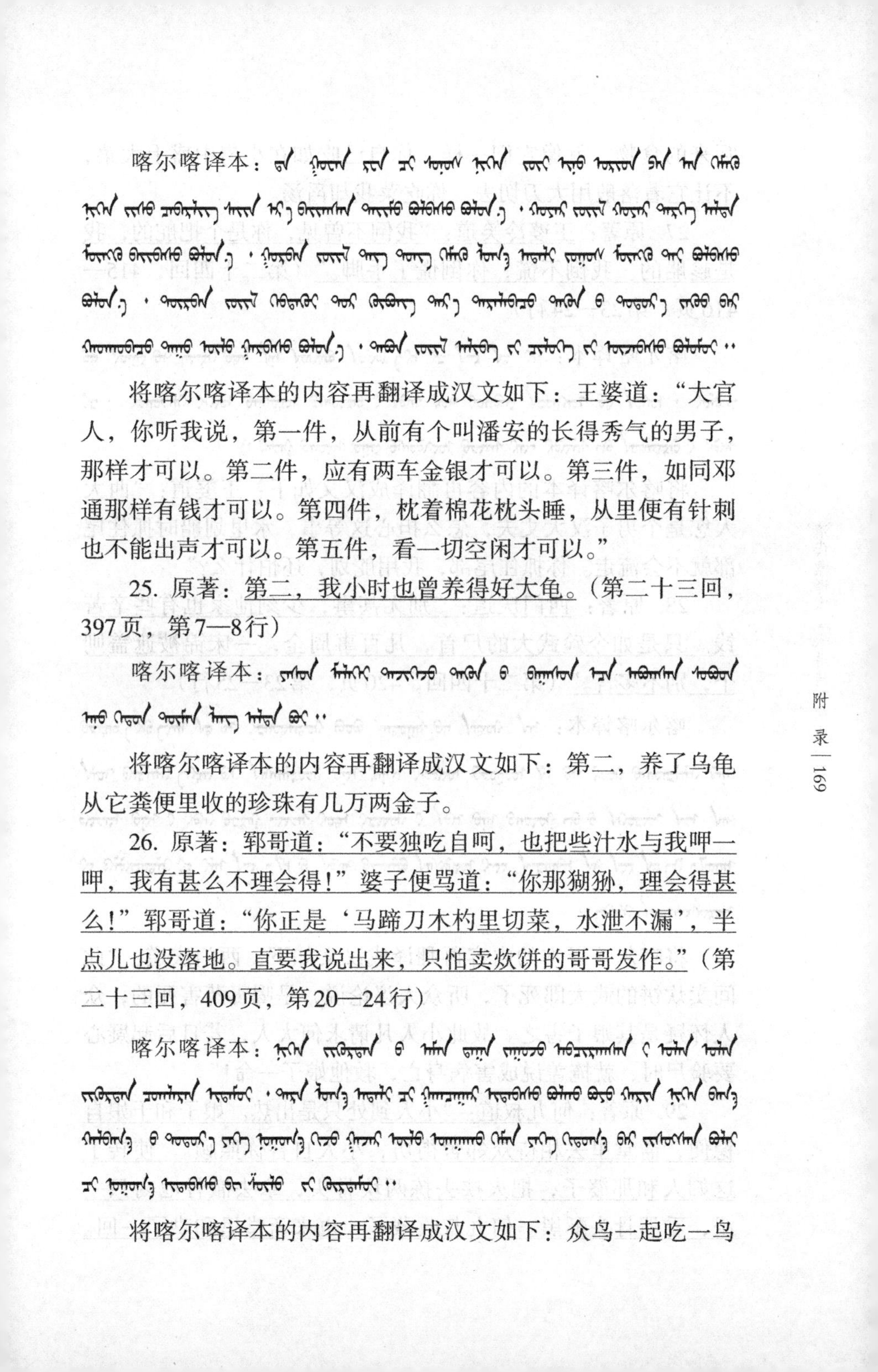

喀尔喀译本：[illegible]

将喀尔喀译本的内容再翻译成汉文如下：王婆道："大官人，你听我说，第一件，从前有个叫潘安的长得秀气的男子，那样才可以。第二件，应有两车金银才可以。第三件，如同邓通那样有钱才可以。第四件，枕着棉花枕头睡，从里便有针刺也不能出声才可以。第五件，看一切空闲才可以。"

25. 原著：第二，我小时也曾养得好大龟。（第二十三回，397页，第7—8行）

喀尔喀译本：[illegible]

将喀尔喀译本的内容再翻译成汉文如下：第二，养了乌龟从它粪便里收的珍珠有几万两金子。

26. 原著：郓哥道："不要独吃自呵，也把些汁水与我呷一呷，我有甚么不理会得！"婆子便骂道："你那猢狲，理会得甚么！"郓哥道："你正是'马蹄刀木杓里切菜，水泄不漏'，半点儿也没落地。直要我说出来，只怕卖炊饼的哥哥发作。"（第二十三回，409页，第20—24行）

喀尔喀译本：[illegible]

将喀尔喀译本的内容再翻译成汉文如下：众鸟一起吃一鸟

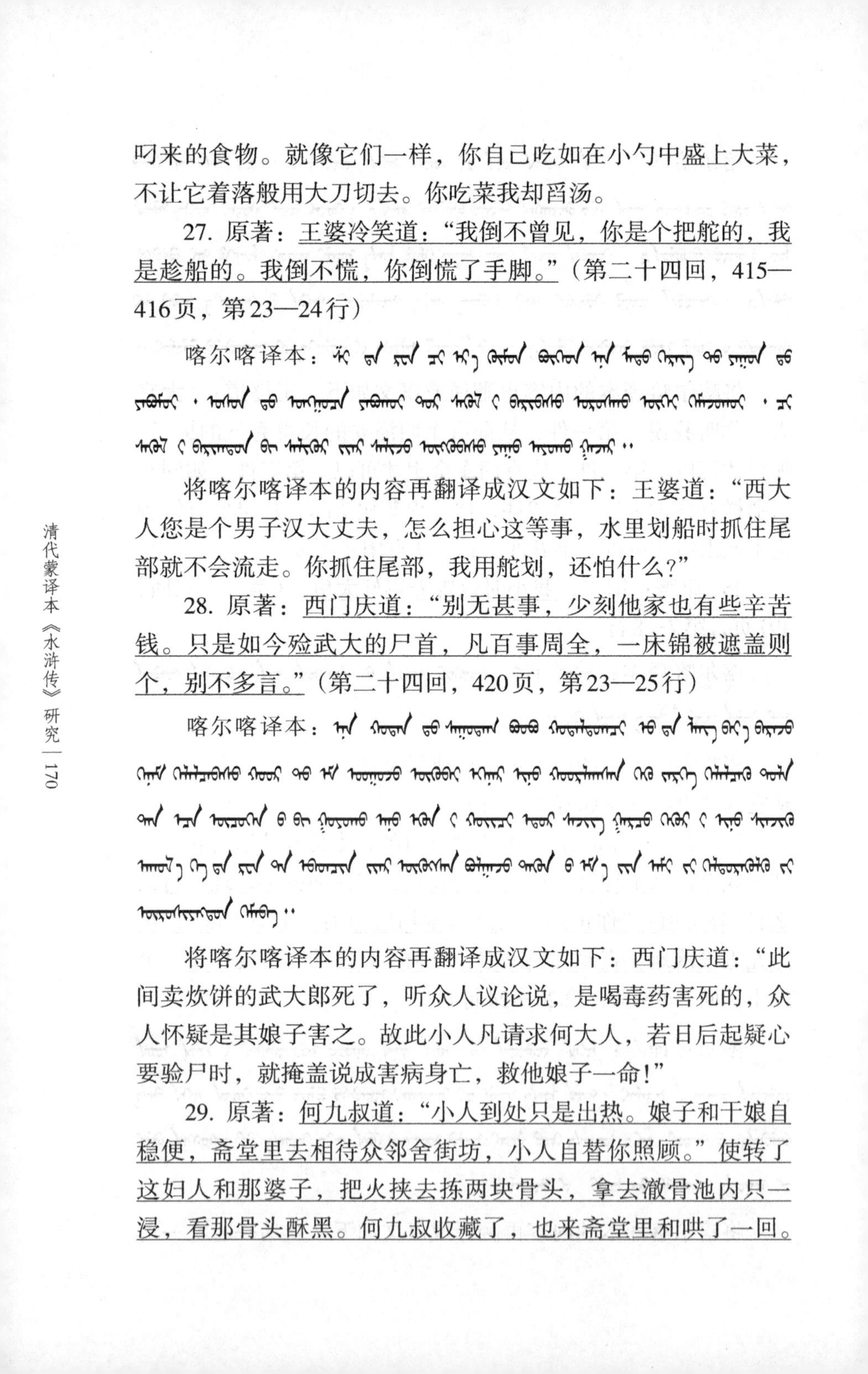

叼来的食物。就像它们一样，你自己吃如在小勺中盛上大菜，不让它着落般用大刀切去。你吃菜我却舀汤。

27. 原著：王婆冷笑道："我倒不曾见，你是个把舵的，我是趁船的。我倒不慌，你倒慌了手脚。"（第二十四回，415—416页，第23—24行）

喀尔喀译本：[illegible]

将喀尔喀译本的内容再翻译成汉文如下：王婆道："西大人您是个男子汉大丈夫，怎么担心这等事，水里划船时抓住尾部就不会流走。你抓住尾部，我用舵划，还怕什么?"

28. 原著：西门庆道："别无甚事，少刻他家也有些辛苦钱。只是如今殓武大的尸首，凡百事周全，一床锦被遮盖则个，别不多言。"（第二十四回，420页，第23—25行）

喀尔喀译本：[illegible]

将喀尔喀译本的内容再翻译成汉文如下：西门庆道："此间卖炊饼的武大郎死了，听众人议论说，是喝毒药害死的，众人怀疑是其娘子害之。故此小人凡请求何大人，若日后起疑心要验尸时，就掩盖说成害病身亡，救他娘子一命!"

29. 原著：何九叔道："小人到处只是出热。娘子和干娘自稳便，斋堂里去相待众邻舍街坊，小人自替你照顾。"使转了这妇人和那婆子，把火挟去拣两块骨头，拿去澈骨池内只一浸，看那骨头酥黑。何九叔收藏了，也来斋堂里和哄了一回。

<u>棺木过了，杀火，收拾骨殖，澈在池子里。众邻舍各自分散。</u>（第二十五回，426页，第14—18行）

喀尔喀译本：

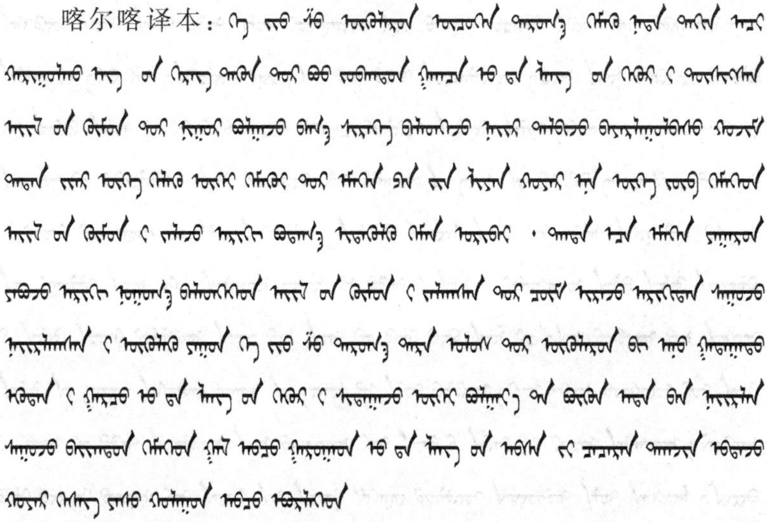

将喀尔喀译本的内容再翻译成汉文如下：何九叔道："不用担心如何报答小官的恩，只是应该备一桌酒宴，相待出丧时相帮的众邻舍街坊，日后无言语。"那婆子和潘金莲听了这话便请众邻舍街坊。那婆子忙准备酒食，众邻舍街坊都来。不在话下。何九叔对众人道："我自去火化了武大的尸体，你众人在此少坐！"便出外面，哆哆嗦嗦地打开武大的棺材偷拿了两块骨头，收藏了。

30. 原著：<u>武松叹了一口气，坐在席子上自言自语，口里说道："我哥哥生时懦弱，死了却有甚分明！"说犹未了，只见灵床子下卷起一阵冷气来，盘旋昏暗，灯都遮黑了，壁上纸钱乱飞。那阵冷气逼得武松毛发皆竖。定睛看时，只见个人从灵床底下钻将出来，叫声："兄弟，我死得好苦！"武松听不仔细。却待向前来再看时，并没冷气，亦不见人。自家便一交颠翻在席子上坐地。</u>（第二十五回，430页，第5—11行）

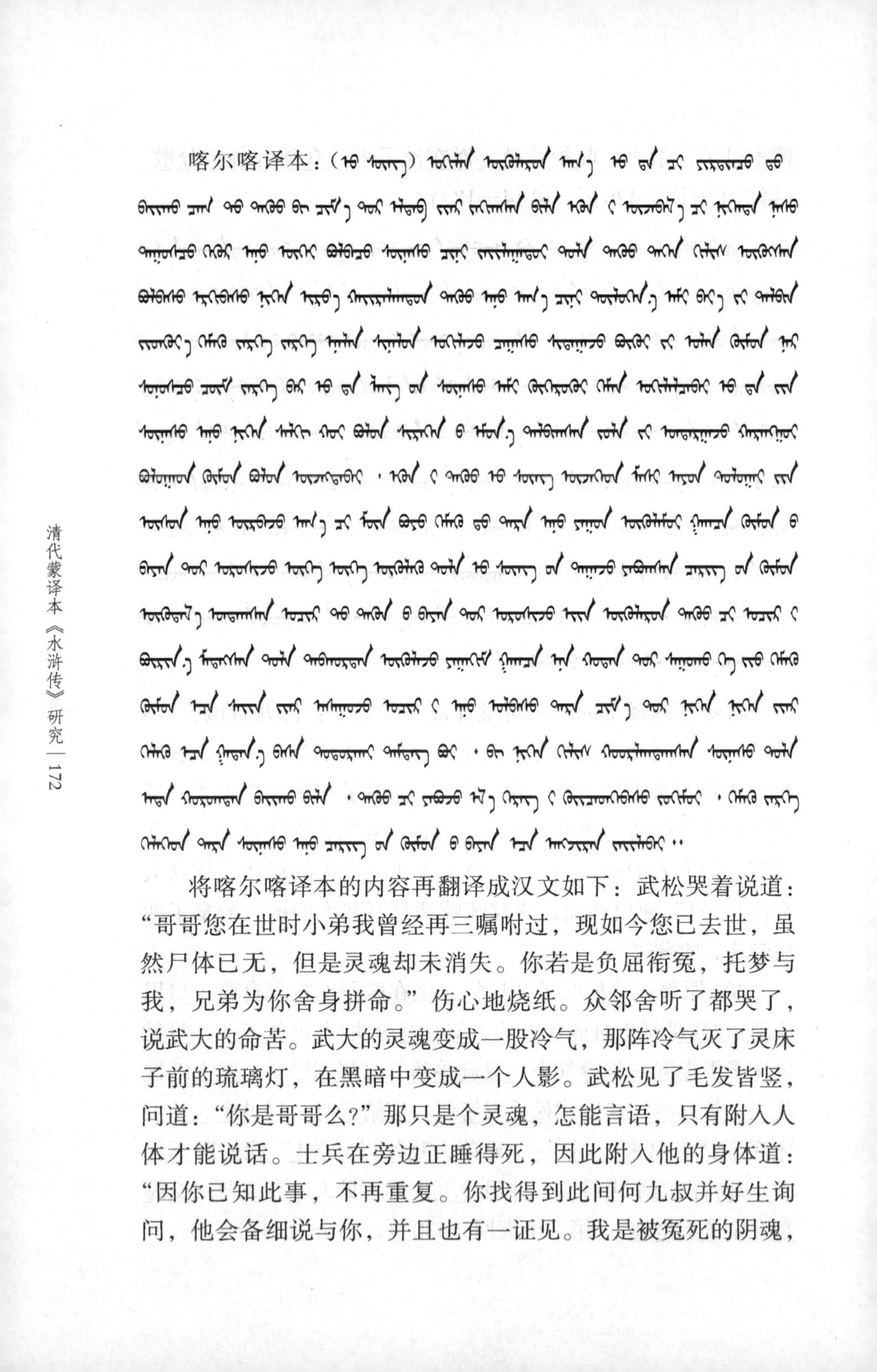

喀尔喀译本：[illegible]

将喀尔喀译本的内容再翻译成汉文如下：武松哭着说道："哥哥您在世时小弟我曾经再三嘱咐过，现如今您已去世，虽然尸体已无，但是灵魂却未消失。你若是负屈衔冤，托梦与我，兄弟为你舍身拼命。"伤心地烧纸。众邻舍听了都哭了，说武大的命苦。武大的灵魂变成一股冷气，那阵冷气灭了灵床子前的琉璃灯，在黑暗中变成一个人影。武松见了毛发皆竖，问道："你是哥哥么？"那只是个灵魂，怎能言语，只有附入人体才能说话。士兵在旁边正睡得死，因此附入他的身体道："因你已知此事，不再重复。你找得到此间何九叔并好生询问，他会备细说与你，并且也有一证见。我是被冤死的阴魂，

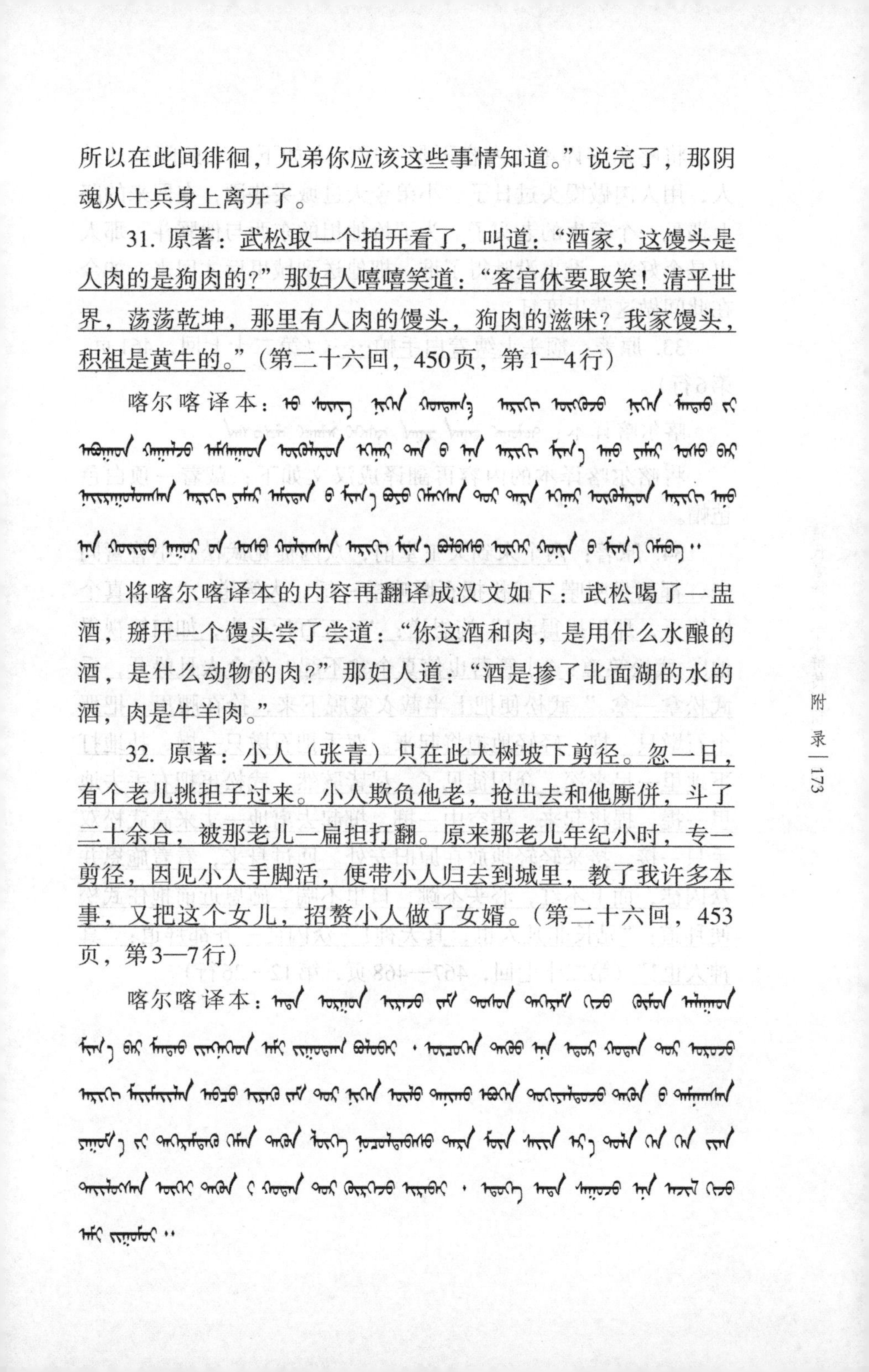

所以在此间徘徊，兄弟你应该这些事情知道。”说完了，那阴魂从士兵身上离开了。

31. 原著：<u>武松取一个拍开看了，叫道：“酒家，这馒头是人肉的是狗肉的?”那妇人嘻嘻笑道：“客官休要取笑！清平世界，荡荡乾坤，那里有人肉的馒头，狗肉的滋味？我家馒头，积祖是黄牛的。”</u>（第二十六回，450页，第1—4行）

喀尔喀译本：[illegible]

将喀尔喀译本的内容再翻译成汉文如下：武松喝了一盅酒，掰开一个馒头尝了尝道：“你这酒和肉，是用什么水酿的酒，是什么动物的肉?”那妇人道：“酒是掺了北面湖的水的酒，肉是牛羊肉。”

32. 原著：<u>小人（张青）只在此大树坡下剪径。忽一日，有个老儿挑担子过来。小人欺负他老，抢出去和他厮併，斗了二十余合，被那老儿一扁担打翻。原来那老儿年纪小时，专一剪径，因见小人手脚活，便带小人归去到城里，教了我许多本事，又把这个女儿，招赘小人做了女婿。</u>（第二十六回，453页，第3—7行）

喀尔喀译本：[illegible]

将喀尔喀译本的内容再翻译成汉文如下：来此间抢劫杀人，用人肉做馒头过日子。小弟今天进城买些酒，在回来的路上遇见一个陌生的老头子。为了抢他担的东西与他厮斗。那人也是个好汉，谁也没胜得了谁，把他送到城里后才回来。如今在此间做这营生度日。

33. 原著：额头上缚着白手帕……（第二十七回，461页，第6行）

喀尔喀译本：[illegible]

将喀尔喀译本的内容再翻译成汉文如下：戴着一顶白色毡帽。

34. 原著：两个来到天王堂前，众囚徒见武松和小管营同来，都躬身唱喏。武松把石墩略摇一摇，大笑道："小人真个娇惰了，那里拔得动！"施恩道："三五百斤石头，如何轻视得他！"武松笑道："小管营也信真个拿不起？你众人且躲开，看武松拿一拿。"武松便把上半截衣裳脱下来，拴在腰里，把那个石墩只一抱，轻轻地抱将起来。双手把石墩只一撇，扑地打下地里一尺来深。众囚徒见了，尽皆骇然。武松再把右手去地里一提，提将起来，望空中一掷，掷起去离地一丈来高武松双手只一接，接来轻轻地放在原旧安处。回过身来，看着施恩并众囚徒，面上不红，心头不跳，口里不喘。施恩近前抱住武松便拜道："兄长非凡人也，真天神！"众囚徒一齐都拜道："真神人也！"（第二十七回，467—468页，第12—26行）

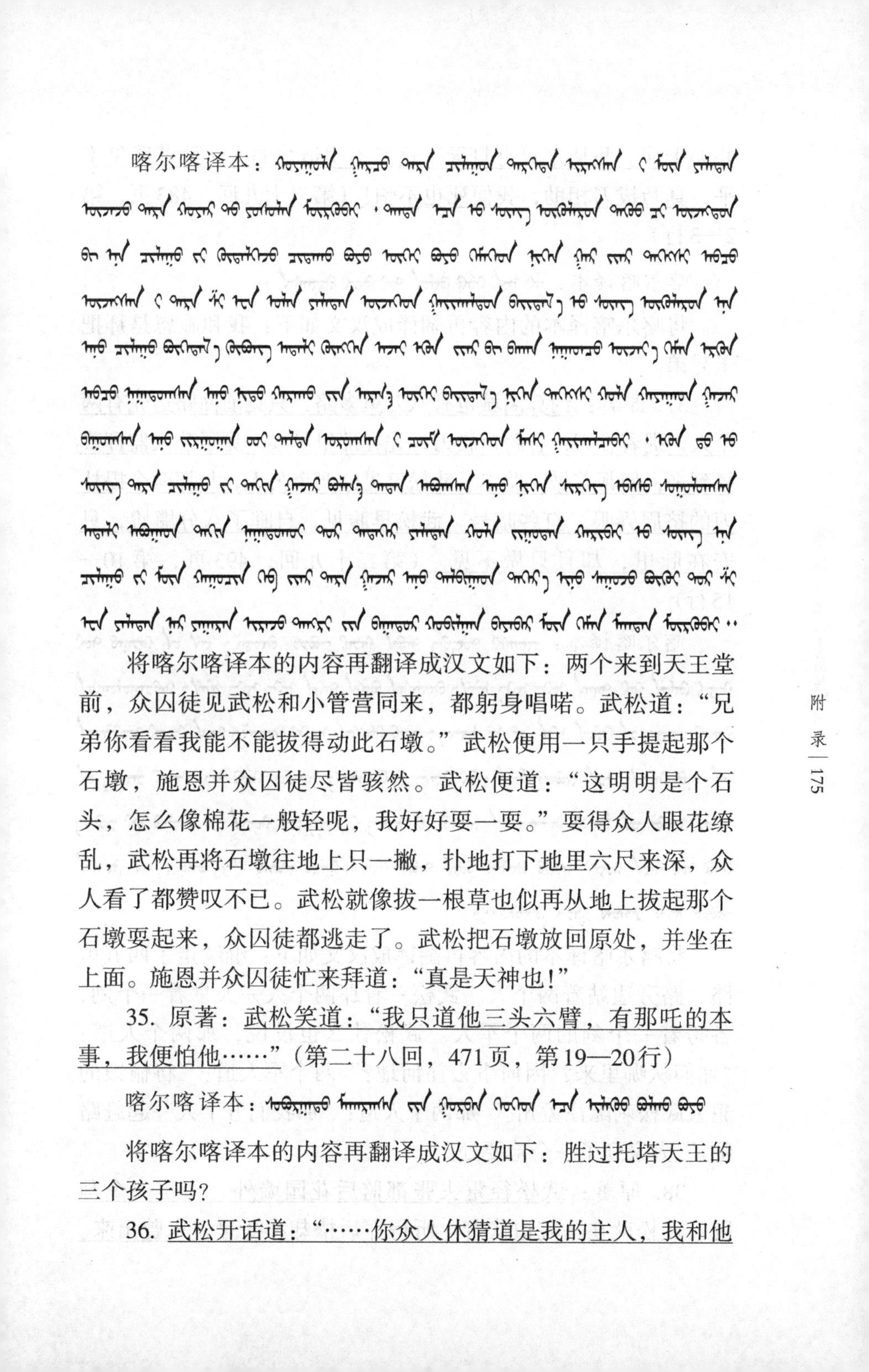

喀尔喀译本：[illegible]

将喀尔喀译本的内容再翻译成汉文如下：两个来到天王堂前，众囚徒见武松和小管营同来，都躬身唱喏。武松道："兄弟你看看我能不能拔得动此石墩。"武松便用一只手提起那个石墩，施恩并众囚徒尽皆骇然。武松便道："这明明是个石头，怎么像棉花一般轻呢，我好好耍一耍。"耍得众人眼花缭乱，武松再将石墩往地上只一撇，扑地打下地里六尺来深，众人看了都赞叹不已。武松就像拔一根草也似再从地上拔起那个石墩要起来，众囚徒都逃走了。武松把石墩放回原处，并坐在上面。施恩并众囚徒忙来拜道："真是天神也！"

35. 原著：武松笑道："我只道他三头六臂，有那吒的本事，我便怕他……"（第二十八回，471页，第19—20行）

喀尔喀译本：[illegible]

将喀尔喀译本的内容再翻译成汉文如下：胜过托塔天王的三个孩子吗？

36. 武松开话道："……你众人休猜道是我的主人，我和他

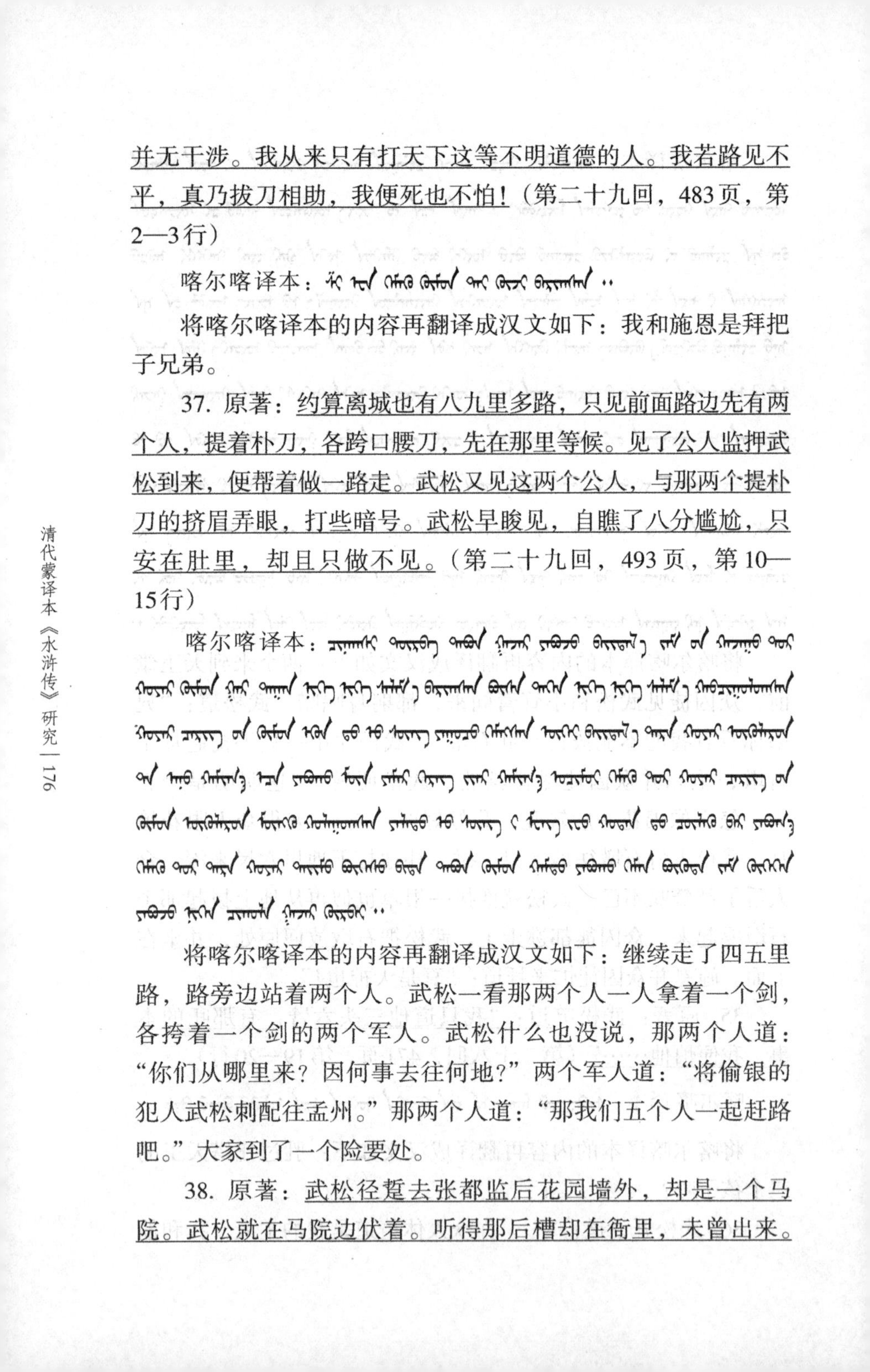

并无干涉。我从来只有打天下这等不明道德的人。我若路见不平，真乃拔刀相助，我便死也不怕！（第二十九回，483页，第2—3行）

喀尔喀译本：[illegible]

将喀尔喀译本的内容再翻译成汉文如下：我和施恩是拜把子兄弟。

37. 原著：约算离城也有八九里多路，只见前面路边先有两个人，提着朴刀，各跨口腰刀，先在那里等候。见了公人监押武松到来，便帮着做一路走。武松又见这两个公人，与那两个提朴刀的挤眉弄眼，打些暗号。武松早睃见，自瞧了八分尴尬，只安在肚里，却且只做不见。（第二十九回，493页，第10—15行）

喀尔喀译本：[illegible]

将喀尔喀译本的内容再翻译成汉文如下：继续走了四五里路，路旁边站着两个人。武松一看那两个人一人拿着一个剑，各挎着一个剑的两个军人。武松什么也没说，那两个人道："你们从哪里来？因何事去往何地？"两个军人道："将偷银的犯人武松刺配往孟州。"那两个人道："那我们五个人一起赶路吧。"大家到了一个险要处。

38. 原著：武松径踅去张都监后花园墙外，却是一个马院。武松就在马院边伏着。听得那后槽却在衙里，未曾出来。

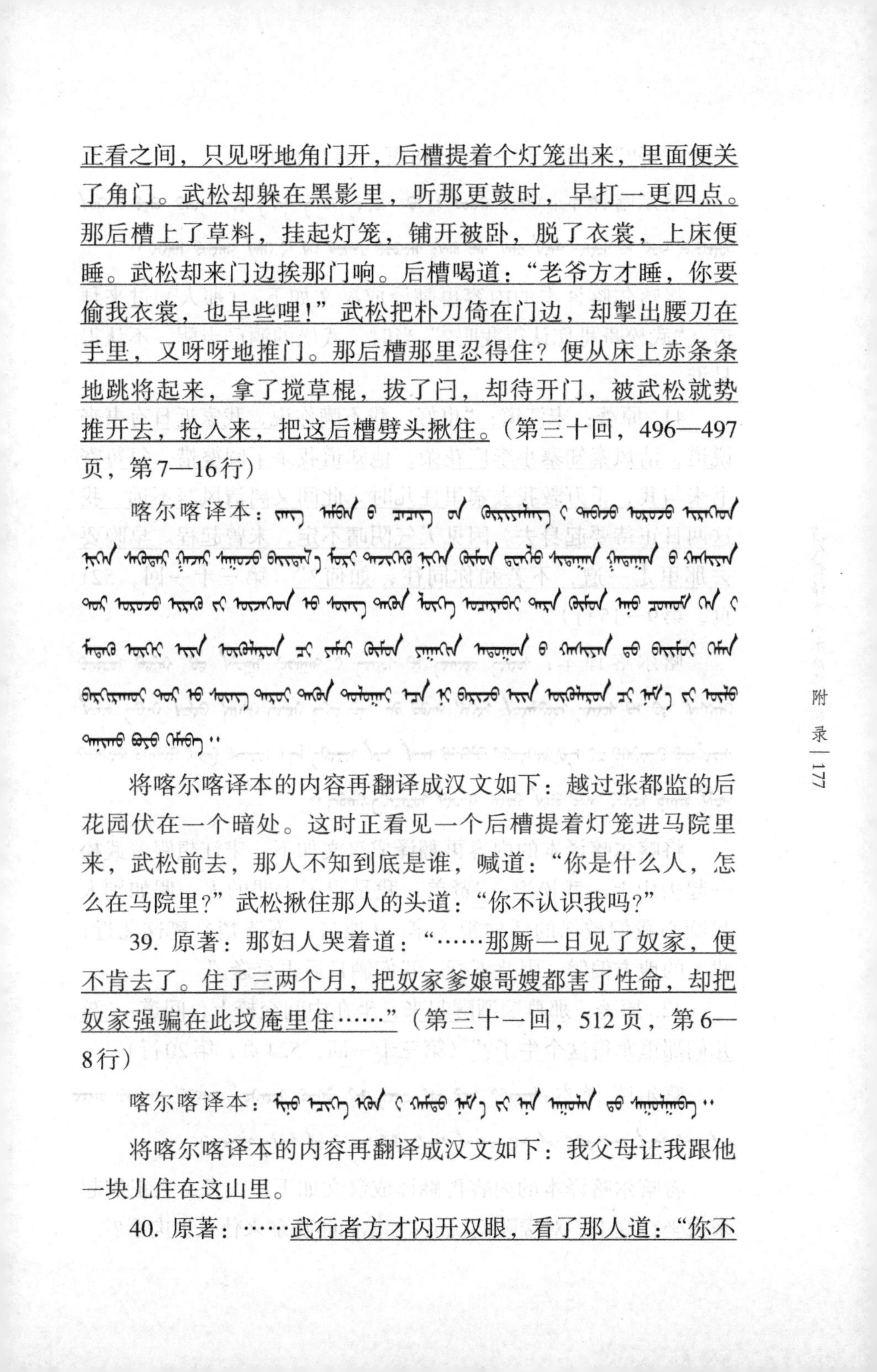

正看之间，只见呀地角门开，后槽提着个灯笼出来，里面便关了角门。武松却躲在黑影里，听那更鼓时，早打一更四点。那后槽上了草料，挂起灯笼，铺开被卧，脱了衣裳，上床便睡。武松却来门边挨那门响。后槽喝道："老爷方才睡，你要偷我衣裳，也早些哩！"武松把朴刀倚在门边，却掣出腰刀在手里，又呀呀地推门。那后槽那里忍得住？便从床上赤条条地跳将起来，拿了搅草棍，拔了闩，却待开门，被武松就势推开去，抢入来，把这后槽劈头揪住。（第三十回，496—497页，第7—16行）

喀尔喀译本：[illegible]

将喀尔喀译本的内容再翻译成汉文如下：越过张都监的后花园伏在一个暗处。这时正看见一个后槽提着灯笼进马院里来，武松前去，那人不知到底是谁，喊道："你是什么人，怎么在马院里？"武松揪住那人的头道："你不认识我吗？"

39. 原著：那妇人哭着道："……那厮一日见了奴家，便不肯去了。住了三两个月，把奴家爹娘哥嫂都害了性命，却把奴家强骗在此坟庵里住……"（第三十一回，512页，第6—8行）

喀尔喀译本：[illegible]

将喀尔喀译本的内容再翻译成汉文如下：我父母让我跟他一块儿住在这山里。

40. 原著：……武行者方才闪开双眼，看了那人道："你不

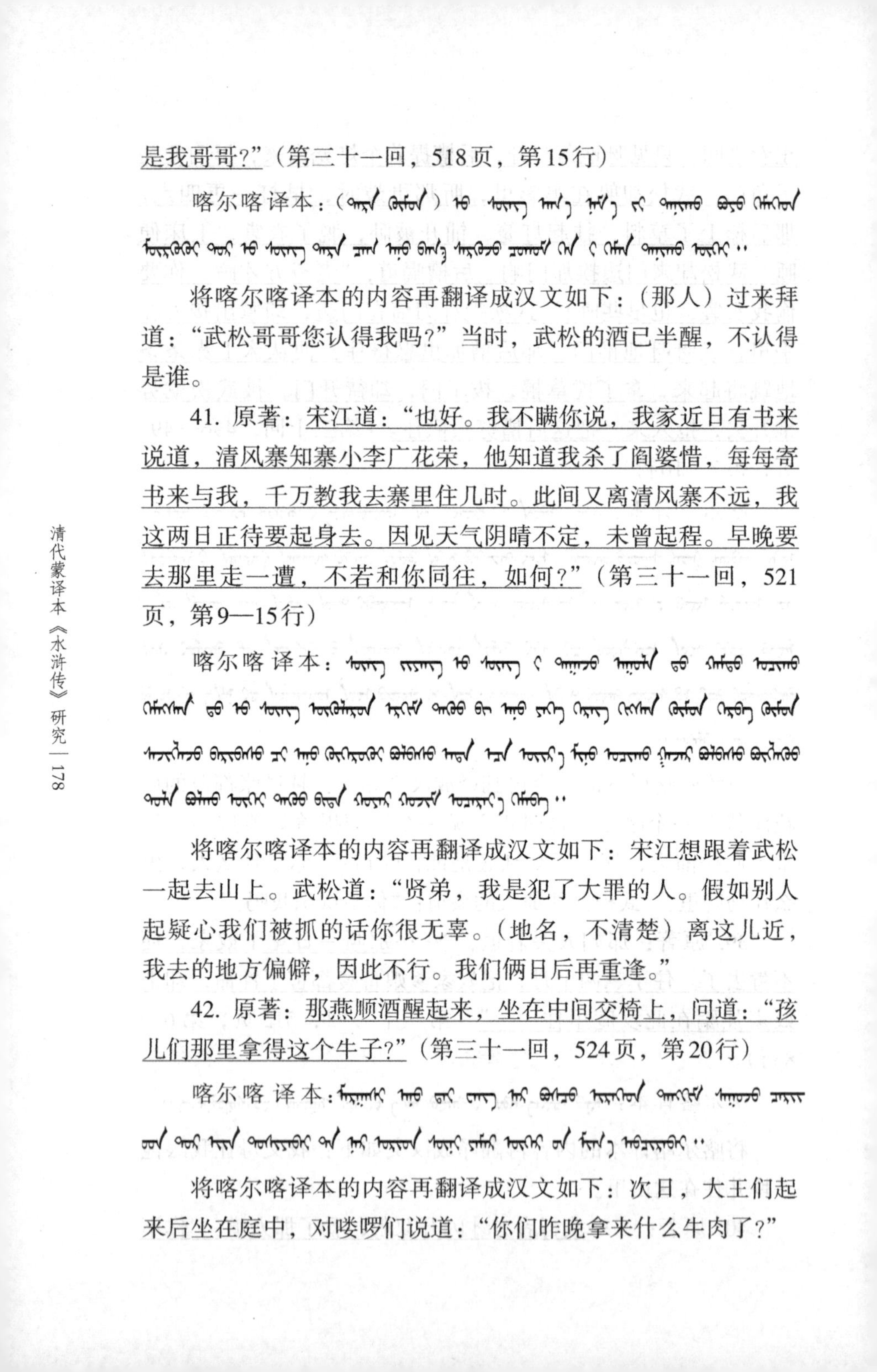

是我哥哥？”（第三十一回，518页，第15行）

喀尔喀译本：[illegible]

将喀尔喀译本的内容再翻译成汉文如下：（那人）过来拜道：“武松哥哥您认得我吗？”当时，武松的酒已半醒，不认得是谁。

41. 原著：宋江道：“也好。我不瞒你说，我家近日有书来说道，清风寨知寨小李广花荣，他知道我杀了阎婆惜，每每寄书来与我，千万教我去寨里住几时。此间又离清风寨不远，我这两日正待要起身去。因见天气阴晴不定，未曾起程。早晚要去那里走一遭，不若和你同往，如何？”（第三十一回，521页，第9—15行）

喀尔喀译本：[illegible]

将喀尔喀译本的内容再翻译成汉文如下：宋江想跟着武松一起去山上。武松道：“贤弟，我是犯了大罪的人。假如别人起疑心我们被抓的话你很无辜。（地名，不清楚）离这儿近，我去的地方偏僻，因此不行。我们俩日后再重逢。”

42. 原著：那燕顺酒醒起来，坐在中间交椅上，问道：“孩儿们那里拿得这个牛子？”（第三十一回，524页，第20行）

喀尔喀译本：[illegible]

将喀尔喀译本的内容再翻译成汉文如下：次日，大王们起来后坐在庭中，对喽啰们说道：“你们昨晚拿来什么牛肉了？”

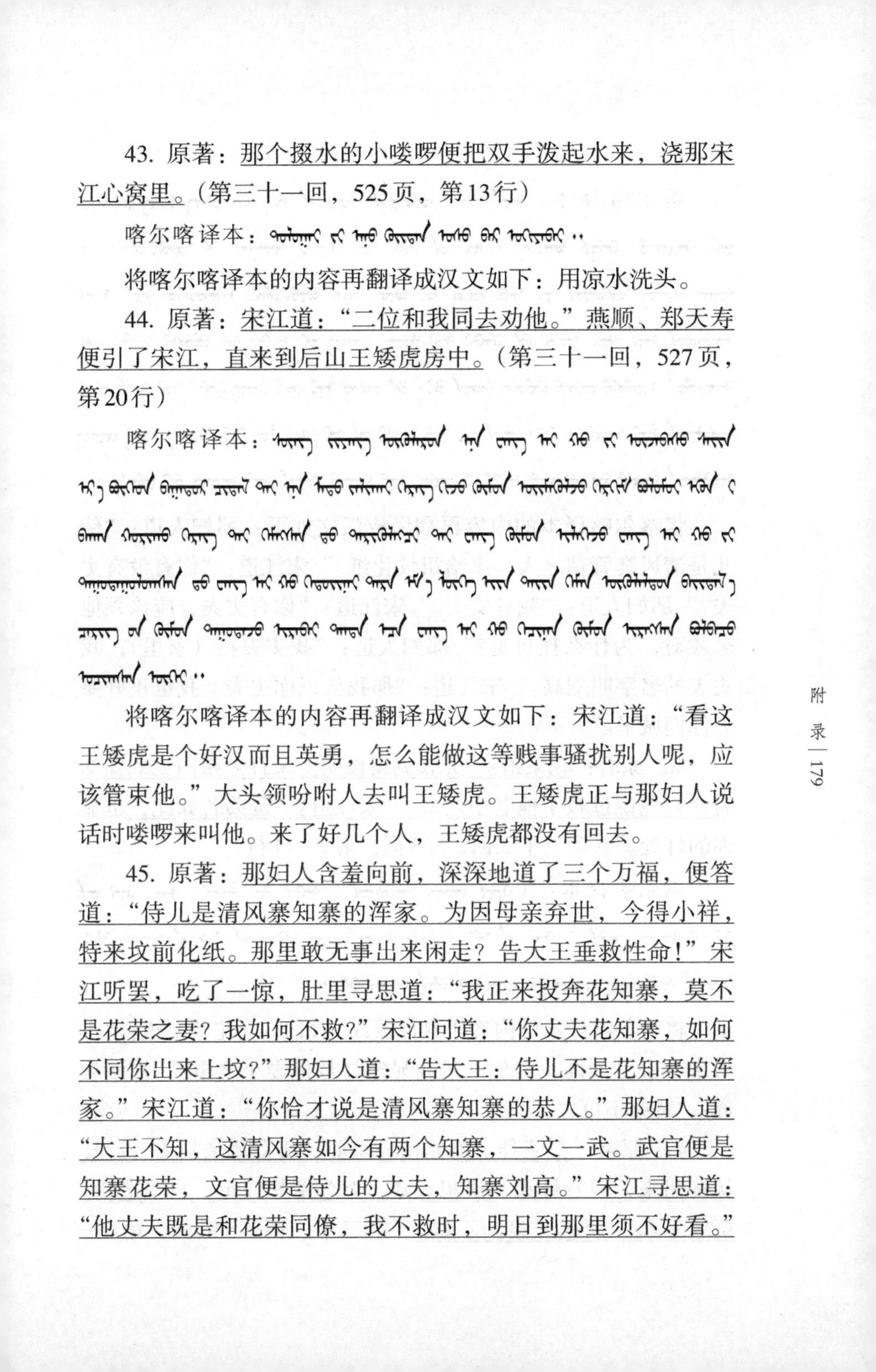

43. 原著：那个掇水的小喽啰便把双手泼起水来，浇那宋江心窝里。（第三十一回，525页，第13行）

喀尔喀译本：[illegible]

将喀尔喀译本的内容再翻译成汉文如下：用凉水洗头。

44. 原著：宋江道："二位和我同去劝他。"燕顺、郑天寿便引了宋江，直来到后山王矮虎房中。（第三十一回，527页，第20行）

喀尔喀译本：[illegible]

将喀尔喀译本的内容再翻译成汉文如下：宋江道："看这王矮虎是个好汉而且英勇，怎么能做这等贱事骚扰别人呢，应该管束他。"大头领吩咐人去叫王矮虎。王矮虎正与那妇人说话时喽啰来叫他。来了好几个人，王矮虎都没有回去。

45. 原著：那妇人含羞向前，深深地道了三个万福，便答道："侍儿是清风寨知寨的浑家。为因母亲弃世，今得小祥，特来坟前化纸。那里敢无事出来闲走？告大王垂救性命！"宋江听罢，吃了一惊，肚里寻思道："我正来投奔花知寨，莫不是花荣之妻？我如何不救？"宋江问道："你丈夫花知寨，如何不同你出来上坟？"那妇人道："告大王：侍儿不是花知寨的浑家。"宋江道："你恰才说是清风寨知寨的恭人。"那妇人道："大王不知，这清风寨如今有两个知寨，一文一武。武官便是知寨花荣，文官便是侍儿的丈夫，知寨刘高。"宋江寻思道："他丈夫既是和花荣同僚，我不救时，明日到那里须不好看。"

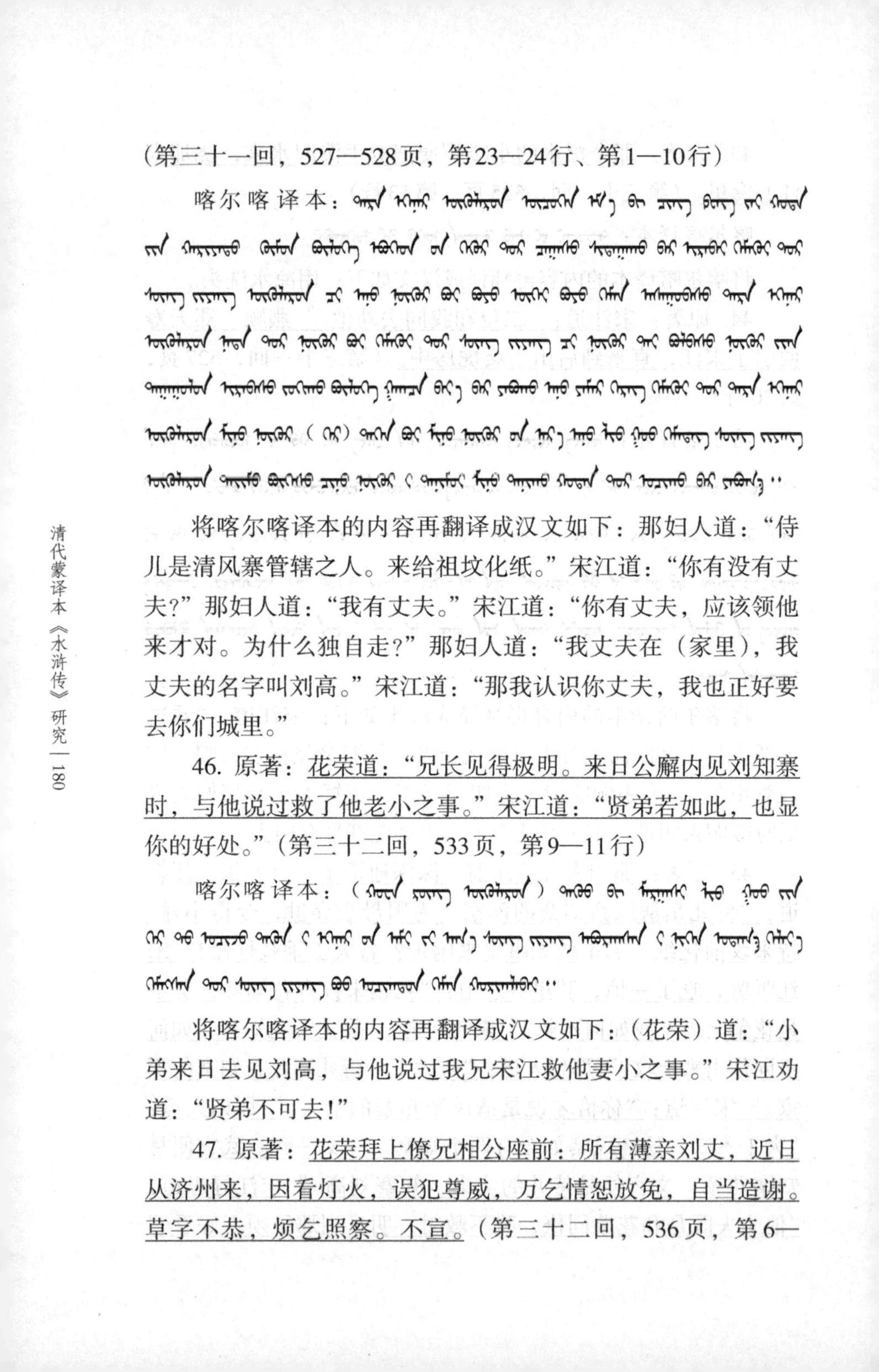

（第三十一回，527—528页，第23—24行、第1—10行）

喀尔喀译本：[illegible]

将喀尔喀译本的内容再翻译成汉文如下：那妇人道：“侍儿是清风寨管辖之人。来给祖坟化纸。”宋江道：“你有没有丈夫?”那妇人道：“我有丈夫。”宋江道：“你有丈夫，应该领他来才对。为什么独自走?”那妇人道：“我丈夫在（家里），我丈夫的名字叫刘高。”宋江道：“那我认识你丈夫，我也正好要去你们城里。”

46. 原著：花荣道：“兄长见得极明。来日公廨内见刘知寨时，与他说过救了他老小之事。”宋江道：“贤弟若如此，也显你的好处。”（第三十二回，533页，第9—11行）

喀尔喀译本：（[illegible]）[illegible]

将喀尔喀译本的内容再翻译成汉文如下：（花荣）道：“小弟来日去见刘高，与他说过我兄宋江救他妻小之事。”宋江劝道：“贤弟不可去!”

47. 原著：花荣拜上僚兄相公座前：所有薄亲刘丈，近日从济州来，因看灯火，误犯尊威，万乞情恕放免，自当造谢。草字不恭，烦乞照察。不宣。（第三十二回，536页，第6—

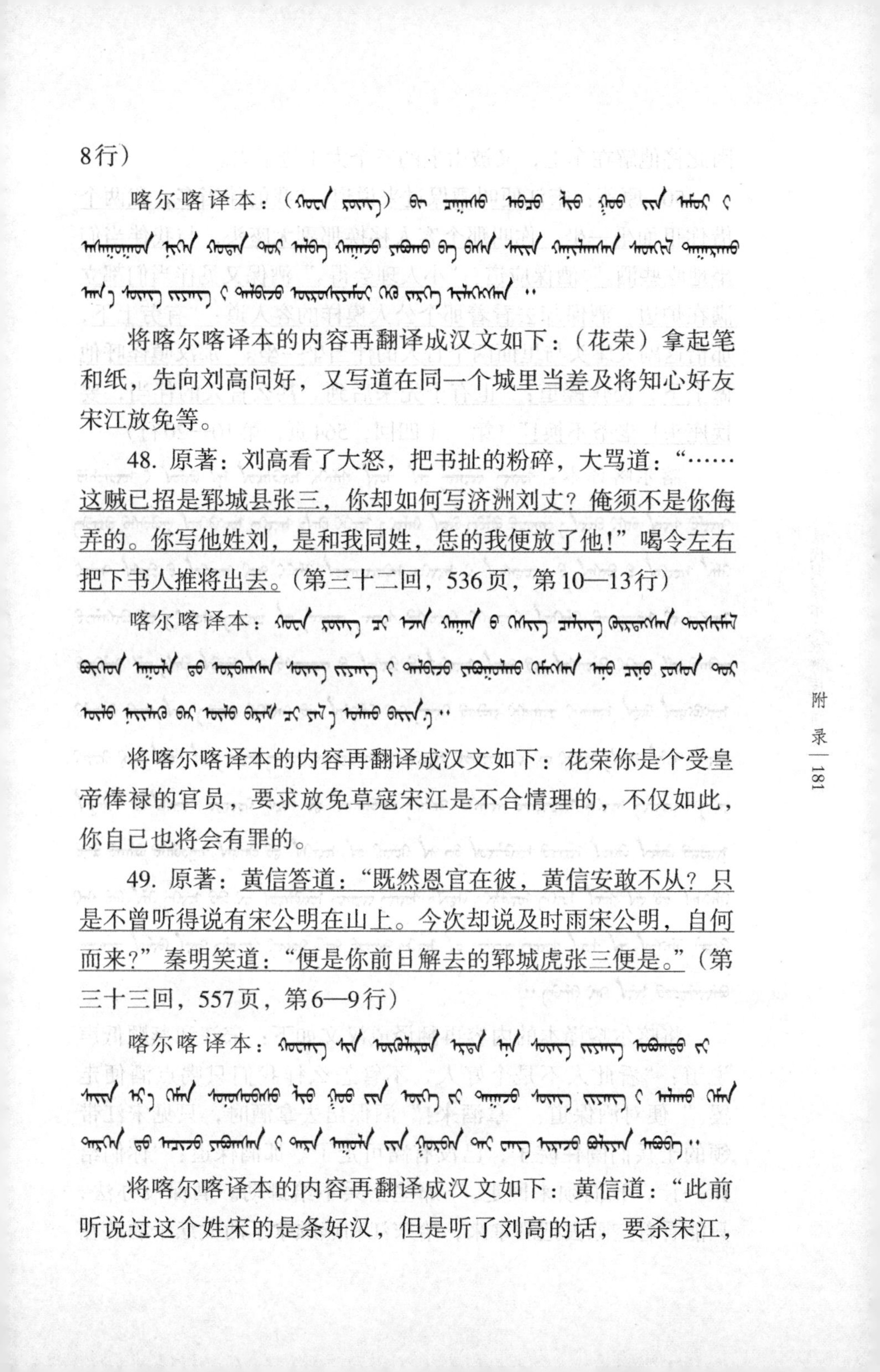

8行）

喀尔喀译本：[illegible]

将喀尔喀译本的内容再翻译成汉文如下：（花荣）拿起笔和纸，先向刘高问好，又写道在同一个城里当差及将知心好友宋江放免等。

48. 原著：刘高看了大怒，把书扯的粉碎，大骂道：“……这贼已招是郓城县张三，你却如何写济洲刘丈？俺须不是你侮弄的。你写他姓刘，是和我同姓，恁的我便放了他！”喝令左右把下书人推将出去。（第三十二回，536页，第10—13行）

喀尔喀译本：[illegible]

将喀尔喀译本的内容再翻译成汉文如下：花荣你是个受皇帝俸禄的官员，要求放免草寇宋江是不合情理的，不仅如此，你自已也将会有罪的。

49. 原著：黄信答道：“既然恩官在彼，黄信安敢不从？只是不曾听得说有宋公明在山上。今次却说及时雨宋公明，自何而来？”秦明笑道：“便是你前日解去的郓城虎张三便是。”（第三十三回，557页，第6—9行）

喀尔喀译本：[illegible]

将喀尔喀译本的内容再翻译成汉文如下：黄信道：“此前听说过这个姓宋的是条好汉，但是听了刘高的话，要杀宋江，因此将他解在车上，又被山上的三个大王抢了去。

50. 原著：宋江便叫酒保过来说道："我的伴当多，我两个借你里面坐一坐，你叫那个客人移换那副大座头，与我伴当们坐地吃些酒。"酒保应道："小人理会得。"酒保又见伴当们都立满在炉边。酒保却去看着那个公人模样的客人道："有劳上下，那借这副大座头与里面两个官人的伴当坐一坐。"那汉嗔怪呼他做上下，便焦躁道："也有个先来后到。甚么官人的伴当，要换座头！老爷不换！"（第三十四回，564页，第10—20行）

喀尔喀译本：[illegible]

将喀尔喀译本的内容再翻译成汉文如下：宋江和燕顺低声说道："看此人不是个好人，不管怎么样我们只喝点酒便走罢。"便对酒保道："拿酒来！"酒保出去拿酒时，只见宋江带领的士兵们围住院子，已没有路可走了。那酒保道："你们给让一让，我们须来回走。"那些士兵不给挪动。酒保没办法，只能看着空隙去把酒拿来，给宋江和燕顺拿了两大坛子酒放在

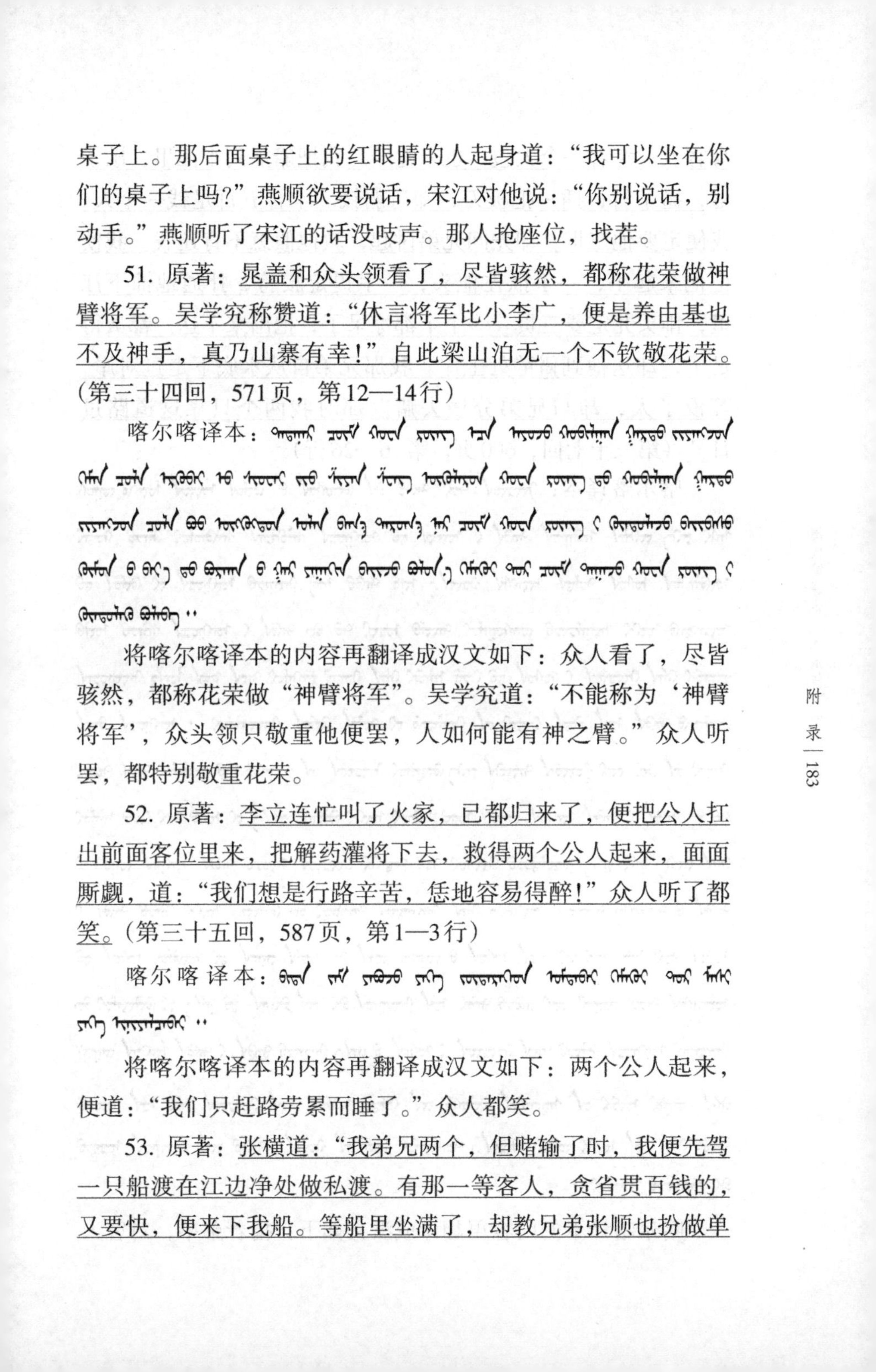

桌子上。那后面桌子上的红眼睛的人起身道："我可以坐在你们的桌子上吗?"燕顺欲要说话，宋江对他说："你别说话，别动手。"燕顺听了宋江的话没吱声。那人抢座位，找茬。

51. 原著：晁盖和众头领看了，尽皆骇然，都称花荣做神臂将军。吴学究称赞道："休言将军比小李广，便是养由基也不及神手，真乃山寨有幸!"自此梁山泊无一个不钦敬花荣。(第三十四回，571页，第12—14行)

喀尔喀译本：[illegible]

将喀尔喀译本的内容再翻译成汉文如下：众人看了，尽皆骇然，都称花荣做"神臂将军"。吴学究道："不能称为'神臂将军'，众头领只敬重他便罢，人如何能有神之臂。"众人听罢，都特别敬重花荣。

52. 原著：李立连忙叫了火家，已都归来了，便把公人扛出前面客位里来，把解药灌将下去，救得两个公人起来，面面厮觑，道："我们想是行路辛苦，恁地容易得醉!"众人听了都笑。(第三十五回，587页，第1—3行)

喀尔喀译本：[illegible]

将喀尔喀译本的内容再翻译成汉文如下：两个公人起来，便道："我们只赶路劳累而睡了。"众人都笑。

53. 原著：张横道："我弟兄两个，但赌输了时，我便先驾一只船渡在江边净处做私渡。有那一等客人，贪省贯百钱的，又要快，便来下我船。等船里坐满了，却教兄弟张顺也扮做单

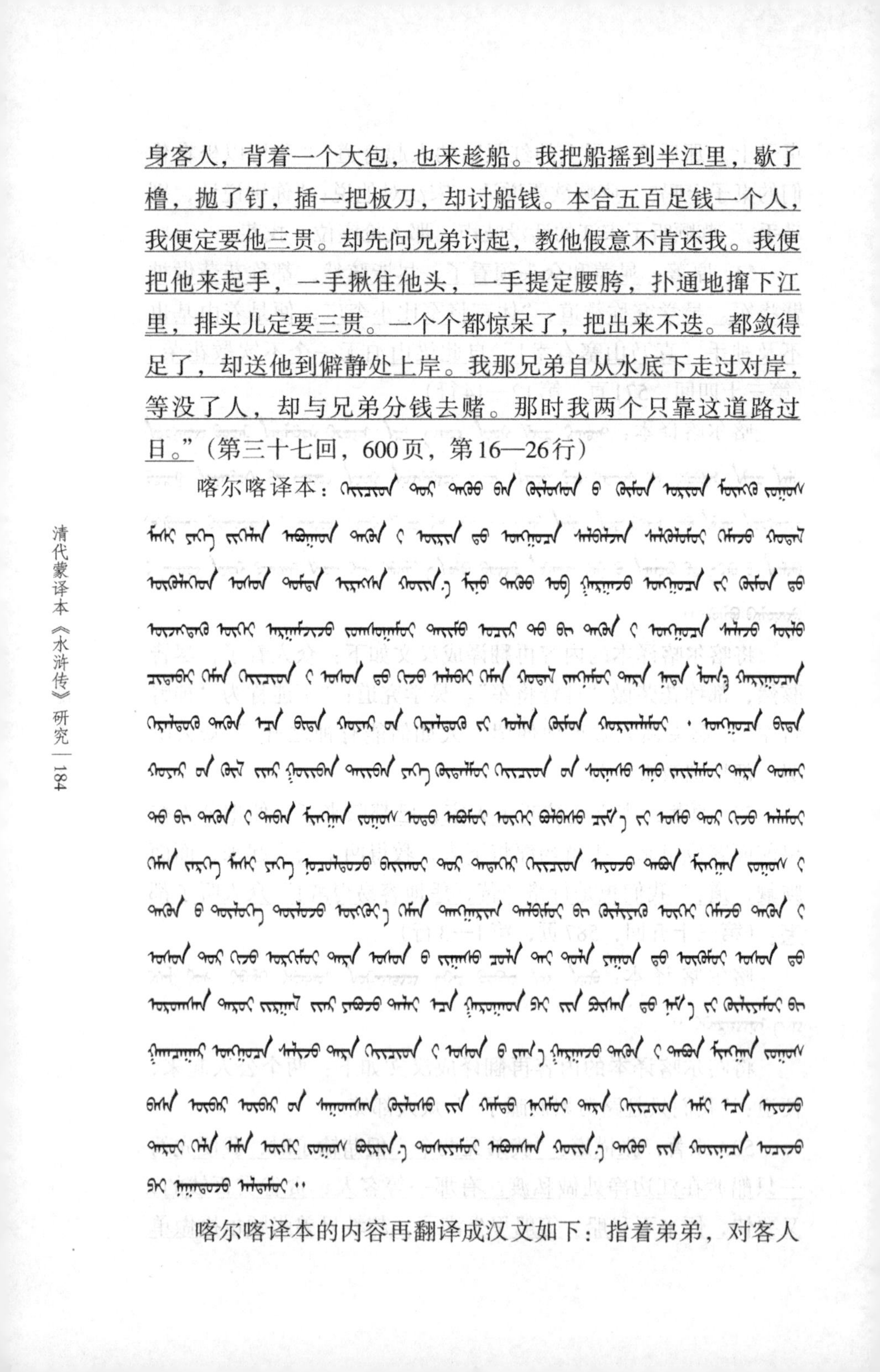

身客人，背着一个大包，也来趁船。我把船摇到半江里，歇了橹，抛了钉，插一把板刀，却讨船钱。本合五百足钱一个人，我便定要他三贯。却先问兄弟讨起，教他假意不肯还我。我便把他来起手，一手揪住他头，一手提定腰胯，扑通地撺下江里，排头儿定要三贯。一个个都惊呆了，把出来不迭。都敛得足了，却送他到僻静处上岸。我那兄弟自从水底下走过对岸，等没了人，却与兄弟分钱去赌。那时我两个只靠这道路过日。”（第三十七回，600页，第16—26行）

喀尔喀译本：[illegible]

喀尔喀译本的内容再翻译成汉文如下：指着弟弟，对客人

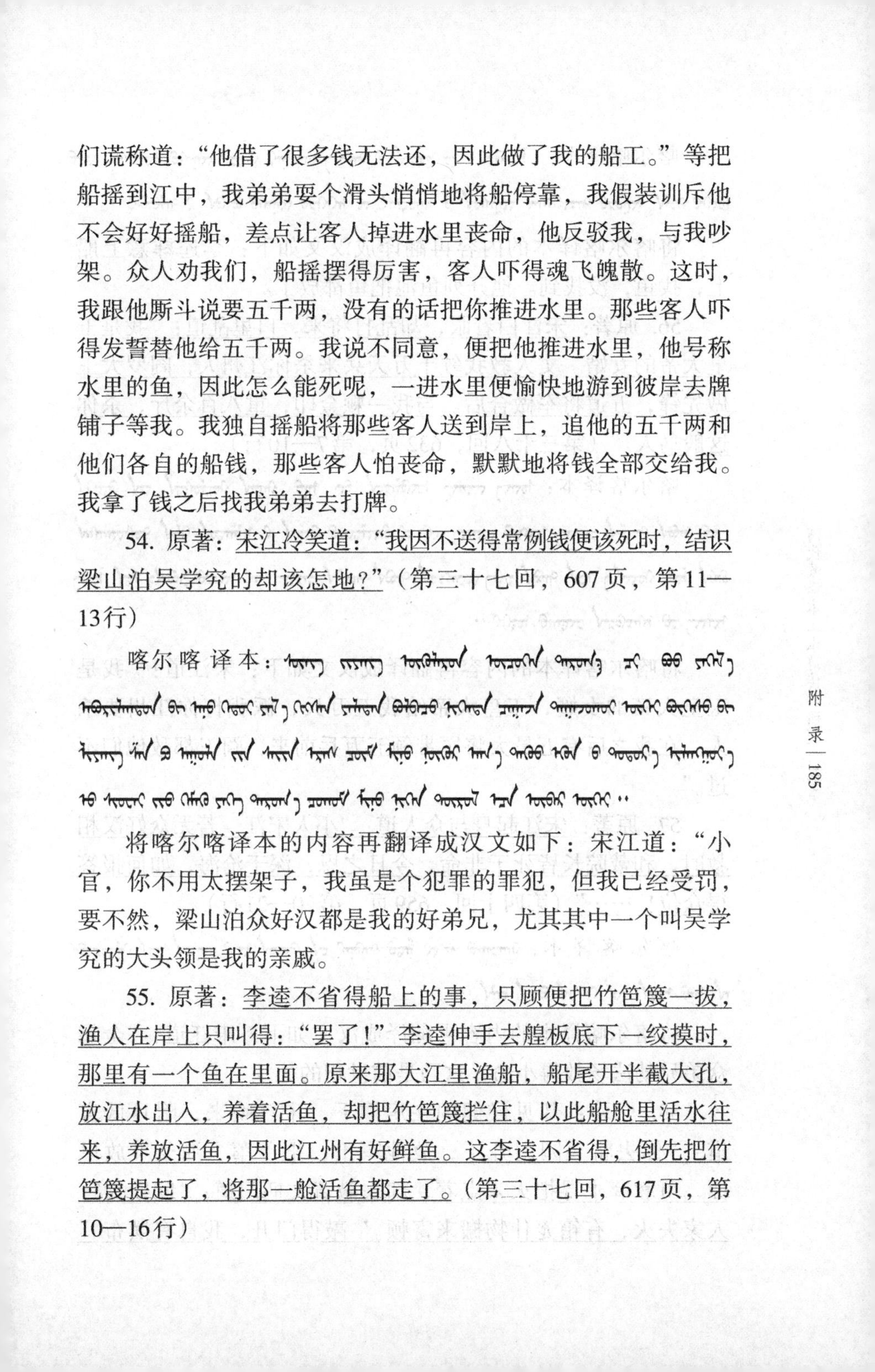

们谎称道："他借了很多钱无法还，因此做了我的船工。"等把船摇到江中，我弟弟要个滑头悄悄地将船停靠，我假装训斥他不会好好摇船，差点让客人掉进水里丧命，他反驳我，与我吵架。众人劝我们，船摇摆得厉害，客人吓得魂飞魄散。这时，我跟他厮斗说要五千两，没有的话把你推进水里。那些客人吓得发誓替他给五千两。我说不同意，便把他推进水里，他号称水里的鱼，因此怎么能死呢，一进水里便愉快地游到彼岸去牌铺子等我。我独自摇船将那些客人送到岸上，追他的五千两和他们各自的船钱，那些客人怕丧命，默默地将钱全部交给我。我拿了钱之后找我弟弟去打牌。

54. 原著：宋江冷笑道："我因不送得常例钱便该死时，结识梁山泊吴学究的却该怎地？"（第三十七回，607页，第11—13行）

喀尔喀译本：[illegible]

将喀尔喀译本的内容再翻译成汉文如下：宋江道："小官，你不用太摆架子，我虽是个犯罪的罪犯，但我已经受罚，要不然，梁山泊众好汉都是我的好弟兄，尤其其中一个叫吴学究的大头领是我的亲戚。

55. 原著：李逵不省得船上的事，只顾便把竹笆篾一拔，渔人在岸上只叫得："罢了！"李逵伸手去艎板底下一绞摸时，那里有一个鱼在里面。原来那大江里渔船，船尾开半截大孔，放江水出入，养着活鱼，却把竹笆篾拦住，以此船舱里活水往来，养放活鱼，因此江州有好鲜鱼。这李逵不省得，倒先把竹笆篾提起了，将那一舱活鱼都走了。（第三十七回，617页，第10—16行）

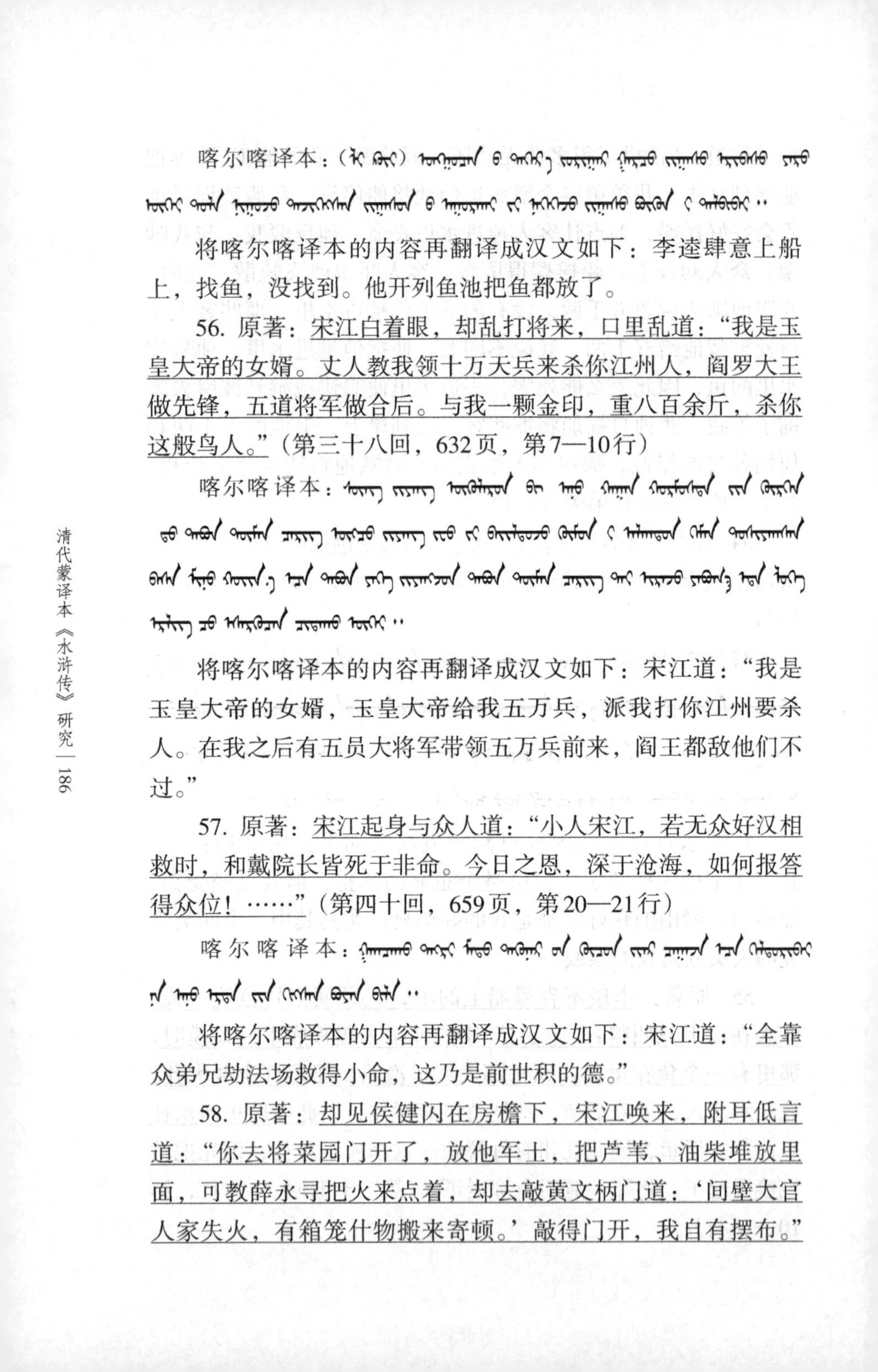

喀尔喀译本：[illegible]

将喀尔喀译本的内容再翻译成汉文如下：李逵肆意上船上，找鱼，没找到。他开列鱼池把鱼都放了。

56. 原著：宋江白着眼，却乱打将来，口里乱道："我是玉皇大帝的女婿。丈人教我领十万天兵来杀你江州人，阎罗大王做先锋，五道将军做合后。与我一颗金印，重八百余斤，杀你这般鸟人。"（第三十八回，632页，第7—10行）

喀尔喀译本：[illegible]

将喀尔喀译本的内容再翻译成汉文如下：宋江道："我是玉皇大帝的女婿，玉皇大帝给我五万兵，派我打你江州要杀人。在我之后有五员大将军带领五万兵前来，阎王都敌他们不过。"

57. 原著：宋江起身与众人道："小人宋江，若无众好汉相救时，和戴院长皆死于非命。今日之恩，深于沧海，如何报答得众位！……"（第四十回，659页，第20—21行）

喀尔喀译本：[illegible]

将喀尔喀译本的内容再翻译成汉文如下：宋江道："全靠众弟兄劫法场救得小命，这乃是前世积的德。"

58. 原著：却见侯健闪在房檐下，宋江唤来，附耳低言道："你去将菜园门开了，放他军士，把芦苇、油柴堆放里面，可教薛永寻把火来点着，却去敲黄文柄门道：'间壁大官人家失火，有箱笼什物搬来寄顿。'敲得门开，我自有摆布。"

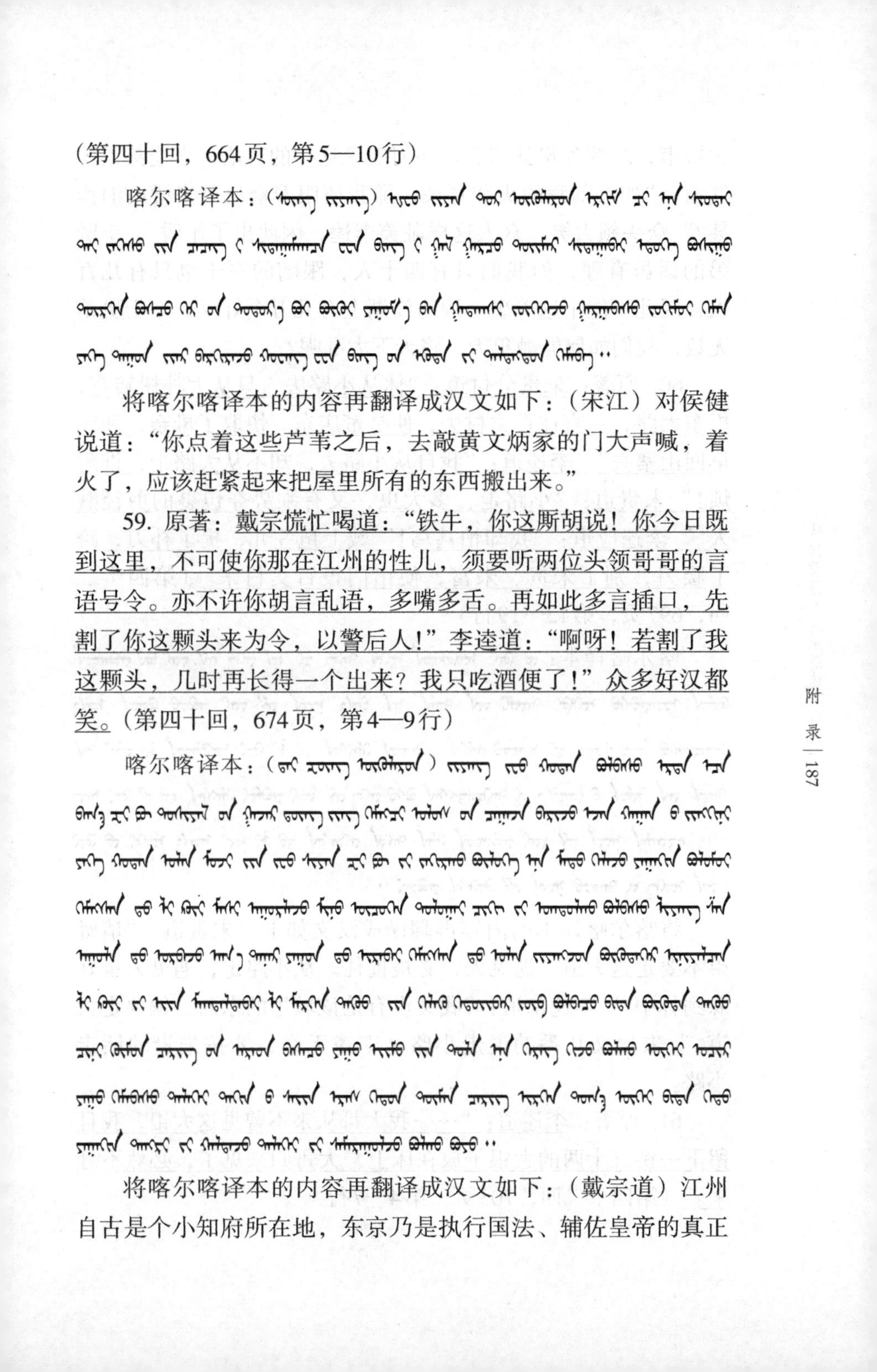

（第四十回，664页，第5—10行）

喀尔喀译本：[illegible]

将喀尔喀译本的内容再翻译成汉文如下：（宋江）对侯健说道："你点着这些芦苇之后，去敲黄文炳家的门大声喊，着火了，应该赶紧起来把屋里所有的东西搬出来。"

59. 原著：戴宗慌忙喝道："铁牛，你这厮胡说！你今日既到这里，不可使你那在江州的性儿，须要听两位头领哥哥的言语号令。亦不许你胡言乱语，多嘴多舌。再如此多言插口，先割了你这颗头来为令，以警后人！"李逵道："啊呀！若割了我这颗头，几时再长得一个出来？我只吃酒便了！"众多好汉都笑。（第四十回，674页，第4—9行）

喀尔喀译本：[illegible]

将喀尔喀译本的内容再翻译成汉文如下：（戴宗道）江州自古是个小知府所在地，东京乃是执行国法、辅佐皇帝的真正大城市，统领各州县知府。如何能说这样的言语。李逵甚是生气道："如果割我的头和耳朵，那我还跟着众兄弟来梁山泊作甚?"众头领大笑，众人这样耻笑李逵，因此出了矛盾。李贤弟的话虽有理，但我们只有四十人，跟随的军士也只有几百人，因此不能干这等事。因为江湖上有几万个好汉，军士更是无数，我们如何能触犯天，将天下大乱呢?

60. 原著：<u>朱贵分付道："休从小路去，只从大朴树转弯，投东大路，一直往百丈村去，便是董店东。快取了母亲，和你早回山寨去"。李逵道："我自从小路去，却不从大路走，谁耐烦！"朱贵道："小路走，多大虫，又有乘势夺包裹的剪径贼人。"李逵应道："我却怕甚鸟！"戴上毡笠儿，提了朴刀，跨了腰刀，别了朱贵、朱富，便出门投百丈村来。</u>（第四十二回，697页，第13—19行）

喀尔喀译本：[illegible]

将喀尔喀译本的内容再翻译成汉文如下：朱贵道："请贤弟不要走这大道。遇见人，必被捉住。从小路走，遇见人也好躲到林中。"李逵却道："我又没有抢该城里的东西，偏要走大道。"朱贵又几番劝说走小路，李逵无奈，才按朱贵的话走小路。

61. 原著：<u>李逵道："……我大哥从来不曾见这大银，我且留下一锭五十两的大银子放在床上，大哥归来见了，必然不赶来。"</u>（第四十二回，703页，第4—7行）

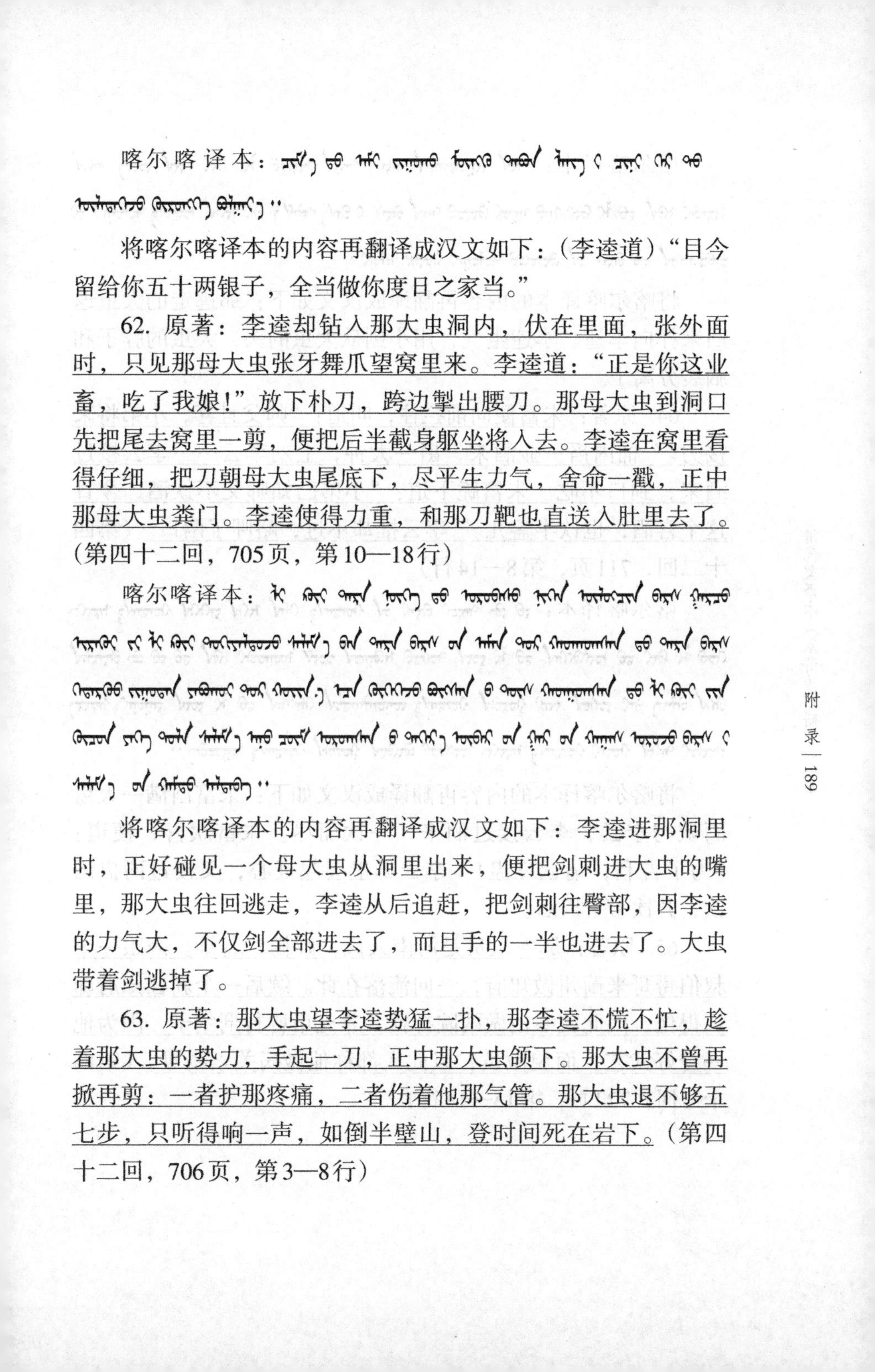

喀尔喀译本：[illegible]

将喀尔喀译本的内容再翻译成汉文如下：（李逵道）"目今留给你五十两银子，全当做你度日之家当。"

62. 原著：李逵却钻入那大虫洞内，伏在里面，张外面时，只见那母大虫张牙舞爪望窝里来。李逵道："正是你这业畜，吃了我娘！"放下朴刀，跨边掣出腰刀。那母大虫到洞口先把尾去窝里一剪，便把后半截身躯坐将入去。李逵在窝里看得仔细，把刀朝母大虫尾底下，尽平生力气，舍命一戳，正中那母大虫粪门。李逵使得力重，和那刀靶也直送入肚里去了。（第四十二回，705页，第10—18行）

喀尔喀译本：[illegible]

将喀尔喀译本的内容再翻译成汉文如下：李逵进那洞里时，正好碰见一个母大虫从洞里出来，便把剑刺进大虫的嘴里，那大虫往回逃走，李逵从后追赶，把剑刺往臀部，因李逵的力气大，不仅剑全部进去了，而且手的一半也进去了。大虫带着剑逃掉了。

63. 原著：那大虫望李逵势猛一扑，那李逵不慌不忙，趁着那大虫的势力，手起一刀，正中那大虫颔下。那大虫不曾再掀再剪：一者护那疼痛，二者伤着他那气管。那大虫退不够五七步，只听得响一声，如倒半壁山，登时间死在岩下。（第四十二回，706页，第3—8行）

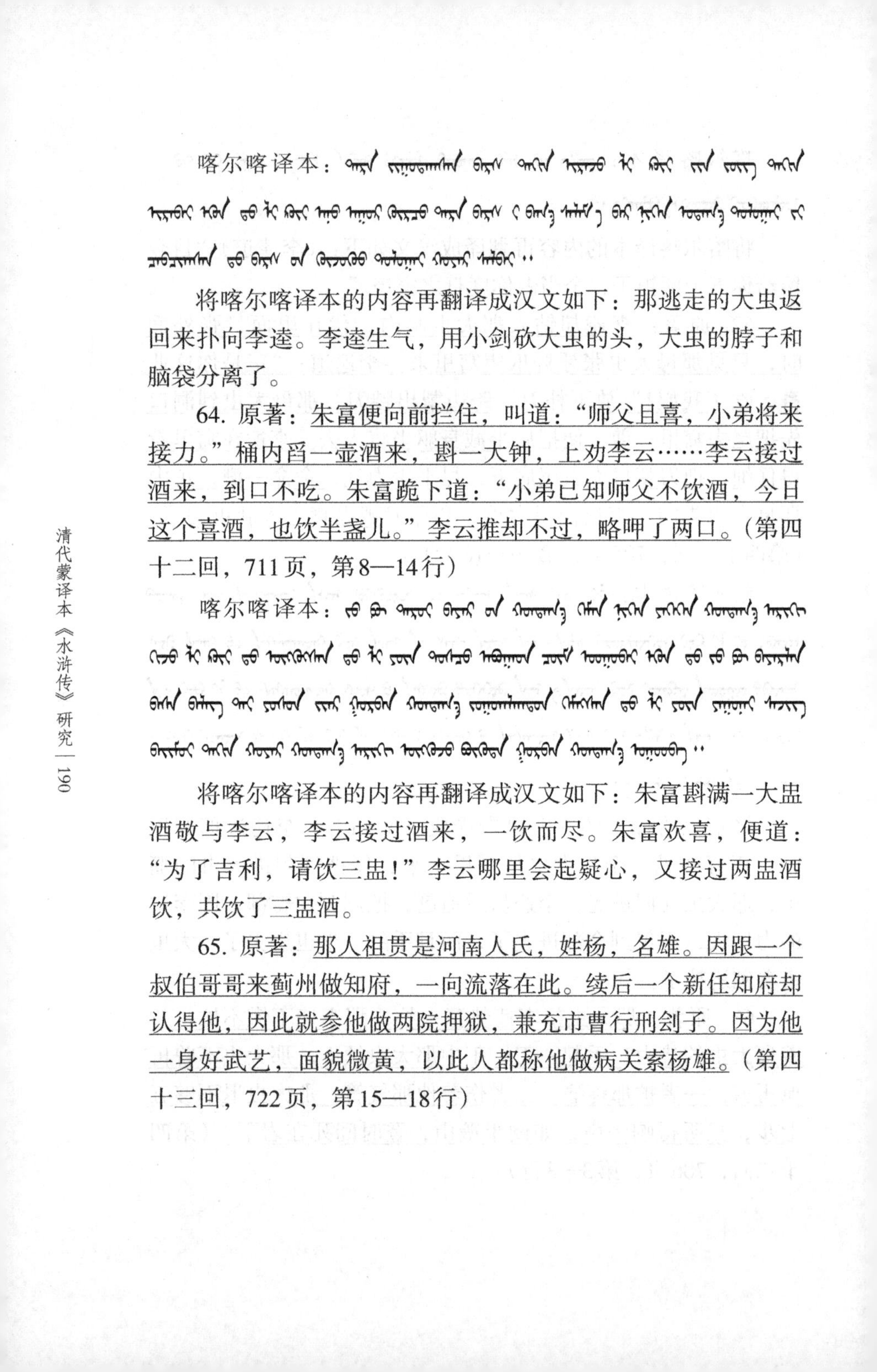

喀尔喀译本：[illegible]

将喀尔喀译本的内容再翻译成汉文如下：那逃走的大虫返回来扑向李逵。李逵生气，用小剑砍大虫的头，大虫的脖子和脑袋分离了。

64. 原著：朱富便向前拦住，叫道："师父且喜，小弟将来接力。"桶内舀一壶酒来，斟一大钟，上劝李云……李云接过酒来，到口不吃。朱富跪下道："小弟已知师父不饮酒，今日这个喜酒，也饮半盏儿。"李云推却不过，略呷了两口。（第四十二回，711页，第8—14行）

喀尔喀译本：[illegible]

将喀尔喀译本的内容再翻译成汉文如下：朱富斟满一大盅酒敬与李云，李云接过酒来，一饮而尽。朱富欢喜，便道："为了吉利，请饮三盅！"李云哪里会起疑心，又接过两盅酒饮，共饮了三盅酒。

65. 原著：那人祖贯是河南人氏，姓杨，名雄。因跟一个叔伯哥哥来蓟州做知府，一向流落在此。续后一个新任知府却认得他，因此就参他做两院押狱，兼充市曹行刑刽子。因为他一身好武艺，面貌微黄，以此人都称他做病关索杨雄。（第四十三回，722页，第15—18行）

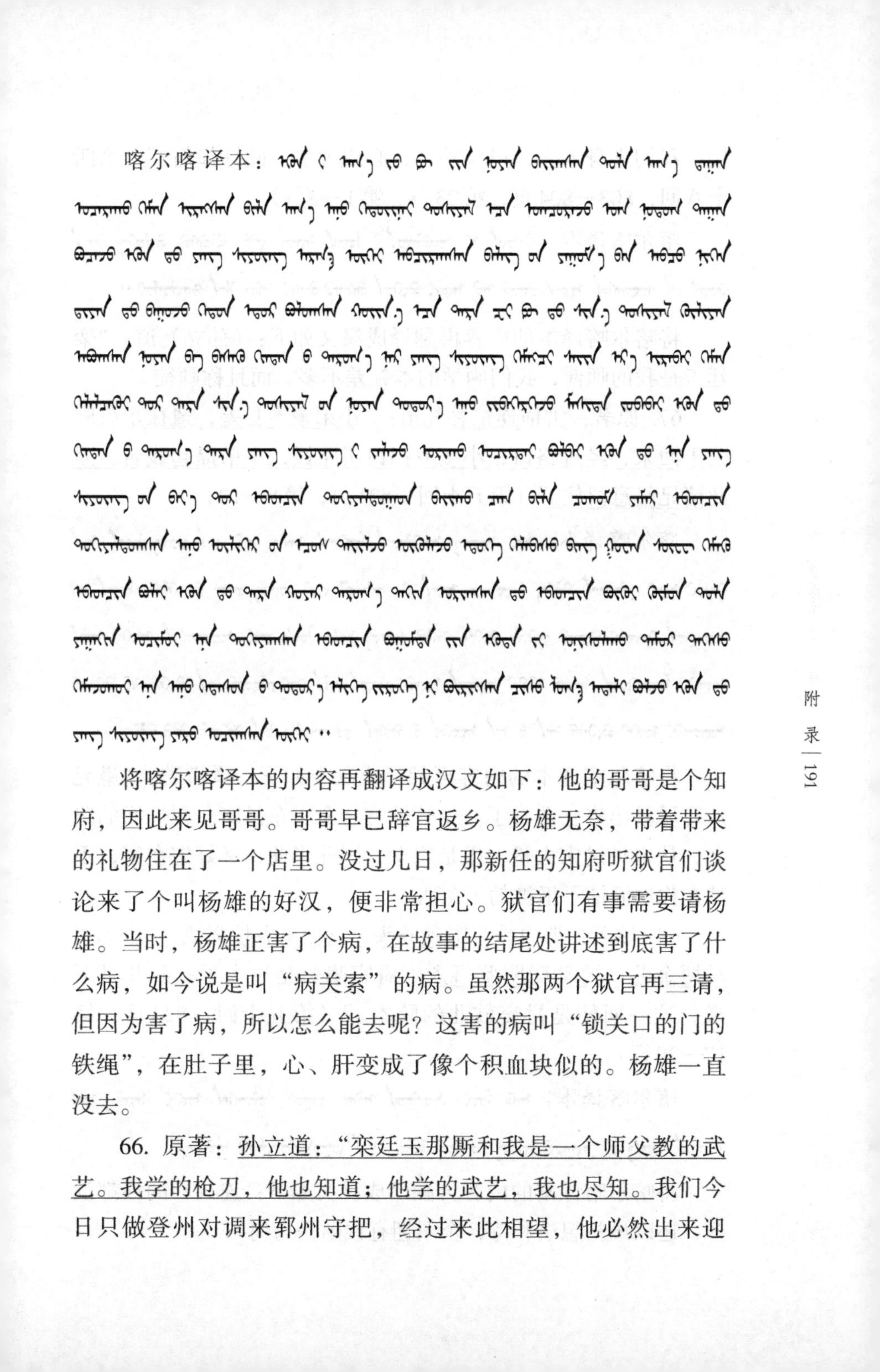

喀尔喀译本：[illegible]

将喀尔喀译本的内容再翻译成汉文如下：他的哥哥是个知府，因此来见哥哥。哥哥早已辞官返乡。杨雄无奈，带着带来的礼物住在了一个店里。没过几日，那新任的知府听狱官们谈论来了个叫杨雄的好汉，便非常担心。狱官们有事需要请杨雄。当时，杨雄正害了个病，在故事的结尾处讲述到底害了什么病，如今说是叫“病关索”的病。虽然那两个狱官再三请，但因为害了病，所以怎么能去呢？这害的病叫“锁关口的门的铁绳”，在肚子里，心、肝变成了像个积血块似的。杨雄一直没去。

66. 原著：孙立道：“栾廷玉那厮和我是一个师父教的武艺。我学的枪刀，他也知道；他学的武艺，我也尽知。我们今日只做登州对调来郓州守把，经过来此相望，他必然出来迎

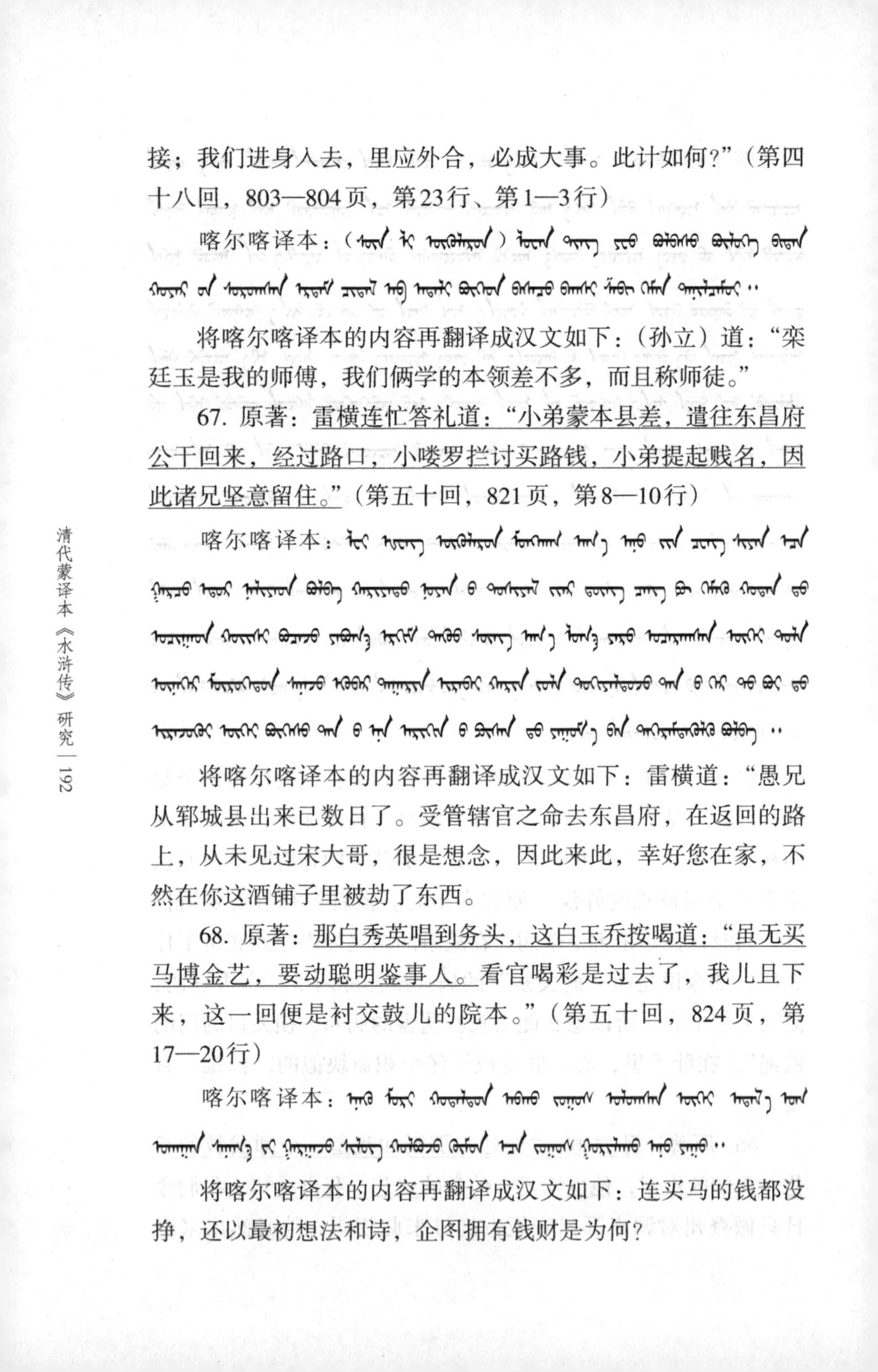

接；我们进身入去，里应外合，必成大事。此计如何？”（第四十八回，803—804页，第23行、第1—3行）

喀尔喀译本：（[illegible]）[illegible]

将喀尔喀译本的内容再翻译成汉文如下：（孙立）道：“栾廷玉是我的师傅，我们俩学的本领差不多，而且称师徒。”

67. 原著：雷横连忙答礼道：“小弟蒙本县差，遣往东昌府公干回来，经过路口，小喽罗拦讨买路钱，小弟提起贱名，因此诸兄坚意留住。”（第五十回，821页，第8—10行）

喀尔喀译本：[illegible]

将喀尔喀译本的内容再翻译成汉文如下：雷横道：“愚兄从郓城县出来已数日了。受管辖官之命去东昌府，在返回的路上，从未见过宋大哥，很是想念，因此来此，幸好您在家，不然在你这酒铺子里被劫了东西。

68. 原著：那白秀英唱到务头，这白玉乔按喝道：“虽无买马博金艺，要动聪明鉴事人。看官喝彩是过去了，我儿且下来，这一回便是衬交鼓儿的院本。”（第五十回，824页，第17—20行）

喀尔喀译本：[illegible]

将喀尔喀译本的内容再翻译成汉文如下：连买马的钱都没挣，还以最初想法和诗，企图拥有钱财是为何？

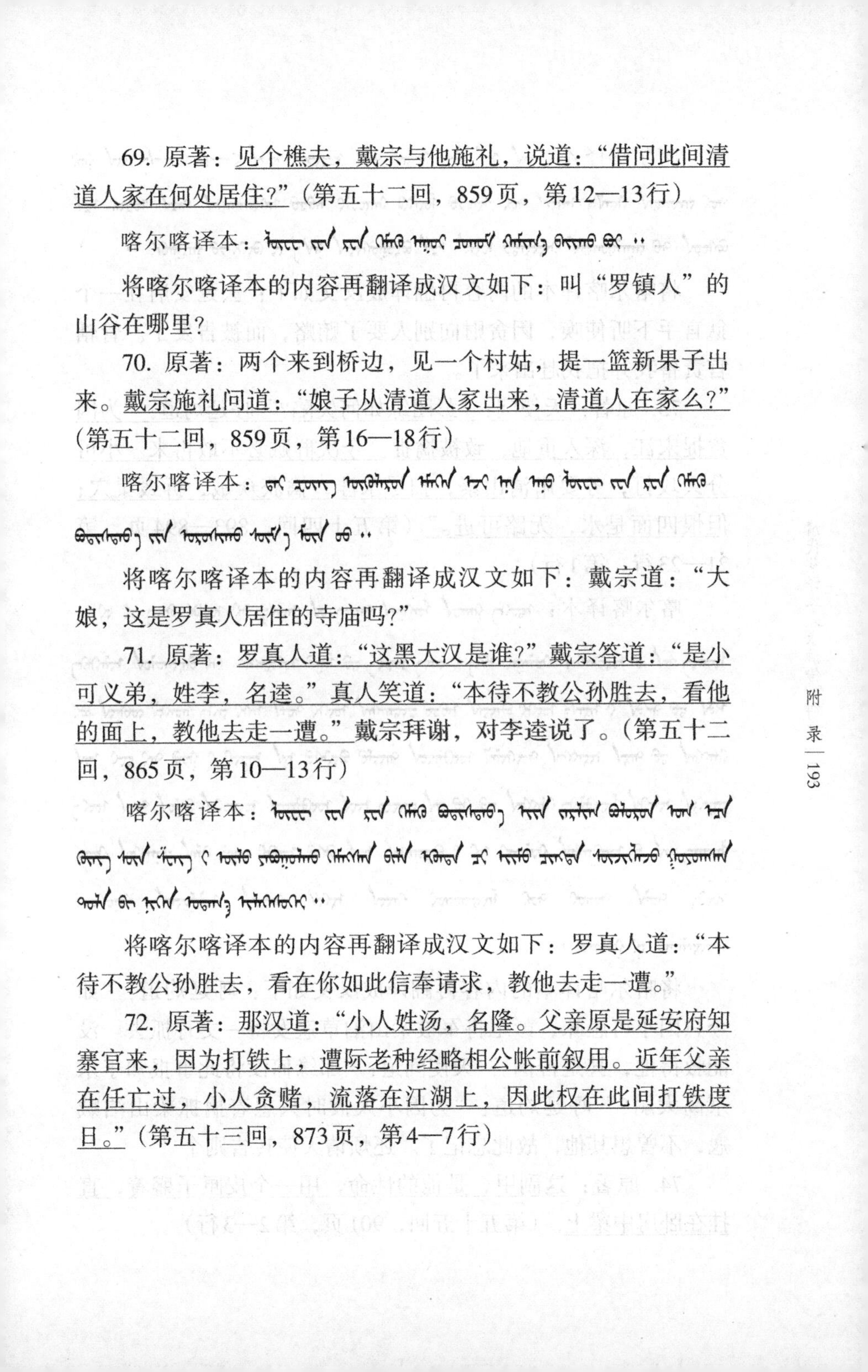

69. 原著：见个樵夫，戴宗与他施礼，说道："借问此间清道人家在何处居住？"（第五十二回，859页，第12—13行）

喀尔喀译本：[illegible]

将喀尔喀译本的内容再翻译成汉文如下：叫"罗镇人"的山谷在哪里？

70. 原著：两个来到桥边，见一个村姑，提一篮新果子出来。戴宗施礼问道："娘子从清道人家出来，清道人在家么？"（第五十二回，859页，第16—18行）

喀尔喀译本：[illegible]

将喀尔喀译本的内容再翻译成汉文如下：戴宗道："大娘，这是罗真人居住的寺庙吗？"

71. 原著：罗真人道："这黑大汉是谁？"戴宗答道："是小可义弟，姓李，名逵。"真人笑道："本待不教公孙胜去，看他的面上，教他去走一遭。"戴宗拜谢，对李逵说了。（第五十二回，865页，第10—13行）

喀尔喀译本：[illegible]

将喀尔喀译本的内容再翻译成汉文如下：罗真人道："本待不教公孙胜去，看在你如此信奉请求，教他去走一遭。"

72. 原著：那汉道："小人姓汤，名隆。父亲原是延安府知寨官来，因为打铁上，遭际老种经略相公帐前叙用。近年父亲在任亡过，小人贪赌，流落在江湖上，因此权在此间打铁度日。"（第五十三回，873页，第4—7行）

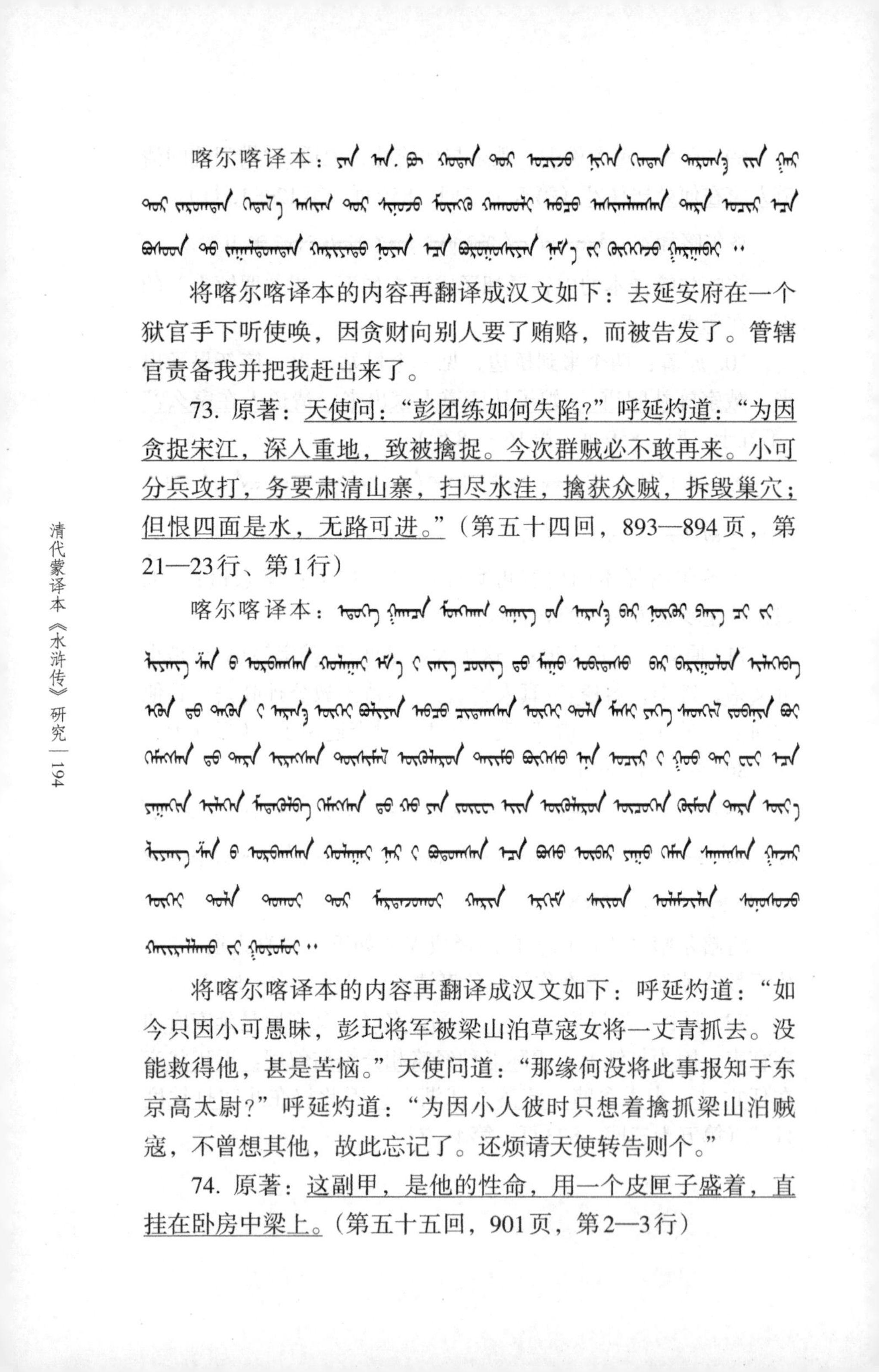

喀尔喀译本：[illegible]

将喀尔喀译本的内容再翻译成汉文如下：去延安府在一个狱官手下听使唤，因贪财向别人要了贿赂，而被告发了。管辖官责备我并把我赶出来了。

73. 原著：天使问："彭团练如何失陷?"呼延灼道："为因贪捉宋江，深入重地，致被擒捉。今次群贼必不敢再来。小可分兵攻打，务要肃清山寨，扫尽水洼，擒获众贼，拆毁巢穴；但恨四面是水，无路可进。"（第五十四回，893—894页，第21—23行、第1行）

喀尔喀译本：[illegible]

将喀尔喀译本的内容再翻译成汉文如下：呼延灼道："如今只因小可愚昧，彭玘将军被梁山泊草寇女将一丈青抓去。没能救得他，甚是苦恼。"天使问道："那缘何没将此事报知于东京高太尉?"呼延灼道："为因小人彼时只想着擒抓梁山泊贼寇，不曾想其他，故此忘记了。还烦请天使转告则个。"

74. 原著：这副甲，是他的性命，用一个皮匣子盛着，直挂在卧房中梁上。（第五十五回，901页，第2—3行）

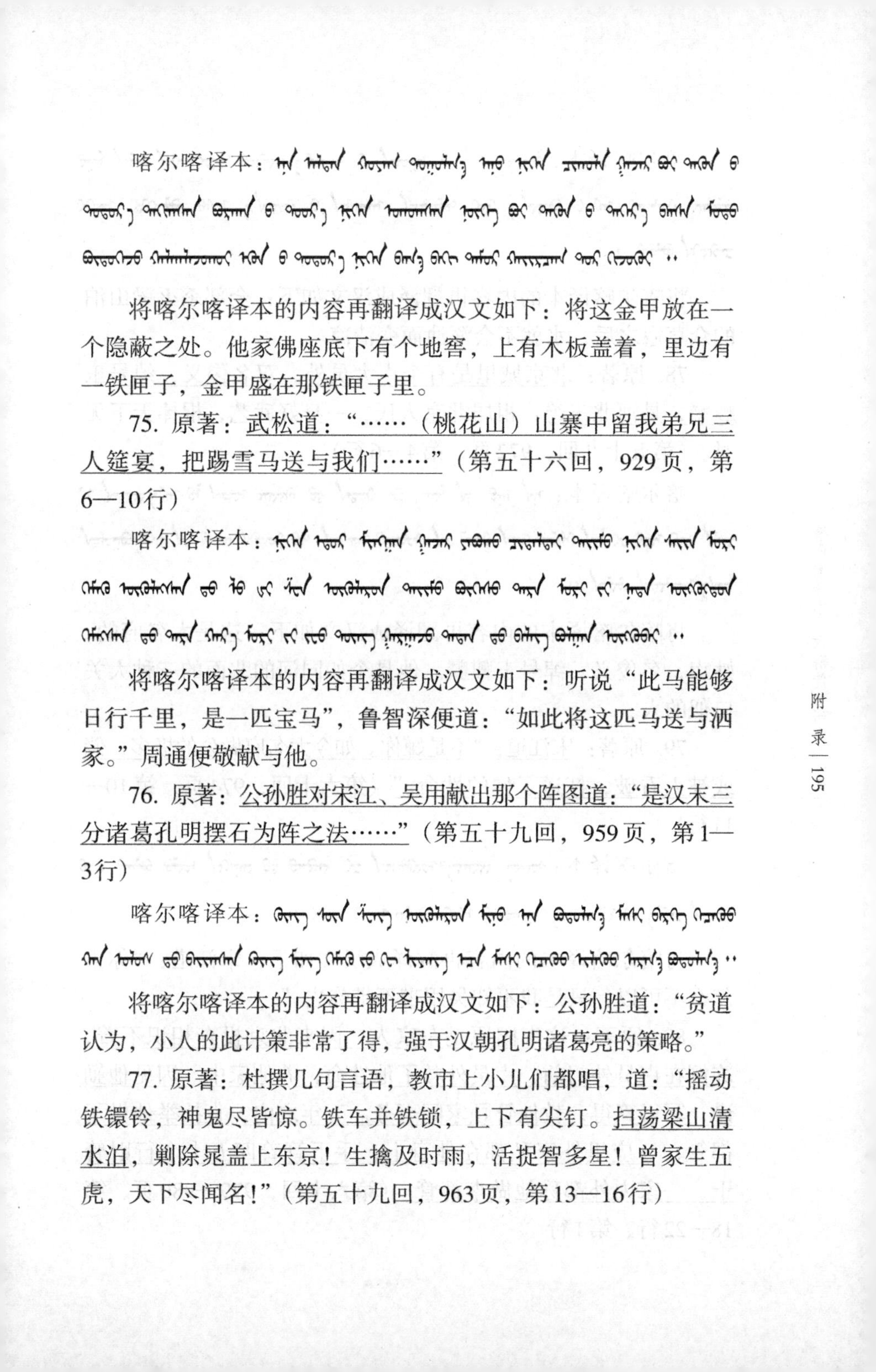

喀尔喀译本：[illegible]

将喀尔喀译本的内容再翻译成汉文如下：将这金甲放在一个隐蔽之处。他家佛座底下有个地窖，上有木板盖着，里边有一铁匣子，金甲盛在那铁匣子里。

75. 原著：武松道："……（桃花山）山寨中留我弟兄三人筵宴，把踢雪马送与我们……"（第五十六回，929页，第6—10行）

喀尔喀译本：[illegible]

将喀尔喀译本的内容再翻译成汉文如下：听说"此马能够日行千里，是一匹宝马"，鲁智深便道："如此将这匹马送与洒家。"周通便敬献与他。

76. 原著：公孙胜对宋江、吴用献出那个阵图道："是汉末三分诸葛孔明摆石为阵之法……"（第五十九回，959页，第1—3行）

喀尔喀译本：[illegible]

将喀尔喀译本的内容再翻译成汉文如下：公孙胜道："贫道认为，小人的此计策非常了得，强于汉朝孔明诸葛亮的策略。"

77. 原著：杜撰几句言语，教市上小儿们都唱，道："摇动铁镮铃，神鬼尽皆惊。铁车并铁锁，上下有尖钉。扫荡梁山清水泊，剿除晁盖上东京！生擒及时雨，活捉智多星！曾家生五虎，天下尽闻名！"（第五十九回，963页，第13—16行）

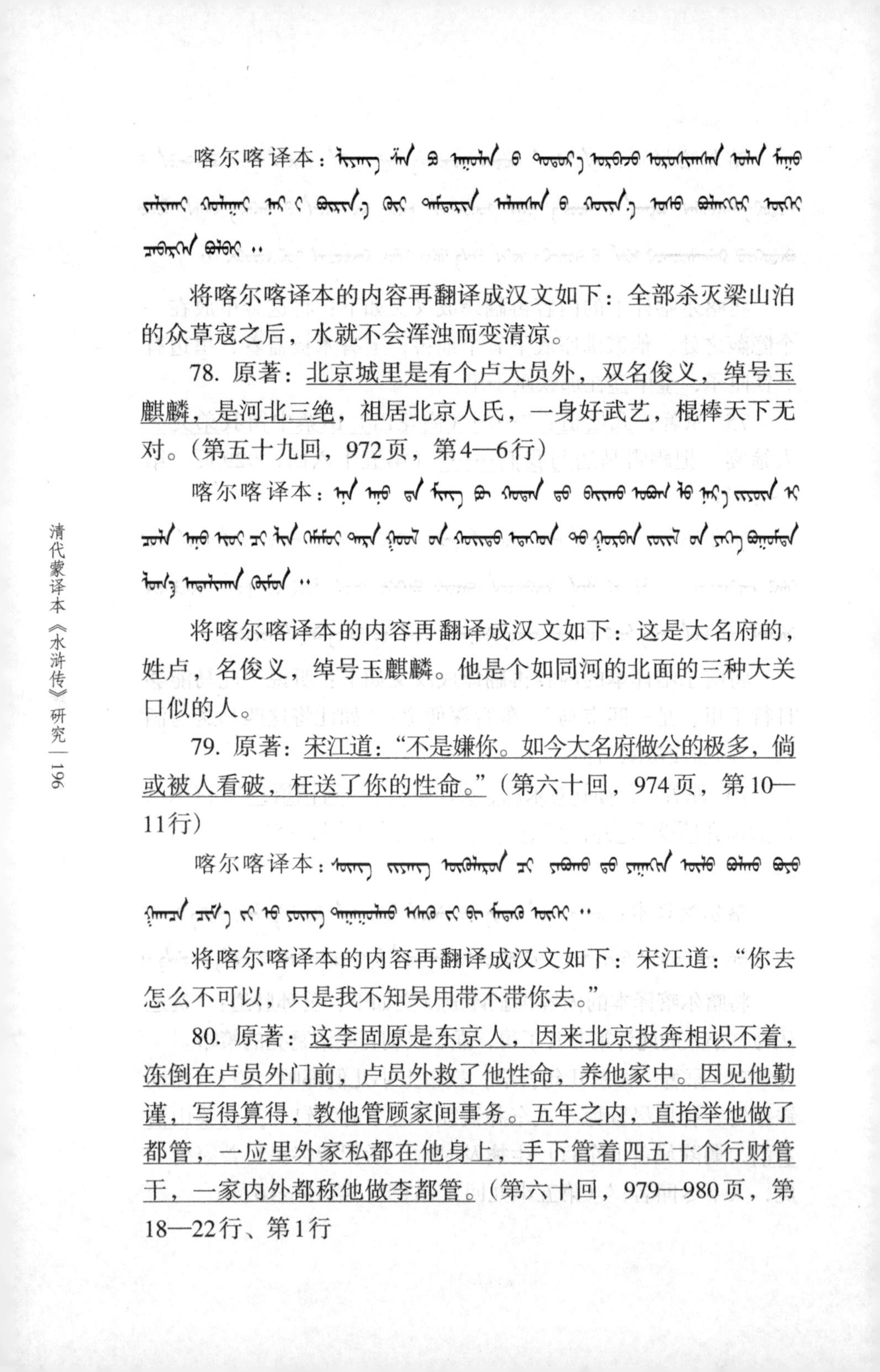

喀尔喀译本：[illegible]

将喀尔喀译本的内容再翻译成汉文如下：全部杀灭梁山泊的众草寇之后，水就不会浑浊而变清凉。

78. 原著：北京城里是有个卢大员外，双名俊义，绰号玉麒麟，是河北三绝，祖居北京人氏，一身好武艺，棍棒天下无对。（第五十九回，972页，第4—6行）

喀尔喀译本：[illegible]

将喀尔喀译本的内容再翻译成汉文如下：这是大名府的，姓卢，名俊义，绰号玉麒麟。他是个如同河的北面的三种大关口似的人。

79. 原著：宋江道："不是嫌你。如今大名府做公的极多，倘或被人看破，枉送了你的性命。"（第六十回，974页，第10—11行）

喀尔喀译本：[illegible]

将喀尔喀译本的内容再翻译成汉文如下：宋江道："你去怎么不可以，只是我不知吴用带不带你去。"

80. 原著：这李固原是东京人，因来北京投奔相识不着，冻倒在卢员外门前，卢员外救了他性命，养他家中。因见他勤谨，写得算得，教他管顾家间事务。五年之内，直抬举他做了都管，一应里外家私都在他身上，手下管着四五十个行财管干，一家内外都称他做李都管。（第六十回，979—980页，第18—22行、第1行

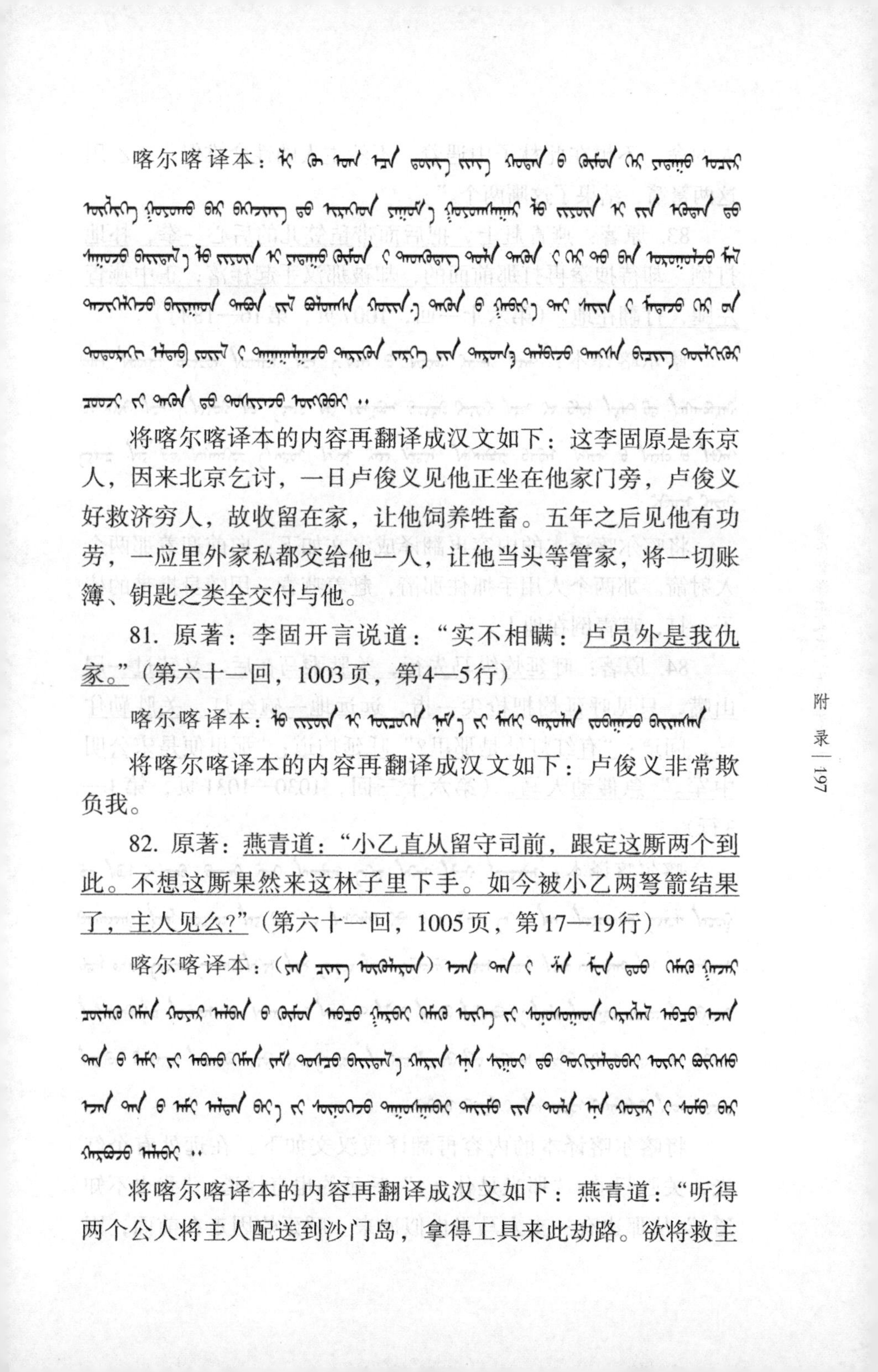

喀尔喀译本：[illegible]

将喀尔喀译本的内容再翻译成汉文如下：这李固原是东京人，因来北京乞讨，一日卢俊义见他正坐在他家门旁，卢俊义好救济穷人，故收留在家，让他饲养牲畜。五年之后见他有功劳，一应里外家私都交给他一人，让他当头等管家，将一切账簿、钥匙之类全交付与他。

81. 原著：李固开言说道："实不相瞒：卢员外是我仇家。"（第六十一回，1003页，第4—5行）

喀尔喀译本：[illegible]

将喀尔喀译本的内容再翻译成汉文如下：卢俊义非常欺负我。

82. 原著：燕青道："小乙直从留守司前，跟定这厮两个到此。不想这厮果然来这林子里下手。如今被小乙两弩箭结果了，主人见么？"（第六十一回，1005页，第17—19行）

喀尔喀译本：[illegible]

将喀尔喀译本的内容再翻译成汉文如下：燕青道："听得两个公人将主人配送到沙门岛，拿得工具来此劫路。欲将救主

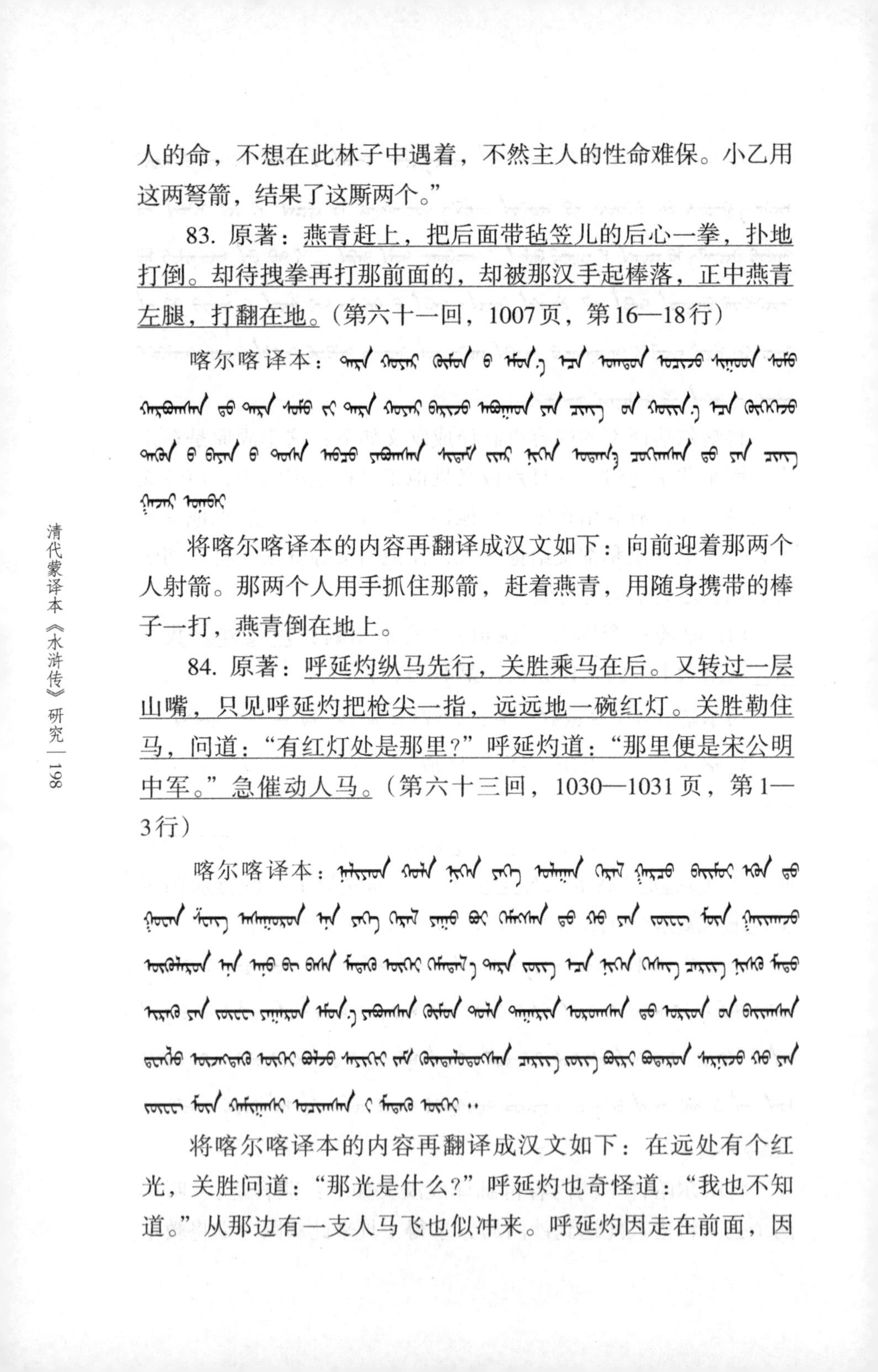

人的命，不想在此林子中遇着，不然主人的性命难保。小乙用这两弩箭，结果了这厮两个。”

83. 原著：燕青赶上，把后面带毡笠儿的后心一拳，扑地打倒。却待拽拳再打那前面的，却被那汉手起棒落，正中燕青左腿，打翻在地。（第六十一回，1007页，第16—18行）

喀尔喀译本：[illegible]

将喀尔喀译本的内容再翻译成汉文如下：向前迎着那两个人射箭。那两个人用手抓住那箭，赶着燕青，用随身携带的棒子一打，燕青倒在地上。

84. 原著：呼延灼纵马先行，关胜乘马在后。又转过一层山嘴，只见呼延灼把枪尖一指，远远地一碗红灯。关胜勒住马，问道：“有红灯处是那里？”呼延灼道：“那里便是宋公明中军。”急催动人马。（第六十三回，1030—1031页，第1—3行）

喀尔喀译本：[illegible]

将喀尔喀译本的内容再翻译成汉文如下：在远处有个红光，关胜问道：“那光是什么？”呼延灼也奇怪道：“我也不知道。”从那边有一支人马飞也似冲来。呼延灼因走在前面，因

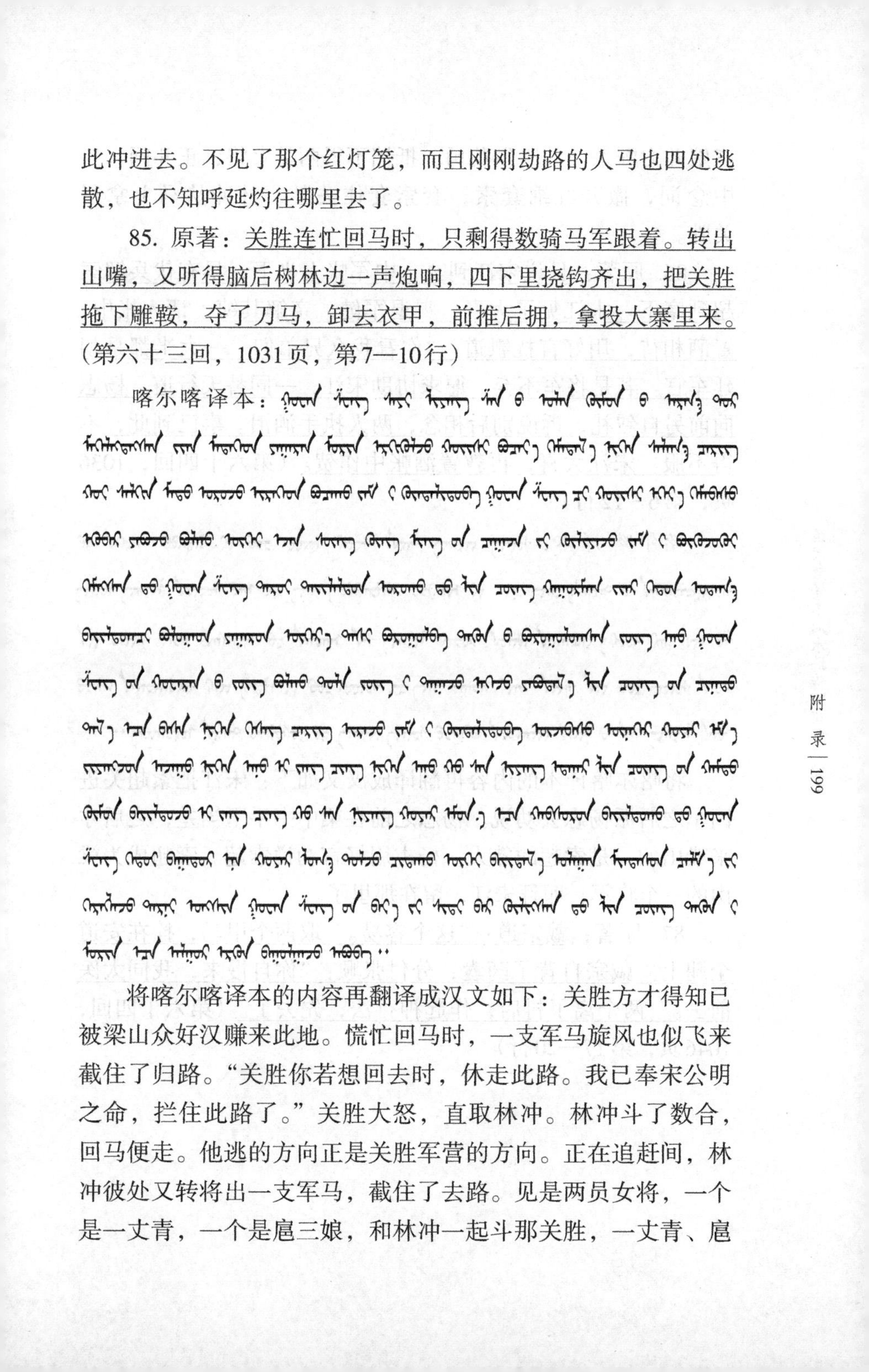

此冲进去。不见了那个红灯笼，而且刚刚劫路的人马也四处逃散，也不知呼延灼往哪里去了。

85. 原著：关胜连忙回马时，只剩得数骑马军跟着。转出山嘴，又听得脑后树林边一声炮响，四下里挠钩齐出，把关胜拖下雕鞍，夺了刀马，卸去衣甲，前推后拥，拿投大寨里来。（第六十三回，1031页，第7—10行）

喀尔喀译本：[illegible]

将喀尔喀译本的内容再翻译成汉文如下：关胜方才得知已被梁山众好汉赚来此地。慌忙回马时，一支军马旋风也似飞来截住了归路。“关胜你若想回去时，休走此路。我已奉宋公明之命，拦住此路了。”关胜大怒，直取林冲。林冲斗了数合，回马便走。他逃的方向正是关胜军营的方向。正在追赶间，林冲彼处又转将出一支军马，截住了去路。见是两员女将，一个是一丈青，一个是扈三娘，和林冲一起斗那关胜，一丈青、扈

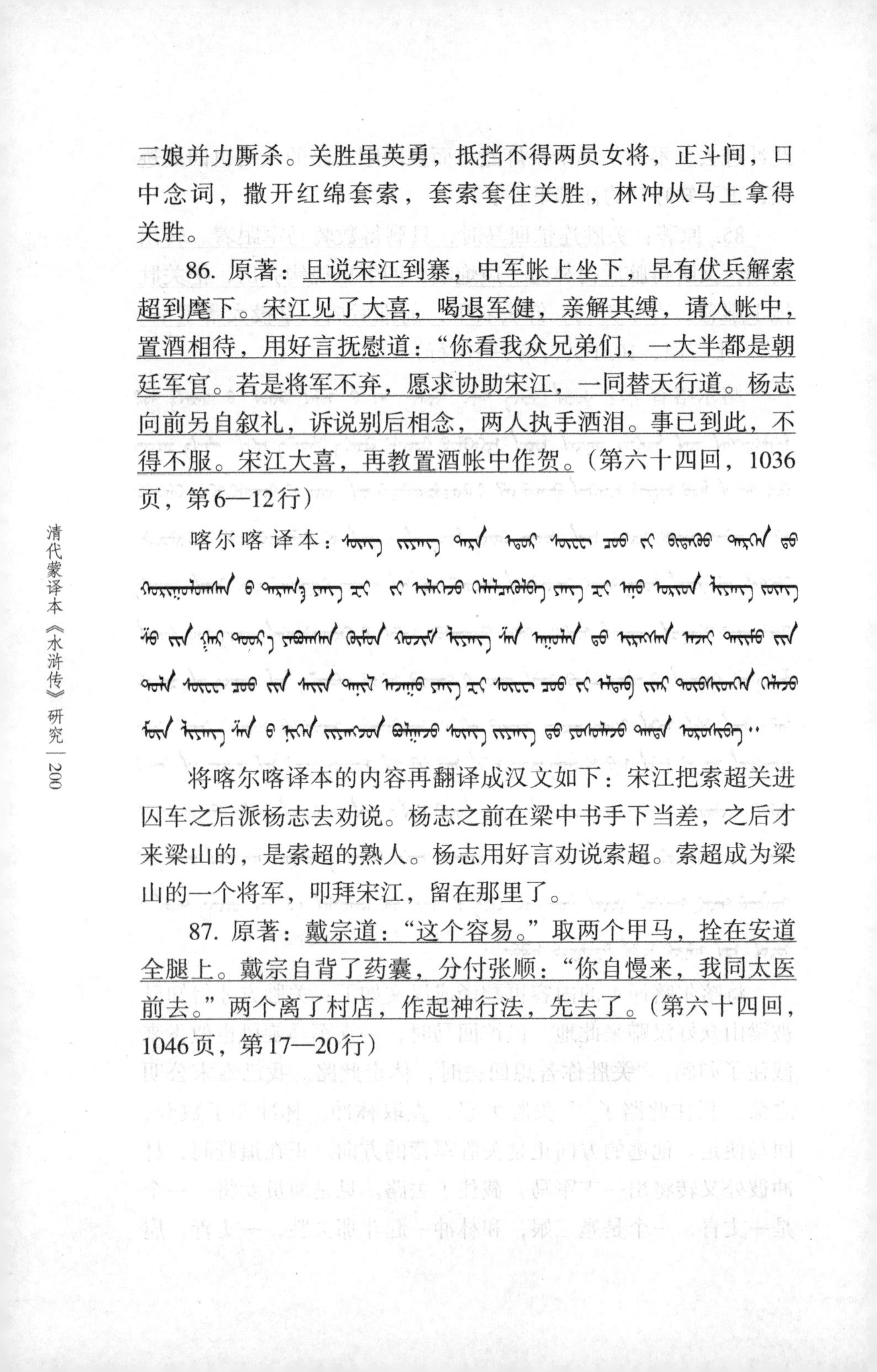

三娘并力厮杀。关胜虽英勇，抵挡不得两员女将，正斗间，口中念词，撒开红绵套索，套索套住关胜，林冲从马上拿得关胜。

86. 原著：且说宋江到寨，中军帐上坐下，早有伏兵解索超到麾下。宋江见了大喜，喝退军健，亲解其缚，请入帐中，置酒相待，用好言抚慰道："你看我众兄弟们，一大半都是朝廷军官。若是将军不弃，愿求协助宋江，一同替天行道。杨志向前另自叙礼，诉说别后相念，两人执手洒泪。事已到此，不得不服。宋江大喜，再教置酒帐中作贺。（第六十四回，1036页，第6—12行）

喀尔喀译本：[illegible]

将喀尔喀译本的内容再翻译成汉文如下：宋江把索超关进囚车之后派杨志去劝说。杨志之前在梁中书手下当差，之后才来梁山的，是索超的熟人。杨志用好言劝说索超。索超成为梁山的一个将军，叩拜宋江，留在那里了。

87. 原著：戴宗道："这个容易。"取两个甲马，拴在安道全腿上。戴宗自背了药囊，分付张顺："你自慢来，我同太医前去。"两个离了村店，作起神行法，先去了。（第六十四回，1046页，第17—20行）

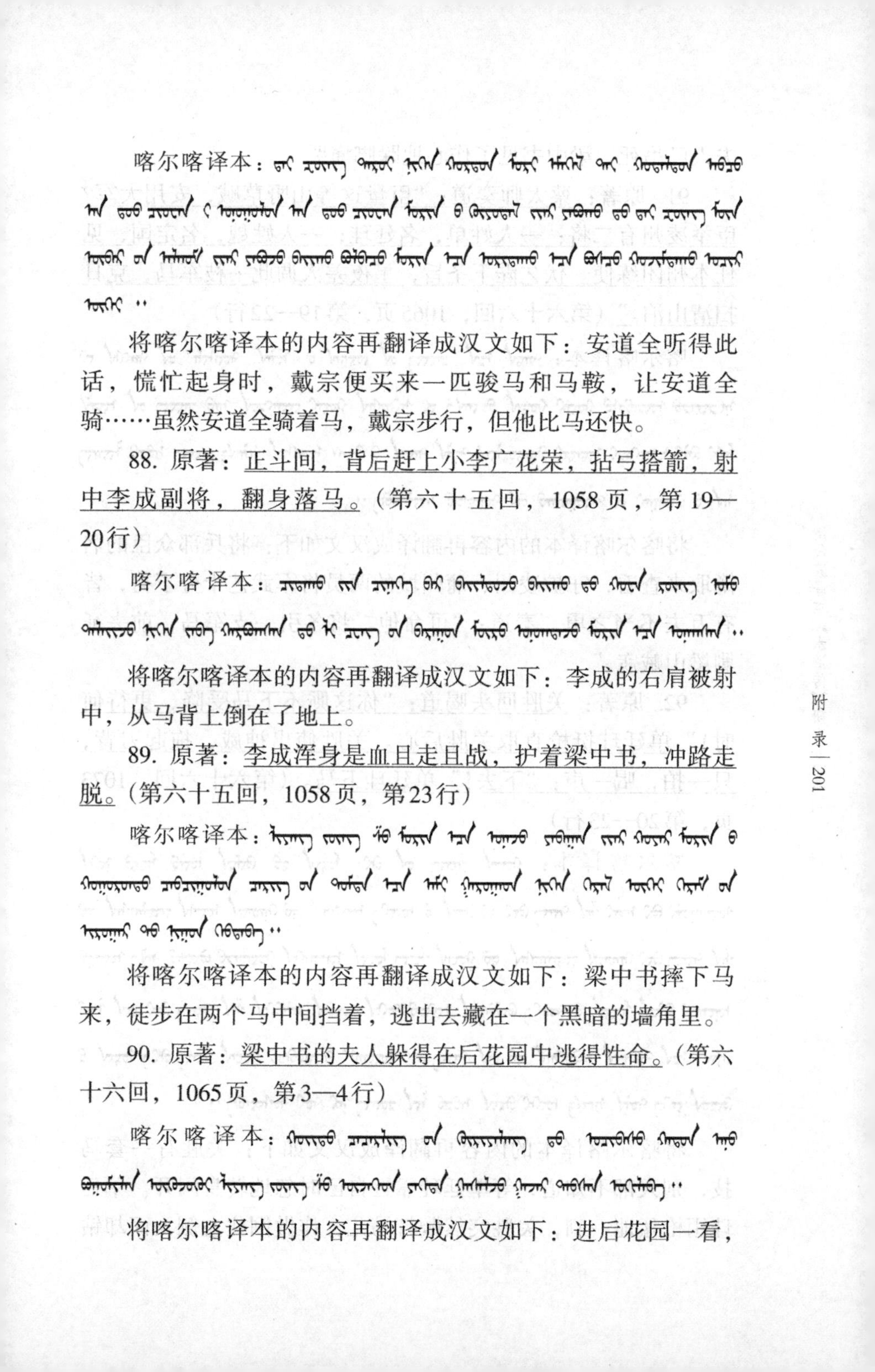

喀尔喀译本：[illegible]

将喀尔喀译本的内容再翻译成汉文如下：安道全听得此话，慌忙起身时，戴宗便买来一匹骏马和马鞍，让安道全骑……虽然安道全骑着马，戴宗步行，但他比马还快。

88. 原著：正斗间，背后赶上小李广花荣，拈弓搭箭，射中李成副将，翻身落马。（第六十五回，1058页，第19—20行）

喀尔喀译本：[illegible]

将喀尔喀译本的内容再翻译成汉文如下：李成的右肩被射中，从马背上倒在了地上。

89. 原著：李成浑身是血且走且战，护着梁中书，冲路走脱。（第六十五回，1058页，第23行）

喀尔喀译本：[illegible]

将喀尔喀译本的内容再翻译成汉文如下：梁中书摔下马来，徒步在两个马中间挡着，逃出去藏在一个黑暗的墙角里。

90. 原著：梁中书的夫人躲得在后花园中逃得性命。（第六十六回，1065页，第3—4行）

喀尔喀译本：[illegible]

将喀尔喀译本的内容再翻译成汉文如下：进后花园一看，

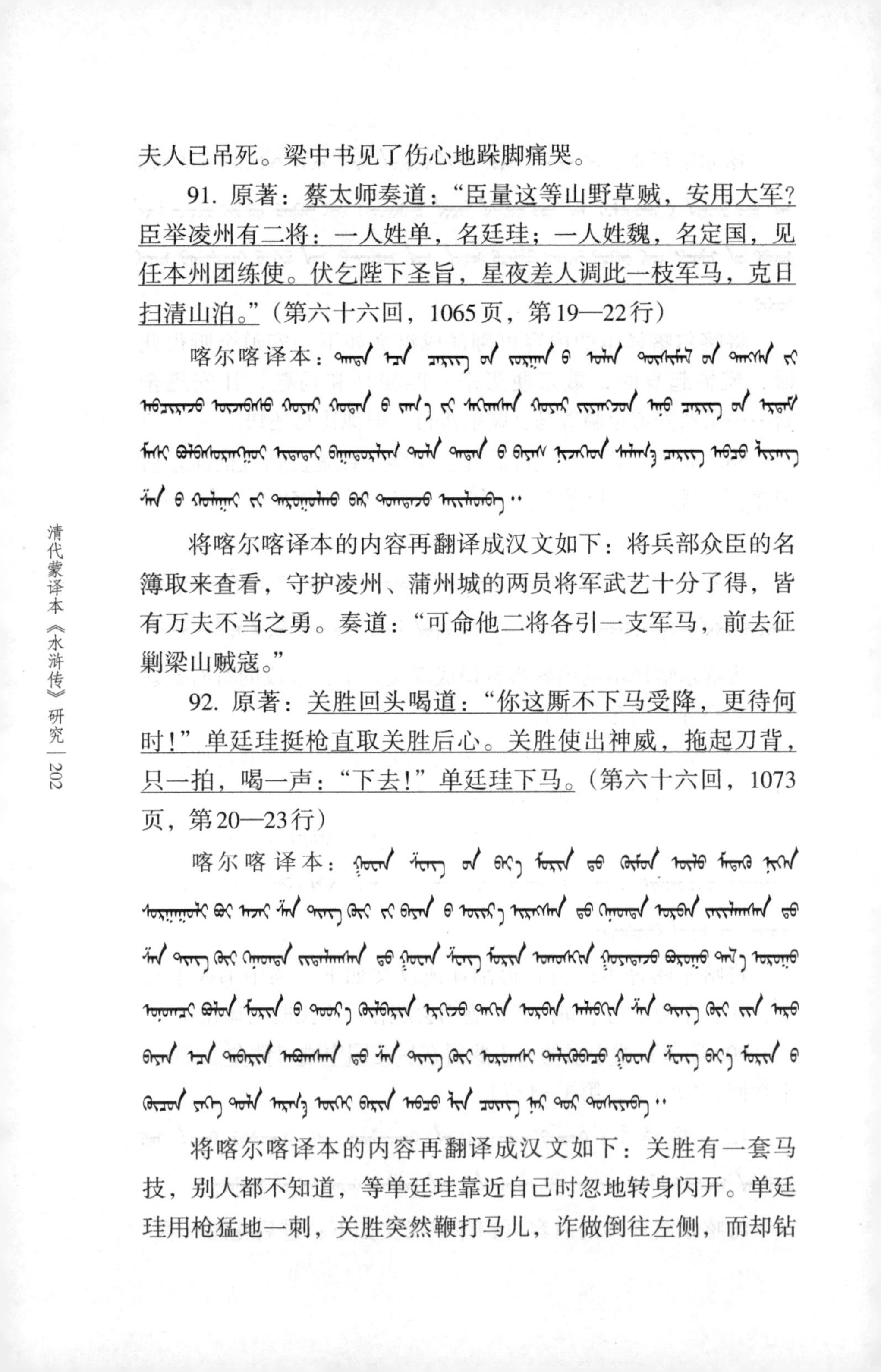

夫人已吊死。梁中书见了伤心地跺脚痛哭。

91. 原著：蔡太师奏道：“臣量这等山野草贼，安用大军？臣举凌州有二将：一人姓单，名廷珪；一人姓魏，名定国，见任本州团练使。伏乞陛下圣旨，星夜差人调此一枝军马，克日扫清山泊。”（第六十六回，1065页，第19—22行）

喀尔喀译本：[illegible]

将喀尔喀译本的内容再翻译成汉文如下：将兵部众臣的名簿取来查看，守护凌州、蒲州城的两员将军武艺十分了得，皆有万夫不当之勇。奏道：“可命他二将各引一支军马，前去征剿梁山贼寇。”

92. 原著：关胜回头喝道：“你这厮不下马受降，更待何时！”单廷珪挺枪直取关胜后心。关胜使出神威，拖起刀背，只一拍，喝一声：“下去！”单廷珪下马。（第六十六回，1073页，第20—23行）

喀尔喀译本：[illegible]

将喀尔喀译本的内容再翻译成汉文如下：关胜有一套马技，别人都不知道，等单廷珪靠近自己时忽地转身闪开。单廷珪用枪猛地一刺，关胜突然鞭打马儿，诈做倒往左侧，而却钻

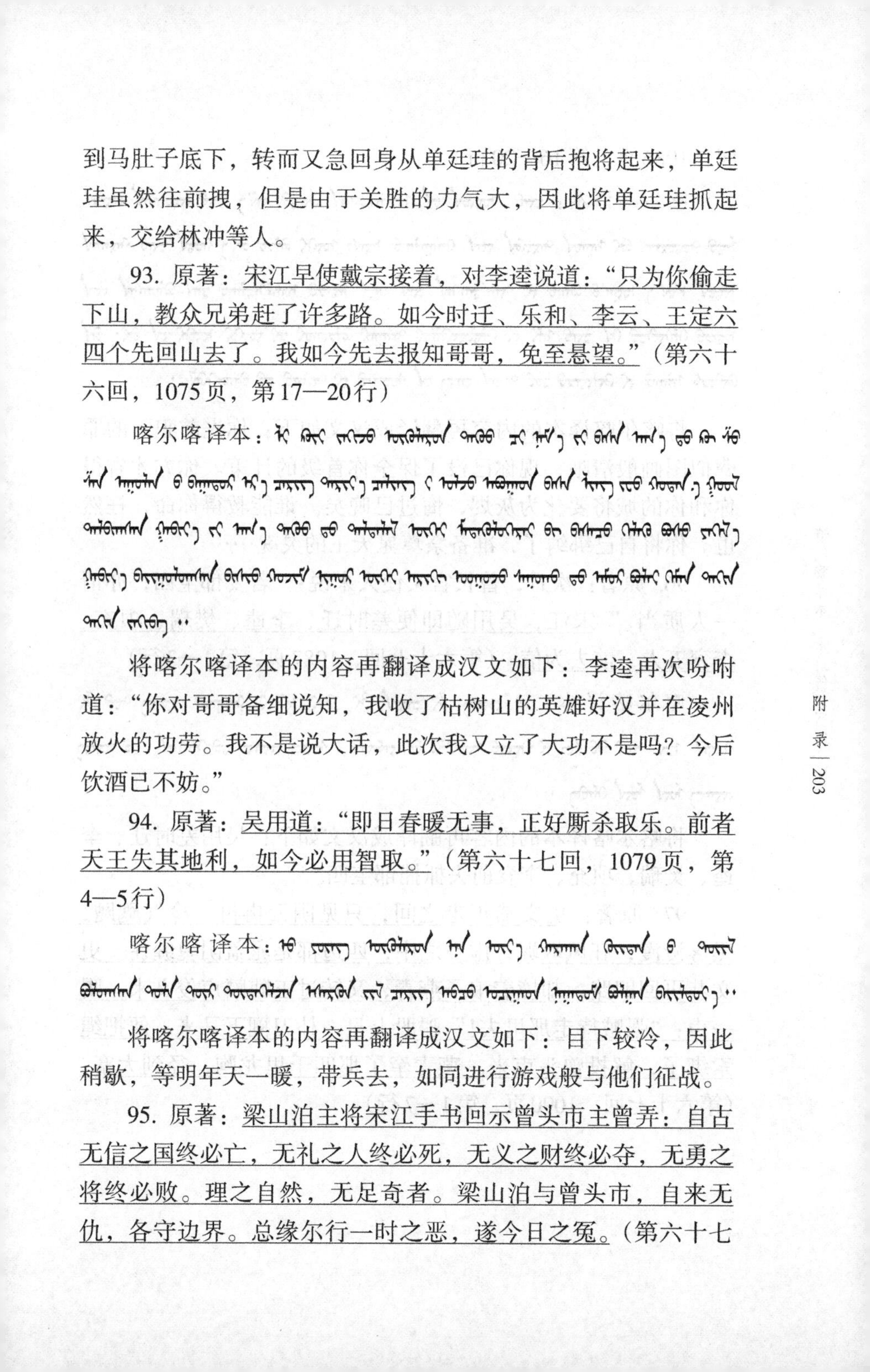

到马肚子底下，转而又急回身从单廷珪的背后抱将起来，单廷珪虽然往前拽，但是由于关胜的力气大，因此将单廷珪抓起来，交给林冲等人。

93. 原著：宋江早使戴宗接着，对李逵说道："只为你偷走下山，教众兄弟赶了许多路。如今时迁、乐和、李云、王定六四个先回山去了。我如今先去报知哥哥，免至悬望。"（第六十六回，1075页，第17—20行）

喀尔喀译本：[illegible]

将喀尔喀译本的内容再翻译成汉文如下：李逵再次吩咐道："你对哥哥备细说知，我收了枯树山的英雄好汉并在凌州放火的功劳。我不是说大话，此次我又立了大功不是吗？今后饮酒已不妨。"

94. 原著：吴用道："即日春暖无事，正好厮杀取乐。前者天王失其地利，如今必用智取。"（第六十七回，1079页，第4—5行）

喀尔喀译本：[illegible]

将喀尔喀译本的内容再翻译成汉文如下：目下较冷，因此稍歇，等明年天一暖，带兵去，如同进行游戏般与他们征战。

95. 原著：梁山泊主将宋江手书回示曾头市主曾弄：自古无信之国终必亡，无礼之人终必死，无义之财终必夺，无勇之将终必败。理之自然，无足奇者。梁山泊与曾头市，自来无仇，各守边界。总缘尔行一时之恶，遂今日之冤。（第六十七

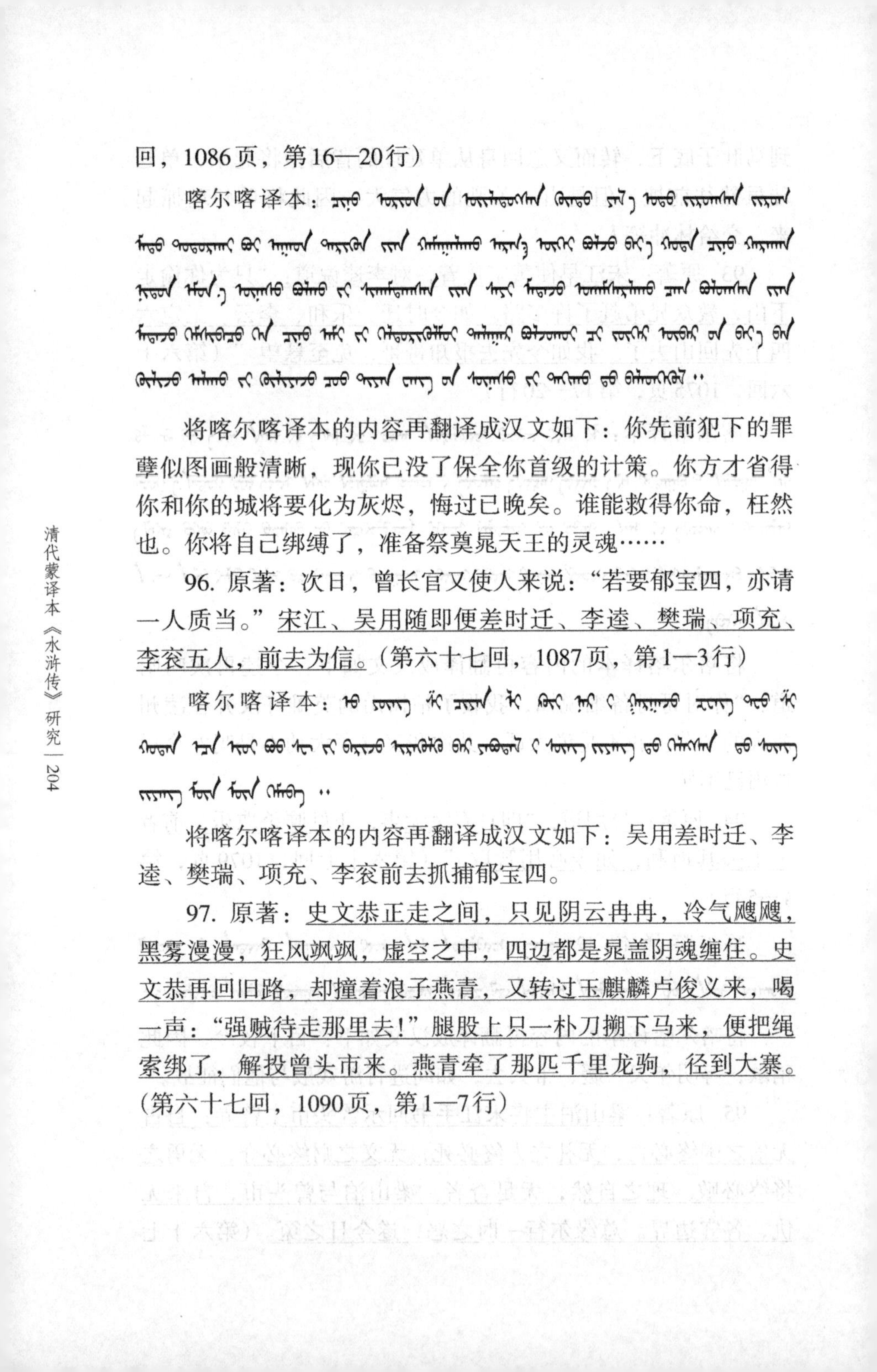

回，1086页，第16—20行）

喀尔喀译本：[illegible]

将喀尔喀译本的内容再翻译成汉文如下：你先前犯下的罪孽似图画般清晰，现你已没了保全你首级的计策。你方才省得你和你的城将要化为灰烬，悔过已晚矣。谁能救得你命，枉然也。你将自己绑缚了，准备祭奠晁天王的灵魂……

96. 原著：次日，曾长官又使人来说："若要郁宝四，亦请一人质当。"宋江、吴用随即便差时迁、李逵、樊瑞、项充、李衮五人，前去为信。（第六十七回，1087页，第1—3行）

喀尔喀译本：[illegible]

将喀尔喀译本的内容再翻译成汉文如下：吴用差时迁、李逵、樊瑞、项充、李衮前去抓捕郁宝四。

97. 原著：史文恭正走之间，只见阴云冉冉，冷气飕飕，黑雾漫漫，狂风飒飒，虚空之中，四边都是晁盖阴魂缠住。史文恭再回旧路，却撞着浪子燕青，又转过玉麒麟卢俊义来，喝一声："强贼待走那里去！"腿股上只一朴刀搠下马来，便把绳索绑了，解投曾头市来。燕青牵了那匹千里龙驹，径到大寨。（第六十七回，1090页，第1—7行）

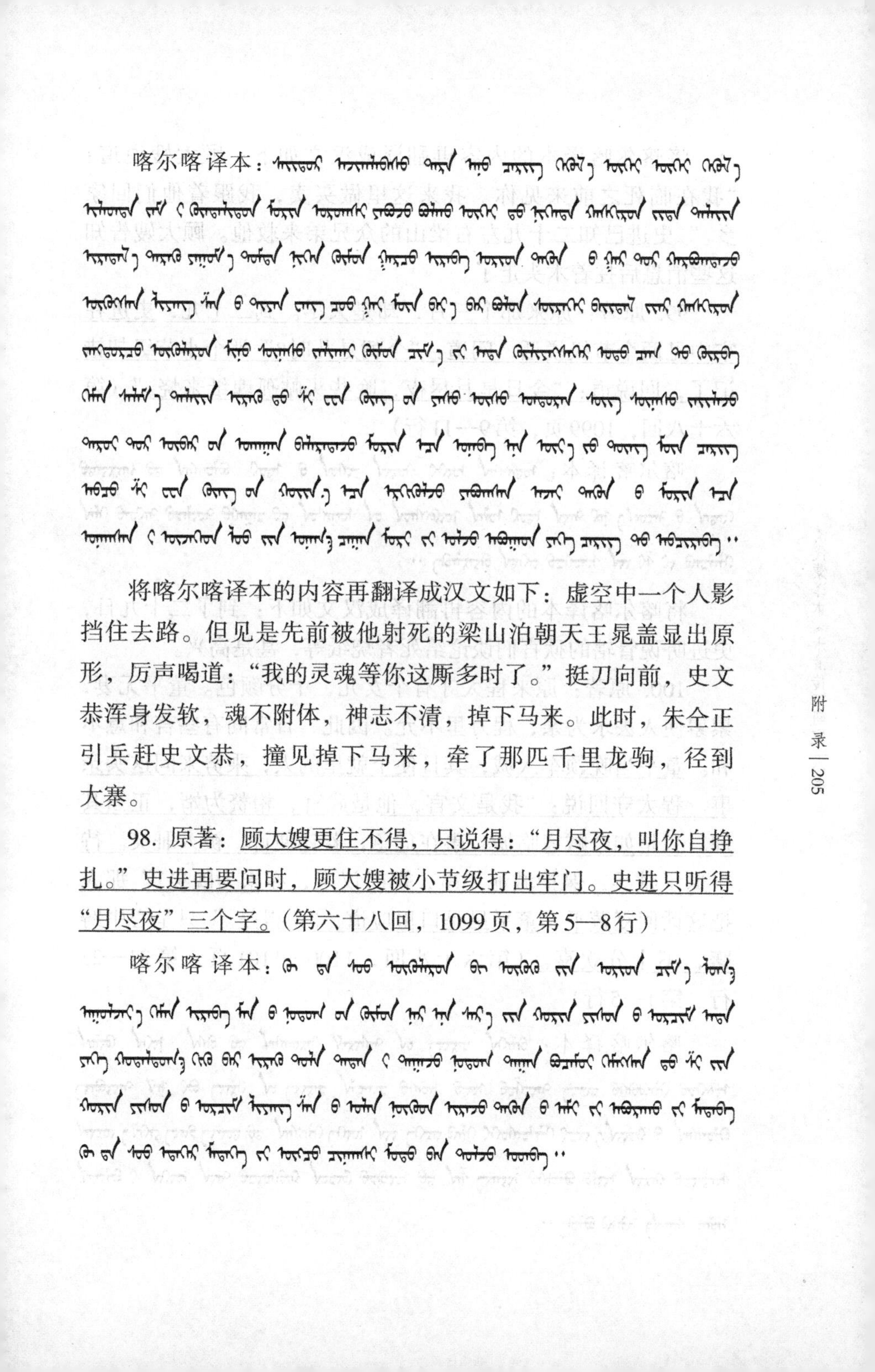

喀尔喀译本：[illegible]

将喀尔喀译本的内容再翻译成汉文如下：虚空中一个人影挡住去路。但见是先前被他射死的梁山泊朝天王晁盖显出原形，厉声喝道："我的灵魂等你这厮多时了。"挺刀向前，史文恭浑身发软，魂不附体，神志不清，掉下马来。此时，朱仝正引兵赶史文恭，撞见掉下马来，牵了那匹千里龙驹，径到大寨。

98. 原著：顾大嫂更住不得，只说得："月尽夜，叫你自挣扎。"史进再要问时，顾大嫂被小节级打出牢门。史进只听得"月尽夜"三个字。（第六十八回，1099页，第5—8行）

喀尔喀译本：[illegible]

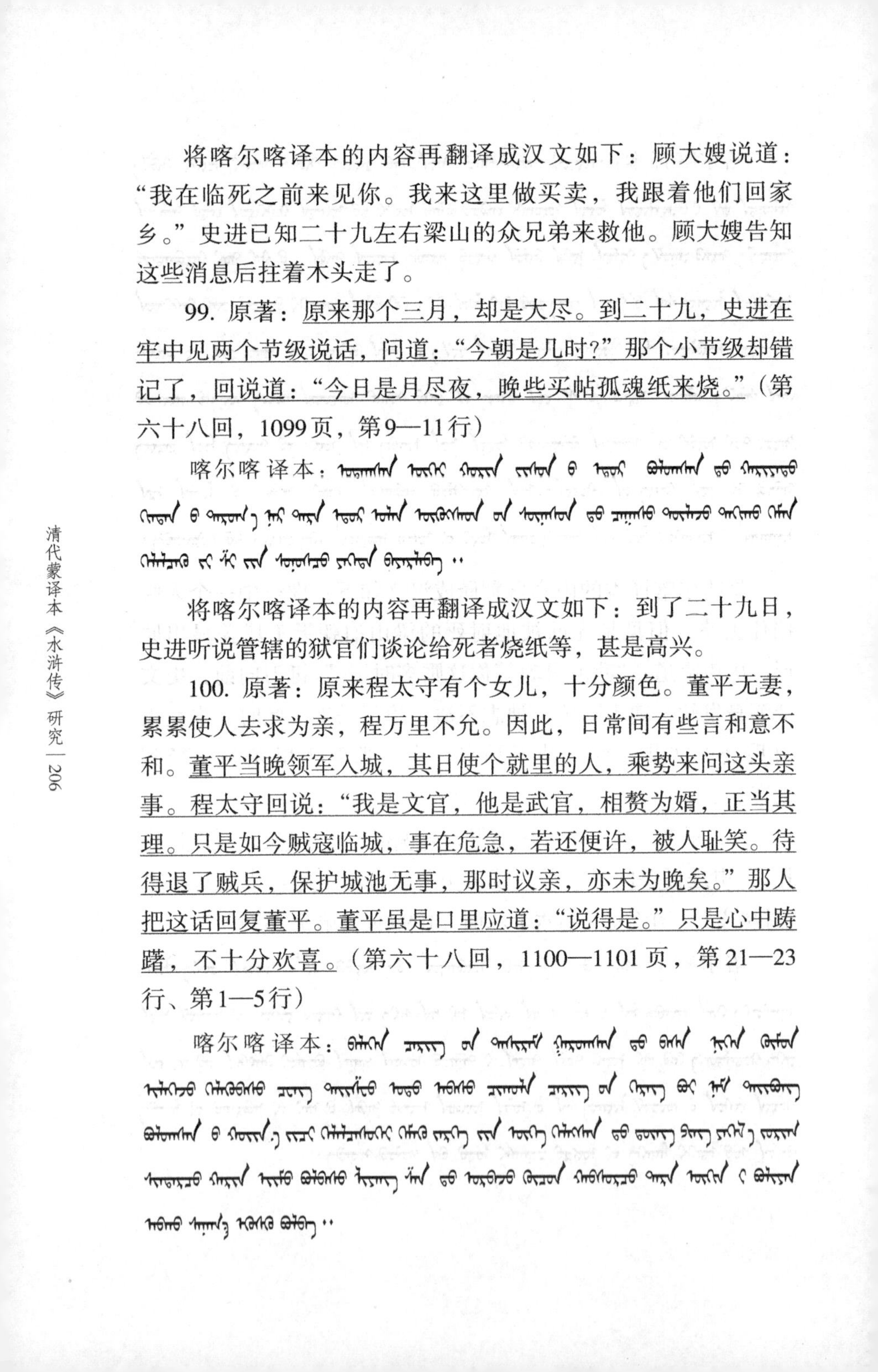

将喀尔喀译本的内容再翻译成汉文如下：顾大嫂说道："我在临死之前来见你。我来这里做买卖，我跟着他们回家乡。"史进已知二十九左右梁山的众兄弟来救他。顾大嫂告知这些消息后拄着木头走了。

99. 原著：原来那个三月，却是大尽。到二十九，史进在牢中见两个节级说话，问道："今朝是几时?"那个小节级却错记了，回说道："今日是月尽夜，晚些买帖孤魂纸来烧。"（第六十八回，1099页，第9—11行）

喀尔喀译本：[illegible]

将喀尔喀译本的内容再翻译成汉文如下：到了二十九日，史进听说管辖的狱官们谈论给死者烧纸等，甚是高兴。

100. 原著：原来程太守有个女儿，十分颜色。董平无妻，累累使人去求为亲，程万里不允。因此，日常间有些言和意不和。董平当晚领军入城，其日使个就里的人，乘势来问这头亲事。程太守回说："我是文官，他是武官，相赘为婿，正当其理。只是如今贼寇临城，事在危急，若还便许，被人耻笑。待得退了贼兵，保护城池无事，那时议亲，亦未为晚矣。"那人把这话回复董平。董平虽是口里应道："说得是。"只是心中踌躇，不十分欢喜。（第六十八回，1100—1101页，第21—23行、第1—5行）

喀尔喀译本：[illegible]

将喀尔喀译本的内容再翻译成汉文如下：董平乘势使一个人来问这头亲事。程太守回说道："如今有重要军事在身，等太平之后再商议。"董平听了这些话，甚是泄气，寻思道："若是如此，不如投奔梁山与他们一起来夺了他那女儿。"

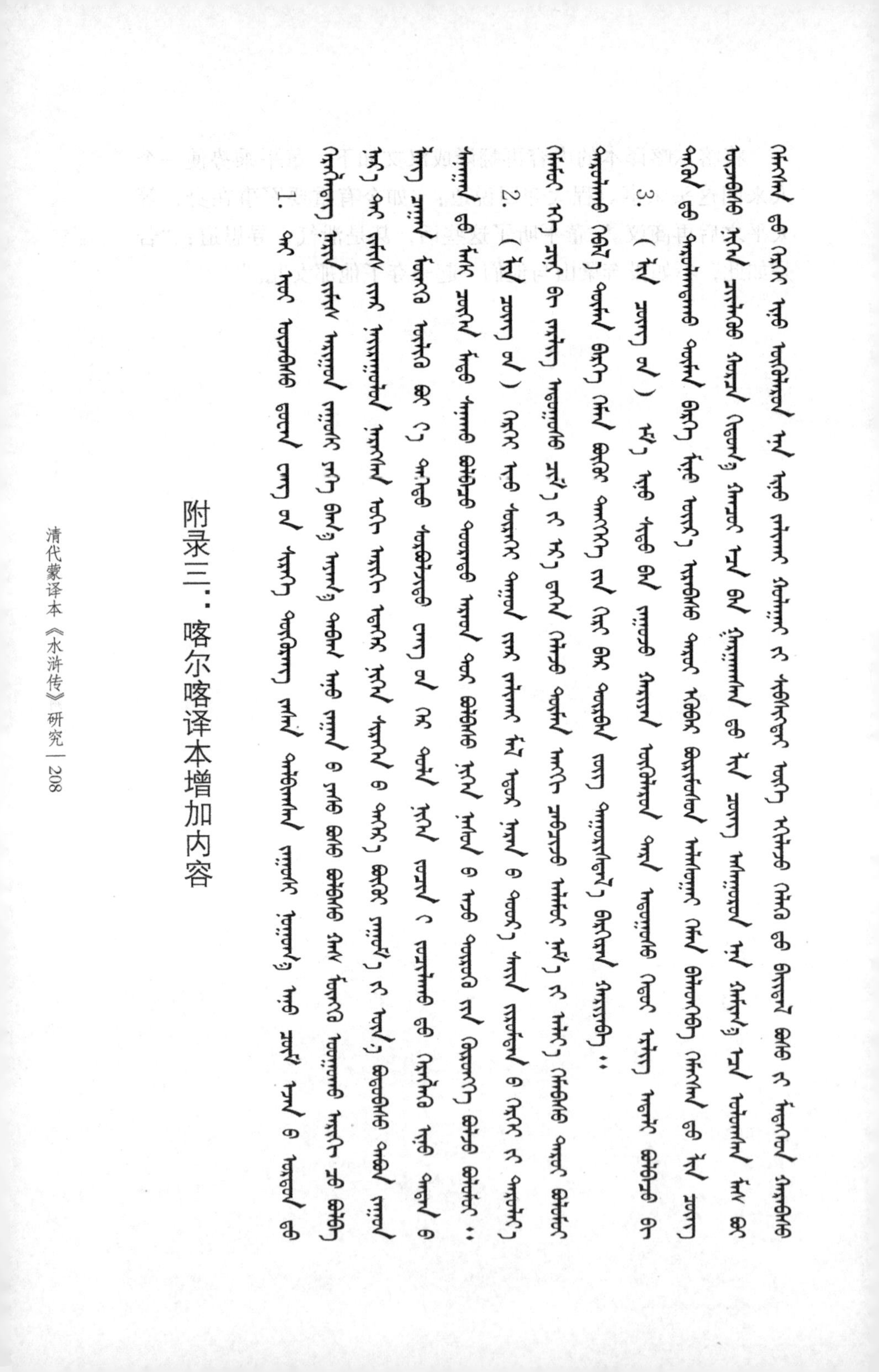

附录三：喀尔喀译本增加内容

1. [illegible]

2. ([illegible]) [illegible]

3. ([illegible]) [illegible]

[illegible]

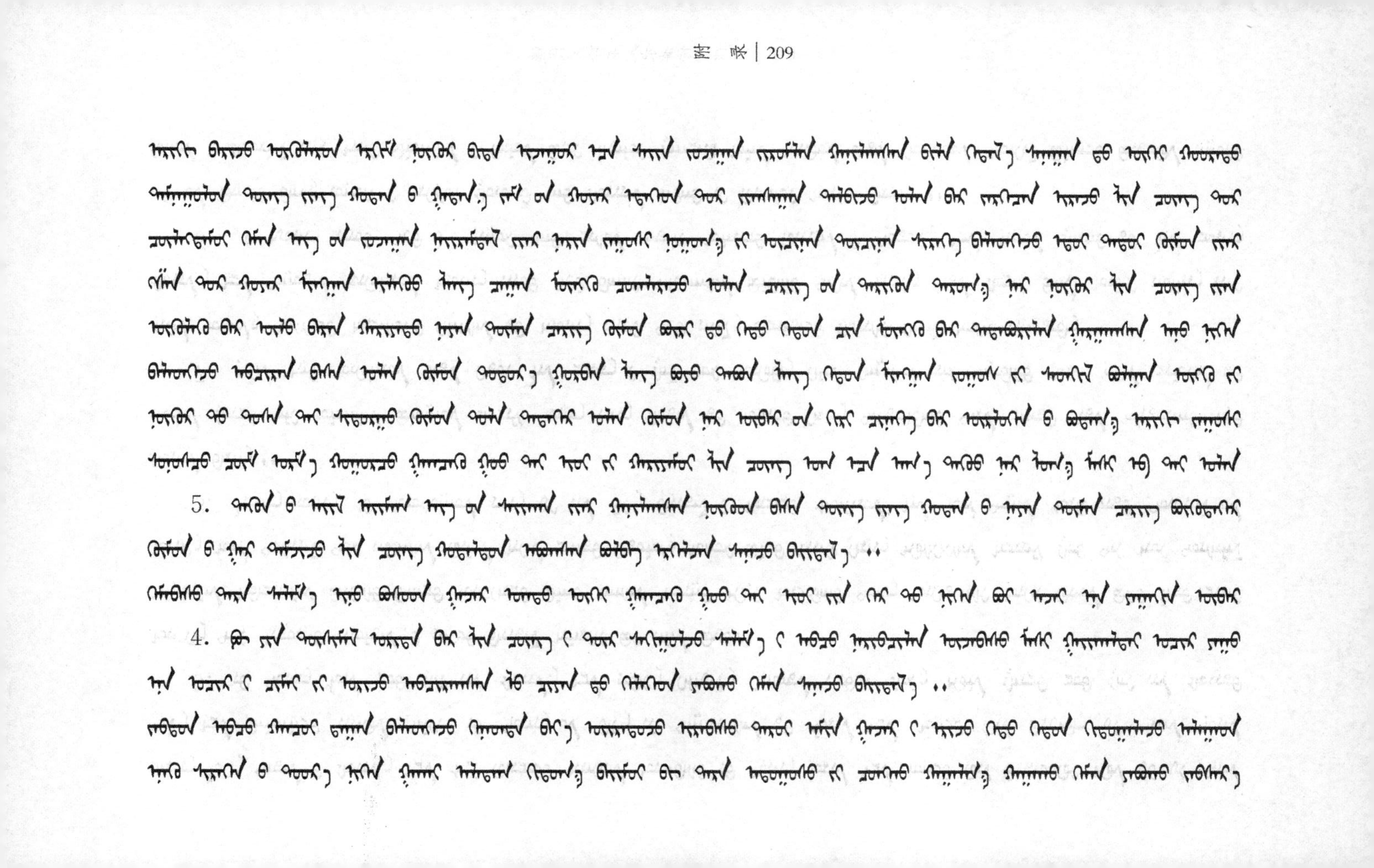

[illegible]

5. [illegible]

4. [illegible]

[illegible]

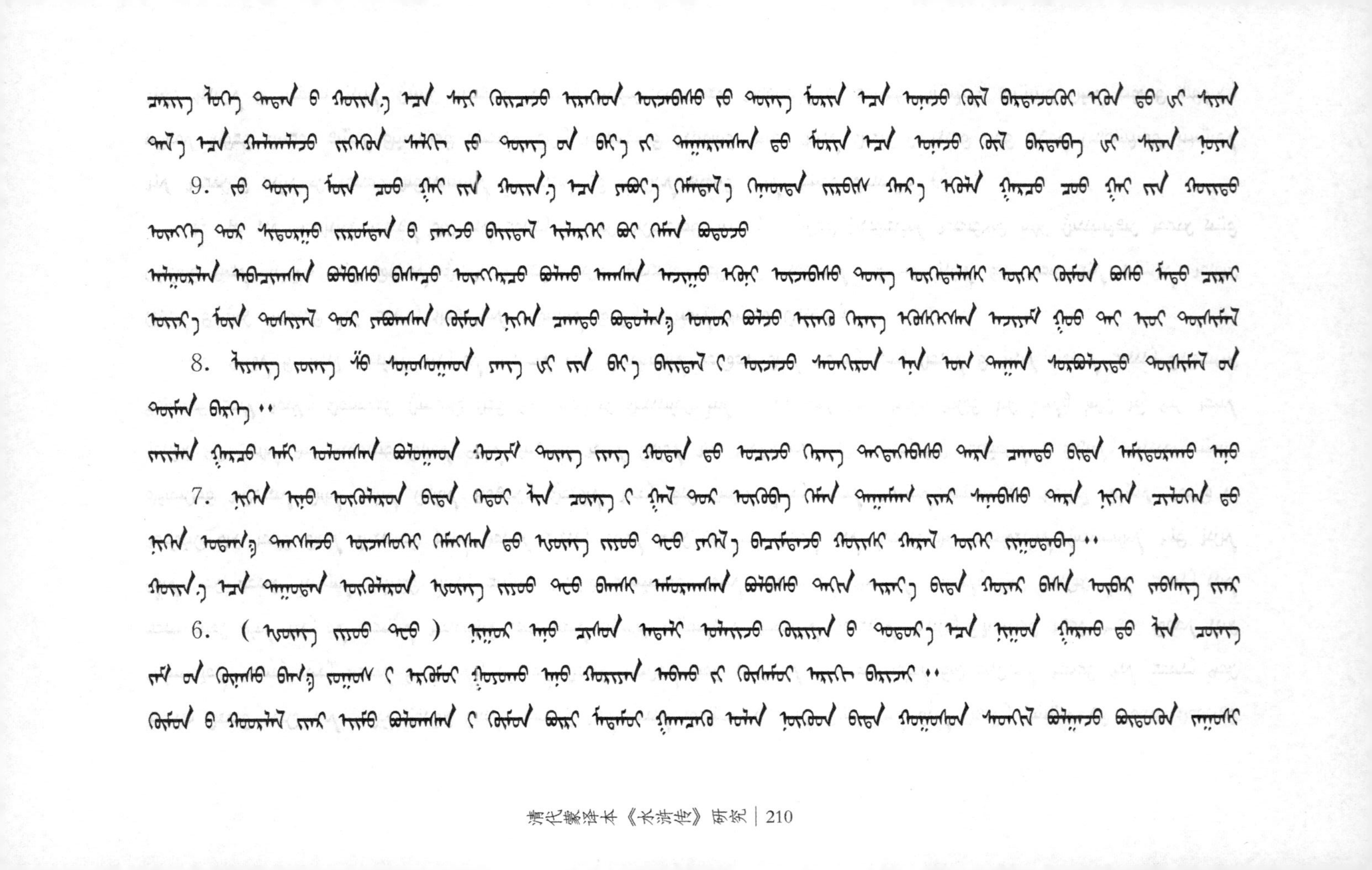

[illegible]
[illegible]

9. [illegible]
[illegible]

[illegible]
[illegible]

8. [illegible]
[illegible] ::

[illegible]

7. [illegible]
[illegible] ::

[illegible]

6. ([illegible]) [illegible]
[illegible] ::

[illegible]

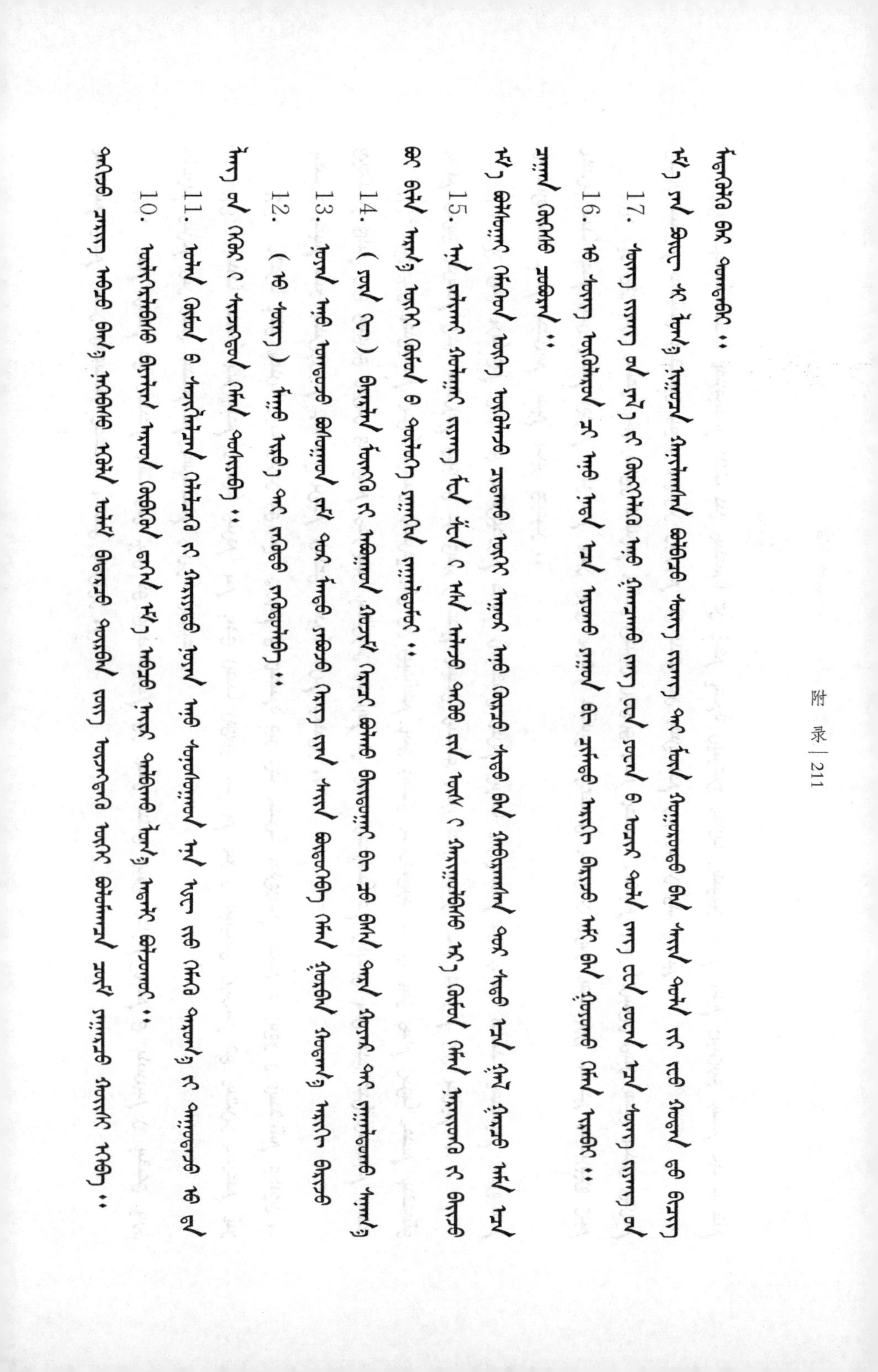

[illegible] ::

10. [illegible] ::

11. [illegible] [illegible] ::

12. ([illegible]) [illegible] ::

13. [illegible]

14. ([illegible]) [illegible] [illegible] ::

15. [illegible] [illegible] [illegible] ::

16. [illegible] ::

17. [illegible] [illegible] [illegible] ::

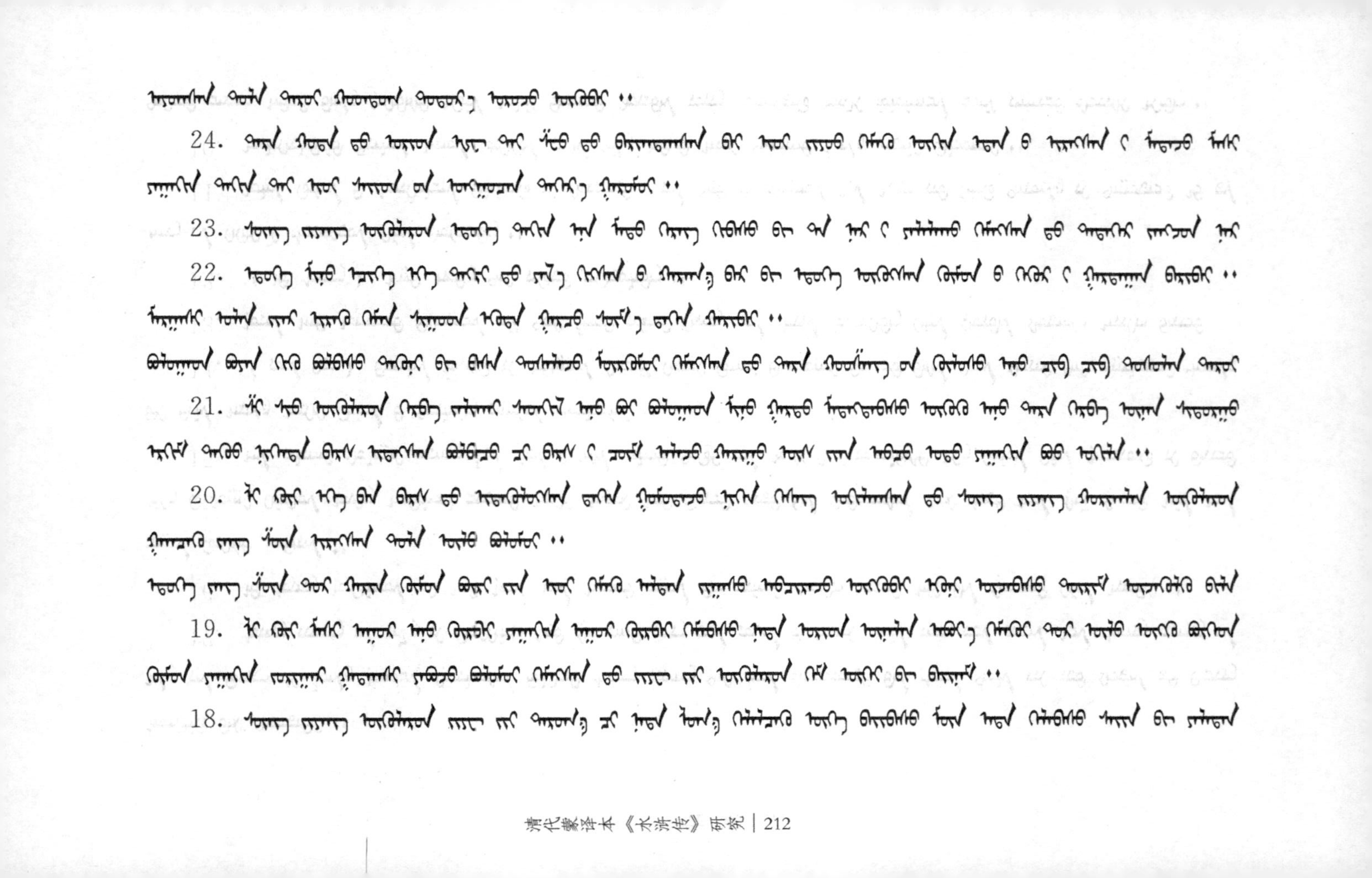

[illegible] ᠃

24. [illegible]
[illegible] ᠃

23. [illegible]

22. [illegible] ᠃
[illegible] ᠃

[illegible]

21. [illegible]
[illegible] ᠃

20. [illegible]
[illegible] ᠃

[illegible]

19. [illegible]
[illegible] ᠃

18. [illegible]

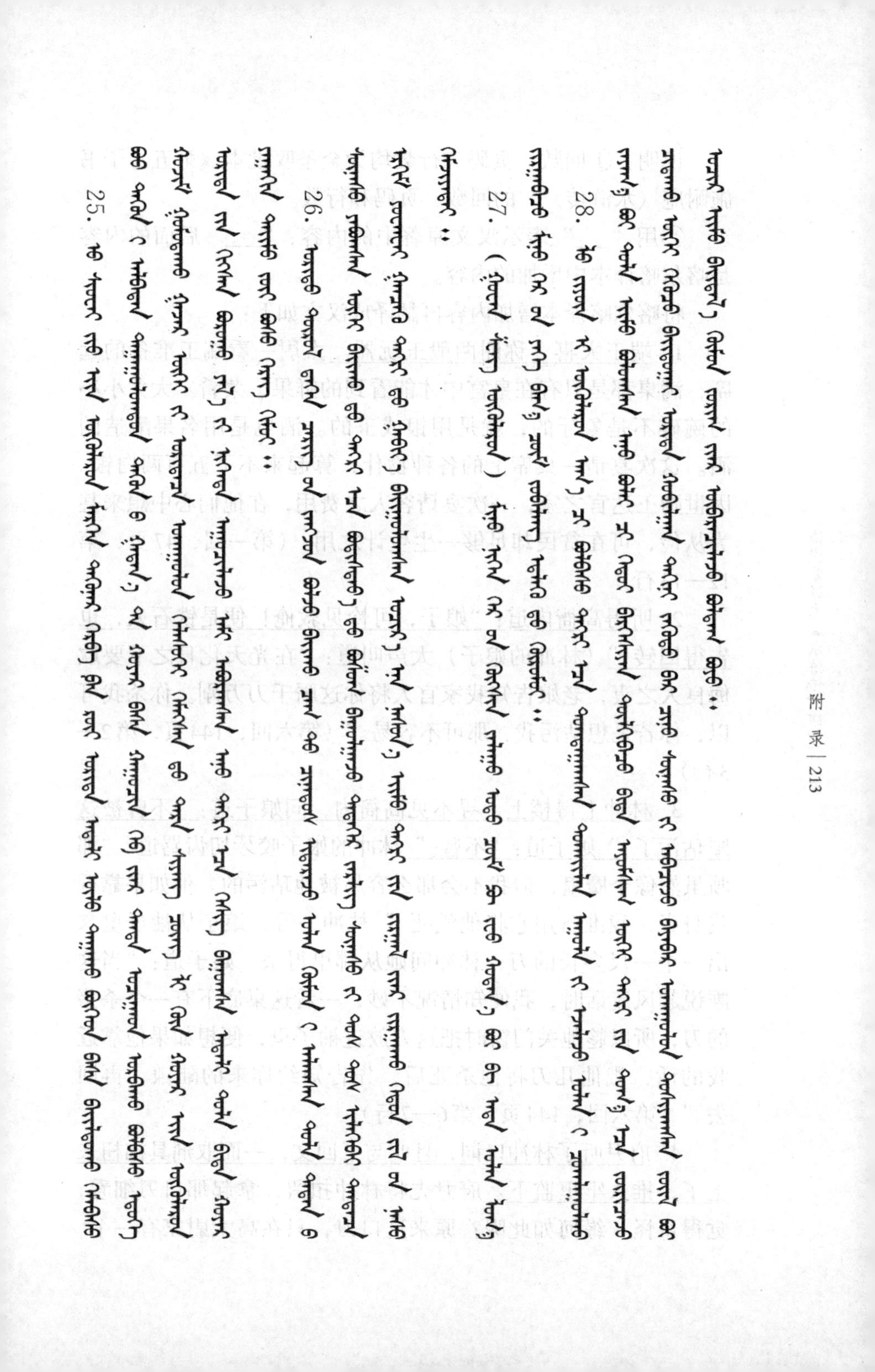

25. [illegible]

26. [illegible]

27. ([illegible]) [illegible]

28. [illegible]

[illegible]

说明：①回数、页码和行数均为金圣叹批本《第五才子书施耐庵〈水浒传〉》的回数、页码和行数。

②用“___”表示汉文原著中的内容，“___”后面的内容是喀尔喀译本中增加的内容。

将喀尔喀译本增加内容再翻译成汉文如下：

1. 端王大喜，称谢两般玉玩器。太尉一看端王准备的筵席，满桌都是只有在皇宫中才能看到的鲜果、菜肴。大大小小的碗碟不是象牙的，就是用银或玉的。酒也是用名果酿造的酒。这次宴请一桌席上的各种物什，算起来不下五百两白银。因世勋王达官之家，一次宴请客人之费用，在他们心中想来甚为从俭，可在贫民却足够一生生计之用。（第一回，47页，第12—13行）

2. 听得高衙内道：“娘子，可怜见救俺！便是铁石人，也告得回转！”（林冲的娘子）大声叫道：“在光天化日之下要欺侮良人之妻，老娘告知我家官人将你这厮千刀万剐。你杀我可以，你若是想玷污我，那可不容易。”（第六回，144页，第2—3行）

3. 林冲上得楼上，寻不见高衙内，问娘子道：“不曾被这厮玷污了？”娘子道：“不曾。”林冲的娘子咬牙切齿骂道：“那厮虽然像个魔鬼，但我不会那么容易被他玷污的。他如果靠近我身旁，我准备用它将他戳死。”林冲一看，娘子从袖子里拿出一个一尺多长的刀，林冲问她从哪里得来，娘子道：“当这厮说起风流话时，我便知情况不妙，一看这桌底下有一个杀猪的刀，所以趁他关门窗时把这刀放进袖子里，便想如果他靠近我的话，戳他几刀将他杀死后，先告知约你来的陆谦，再回去。”（第六回，144页，第6—7行）

4. 府尹听了林冲口词，且叫与了回文，一面取刑具枷杻来上了，推入牢里监下。府尹先将林冲扣留，拿起那口刀细看，觉得奇怪，缘何如此呢？原来这口刀，只在高太尉家有一个，

别的地方都没有。怎么会传到别人手里，再卖到林冲手里？府尹正疑虑之时……（第七回，151页，第5—6行）

5. 两个人是董超、薛霸，二人领了公文，押送林冲出开封府来。只见众邻舍并林冲的丈人张教头，都在府前接着，同林冲两个公人，到州桥下酒店里坐定。街坊邻舍、平日里结交的挚友们和东京城里的八十万禁军听得林冲被发配的消息后，皆心灰意冷，只骂高太尉。林冲向来与朋友和谐，帮助众友，是一个忠心忠义的人，因此众人尽自己的所能准备早餐和酒菜，还有人拿出三五两、几千（文）钱以表心意。不仅如此，八十万禁军每人拿出几钱，转眼间收集了两千多两白银。众教头准备几桌好菜，让几个人抬到东京城门外，排放在路两旁。众人给林冲敬酒道："我们曾经真诚的结交，人人都知道您是不小心被歹人所害，众禁军和我们几个全表心意敬奉粗茶淡饭和一些钱。希望您接受。"（第七回，152页，第5—6行）

6. 众人一齐大笑。洪教头那里挣扎起来？众庄客一头笑着扶了，洪教头。（洪教头）面红耳赤，悄悄地溜出院子，这时林冲从背后叫道："洪教头你如果休息够了，再来。咱俩再比试比试其他兵器。"洪教头头也不回地逃走了。（第八回，171页，第21—22行）

7. 那一个道："这早晚烧个八分过了。"其中的一个道："我们只猜测林冲被烧死，如果他万一逃掉不死，日后去东京闹事，那时咱们很难再生存。（第九回，210页，第1行）

8. 杨志便把高太尉不容复职，使尽钱财，将宝刀货卖，因而杀死牛二的实情通前一一告禀了。梁中书听杨志说完，又见他身材，心里寻思道："他原是王宗贵族的亲戚，之前又是有官职的人，因一时见解短浅而惹了事端。高太尉也可以将他宽大处理。见他不像是个没出息的人，脸上明显挂着忠义之举。（第十一回，210页，第3—4行）

9. 朱仝回头叫道："有三个贼望东小路去了，雷都头，你可急赶。”雷横领了人，便投东小路上，并土兵众人赶去。朱仝正从晁盖后面追赶，一片黑云遮挡了晁盖，忽起一阵怪风，朱仝跌下马挫了脚。知县和众人赶上来一看，朱仝跌下马挫了脚。知县带着中兵继续追赶晁盖，这时黑云密布，四处看不见东西，因此急忙返回。（第十七回，296页，第11—13行）

10. 柴进邀宋江去后堂深处，已安排下酒食了。好似大财主给儿子娶媳妇般（形容柴进招待宋江的筵席的丰盛——引者注）。（第二十一回，359页，第11—12行）

11. 西门庆道："九叔记心，不可泄漏，改日别有报效。"分付罢，一直去了。众人起疑心并满街议论。知县听得说了，便叫来何九叔，命他去验武大的尸体。（第二十四回，421页，第5—6行）

12. 讨了回书，领一行人取路回阳谷县来。（武松）在路上做了个恶梦。（第二十五回，427页，第9—10行）

13. 且先去县里交纳了回书，知县见了大喜。知县起身迎接，因为（武松）一路平安且办好了差事，便赏了三盅酒。（第二十五回，427页，第13行）

14. 郓哥自心里想道：这五两银子，如何不盘缠得三五个月？郓哥接过银子高兴地说道："别说日后做证人，我也想告他们两个，只是因为是别人的事，所以没法告。（第二十五回，493页，第18—19行）

15. 施恩纳头便拜了四拜。武松连忙答礼，结为弟兄。武松道："若不杀得蒋门神那厮，不报得兄弟的仇，不能声称为男子汉也!"气得连话也说不出了。火冒三丈，口吐白沫。（第二十八回，473页，第5—6行）

16. 蒋门神坐在交椅上，见是武松，吃了一惊，把这心肝五脏都提在九霄云外。武松对蒋门神说道："你怕我作甚，我是来给你敬酒求饶薄命的。"（第三十回，499页，第10—11行）

17. 宋太公自来买上告下，使用钱帛。减宋江的罪都在张文远一人身上，虽然张文远之前与阎婆惜有奸情，但与宋江的关系也很好，所以他决定写书申呈济州城。（第三十五回，577页，第4—5行）

18. 那人便道："兄长，此间不是说话处，未敢下拜。同往城里叙怀，请兄长便行。"宋江道："节级（指戴宗）如果有话要对我讲，就在这里说便好，我是个罪犯，如何能擅自离开这里。"节级道："有我在，无妨。"（第三十七回，607页，第18—20行）

19. 一霎时，却凑拢了十数尾金色鲤鱼来。李逵甚是气愤。缘何气愤？我来买却不卖给我，此刻张顺来了，人人却来送这许多金鱼。寻思道："如此我应吓唬吓唬他们这帮鸟人，只是张顺也在此，不妥。"（第三十七回，622页，第6—7行）

20. 诉说取娘至沂岭，被虎吃了，因此杀了四虎。因老娘被大虫吃了，李逵伤心痛哭了一场。宋江上前劝道："老娘虽被大虫吃了，但你也杀了那大虫，已报了仇，不要再哭了。"（第四十三回，715页，第20—21行）

21. 裴如海道："不敢不敢！小僧去接众僧来赴道场。"相别出门去了。石秀道："如有不轨之心撞在我手上，必死无疑。若忠诚老实做善事，我也会来拜。"那和尚吓得直流汗道："明日众人再来。"便出门回庙。（第四十四回，734页，第7—8行）

22. 李逵却从箩里爬将出来，去井底摸时，摸着一堆，却是骸骨。李逵道："我爹娘因犯下罪，如今我手拿了死人的尸体！"（第五十三回，880页，第5—6行）

23. 李俊、张顺明晃晃掣出尖刀在手，早跳过船来，手起先把两个虞候撷下水里去。宋江道："如果还将做出这等事来，我将罚你们！"那些将军怎么敢再上太尉的船上。（第五十八回，950页，第3—5行）

24. 一行人离了华州，上船回到少华山上。被贺太守捉去

的白玉娇，得知他们的到来，吓得跳井身亡。（第五十八回，954页，第4—5行）

25. 宋江听说大喜，请入中军，待了酒食，换了两套新衣，取两匹好马，叫小喽啰拿了枪牌，亲送二人下坡回寨。吴学究说道："贤弟们，如果樊瑞仍像从前一样不归降而且还讨战的话，别强迫他归降。除此之外，你们若返回去后再反，现将告知以后没有后悔的时刻。"项充、李衮道："赦免以前做的罪过，如同天赐恩惠，我们俩怎么能做那等不合乎情理的事情呢。（第五十九回，961页，第13—16行）

26. 吴用道："员外贵造，一切都行好运，但今年时犯岁君，正交恶限，目今百日之内，要见身首异处。此乃生来分定，不可逃也。"员外前生是个将军出身，杀了很多人。那些人的灵魂未走，上天命与菩萨，将那些野灵魂纷纷派将来。只因员外有功于玉皇大帝，此生享这几年清福。年限到罢，便将用此生来还那些人的命，死于刀尖之下。（第六十回，978页，第16—18行）

27. 宋江道："何故发此言？将军倘蒙不弃微贱，一同替天行道；若是不肯，不敢苦留，只今便送回京。"关胜道："我一家老小见今都在蒲州，若小人如今在此间与众头领快活，全家老小定吃苦头。（第六十三回，1032页，第7—9行）

28. 原来吴用已把眼视众人，故出此语。卢俊义众头领道："哥哥您乃是上天派将下来，占领此山的，您有召集众弟兄的命，原因如此。您虽不肯，我们众人难以违天数。不仅如此，仙女在梦中曾带去你的灵魂，亲自交代过。人不能随意改之。"（第六十七回，1091页，第15行）

附录四：喀尔喀译本和内蒙古译本特殊词汇对照表

说明：①本表格中的汉文原著是指金圣叹评点，文子生校点的《第五才子书施耐庵〈水浒传〉》（中州古籍出版社，1985年3月）。

②回数、页码均为汉文原著的回数、页码。

③“注释”一栏是对喀尔喀译本意译词的解释。

④ 用“▲”表示难以解释的词。

序号	回数	汉文原著	内蒙古译本	喀尔喀译本	注释
1	第1回	张天师	[illegible]	[illegible]	▲
		（五）更	[illegible]	[illegible]	天亮之前
		道童	[illegible]	[illegible]	仙童
		方丈	[illegible]	[illegible]	大宫殿
		魔王	[illegible]	[illegible]	魔鬼
		通鉴	[illegible]	[illegible]	通鉴
		符	[illegible]	[illegible]	符
2	第2回	学士	[illegible]	[illegible]	▲
		官吏	[illegible]	[illegible]	臣子
		衙将	[illegible]	[illegible]	▲
		督军	[illegible]	[illegible]	军人（兵）
		书本	[illegible]	[illegible]	笔记
		板凳	[illegible]	[illegible]	桌子
		喽啰	[illegible]	[illegible]	兵或军人
3	第3回	膏药	[illegible]	[illegible]	药
		酒保	[illegible]	[illegible]	铺子里的人
		鲁提辖	[illegible]	[illegible]	鲁官员
		郑屠	[illegible]	[illegible]	姓郑的屠户

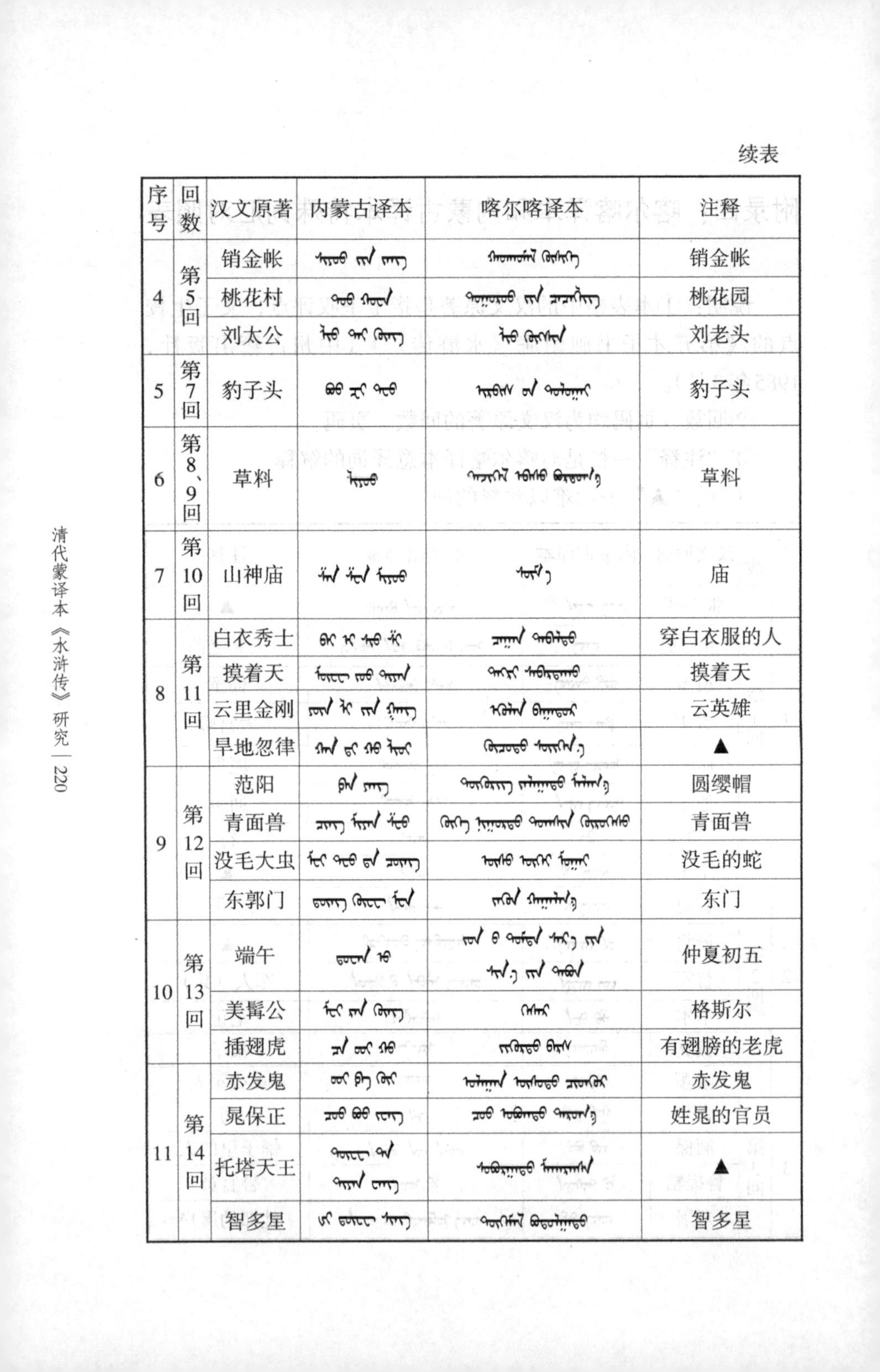

续表

序号	回数	汉文原著	内蒙古译本	喀尔喀译本	注释
4	第5回	销金帐	[illegible]	[illegible]	销金帐
		桃花村	[illegible]	[illegible]	桃花园
		刘太公	[illegible]	[illegible]	刘老头
5	第7回	豹子头	[illegible]	[illegible]	豹子头
6	第8、9回	草料	[illegible]	[illegible]	草料
7	第10回	山神庙	[illegible]	[illegible]	庙
8	第11回	白衣秀士	[illegible]	[illegible]	穿白衣服的人
		摸着天	[illegible]	[illegible]	摸着天
		云里金刚	[illegible]	[illegible]	云英雄
		旱地忽律	[illegible]	[illegible]	▲
9	第12回	范阳	[illegible]	[illegible]	圆缨帽
		青面兽	[illegible]	[illegible]	青面兽
		没毛大虫	[illegible]	[illegible]	没毛的蛇
		东郭门	[illegible]	[illegible]	东门
10	第13回	端午	[illegible]	[illegible]	仲夏初五
		美髯公	[illegible]	[illegible]	格斯尔
		插翅虎	[illegible]	[illegible]	有翅膀的老虎
11	第14回	赤发鬼	[illegible]	[illegible]	赤发鬼
		晁保正	[illegible]	[illegible]	姓晁的官员
		托塔天王	[illegible]	[illegible]	▲
		智多星	[illegible]	[illegible]	智多星

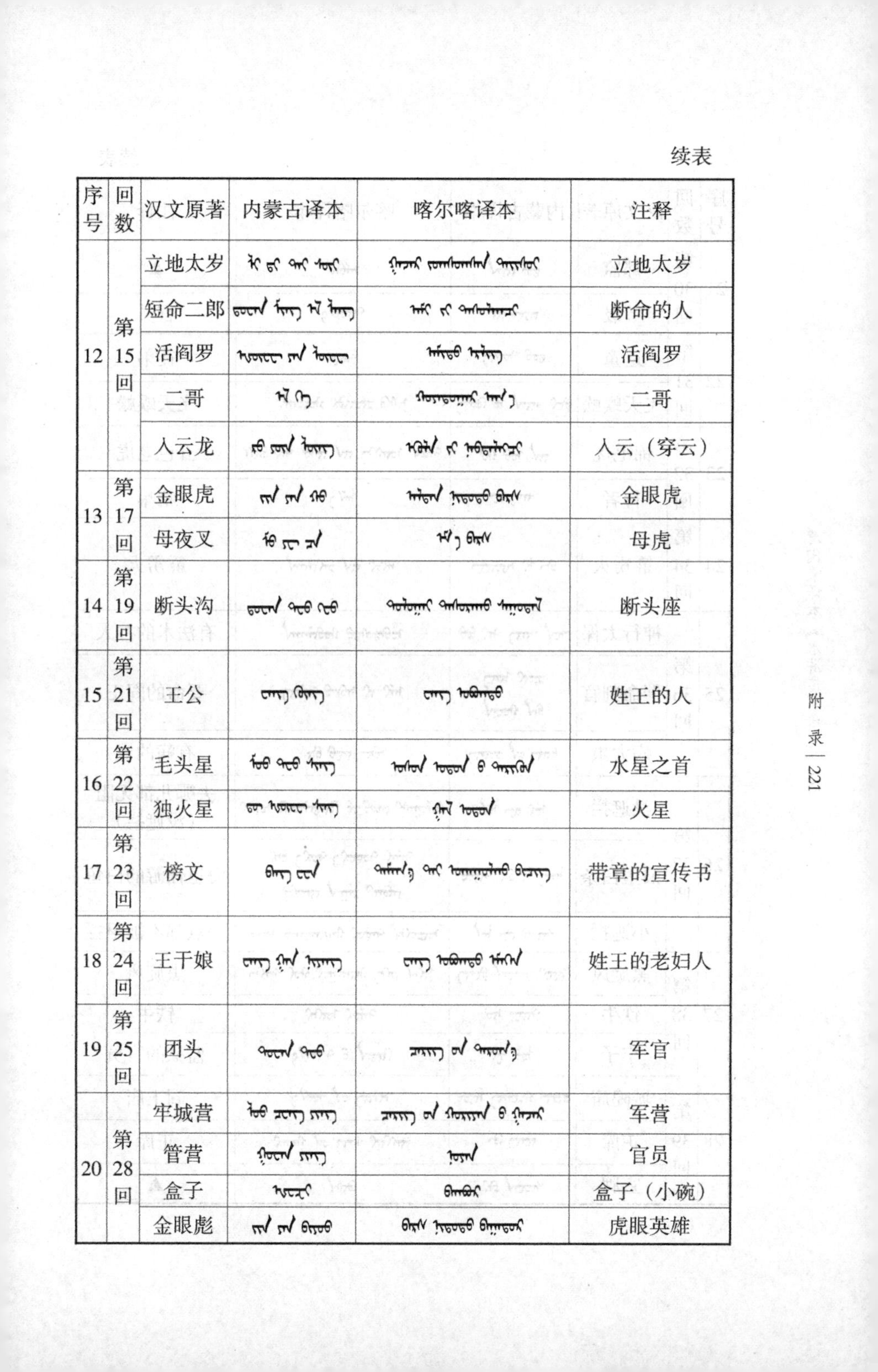

续表

序号	回数	汉文原著	内蒙古译本	喀尔喀译本	注释
12	第15回	立地太岁	[illegible]	[illegible]	立地太岁
		短命二郎	[illegible]	[illegible]	断命的人
		活阎罗	[illegible]	[illegible]	活阎罗
		二哥	[illegible]	[illegible]	二哥
		入云龙	[illegible]	[illegible]	入云（穿云）
13	第17回	金眼虎	[illegible]	[illegible]	金眼虎
		母夜叉	[illegible]	[illegible]	母虎
14	第19回	断头沟	[illegible]	[illegible]	断头座
15	第21回	王公	[illegible]	[illegible]	姓王的人
16	第22回	毛头星	[illegible]	[illegible]	水星之首
		独火星	[illegible]	[illegible]	火星
17	第23回	榜文	[illegible]	[illegible]	带章的宣传书
18	第24回	王干娘	[illegible]	[illegible]	姓王的老妇人
19	第25回	团头	[illegible]	[illegible]	军官
20	第28回	牢城营	[illegible]	[illegible]	军营
		管营	[illegible]	[illegible]	官员
		盒子	[illegible]	[illegible]	盒子（小碗）
		金眼彪	[illegible]	[illegible]	虎眼英雄

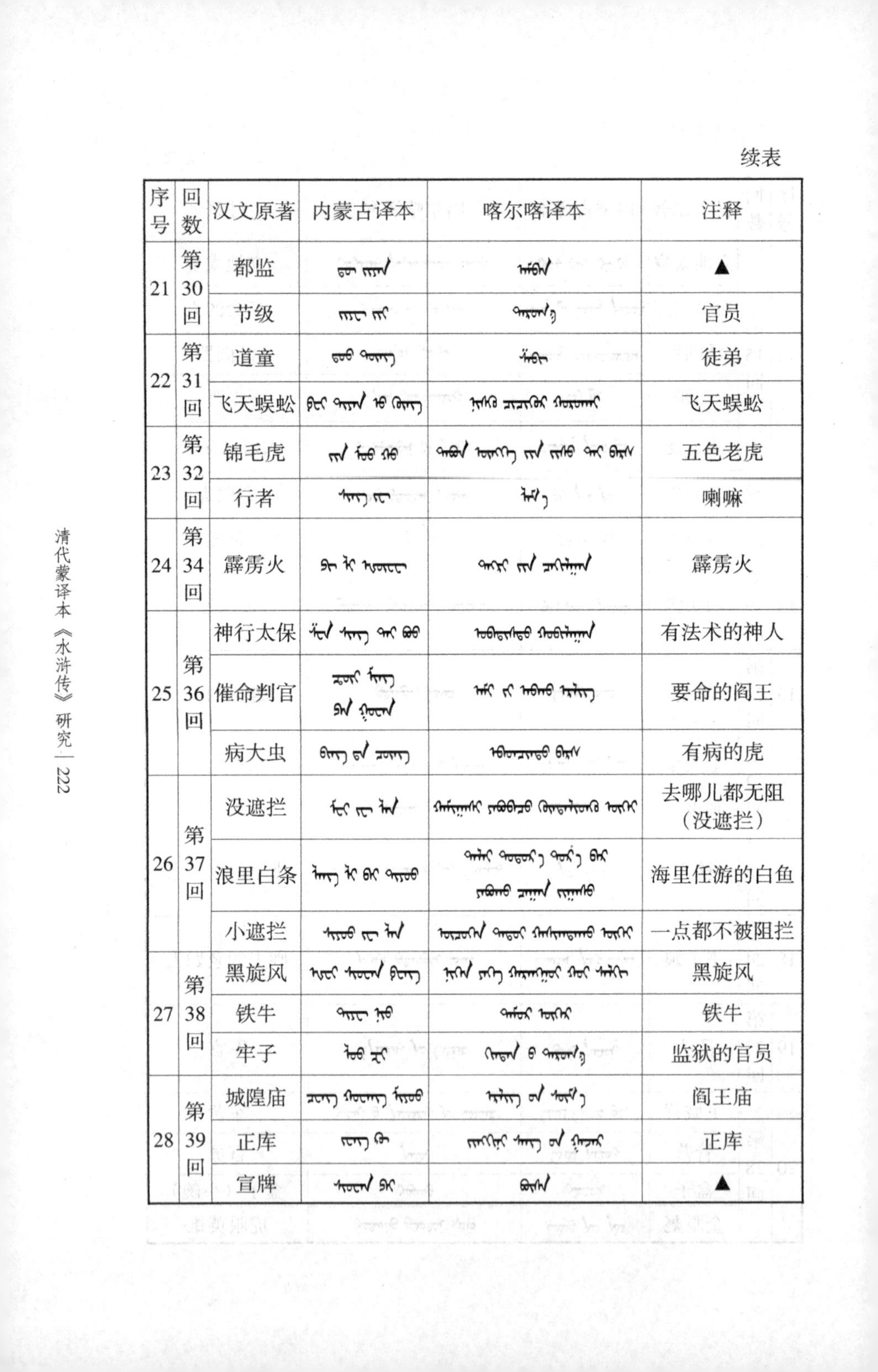

续表

序号	回数	汉文原著	内蒙古译本	喀尔喀译本	注释
21	第30回	都监	[illegible]	[illegible]	▲
		节级	[illegible]	[illegible]	官员
22	第31回	道童	[illegible]	[illegible]	徒弟
		飞天蜈蚣	[illegible]	[illegible]	飞天蜈蚣
23	第32回	锦毛虎	[illegible]	[illegible]	五色老虎
		行者	[illegible]	[illegible]	喇嘛
24	第34回	霹雳火	[illegible]	[illegible]	霹雳火
25	第36回	神行太保	[illegible]	[illegible]	有法术的神人
		催命判官	[illegible]	[illegible]	要命的阎王
		病大虫	[illegible]	[illegible]	有病的虎
26	第37回	没遮拦	[illegible]	[illegible]	去哪儿都无阻（没遮拦）
		浪里白条	[illegible]	[illegible]	海里任游的白鱼
		小遮拦	[illegible]	[illegible]	一点都不被阻拦
27	第38回	黑旋风	[illegible]	[illegible]	黑旋风
		铁牛	[illegible]	[illegible]	铁牛
		牢子	[illegible]	[illegible]	监狱的官员
28	第39回	城隍庙	[illegible]	[illegible]	阎王庙
		正库	[illegible]	[illegible]	正库
		宣牌	[illegible]	[illegible]	▲

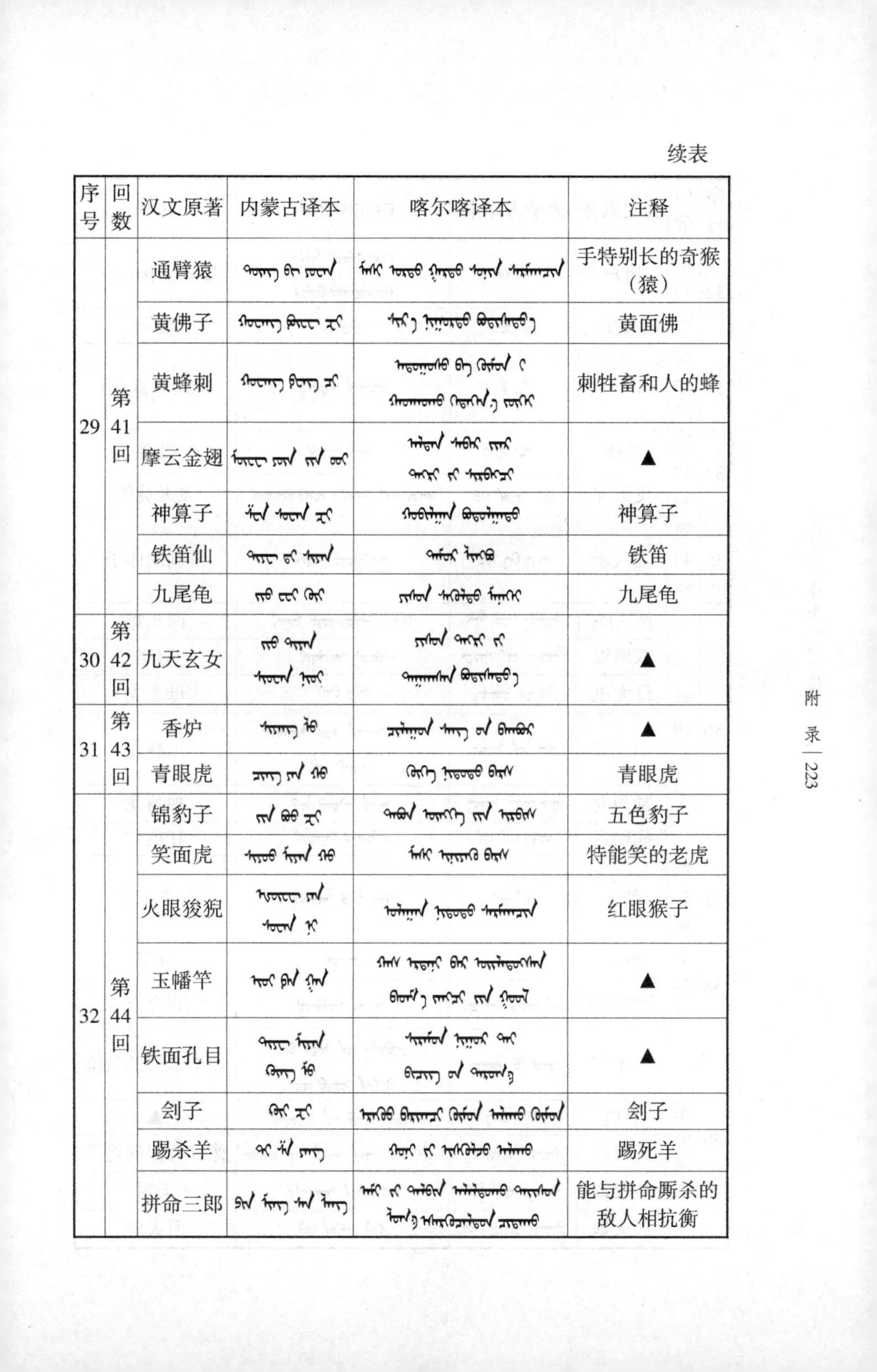

续表

序号	回数	汉文原著	内蒙古译本	喀尔喀译本	注释
29	第41回	通臂猿	[illegible]	[illegible]	手特别长的奇猴（猿）
		黄佛子	[illegible]	[illegible]	黄面佛
		黄蜂刺	[illegible]	[illegible]	刺牲畜和人的蜂
		摩云金翅	[illegible]	[illegible]	▲
		神算子	[illegible]	[illegible]	神算子
		铁笛仙	[illegible]	[illegible]	铁笛
		九尾龟	[illegible]	[illegible]	九尾龟
30	第42回	九天玄女	[illegible]	[illegible]	▲
31	第43回	香炉	[illegible]	[illegible]	▲
		青眼虎	[illegible]	[illegible]	青眼虎
32	第44回	锦豹子	[illegible]	[illegible]	五色豹子
		笑面虎	[illegible]	[illegible]	特能笑的老虎
		火眼狻猊	[illegible]	[illegible]	红眼猴子
		玉幡竿	[illegible]	[illegible]	▲
		铁面孔目	[illegible]	[illegible]	▲
		刽子	[illegible]	[illegible]	刽子
		踢杀羊	[illegible]	[illegible]	踢死羊
		拼命三郎	[illegible]	[illegible]	能与拼命厮杀的敌人相抗衡

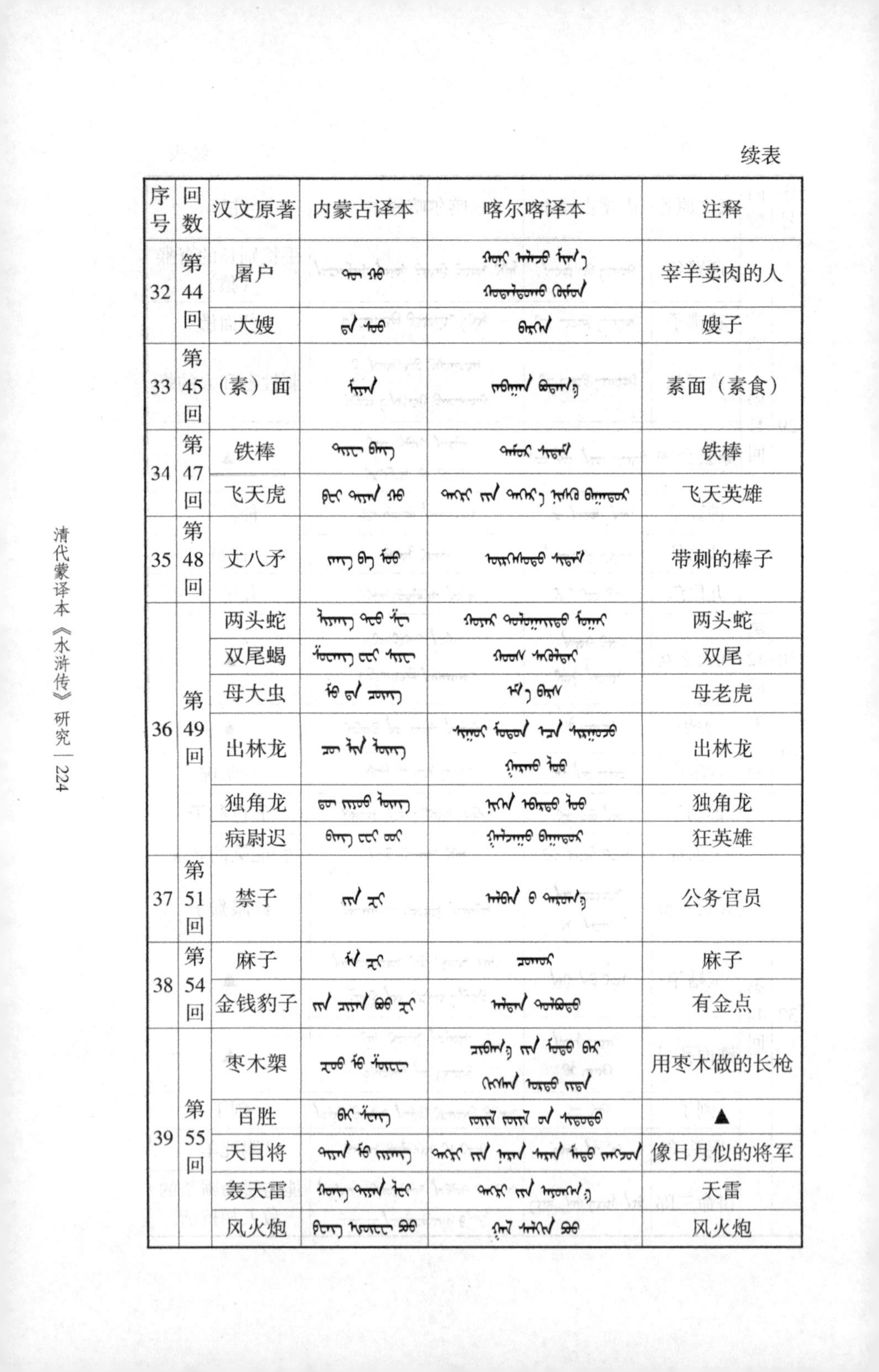

续表

序号	回数	汉文原著	内蒙古译本	喀尔喀译本	注释
32	第44回	屠户	[illegible]	[illegible]	宰羊卖肉的人
		大嫂	[illegible]	[illegible]	嫂子
33	第45回	（素）面	[illegible]	[illegible]	素面（素食）
34	第47回	铁棒	[illegible]	[illegible]	铁棒
		飞天虎	[illegible]	[illegible]	飞天英雄
35	第48回	丈八矛	[illegible]	[illegible]	带刺的棒子
36	第49回	两头蛇	[illegible]	[illegible]	两头蛇
		双尾蝎	[illegible]	[illegible]	双尾
		母大虫	[illegible]	[illegible]	母老虎
		出林龙	[illegible]	[illegible]	出林龙
		独角龙	[illegible]	[illegible]	独角龙
		病尉迟	[illegible]	[illegible]	狂英雄
37	第51回	禁子	[illegible]	[illegible]	公务官员
38	第54回	麻子	[illegible]	[illegible]	麻子
		金钱豹子	[illegible]	[illegible]	有金点
39	第55回	枣木槊	[illegible]	[illegible]	用枣木做的长枪
		百胜	[illegible]	[illegible]	▲
		天目将	[illegible]	[illegible]	像日月似的将军
		轰天雷	[illegible]	[illegible]	天雷
		风火炮	[illegible]	[illegible]	风火炮

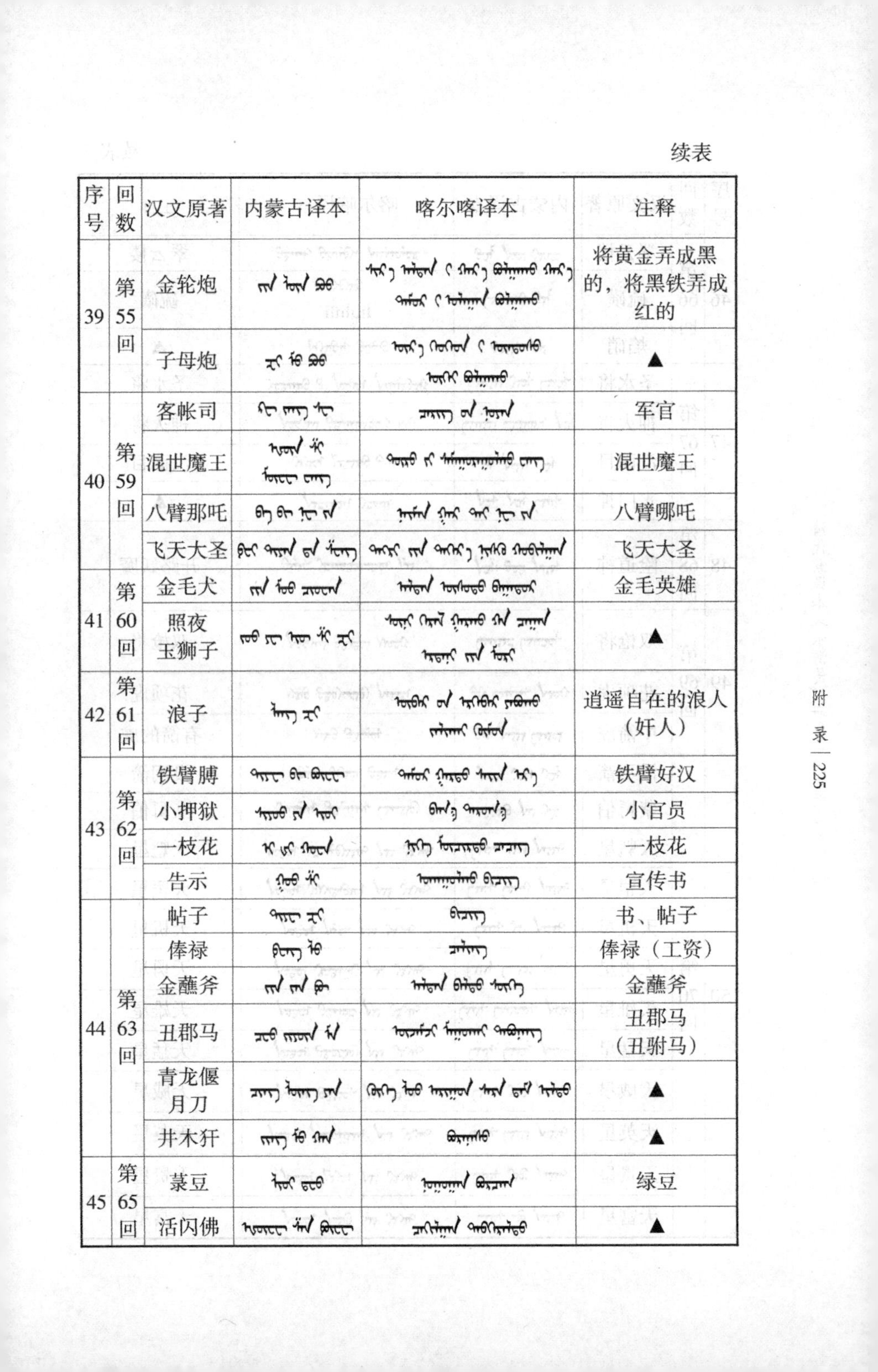

续表

序号	回数	汉文原著	内蒙古译本	喀尔喀译本	注释
39	第55回	金轮炮	[illegible]	[illegible]	将黄金弄成黑的，将黑铁弄成红的
		子母炮	[illegible]	[illegible]	▲
40	第59回	客帐司	[illegible]	[illegible]	军官
		混世魔王	[illegible]	[illegible]	混世魔王
		八臂那吒	[illegible]	[illegible]	八臂哪吒
		飞天大圣	[illegible]	[illegible]	飞天大圣
41	第60回	金毛犬	[illegible]	[illegible]	金毛英雄
		照夜玉狮子	[illegible]	[illegible]	▲
42	第61回	浪子	[illegible]	[illegible]	逍遥自在的浪人（奸人）
43	第62回	铁臂膊	[illegible]	[illegible]	铁臂好汉
		小押狱	[illegible]	[illegible]	小官员
		一枝花	[illegible]	[illegible]	一枝花
		告示	[illegible]	[illegible]	宣传书
44	第63回	帖子	[illegible]	[illegible]	书、帖子
		俸禄	[illegible]	[illegible]	俸禄（工资）
		金蘸斧	[illegible]	[illegible]	金蘸斧
		丑郡马	[illegible]	[illegible]	丑郡马（丑驸马）
		青龙偃月刀	[illegible]	[illegible]	▲
		井木犴	[illegible]	[illegible]	▲
45	第65回	菉豆	[illegible]	[illegible]	绿豆
		活闪佛	[illegible]	[illegible]	▲

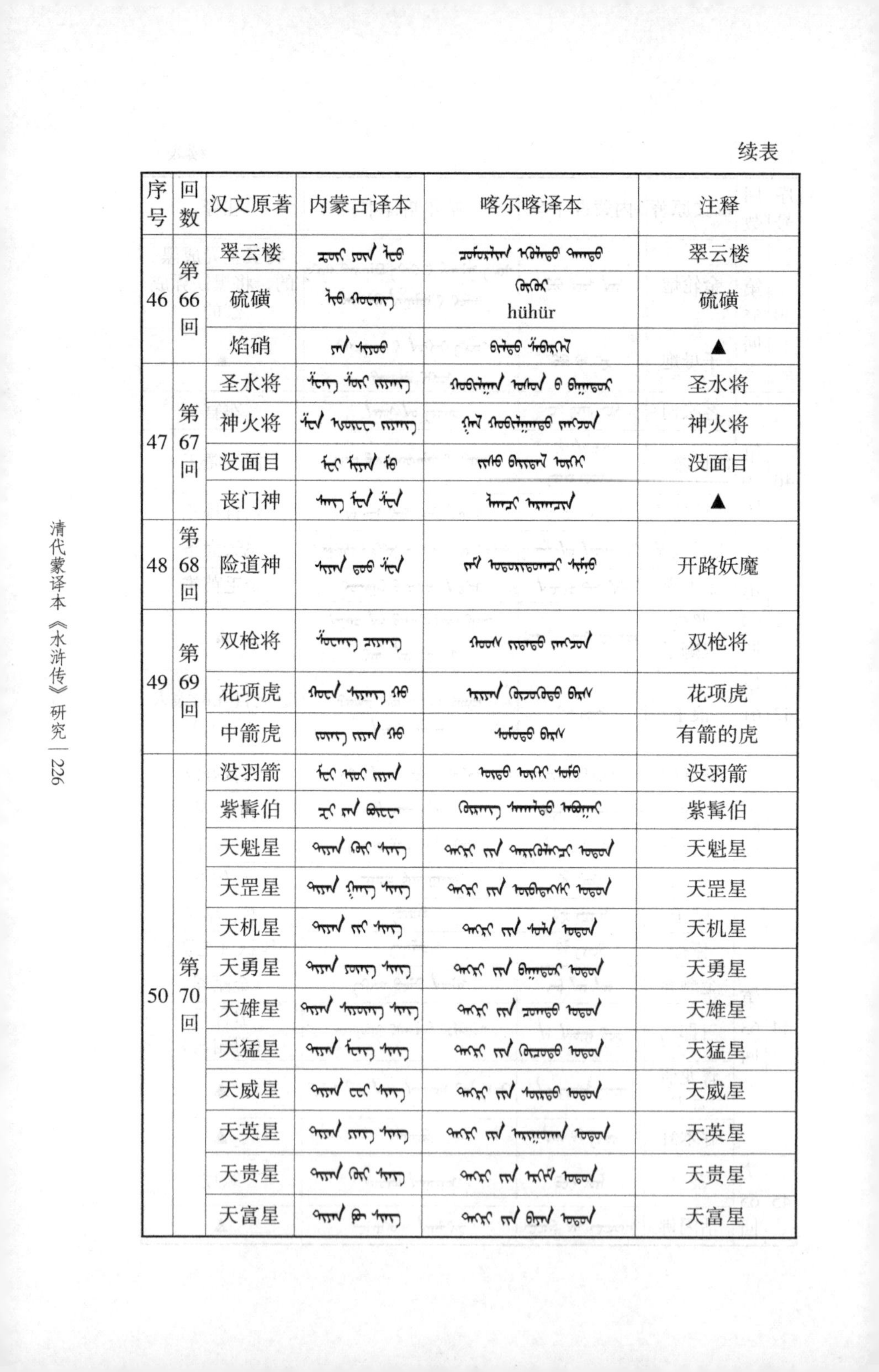

续表

序号	回数	汉文原著	内蒙古译本	喀尔喀译本	注释
46	第66回	翠云楼	[illegible]	[illegible]	翠云楼
		硫磺	[illegible]	[illegible] hühür	硫磺
		焰硝	[illegible]	[illegible]	▲
47	第67回	圣水将	[illegible]	[illegible]	圣水将
		神火将	[illegible]	[illegible]	神火将
		没面目	[illegible]	[illegible]	没面目
		丧门神	[illegible]	[illegible]	▲
48	第68回	险道神	[illegible]	[illegible]	开路妖魔
49	第69回	双枪将	[illegible]	[illegible]	双枪将
		花项虎	[illegible]	[illegible]	花项虎
		中箭虎	[illegible]	[illegible]	有箭的虎
50	第70回	没羽箭	[illegible]	[illegible]	没羽箭
		紫髯伯	[illegible]	[illegible]	紫髯伯
		天魁星	[illegible]	[illegible]	天魁星
		天罡星	[illegible]	[illegible]	天罡星
		天机星	[illegible]	[illegible]	天机星
		天勇星	[illegible]	[illegible]	天勇星
		天雄星	[illegible]	[illegible]	天雄星
		天猛星	[illegible]	[illegible]	天猛星
		天威星	[illegible]	[illegible]	天威星
		天英星	[illegible]	[illegible]	天英星
		天贵星	[illegible]	[illegible]	天贵星
		天富星	[illegible]	[illegible]	天富星

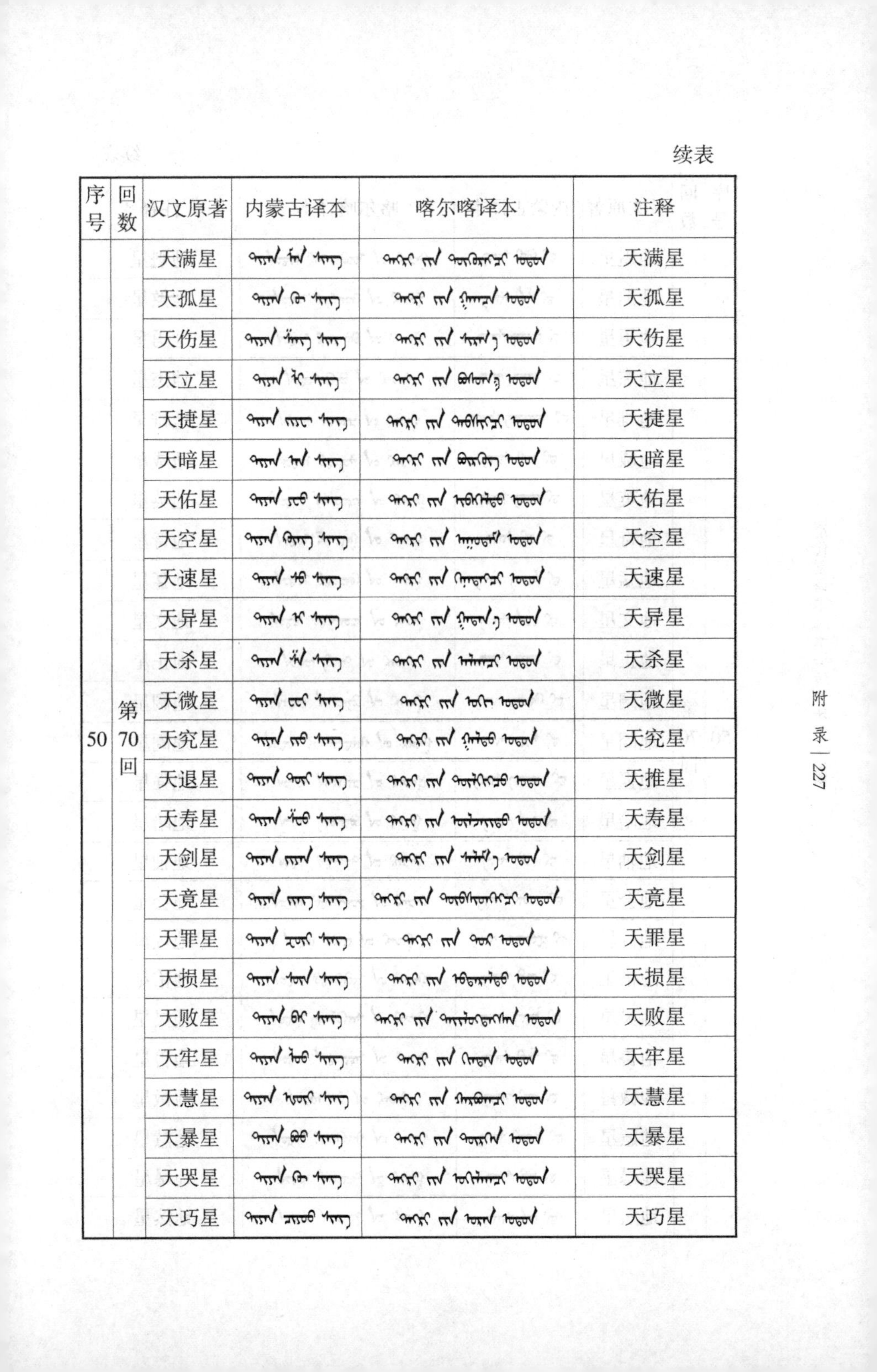

序号	回数	汉文原著	内蒙古译本	喀尔喀译本	注释
50	第70回	天满星	[illegible]	[illegible]	天满星
		天孤星	[illegible]	[illegible]	天孤星
		天伤星	[illegible]	[illegible]	天伤星
		天立星	[illegible]	[illegible]	天立星
		天捷星	[illegible]	[illegible]	天捷星
		天暗星	[illegible]	[illegible]	天暗星
		天佑星	[illegible]	[illegible]	天佑星
		天空星	[illegible]	[illegible]	天空星
		天速星	[illegible]	[illegible]	天速星
		天异星	[illegible]	[illegible]	天异星
		天杀星	[illegible]	[illegible]	天杀星
		天微星	[illegible]	[illegible]	天微星
		天究星	[illegible]	[illegible]	天究星
		天退星	[illegible]	[illegible]	天推星
		天寿星	[illegible]	[illegible]	天寿星
		天剑星	[illegible]	[illegible]	天剑星
		天竟星	[illegible]	[illegible]	天竟星
		天罪星	[illegible]	[illegible]	天罪星
		天损星	[illegible]	[illegible]	天损星
		天败星	[illegible]	[illegible]	天败星
		天牢星	[illegible]	[illegible]	天牢星
		天慧星	[illegible]	[illegible]	天慧星
		天暴星	[illegible]	[illegible]	天暴星
		天哭星	[illegible]	[illegible]	天哭星
		天巧星	[illegible]	[illegible]	天巧星

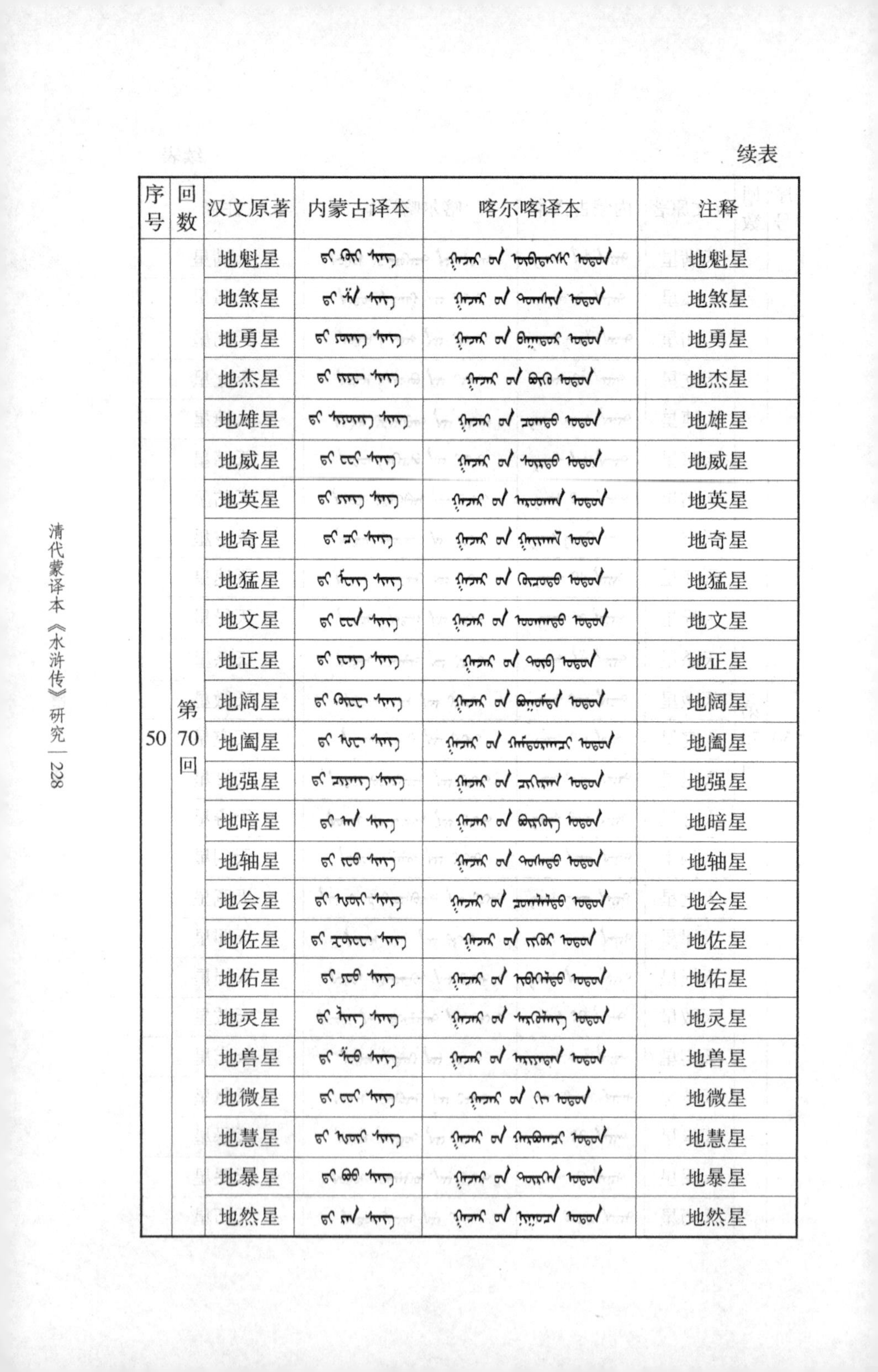

续表

序号	回数	汉文原著	内蒙古译本	喀尔喀译本	注释
50	第70回	地魁星	[illegible]	[illegible]	地魁星
		地煞星	[illegible]	[illegible]	地煞星
		地勇星	[illegible]	[illegible]	地勇星
		地杰星	[illegible]	[illegible]	地杰星
		地雄星	[illegible]	[illegible]	地雄星
		地威星	[illegible]	[illegible]	地威星
		地英星	[illegible]	[illegible]	地英星
		地奇星	[illegible]	[illegible]	地奇星
		地猛星	[illegible]	[illegible]	地猛星
		地文星	[illegible]	[illegible]	地文星
		地正星	[illegible]	[illegible]	地正星
		地阔星	[illegible]	[illegible]	地阔星
		地阖星	[illegible]	[illegible]	地阖星
		地强星	[illegible]	[illegible]	地强星
		地暗星	[illegible]	[illegible]	地暗星
		地轴星	[illegible]	[illegible]	地轴星
		地会星	[illegible]	[illegible]	地会星
		地佐星	[illegible]	[illegible]	地佐星
		地佑星	[illegible]	[illegible]	地佑星
		地灵星	[illegible]	[illegible]	地灵星
		地兽星	[illegible]	[illegible]	地兽星
		地微星	[illegible]	[illegible]	地微星
		地慧星	[illegible]	[illegible]	地慧星
		地暴星	[illegible]	[illegible]	地暴星
		地然星	[illegible]	[illegible]	地然星

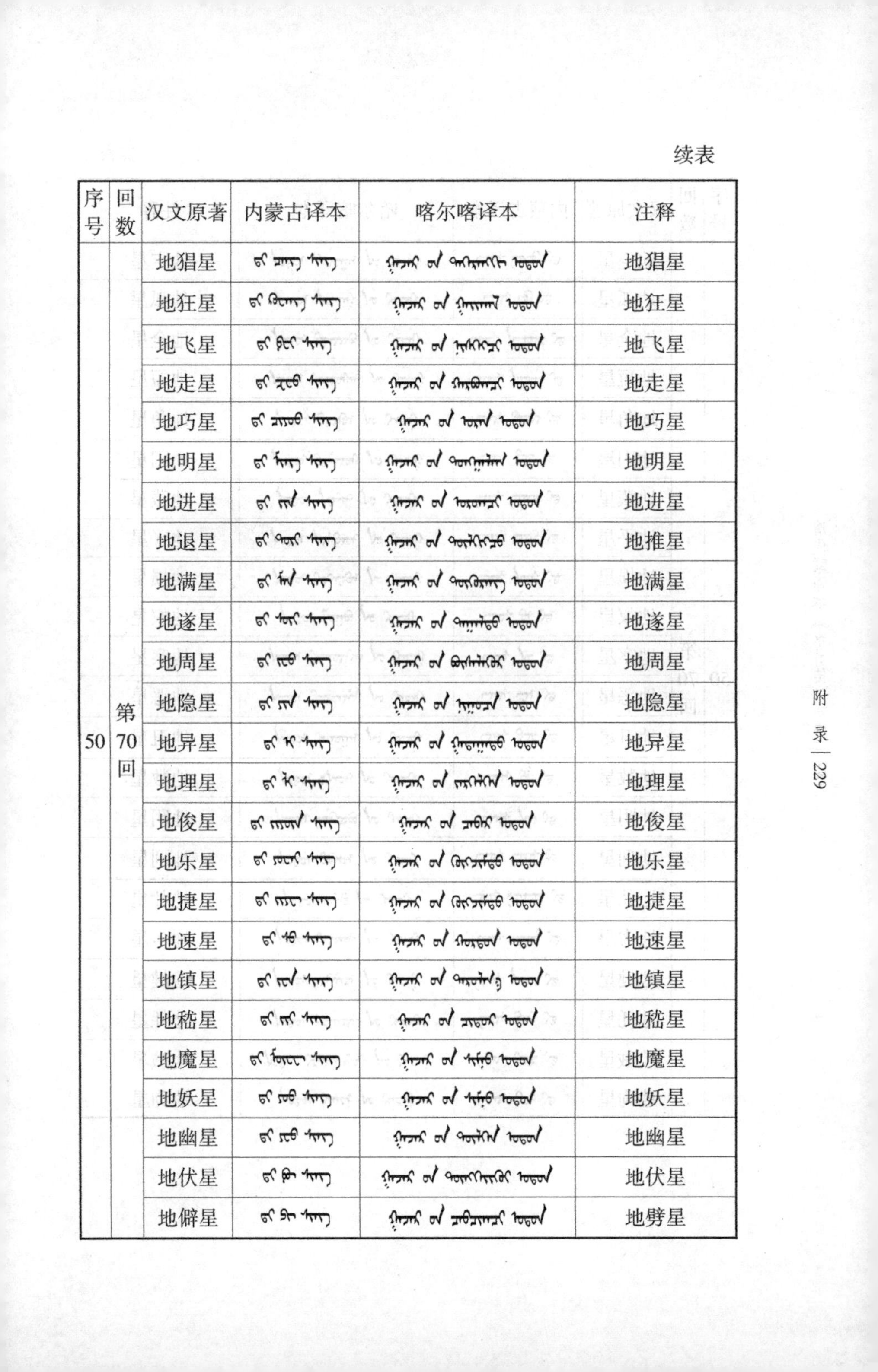

续表

序号	回数	汉文原著	内蒙古译本	喀尔喀译本	注释
50	第70回	地猖星	[illegible]	[illegible]	地猖星
		地狂星	[illegible]	[illegible]	地狂星
		地飞星	[illegible]	[illegible]	地飞星
		地走星	[illegible]	[illegible]	地走星
		地巧星	[illegible]	[illegible]	地巧星
		地明星	[illegible]	[illegible]	地明星
		地进星	[illegible]	[illegible]	地进星
		地退星	[illegible]	[illegible]	地推星
		地满星	[illegible]	[illegible]	地满星
		地遂星	[illegible]	[illegible]	地遂星
		地周星	[illegible]	[illegible]	地周星
		地隐星	[illegible]	[illegible]	地隐星
		地异星	[illegible]	[illegible]	地异星
		地理星	[illegible]	[illegible]	地理星
		地俊星	[illegible]	[illegible]	地俊星
		地乐星	[illegible]	[illegible]	地乐星
		地捷星	[illegible]	[illegible]	地捷星
		地速星	[illegible]	[illegible]	地速星
		地镇星	[illegible]	[illegible]	地镇星
		地嵇星	[illegible]	[illegible]	地嵇星
		地魔星	[illegible]	[illegible]	地魔星
		地妖星	[illegible]	[illegible]	地妖星
		地幽星	[illegible]	[illegible]	地幽星
		地伏星	[illegible]	[illegible]	地伏星
		地僻星	[illegible]	[illegible]	地劈星

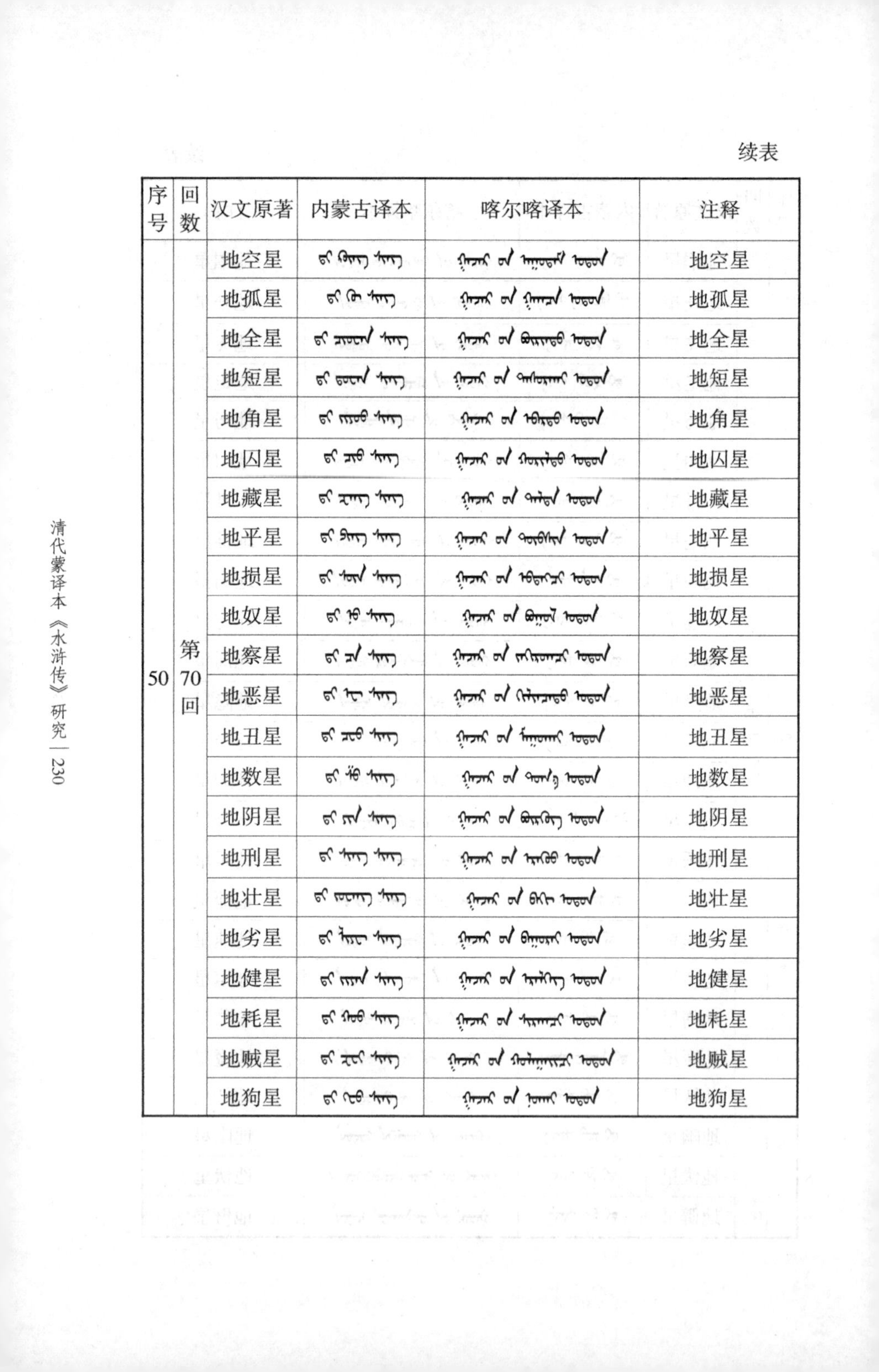

续表

序号	回数	汉文原著	内蒙古译本	喀尔喀译本	注释
50	第70回	地空星	[illegible]	[illegible]	地空星
		地孤星	[illegible]	[illegible]	地孤星
		地全星	[illegible]	[illegible]	地全星
		地短星	[illegible]	[illegible]	地短星
		地角星	[illegible]	[illegible]	地角星
		地囚星	[illegible]	[illegible]	地囚星
		地藏星	[illegible]	[illegible]	地藏星
		地平星	[illegible]	[illegible]	地平星
		地损星	[illegible]	[illegible]	地损星
		地奴星	[illegible]	[illegible]	地奴星
		地察星	[illegible]	[illegible]	地察星
		地恶星	[illegible]	[illegible]	地恶星
		地丑星	[illegible]	[illegible]	地丑星
		地数星	[illegible]	[illegible]	地数星
		地阴星	[illegible]	[illegible]	地阴星
		地刑星	[illegible]	[illegible]	地刑星
		地壮星	[illegible]	[illegible]	地壮星
		地劣星	[illegible]	[illegible]	地劣星
		地健星	[illegible]	[illegible]	地健星
		地耗星	[illegible]	[illegible]	地耗星
		地贼星	[illegible]	[illegible]	地贼星
		地狗星	[illegible]	[illegible]	地狗星

参考文献

1.《蒙古秘史》，巴雅尔标音，内蒙古人民出版社，1998年。

2. 策·达木丁苏荣编:《蒙古古代文学一百篇》，内蒙古人民出版社，1979年。

3. 仁钦嘎瓦:《蒙译史概要》，内蒙古人民出版社，1986年。

4. 策·达木丁苏荣、戈·扎木苏荣扎卜等编:《蒙古文学概要（十九世纪）》，内蒙古人民出版社，1989年转写本。

5. 格·那木吉拉编著:《成吉思汗札撒与必里克》，内蒙古文化出版社，1989年。

6.［蒙古］沙·毕拉著:《论蒙古文化》，民族出版社，1992年。

7.［蒙古］舍·纳楚克道尔吉著:《喀尔喀历史》，斯琴高娃、克斯克、阿日达扎布转写，内蒙古教育出版社，1997年。

8.《〈水浒〉评论资料》，上海人民出版社，1975年。

9. 湖北省社会科学院文学研究所、湖北省《水浒》研究会编:《水浒争鸣》（第一辑），长江文艺出版社，1982年。

10. 湖北省《水浒》研究会、《水浒争鸣》编委会主编:《水浒争鸣》（第二辑）（第四辑），长江文艺出版社，1983年8月、1985年。

11. 何心著:《水浒研究》，上海古籍出版社，1985年。

12.《水浒争鸣》（第五辑），武汉大学出版社，1987年。

13. 萨孟武著：《水浒与中国社会》，岳麓书社，1987年。

14. 汪远平著：《水浒拾趣》，北岳文艺出版社，1987年。

15. 罗尔纲著：《水浒传原本和著者研究》，江苏古籍出版社，1992年。

16. 竺青选编：《名家解读〈水浒传〉》，山东人民出版社，1998年。

17. 朱一玄、刘毓忱编：《水浒传资料汇编》，南开大学出版社，2002年。

18. 吴兴人著：《〈水浒传〉作者对我说》，上海人民出版社，2003年。

19. 王鸿卿著：《〈水浒传〉与义》，辽海出版社，2005年。

20. 叶朗著：《中国小说美学说》，北京大学出版社，1982年。

21. 刘欣中著：《金圣叹的小说理论》，河北人民出版社，1986年。

22.〔清〕哈斯宝（蒙古族）著：《〈新译红楼梦〉回批》，亦邻真译，内蒙古人民出版社，1980年8月。

23. 扎拉嘎著：《〈一层楼〉〈泣红亭〉与〈红楼梦〉》，内蒙古人民出版社，1984年。

24. 扎拉嘎著：《尹湛纳希评传》，内蒙古教育出版社，1994年。

25. 云峰著：《蒙汉文学关系史》，新疆人民出版社，2000年。

26. 扎拉嘎著：《比较文学：文学平行本质的比较研究——清代蒙汉文学关系论稿》，内蒙古教育出版社，2002年。

27. 郎樱、扎拉嘎主编：《中国各民族文学关系研究》（元明清卷），贵州人民出版社，2005年。

28. 王润华编译：《比较文学理论集》，国家出版社，1972年。

29. 钱钟书等著：《林纾的翻译》，商务印书馆，1981年。

30. 张隆溪选编：《比较文学译文集》，北京大学出版社，1982年。

31. ［法］马里奥斯·法朗索瓦·基雅著：《比较文学》，颜保译，北京大学出版社，1983年。

32. 王佐良著：《中外文学之间》，江苏人民出版社，1984年。

33. 韦勒克、沃伦著：《文学理论》，刘象愚、邢培明、陈圣生、李哲明译，生活·读书·新知三联书店，1984年。

34. 刘介民编：《比较文学译文选》，湖南人民出版社，1984年。

35. 于永昌、廖鸿钧、倪蕊琴选编：《比较文学研究译文集》，上海译文出版社，1985年。

36. 刘献彪著：《比较文学及其在中国的兴起》，广西人民出版社，1986年。

37. 陈挺著：《比较文学简编》，华东师范大学出版社，1986年。

38. 杨周翰、乐黛云主编：《中国比较文学年鉴》（1986），北京大学出版社，1987年。

39. ［美］乌尔利希·韦斯坦因著：《比较文学与文学理论》，刘象愚译，辽宁人民出版社，1987年。

40. 孙景尧选编：《新概念 新方法 新探索——当代西方比较文学论著选》，漓江出版社，1987年。

41. 乐黛云著：《比较文学原理》，湖南文艺出版社，1988年。

42. 季羡林、贾植芳主编：《中国比较文学》第一期，上海外语教学出版社，1993年。

43. 刘介民著：《比较文学方法论》，天津人民出版社，1993年。

44. 周延良著：《汉藏比较文学概论》，中央民族大学出版社，1995年。

45. 黄维梁、曹顺庆编：《中国比较文学学科理论的垦拓——台湾学者论文集》，北京大学出版社，1998年。

46. 乐黛云、陈跃红、王宇根、张辉著：《比较文学原理新编》，北京大学出版社，1998年。

47. 徐扬尚著：《中国比较文学源流》，中州古籍出版社，1998年。

48. 乐黛云、张辉主编：《文化传递与文学形象》，北京大学出版社，1999年。

49. 王宁著：《比较文学与当代文化批评——王宁文化学术批评文选之一》，人民文学出版社，2000年。

50. 畅广元主编：《文学文化学》，辽宁人民出版社，2000年。

51. 乐黛云著：《跨文化之桥》，北京大学出版社，2002年。

52. 王向远著：《比较文学学科新论》，江西教育出版社，2002年。

53. 曹顺庆，等著：《比较文学论》，四川教育出版社，2002年。

54. 许渊冲著：《文学与翻译》，北京大学出版社，2003年。

55. 汪介之、唐建清主编：《跨文化语境中的比较文学》，译林出版社，2004年。

56. 乐黛云著：《比较文学与比较文化十讲》，复旦大学出版社，2004年。

57. 王向远著：《翻译文学导论》，北京师范大学出版社，

2004年。
58. 张弘著：《比较文学的理论与实践》，华东师范大学出版社，2004年。
59. 王佐良著，顾钧汇编：《文学间的契合——王佐良比较文学论集》，外语教学与研究出版社，2005年。
60. 南京师范学院中文系资料室编：《红楼梦版本论丛》（供内部参考），清江市淮海印刷厂，1976年。
61. 王佐良著：《严复的用心》，《中外文学之间》，江苏人民出版社，1984年。
62.《翻译研究论文集》（1949—1983），外语教学与研究出版社，1984年。
63. 张柏然、许钧主编：《面向21世纪的译学研究》，商务印书馆，2002年。
64. 谢天振主编：《翻译研究新视野》，青岛出版社，2003年。
65. 罗选民、屠国元主编：《阐释与解构：翻译研究文集》，安徽文艺出版社，2003年。
66. 许钧著：《翻译论》，湖北教育出版社，2003年。
67. 毛荣贵著：《翻译美学》，上海交通大学出版社，2005年。
68. 李毓澍著：《外蒙政教制度考》，和泰大字排版印刷公司，1978年。
69. ［苏］б·я·符拉基米尔佐夫著：《蒙古社会制度史》，刘荣焌译，中国社会科学出版社，1980年。
70. ［英］道森编：《出使蒙古记》，吕浦泽、周良霄注，中国社会科学出版社，1983年。
71. 乌丙安著：《中国民俗学》，辽宁大学出版社，1985年。
72.〔元〕李志常、耶律楚材撰：《成吉思汗封长春真人之谜》，候仁之、于希贤审校，纪流注译，中国旅游出版社，1988年。

73. ［日］江上波夫著：《骑马民族国家》，张承志译，光明日报出版社，1988年。

74. 罗开玉著：《中国丧葬与文化》，海南人民出版社，1988年。

75. 罗布桑却丹著：《蒙古风俗鉴》，赵景阳译，辽宁民族出版社，1988年。

76. 巴雅尔图著：《蒙古族第一部长篇神化小说——北京版〈格斯尔〉研究》，内蒙古大学出版社，1989年。

77. ［法］古伯察著：《鞑靼西藏旅行记》，耿昇译，中国藏学出版社，1991年。

78. 郭于华著：《死的困扰与生的执着——中国民间丧葬礼仪与传统生死观》，中国人民大学出版社，1992年。

79. ［法］雷纳·格鲁塞著：《蒙古帝国史》，龚钺译，翁独健校，商务印书馆，1996年。

80. 奎曾著：《草原文化与草原文学》，内蒙古大学出版社，1997年。

81. 马可·波罗著：《马可·波罗游记》，梁生智译，中国文史出版社，1998年。

82. 王学泰著：《游民文化与中国社会》，学苑出版社，1999年。

83. 冯承钧译：《多桑蒙古史》，上海书店出版社，2001年。

84. 张秀华编著：《蒙古族生活掠影》，沈阳出版社，2002年。

85. 义都合西格主编：《蒙古民族通史》，内蒙古大学出版社，2002年。

86. 王宏刚、于晓飞著：《大漠神韵神秘的北方洒满文化》，四川文艺出版社，2003年。

87. 周苏平著：《中国古代丧葬习俗》，陕西人民出版社，2004年。

88. 王丽娟：《〈水浒传〉的早期传播》，《华南农业大学学报》（社会科学版）2005年第3期。

89. 于大平：《〈水浒传〉传播问题的历史与现状》，《鄂州大学学报》2006年第1期。

90. 王学泰：《论清代文学与政治》，《浙江社会科学》2005年第1期。

91. 张晓华、曾米鲁、李伟：《谈由文化差异导致文学风格的不可译性——莎皮罗〈水浒传〉英译分析》，《内蒙古农业大学学报》（社会科学版）2006年第1期。

92. 黄汉平：《文学翻译中"删节原作"和"增补原作"现象的文化透视——兼论钱钟书〈林纾的翻译〉》，《南京师范大学文学院学报》2002年第4期。

93. 侯运华：《译者的价值立场与读者的期待视野》，《新乡师范高等专科学校学报》2004年第4期。

94. 林克难：《增亦翻译，减亦翻译——萧乾自译文学作品启示录》，《中国翻译》2005年第3期。

95. 钟毅：《试论文学翻译中译者的文化过滤》，《涪陵师范学院学报》2005年第4期。

96. 李炜、庄凤英：《论翻译中导致误译的因素》，《解放军外国语学院学报》2005年第4期。

97. 明明：《论文化改写、操纵下的误译问题》，《枣庄学院学报》2005年第4期。

98. 王玉括：《译者的选择与主体文化的制约——兼评〈翻译·文学·文化〉》，《山东师大外国语学院学报》2000年第2期。

99. 汪文珍：《文化负载与翻译》，《池州师专学报》2001

年第1期。

100.《翻译的改写功用及其在民族文学兴起中的意义》,《西南民族大学学报》(人文社科版)2004年第2期。

101. 欧军:《草原游牧文化与中原农耕文化之比较》,《文科教学》1994年第1期。

后 记

面对着电脑屏幕上的"后记"两个字，我感慨万千……

本人于2004年考入中国社会科学院研究生院，有幸师从扎拉嘎研究员专攻蒙汉文学关系研究。扎拉嘎老师在学术圈内的威望是首屈一指的，老师渊博的学识、严谨的治学态度、精益求精的做事风格对我的影响很大。在老师的精心指导下，我于2007年完成博士论文《喀尔喀蒙译本〈水浒传〉研究》，获得文学博士学位。

2008年，在博士论文的基础上，我拓宽对《水浒传》蒙译本的研究领域，将研究视野扩展到整个清代的蒙译本，以《清代蒙译本〈水浒传〉研究》为题申请国家社科基金青年项目并获批。现呈献给读者的《清代蒙译本〈水浒传〉研究》一书就是该项目的最终成果。

2014年，我的拙著被选入《中国蒙古学文库》，这对我来说是莫大的支持与鼓励，但同时也给了我莫大的压力。

今天，书稿终于要定稿了，回想起往日写作书稿之岁月，深感其中之不易。由此深感须对在书稿写作过程中帮助过我的贵人们表达我由衷的谢意。

在拙著出版之际，首先应感谢的是我的恩师扎拉嘎先生。在老师的指导下，我不仅顺利完成博士学业，而且也在他老人家的指导下，找到了我一生的学术研究领域。如今我最大的遗憾就是没能够在先生有生之年完成书稿，让他老人家给我的书稿写“序”，使我的书稿因有老师写的“序”而显得更具有科学性。此刻，我虽明知道这已不可能但还是多么地希望像往常一样给老师打个电话，向他汇报书稿完成的情况……

由衷感谢在我撰写博士论文的过程中提出过宝贵意见的尹虎彬研究员、刘亚虎研究员、汤晓青编审、色音教授、伍月教授、那木吉拉教授、萨仁格日勒教授；由衷感谢《中国蒙古学文库》编委会的格·孟和先生以及其他编委老师们帮我审阅书稿，提出宝贵意见并给予出版的机会；由衷感谢辽宁民族出版社所有工作人员给予的帮助、支持与付出；还要感谢我的单位——内蒙古大学文学与新闻传播学院的领导和同事，在我写作书稿过程中给予的无私帮助。

最后要感谢我的家人，感谢一直以来默默支持我学业、关心我生活的姐姐、姐夫和哥哥、嫂子，是因为得到你们无微不至的关心和支持才有了我今天的一切，感恩有你们！也感谢我的爱人根泉博士一直以来对我的支持。最后的最后，要感谢上苍赐予我的两个天使——我心爱的两个女儿韩海日瀚和韩乌瀚，你们是妈妈不断努力奋斗的动力，谢谢你们的到来，谢谢你们的陪伴！祝两个宝贝身心健康，快乐成长！

由于我才疏学浅，虽几经修改，但书稿中仍有诸多不足，望热心读者给予批评指正。

祝一切安好！

2017年12月3日作者于内蒙古大学图书馆记

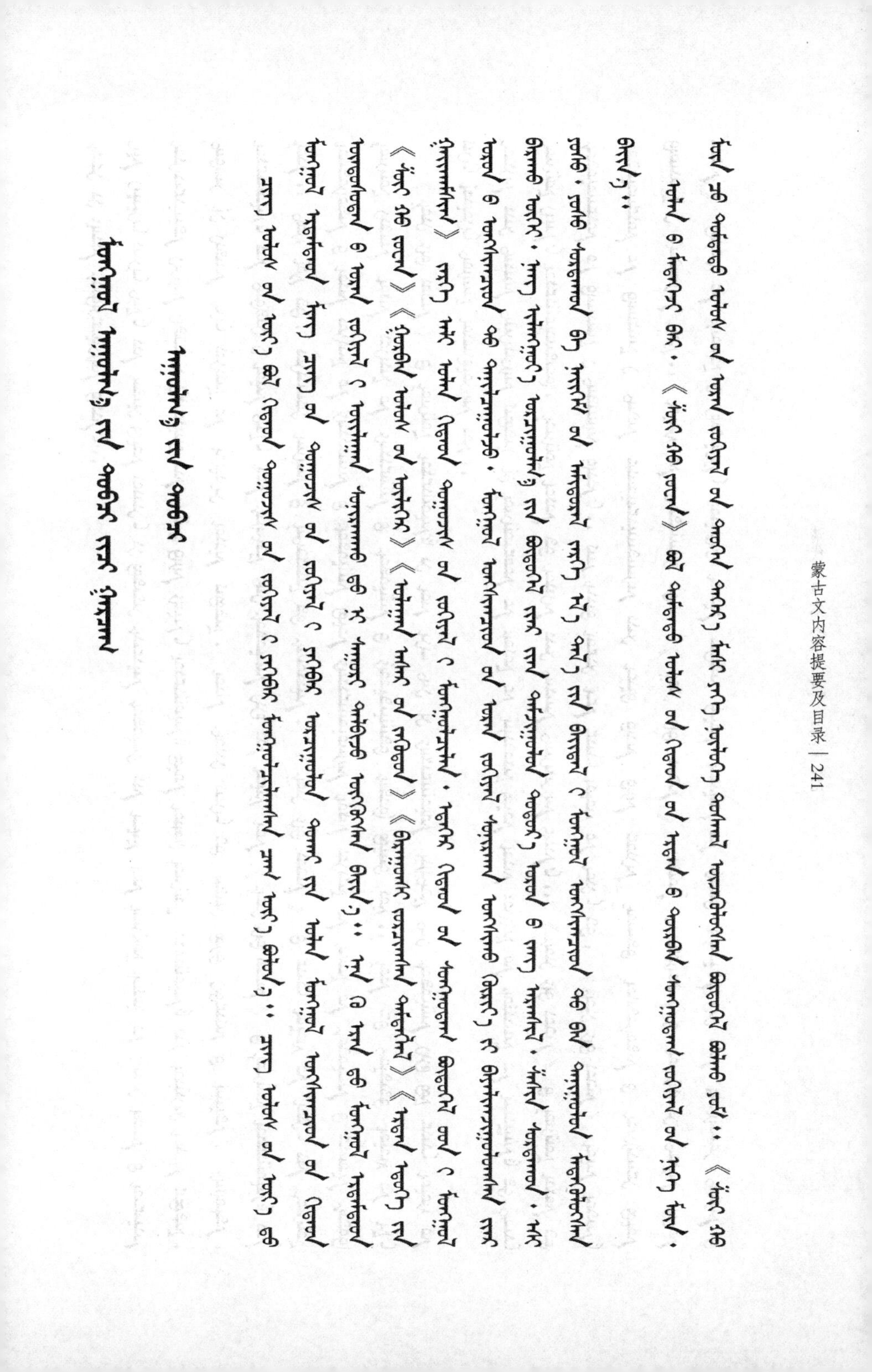

[illegible]

[illegible]

[illegible]

[illegible]

ᠵᠤᠸᠠᠨ》 ᠪᠦᠯᠦᠭ ᠤᠨ ᠲᠣᠭ᠎ᠠ ᠢ ᠪᠠᠭᠤᠷᠠᠭᠤᠯᠵᠤ ᠬᠠᠰᠤᠭᠰᠠᠨ ᠬᠡᠰᠡᠭ ᠪᠣᠯᠤᠨ ᠬᠠᠷᠢᠴᠠᠭᠤᠯᠵᠤ ᠦᠵᠡᠬᠦ ᠳᠦ ᠮᠡᠳᠡᠭᠳᠡᠬᠦ ᠶᠢᠨ ᠬᠠᠷᠢᠴᠠᠭ᠎ᠠ ᠦ
ᠪᠢᠷᠢᠶ᠎ᠠ ᠢ ᠰᠣᠷᠢᠯᠴᠠᠭ᠎ᠠ ᠶᠤᠮ ᠃ ᠬᠣᠶᠠᠷ ᠤᠨ ᠰᠣᠷᠢᠯᠲᠠ ᠳᠤ · 《ᠱᠦᠢ ᠬᠦ ᠵᠤᠸᠠᠨ》 ᠬᠡᠪᠯᠡᠯ ᠦᠨ ᠬᠠᠷᠢᠴᠠᠭ᠎ᠠ ᠪᠠᠷ ᠣᠷᠴᠢᠭᠤᠯᠭ᠎ᠠ ᠶᠢᠨ ᠦ ᠬᠠᠷᠢᠴᠠᠭ᠎ᠠ ᠪᠣᠯᠤᠨ
ᠬᠡᠪᠯᠡᠯ ᠦᠨ ᠪᠢᠷᠢᠶ᠎ᠠ ᠢ ᠰᠣᠷᠢᠯ ᠬᠠᠷᠢᠴᠠᠭᠤᠯᠤᠨ ᠰᠢᠨᠵᠢᠯᠡᠪᠡ ᠪᠠᠶᠢᠨ᠎ᠠ ᠃ ᠲᠡᠷᠡ ᠬᠢᠳᠠᠳ ᠬᠡᠪᠯᠡᠯ ᠦᠨ ᠣᠷᠴᠢᠭᠤᠯᠭ᠎ᠠ ᠶᠢᠨ ᠨᠢ ᠳᠤ · 《ᠱᠦᠢ ᠬᠦ ᠵᠤᠸᠠᠨ》 ᠬᠡᠪᠯᠡᠯ ᠬᠡᠪᠯᠡᠭᠰᠡᠨ
ᠮᠣᠩᠭᠣᠯ ᠣᠷᠴᠢᠭᠤᠯᠭ᠎ᠠ ᠶᠢᠨ ᠦ ᠬᠠᠷᠢᠴᠠᠭᠤᠯᠪᠠᠯ · ᠮᠣᠩᠭᠣᠯ ᠬᠡᠪᠯᠡᠯ ᠳᠤ ᠬᠠᠷᠢᠴᠠᠭ᠎ᠠ ᠲᠠᠢ ᠰᠣᠷᠢᠯᠴᠠᠭ᠎ᠠ ᠪᠠᠶᠢᠨ᠎ᠠ ᠃ 《ᠱᠦᠢ ᠬᠦ ᠵᠤᠸᠠᠨ》 ᠦ ᠮᠣᠩᠭᠣᠯ ᠬᠡᠪᠯᠡᠯ ᠳᠤ
ᠲᠡᠭᠦᠨ ᠦ ᠬᠡᠰᠡᠭ ᠬᠣᠶᠠᠷ ᠰᠣᠷᠢᠯᠲᠠ ᠬᠡᠪᠯᠡᠭᠰᠡᠨ ᠨᠢ ᠬᠡᠪᠯᠡᠯ ᠦᠨ ᠨᠢ ᠬᠠᠷᠢᠴᠠᠭ᠎ᠠ ᠨᠢ ᠬᠢᠳᠠᠳ ᠬᠡᠪᠯᠡᠯ ᠦᠨ ᠣᠷᠴᠢᠭᠤᠯᠭ᠎ᠠ ᠪᠠᠷ ᠬᠡᠪᠯᠡᠭᠰᠡᠨ ᠳᠤ ᠪᠣᠯᠤᠨ ᠬᠠᠷᠢᠴᠠᠭ᠎ᠠ ᠶᠤᠮ ᠃
ᠬᠠᠷᠢᠴᠠᠭᠤᠯᠵᠤ ᠰᠢᠨᠵᠢᠯᠡᠬᠦ ᠳᠤ ᠬᠡᠪᠯᠡᠯ ᠰᠢᠨᠵᠢᠯᠡᠯᠲᠡ ᠶᠢᠨ ᠦᠷ᠎ᠡ ᠳᠦᠩ ᠢ ᠮᠣᠩᠭᠣᠯ ᠪᠣᠯᠤᠨ ᠬᠢᠳᠠᠳ ᠬᠡᠪᠯᠡᠯ ᠦᠨ ᠬᠣᠶᠠᠷ ᠬᠡᠰᠡᠭ ᠢ ᠲᠣᠭᠲᠠᠭᠠᠨ ᠬᠡᠯᠡᠵᠦ ᠪᠣᠯᠬᠤ

ᠪᠣᠯᠤᠨ᠎ᠠ ᠃ ᠡᠨᠡ ᠬᠡᠪᠯᠡᠯ ᠦᠨ ᠣᠷᠴᠢᠭᠤᠯᠭ᠎ᠠ ᠶᠢᠨ ᠬᠠᠷᠢᠴᠠᠭ᠎ᠠ ᠶᠤᠮ ᠃
《ᠱᠦᠢ ᠬᠦ ᠵᠤᠸᠠᠨ》 ᠦ ᠮᠣᠩᠭᠣᠯ ᠣᠷᠴᠢᠭᠤᠯᠭ᠎ᠠ ᠶᠢᠨ ᠲᠡᠷᠡ ᠬᠡᠰᠡᠭ ᠨᠢ ᠬᠣᠶᠠᠷ ᠬᠡᠪᠯᠡᠯ ᠲᠡᠢ ᠬᠡᠯᠡᠭᠰᠡᠨ ᠬᠡᠪᠯᠡᠯ ᠦᠨ ᠪᠢᠴᠢᠭ ᠦᠨ ᠬᠡᠯᠡ ᠶᠢᠨ ᠨᠢ
ᠮᠣᠩᠭᠣᠯ ᠰᠢᠨᠵᠢᠯᠡᠬᠦ ᠪᠣᠯᠤᠨ ᠬᠢᠳᠠᠳ ᠪᠢᠴᠢᠭ ᠦᠨ ᠬᠠᠷᠢᠴᠠᠭ᠎ᠠ ᠶᠢᠨ ᠦ ᠬᠡᠪᠯᠡᠯ ᠦᠨ ᠦ ᠰᠢᠨᠵᠢᠯᠡᠭᠰᠡᠨ ᠬᠡᠰᠡᠭ ᠲᠡᠢ ᠶᠤᠮ ᠃ ᠮᠣᠩᠭᠣᠯ ᠳᠤ ᠰᠣᠷᠢᠯᠴᠠᠭ᠎ᠠ ᠬᠣᠶᠠᠷ ᠤᠨ ᠪᠠ
ᠬᠡᠪᠯᠡᠯ ᠦᠨ ᠦ ᠲᠡᠷᠡ ᠬᠢᠳᠠᠳ ᠬᠡᠪᠯᠡᠯ ᠦᠨ ᠰᠢᠨᠵᠢᠯᠡᠭᠰᠡᠨ ᠦ ᠬᠡᠪᠯᠡᠯ ᠪᠣᠯᠤᠨ ᠰᠢᠨᠵᠢᠯᠡᠯᠲᠡ ᠶᠢᠨ ᠲᠡᠷᠡ ᠬᠢᠳᠠᠳ ᠦᠨ ᠬᠡᠯᠡ ᠳᠤ ᠬᠡᠰᠡᠭ ᠦ ᠬᠡᠪᠯᠡᠯ ᠦᠨ ᠰᠢᠨᠵᠢᠯᠡᠭᠰᠡᠨ
ᠬᠡᠪᠯᠡᠯ ᠦᠨ ᠨᠢ ᠬᠣᠶᠠᠷ ᠰᠢᠨᠵᠢᠯᠡᠯᠲᠡ · 《ᠱᠦᠢ ᠬᠦ ᠵᠤᠸᠠᠨ》 ᠦ ᠬᠡᠪᠯᠡᠯ ᠦᠨ ᠬᠣᠶᠠᠷ ᠤᠨ ᠬᠡᠪᠯᠡᠯ ᠶᠢᠨ ᠬᠠᠷᠢᠴᠠᠭ᠎ᠠ ᠪᠠᠷ ᠰᠣᠷᠢᠯᠲᠠ ᠳᠤ ᠬᠡᠰᠡᠭ ᠦᠨ ᠬᠡᠪᠯᠡᠯ ᠃ ᠲᠡᠷᠡ
ᠮᠣᠩᠭᠣᠯ ᠬᠡᠪᠯᠡᠯ ᠦᠨ ᠪᠣᠯᠤᠨ ᠬᠣᠶᠠᠷ ᠤᠨ ᠬᠡᠰᠡᠭ ᠳᠤ ᠮᠣᠩᠭᠣᠯ ᠬᠡᠪᠯᠡᠯ ᠦᠨ ᠨᠢ · ᠪᠣᠯᠤᠨ ᠰᠢᠨᠵᠢᠯᠡᠭᠰᠡᠨ ᠢ 《ᠱᠦᠢ ᠬᠦ ᠵᠤᠸᠠᠨ》 ᠦ ᠮᠣᠩᠭᠣᠯ ᠬᠡᠪᠯᠡᠯ ᠦᠨ ᠬᠣᠶᠠᠷ
ᠬᠣᠶᠠᠷ ᠮᠣᠩᠭᠣᠯ ᠬᠡᠪᠯᠡᠯ ᠦᠨ ᠬᠡᠰᠡᠭ ᠦᠨ ᠬᠡᠪᠯᠡᠯ ᠳᠤ ᠬᠡᠰᠡᠭ ᠢ ᠰᠢᠨᠵᠢᠯᠡᠵᠦ ᠬᠡᠪᠯᠡᠯ ᠦᠨ ᠲᠡᠷᠡ ᠬᠢᠳᠠᠳ ᠬᠡᠪᠯᠡᠯ ᠦᠨ ᠲᠡᠭᠦᠨ ᠦ ᠬᠡᠰᠡᠭ ᠲᠡᠶᠢᠨ ᠮᠣᠩᠭᠣᠯ
ᠰᠢᠨᠵᠢᠯᠡᠯ ᠢ ᠪᠣᠯᠤᠨ ᠬᠡᠰᠡᠭ ᠤᠨ ᠬᠡᠪᠯᠡᠯ ᠦᠨ ᠮᠡᠳᠡᠬᠦ ᠬᠡᠰᠡᠭ ᠬᠡᠯᠡᠭᠰᠡᠨ ᠪᠣᠯᠤᠨ ᠬᠢᠳᠠᠳ ᠬᠡᠪᠯᠡᠯ ᠦᠨ ᠮᠣᠩᠭᠣᠯ ᠨᠢ · ᠬᠢᠳᠠᠳ ᠬᠡᠪᠯᠡᠯ ᠦᠨ ᠬᠡᠪᠯᠡᠯ ᠦᠨ ᠬᠡᠪᠯᠡᠯ ·
ᠪᠠᠷᠢᠮᠲᠠᠯᠠᠵᠤ ᠬᠡᠰᠡᠭ ᠦᠨ ᠮᠣᠩᠭᠣᠯ ᠬᠡᠪᠯᠡᠯ ᠬᠡᠰᠡᠭ ᠦᠨ ᠬᠢᠳᠠᠳ ᠬᠡᠯᠡ ᠶᠢᠨ ᠬᠡᠪᠯᠡᠯ ᠦᠨ ᠬᠡᠰᠡᠭ ᠦᠨ ᠦ ᠬᠡᠪᠯᠡᠯ ᠢ ᠪᠣᠯᠤᠨ ᠬᠡᠰᠡᠭ ᠦᠨ ᠲᠡᠷᠡ ᠬᠡᠪᠯᠡᠯ ᠦᠨ ᠦ ᠬᠡᠪᠯᠡᠯ
ᠲᠡᠭᠦᠨ ᠦ ᠣᠷᠣᠨ ᠲᠣᠬᠢᠷᠠᠭᠤᠯᠤᠭᠰᠠᠨ ᠪᠠᠶᠢᠨ᠎ᠠ ᠃

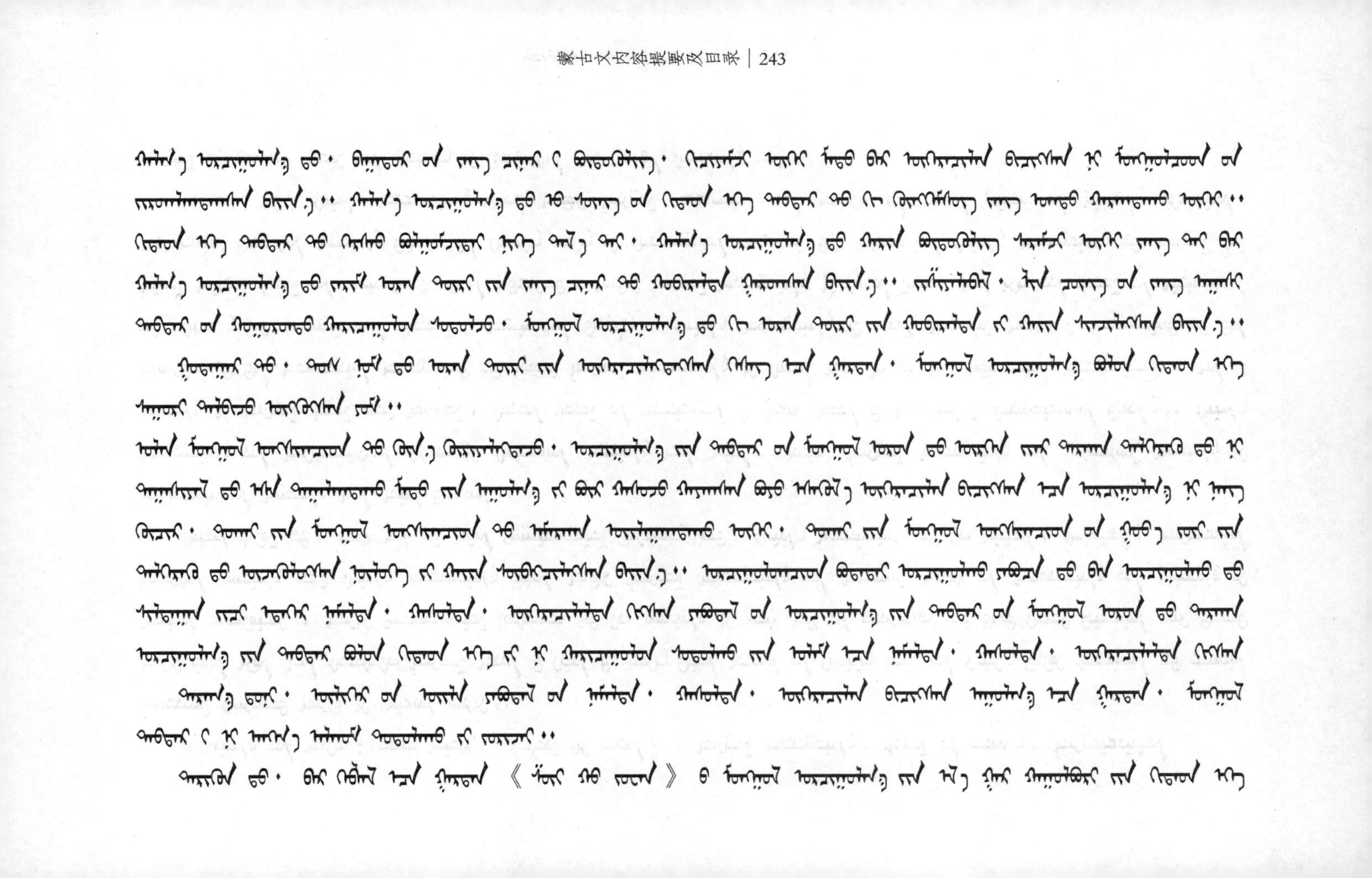

[illegible]

ᠬᠠᠮᠲᠤᠷᠠᠯ ᠤᠨ ᠵᠢᠱᠢᠶ᠎ᠡ: ᠭᠠᠷᠴᠠᠭ ᠬᠡᠰᠡᠭ᠂ 《ᠤᠰᠤᠨ ᠳᠤ ᠬᠦᠷᠢᠶ᠎ᠡᠯᠡᠭᠰᠡᠨ》᠂ ᠮᠣᠩᠭᠣᠯ ᠣᠷᠴᠢᠭᠤᠯᠤᠯᠲᠠ ᠶᠢᠨ᠂ ᠬᠡᠯᠡᠨ ᠦ ᠰᠤᠳᠤᠯᠤᠯ᠂ ᠮᠣᠩᠭᠣᠯᠴᠢᠯᠠᠭᠰᠠᠨ
ᠮᠠᠶᠢᠭ ᠰᠢᠨᠵᠢᠯᠡᠨ ᠪᠢᠴᠢᠵᠦ ᠥᠭᠬᠦ ᠶᠢ ᠬᠢᠴᠢᠶᠡᠨ᠎ᠡ ᠦᠭᠡᠢ᠃

ᠣᠷᠴᠢᠭᠤᠯᠭ᠎ᠠ ᠳᠤ ᠬᠡᠯᠡᠯᠭᠡ ᠶᠢᠨ ᠣᠨᠴᠠᠯᠢᠭ ᠢ ᠬᠠᠳᠠᠭᠠᠯᠠᠬᠤ ᠪᠠ ᠮᠣᠩᠭᠣᠯ ᠬᠡᠯᠡᠨ ᠦ ᠳᠦᠷᠢᠮ ᠢ ᠳᠠᠭᠠᠵᠤ᠂ ᠤᠯᠠᠮᠵᠢᠯᠠᠯᠲᠤ ᠪᠡᠷ ᠬᠢᠨᠠᠨ ᠮᠡᠳᠡᠬᠦ ᠶᠢ ᠡᠷᠬᠢᠮᠯᠡᠵᠦ᠂ ᠣᠷᠴᠢᠭᠤᠯᠤᠭᠰᠠᠨ ᠪᠣᠯᠤᠨ᠎ᠠ᠃ ᠡᠨᠡ ᠨᠢ ᠮᠣᠩᠭᠣᠯ ᠣᠷᠴᠢᠭᠤᠯᠭ᠎ᠠ ᠶᠢᠨ ᠣᠨᠴᠠᠯᠢᠭ ᠢ ᠬᠠᠷᠠᠭᠤᠯᠵᠤ ᠪᠠᠶᠢᠨ᠎ᠠ᠃

ᠣᠷᠴᠢᠭᠤᠯᠤᠭᠴᠢ ᠶᠢᠨ ᠤᠯᠠᠮᠵᠢᠯᠠᠯᠲᠤ ᠦᠭᠡ ᠬᠡᠯᠡᠯᠭᠡ ᠶᠢ ᠬᠡᠷᠡᠭᠯᠡᠬᠦ ᠪᠣᠯᠪᠠᠰᠤ᠂ ᠮᠣᠩᠭᠣᠯ ᠣᠷᠴᠢᠭᠤᠯᠭ᠎ᠠ ᠶᠢᠨ ᠬᠡᠯᠡᠨ ᠦ ᠣᠨᠴᠠᠯᠢᠭ ᠢ ᠬᠠᠷᠠᠭᠤᠯᠬᠤ ᠴᠢᠬᠤᠯᠠ ᠠᠷᠭ᠎ᠠ ᠪᠣᠯᠤᠨ᠎ᠠ᠃

ᠭᠠᠷᠴᠠᠭ

ᠤᠳᠤᠷᠢᠳᠬᠠᠯ …………………………………………………… 001
ᠨᠢᠭᠡᠳᠦᠭᠡᠷ ᠪᠦᠯᠦᠭ ᠴᠢᠩ ᠤᠯᠤᠰ ᠤᠨ ᠦᠶ᠎ᠡ ᠳᠦ ᠬᠢ ᠮᠣᠩᠭᠣᠯ ᠬᠡᠯᠡ ᠪᠢᠴᠢᠭ ᠦᠨ ᠰᠤᠷᠭᠠᠯᠲᠠ ᠶᠢᠨ
ᠬᠦᠭᠵᠢᠯ ᠦ ᠮᠣᠩᠭᠣᠯᠴᠤᠳ ᠤᠨ ᠰᠤᠷᠭᠠᠯᠲᠠ ᠶᠢᠨ ᠪᠠᠶᠢᠳᠠᠯ …………………… 001
ᠨᠢᠭᠡᠳᠦᠭᠡᠷ ᠬᠡᠰᠡᠭ ᠴᠢᠩ ᠤᠯᠤᠰ ᠤᠨ ᠦᠶ᠎ᠡ ᠳᠦ ᠬᠢ ᠰᠤᠷᠭᠠᠭᠤᠯᠢ ᠮᠣᠩᠭᠣᠯ ᠬᠡᠯᠡ ᠪᠢᠴᠢᠭ ᠦᠨ ᠰᠤᠷᠭᠠᠯᠲᠠ ᠶᠢᠨ ᠪᠠᠶᠢᠳᠠᠯ ………… 011
ᠬᠣᠶᠠᠳᠤᠭᠠᠷ ᠬᠡᠰᠡᠭ ᠴᠢᠩ ᠤᠯᠤᠰ ᠤᠨ ᠦᠶ᠎ᠡ ᠳᠦ ᠬᠢ ᠮᠣᠩᠭᠣᠯ ᠬᠡᠯᠡ ᠪᠢᠴᠢᠭ ᠦᠨ ᠰᠤᠷᠭᠠᠯᠲᠠ ᠶᠢᠨ
ᠬᠦᠭᠵᠢᠯ ᠦ ᠮᠣᠩᠭᠣᠯᠴᠤᠳ ᠤᠨ ᠰᠤᠷᠭᠠᠯᠲᠠ ᠶᠢᠨ ᠪᠠᠶᠢᠳᠠᠯ …………………… 013
ᠬᠣᠶᠠᠳᠤᠭᠠᠷ ᠪᠦᠯᠦᠭ 《ᠬᠤᠸᠠ ᠢ ᠶᠢᠦᠢ》 ᠤ ᠮᠣᠩᠭᠣᠯ ᠲᠡᠮᠳᠡᠭᠯᠡᠯ ᠦᠨ ᠳᠦᠷᠢᠮ ᠤᠨ ᠰᠤᠳᠤᠯᠤᠯ …………………… 021
ᠨᠢᠭᠡᠳᠦᠭᠡᠷ ᠬᠡᠰᠡᠭ 《ᠬᠤᠸᠠ ᠢ ᠶᠢᠦᠢ》 ᠤ ᠨᠡᠷ᠎ᠡ ᠶᠢᠨ ᠲᠤᠬᠠᠢ ᠪᠠ ᠰᠤᠳᠤᠯᠤᠯ ᠤᠨ ᠲᠣᠪᠴᠢ ᠨᠢ ᠪᠠ ᠰᠤᠳᠤᠯᠤᠯ ᠤᠨ ᠲᠣᠪᠴᠢ ᠶᠢᠨ ᠲᠤᠰᠬᠠᠢᠯᠠᠯ … 021
ᠬᠣᠶᠠᠳᠤᠭᠠᠷ ᠬᠡᠰᠡᠭ 《ᠬᠤᠸᠠ ᠢ ᠶᠢᠦᠢ》 ᠤ ᠮᠣᠩᠭᠣᠯ ᠲᠡᠮᠳᠡᠭᠯᠡᠯ ᠦᠨ ᠦᠰᠦᠭ ᠦᠨ ᠳᠦᠷᠢᠮ …………………… 024
ᠭᠤᠷᠪᠠᠳᠤᠭᠠᠷ ᠪᠦᠯᠦᠭ 《ᠬᠤᠸᠠ ᠢ ᠶᠢᠦᠢ》 ᠤ ᠮᠣᠩᠭᠣᠯ ᠲᠡᠮᠳᠡᠭᠯᠡᠯ ᠦᠨ ᠠᠪᠢᠶ᠎ᠠ ᠶᠢᠨ
ᠳᠦᠷᠢᠮ ᠤᠨ ᠲᠡᠮᠳᠡᠭᠯᠡᠯ ᠪᠠ ᠠᠪᠢᠶᠠᠯᠭ᠎ᠠ ᠶᠢᠨ ᠳᠦᠷᠢᠮ …………………… 049
ᠨᠢᠭᠡᠳᠦᠭᠡᠷ ᠬᠡᠰᠡᠭ 《ᠬᠤᠸᠠ ᠢ ᠶᠢᠦᠢ》 ᠤ ᠮᠣᠩᠭᠣᠯ ᠲᠡᠮᠳᠡᠭᠯᠡᠯ ᠦᠨ ᠡᠭᠰᠢᠭ ᠠᠪᠢᠶ᠎ᠠ ᠶᠢᠨ ᠳᠦᠷᠢᠮ …………………… 050
ᠬᠣᠶᠠᠳᠤᠭᠠᠷ ᠬᠡᠰᠡᠭ 《ᠬᠤᠸᠠ ᠢ ᠶᠢᠦᠢ》 ᠤ ᠮᠣᠩᠭᠣᠯ ᠲᠡᠮᠳᠡᠭᠯᠡᠯ ᠦᠨ ᠲᠡᠮᠳᠡᠭᠯᠡᠯ ᠪᠠ ᠠᠪᠢᠶᠠᠯᠭ᠎ᠠ ᠶᠢᠨ ᠳᠦᠷᠢᠮ …………………… 069

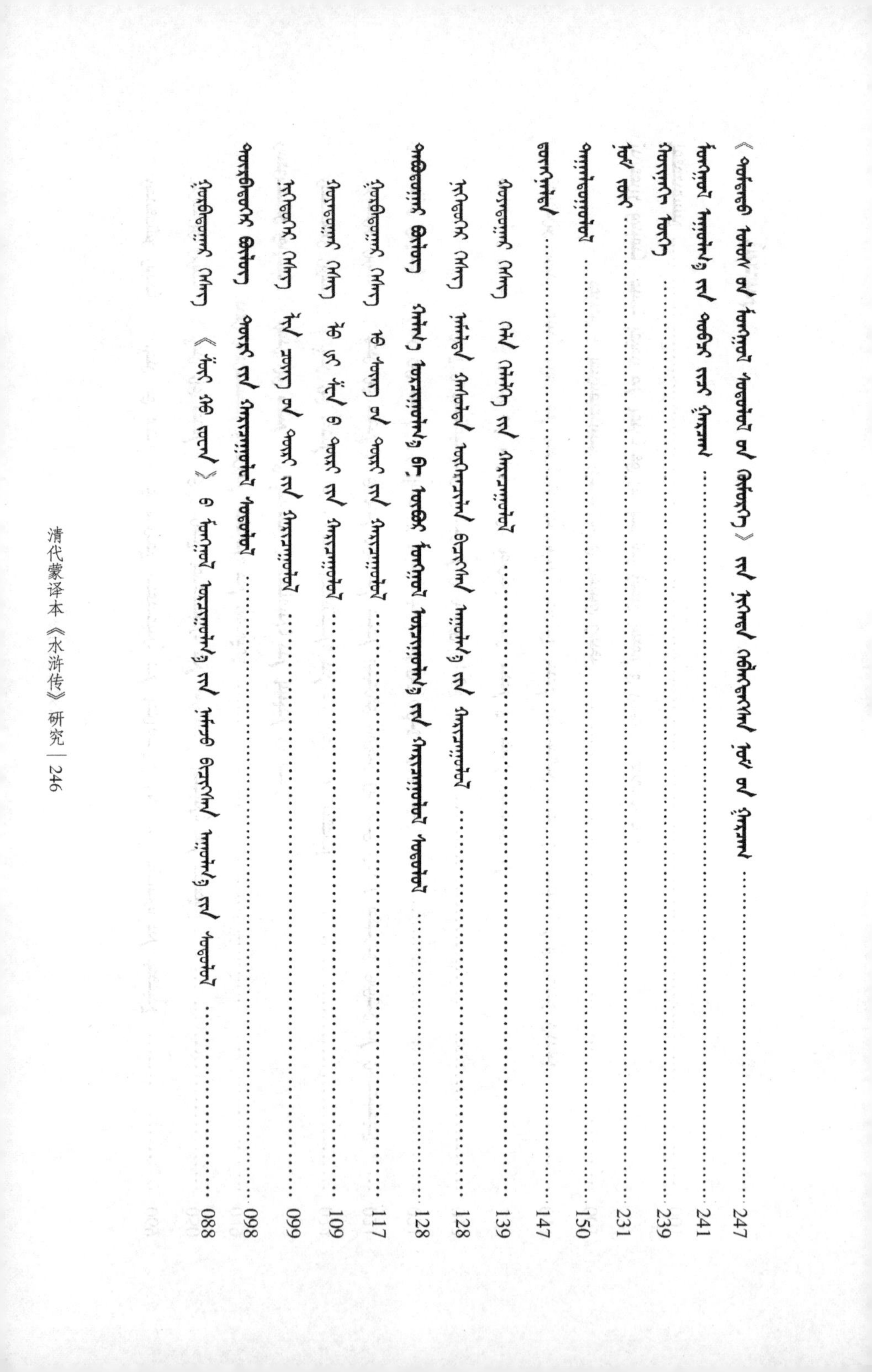

[illegible] …… 247
[illegible] …… 241
[illegible] …… 239
ᠨᠣᠮ ᠵᠦᠢ …… 231
[illegible] …… 150
[illegible] …… 147
[illegible] …… 139
[illegible] …… 128
[illegible] …… 128
[illegible] …… 117
[illegible] …… 109
[illegible] …… 099
[illegible] …… 098
[illegible] …… 088

《中国蒙古学文库》已经出版书目

（按出版日期顺序排列）

1.《成吉思汗哲学思想研究》（格·孟和著，蒙古文，1997年6月出版，定价33.00元）

2.《蒙古族逻辑思维研究》（图·乌力吉著，蒙古文，1997年6月出版，定价14.00元）

3.《蒙古族儿童文学概要》（哈斯巴拉等著，蒙古文，1997年6月出版，定价17.00元）

4.《阿尔寨石窟回鹘蒙古文榜题研究》（哈斯额尔敦、丹森等著，蒙古文，1997年6月出版，定价16.00元）

5.《蒙古族音乐史》（呼格吉乐图著，蒙古文，1997年6月出版，定价34.00元）

6.《中国人民解放战争时期内蒙古骑兵史》（乌嫩齐主编，汉文，1997年6月出版，定价16.00元）

7.《蒙古族正骨学》（旺钦扎布著，蒙古文，1997年6月出版，定价35.00元）

8.《蒙古学论著索引（1986—1995）》（额尔德尼编，汉文，1997年6月出版，定价21.00元）

9.《蒙古族美术研究》(阿木尔巴图著，汉文，1997年6月出版，定价48.00元)

10.《古代蒙古法制史》(奇格著，汉文，1999年9月出版，定价23.00元)

11.《蒙古文书法概论》(额尔很巴雅尔主编，蒙古文，1999年9月出版，定价20.00元)

12.《蒙古族民歌与交响乐研究》(永儒布著，汉文，1999年10月出版，定价48.00元)

13.《蒙古族文物与考古研究》(盖山林著，汉文，1999年12月出版，定价48.00元)

14.《〈蒙古源流〉研究》(乌兰著，汉文，2000年4月出版，定价55.00元)

15.《蒙古族全史》(第1卷)(留金锁著，蒙古文，2000年12月出版，定价25.00元)

16.《蒙古族美学史》(满都夫著，汉文，2000年12月出版，定价45.00元)

17.《中国民族语文工作的创举》(舍那木吉拉著，汉文，2000年12月出版，定价18.00元)

18.《蒙古族民歌与交响乐研究》(永儒布著，原为汉文，那顺乌尔塔译成蒙古文，2000年12月出版，定价48.00元)

19.《蒙古学论著索引(1986—1995)》(额尔德尼编，原为汉文，诺尔金等译成蒙古文，2000年12月出版，定价58.00元)

20.《中古蒙古语研究》(嘎日迪著，蒙古文，2001年10月出版，定价45.00元)

21.《蒙古族美术研究》(阿木尔巴图著，原为汉文，那顺乌尔塔译成蒙古文，2001年12月出版，定价68.00元)

22.《蒙古族传统疗法》(郭·道布清、图门巴雅尔编著，蒙古文，2001年12月出版，定价40.00元)

23.《蒙古族土地所有制特征研究》(额尔敦扎布、萨日娜著，蒙古文，2001年12月出版，定价30.00元)

24.《蒙古族曲艺研究》(贺喜歌芒来著，蒙古文，2001年12月出版，定价45.00元)

25.《忽必烈汗思想研究》(巴图巴干著，蒙古文，2002年4月出版，定价30.00元)

26.《蒙古族商业发展史》(额斯日格仓、包·赛吉拉夫著，蒙古文，2002年6月出版，定价38.00元)

27.《现代蒙医学》(琪格其图主编，汉文，2002年7月出版，定价30.00元)

28.《中国蒙古学研究概论》(吉木斯、特·额尔敦陶克套主编，蒙古文，2002年8月出版，定价60.00元)

29.《中国人民解放战争时期内蒙古骑兵史》(乌嫩齐著，原为汉文，牧仁译成蒙古文，2002年8月出版，定价55.00元)

30.《蒙古族哲学思想史》(苏和、陶克套著，汉文，2002年9月出版，定价36.00元)

31.《蒙古族儿童文学概论》(哈斯巴拉等著，原为蒙古文，蒋丽君等译成汉文，2002年10月出版，定价30.00元)

32.《佛教与蒙古文学》(德斯莱扎布著，蒙古文，2002年12月出版，定价30.00元)

33.《蒙古族古代典型战例》(阿木尔门德著，汉文，2002年12月出版，定价36.00元)

34.《蒙古文书法概论》(额力很巴雅尔著，原为蒙古文，额力很巴雅尔译成汉文，2003年12月出版，定价25.00元)

35.《蒙古族古代军事史》(胡泊主编，汉文，2004年3月出版，定价95.00元)

36.《蒙古族经济思想史研究》(陈献国主编，汉文，2004年4月出版，定价28.00元)

37.《蒙古族古代名将录》(叶喜著，汉文，2004年10月出版，定价22.00元)

38.《松巴堪布诗学研究》(额尔敦白音著，蒙古文，2004年10月出版，定价50.00元)

39.《古代蒙古法制史》(奇格著，原为汉文，奇格译成蒙古文，2004年12月出版，定价25.00元)

40.《中国民族语文工作的创举》(舍那木吉拉著，原为汉文，舍那木吉拉等译成蒙古文，2004年12月出版，定价35.00元)

41.《蒙古族哲学思想史》(苏和、陶克套著，原为汉文，齐秀华译成蒙古文，2004年12月出版，定价45.00元)

42.《蒙医学史与文献研究》（吉格木德著，蒙古文，2004年12月出版，定价32.00元）

43.《蒙古族近现代思想史论》（宝力格著，汉文，2005年3月出版，定价20.00元）

44.《元大都研究》（昔宝尼赤·却拉布吉著，蒙古文，2005年3月出版，定价75.00元）

45.《蒙古族宗教史》（苏鲁格著，汉文，2005年4月出版，定价32.00元）

46.《哈撒儿研究》（包·赛吉拉夫著，蒙古文，2005年6月出版，定价50.00元）

47.《蒙古语构词法研究》（特格希都楞著，蒙古文，2005年7月出版，定价20.00元）

48.《蒙古族正骨学》（旺钦扎布著，原为蒙古文，旺钦扎布译成汉文，2005年7月出版，定价45.00元）

49.《现代蒙医学》（琪格其图主编，原为汉文，琪格其图译成蒙古文，2005年7月出版，定价48.00元）

50.《成吉思汗哲学思想研究》（格·孟和著，原为蒙古文，何金山等译成汉文，2005年7月出版，定价45.00元）

51.《蒙古族近代战争史》（巴音图、张成业著，汉文，2005年11月出版，定价42.00元）

52.《〈蒙古源流〉研究》（乌兰著，原为汉文，阿拉坦巴根译为蒙古文，2005年12月出版，定价60.00元）

53.《蒙古族传统疗法》（郭·道布清、图门巴雅尔编，原为蒙古文，

郭·道布清、图门巴雅尔译成汉文，2005年12月出版，定价22.00元)

54.《蒙古族古代典型战例》(阿木尔门德著，原为汉文，策·诺尔金译成蒙古文，2005年12月出版，定价60.00元)

55.《元朝时期的山西地区》(瞿大风著，汉文，2005年12月出版，定价35.00元)

56.《蒙古族治疗骨伤的创新》(慕精阿、海志凡、海波著，汉文，2005年12月出版，定价42.00元)

57.《乌鲁别克传》(孛儿只斤·旺其格著，蒙古文，2006年6月出版，定价30.00元)

58.《蒙古语语法化过程研究》(套格敦白乙拉著，蒙古文，2006年8月出版，定价36.00元)

59.《蒙古族古代名将录》(叶喜著，原为汉文，那顺乌日塔译成蒙古文，2006年9月出版，定价35.00元)

60.《17世纪蒙古编年史与蒙古文文书档案研究》(希都日古著，汉文，2006年9月出版，定价26.00元)

61.《元朝时期的山西地区》(瞿大风著，汉文，2006年9月出版，定价40.00元)

62.《蒙古兽医研究》(巴音木仁著，汉文，2006年10月出版，定价40.00元)

63.《蒙古语构词法研究》(特格希都楞著，汉文，2006年11月出版，定价30.00元)

64.《蒙古族音乐史》(呼格吉勒图著，原为蒙古文，龙梅、乌云巴图译成汉文，2006年12月出版，定价40.00元)

65.《法式善“梧门诗话”研究》(宏伟著，汉文，2006年12月出版，定价42.00元)

66.《蒙古族科学技术简史》(李迪著，汉文，2006年12月出版，定价32.00元)

67.《蒙古族古代交通史》(德山、乌日娜、赵相璧著，汉文，2006年12月出版，定价28.00元)

68.《中古蒙古语研究》(嘎日迪著，原为蒙古文，嘎日迪译成汉文，2006年12月出版，定价40.00元)

69.《蒙古族商业发展史》(额斯日格仓、包·赛吉拉夫著，原为蒙古文，哈斯木仁、胡格吉勒图、杨晓华译成汉文，2007年5月出版，定价28.00元)

70.《藏传佛教与蒙古族文化》(唐吉思著，汉文，2007年6月出版，定价40.00元)

71.《蒙古族姓氏研究》(奥都高德·博·苏达那木道尔吉著，蒙古文，2007年6月出版，定价90.00元)

72.《忽必烈汗思想研究》(巴图巴干著，原为蒙古文，吉木斯、哈日赤译成汉文，2007年6月出版，定价25.00元)

73.《蒙古哲学宏旨研究》(格·孟和著，蒙古文，2007年7月出版，定价50.00元)

74.《成吉思汗兵法研究》(胡泊著，汉文，2007年7月出版，定价28.00元)

75.《成吉思汗与蒙古文化》(那仁敖其尔等著，蒙古文，2007年7月出版，定价35.00元)

76.《蒙古族曲艺新探索》(贺希歌芒来著，原为蒙古文，贺希歌芒来译成汉文，2007年7月出版，定价48.00元)

77.《清代八旗蒙古汉文著作家政治思想研究》(张力均著，汉文，2007年11月出版，定价25.00元)

78.《蒙古族近现代思想史论》(宝力格著，原为汉文，萨础拉、陈永庆译成蒙古文，2007年11月出版，定价25.00元)

79.《蒙古族治疗骨伤的创新》(慕精阿、海志凡、海波著，原为汉文，旺钦扎布译成蒙古文，2007年12月出版，定价52.00元)

80.《蒙古族书面文学的基本体系研究》(满全著，蒙古文，2007年12月出版，定价45.00元)

81.《蒙古族天文历法史》(孛儿只斤·旺其格著，汉文，2008年3月出版，定价67.00元)

82.《蒙古文“金光明经”词汇研究》(上、下册)(乌力吉陶格套著，蒙古文，2008年4月出版，定价95.00元)

83.《制度视域下的草原生态环境保护》(盖志毅著，汉文，2008年5月出版，定价42.00元)

84.《哈撒儿研究》(包·赛吉拉夫著，汉文，2008年5月出版，定价45.00元)

85.《蒙古族美学史》(满都夫著，原为汉文，桑杰、其木格译成蒙古文，2008年6月出版，定价75.00元)

86.《清代满蒙文词典研究》(春花著，汉文，2008年7月出版，定价50.00元)

87.《蒙古族传统文化的现代价值》(齐秀华、额尔敦陶格套著，蒙古文，2008年9月出版，定价32.00元)

88.《蒙古族生态经济研究》(暴庆伍著，汉文，2009年1月出版，定价38.00元)

89.《蒙古族姓氏大全》(明安特·沙·东希格著，蒙古文，2009年1月出版，定价95.00元)

90.《蒙古族生态智慧论》(乌峰、包庆德主编，汉文，2009年1月出版，定价35.00元)

91.《蒙古族数学史》(孛儿只斤·旺其格著，蒙古文，2009年1月出版，定价50.00元)

92.《蒙古语修辞学研究》(德力格尔著，蒙古文，2009年4月出版，定价40.00元)

93.《红山诸文化与游牧民族原始宗教比较研究》(王其格著，蒙古文，2009年5月出版，定价38.00元)

94.《蒙古语语法的认知功能研究》(套格敦白乙拉著，蒙古文，2009年5月出版，定价28.00元)

95.《八思巴文变形体研究》(乌力吉白乙拉著，蒙古文，2009年5月出版，定价30.00元)

96.《藏传佛教与蒙古文化》(唐吉思著，原为汉文，唐吉思译成蒙古文，2009年6月出版，定价55.00元)

97.《蒙古语词语的文化研究》（天峰著，蒙古文，2009年7月出版，定价30.00元）

98.《清代内蒙古地区寺院经济研究》（胡日查著，汉文，2009年7月出版，定价30.00元）

99.《蒙古语语音实验研究》(呼和著,汉文,2009年7月出版,定价30.00元)

100.《尹湛纳希人文思想研究》（席布仁门德著，蒙古文，2009年7月出版，定价38.00元）

续版已经出版书目

1.《近代内蒙古行政建制变迁研究》（孟和宝音著，汉文，2010年12月出版，定价40.00元）

2.《蒙汉历史接触与蒙古语言文化变迁》（曹道巴特尔著，汉文，2010年12月出版，定价45.00元）

3.《阿尔寨石窟回鹘蒙古文榜题研究》（哈斯额尔敦等著，原为蒙古文，纳·巴图吉日嘎拉、纳楚格、嘎日迪译成汉文，2010年12月出版，定价35.00元）

4.《清代官修民族文字文献编纂研究》（乌兰其木格著，汉文，2010年12月出版，定价38.00元）

5.《蒙古族佛教文化调查研究》（唐吉思著，汉文，2010年12月出版，定价98.00元）

6.《元国书官印汇释》(照那斯图、薛磊著，汉文，2011年4月出版，定价40.00元)

7.《蒙古文学史学研究》(乌日斯嘎拉著，蒙古文，2011年5月出版，定价36.00元)

8.《蒙古族全史》(第1卷)(留金锁著，原为蒙古文，浩斯巴特尔、包阿拉塔译成汉文，2011年7月出版，定价30.00元)

9.《蒙古哲学原理研究》(格·孟和著，蒙古文，2011年8月出版，定价85.00元)

10.《蒙古族古代军事史》(胡泊著，原为汉文，查干高娃编译，蒙古文，2011年8月出版，定价100.00元)

11.《新牧区建设与牧区政策调整——以内蒙古为例》(盖志毅著，汉文，2011年11月出版，定价75.00元)

12.《古代蒙古货币研究》(虹宝音著，汉文，2011年11月出版，定价30.00元)

13.《蒙古族古代汉文文化研究》(宏伟著，蒙古文，2011年12月出版，定价45.00元)

14.《元朝时期札剌亦儿部研究》(谢咏梅著，汉文，2012年3月出版，定价38.00元)

15.《蒙古文学文体转化研究》(包红梅著，蒙古文，2012年5月出版，定价40.00元)

16.《蒙古文字结构研究》(王桂荣著，蒙古文，2012年5月出版，定价50.00元)

17.《近现代内蒙古游牧变迁研究》(阿拉腾嘎日嘎著，汉文，2012年6月出版，定价35.00元)

18.《蒙古文文论理论建构》(孟和乌力吉著，蒙古文，2012年6月出版，定价70.00元)

19.《蒙古语形态研究》(包满亮著，蒙古文，2012年6月出版，定价60.00元)

20.《蒙古语言的语法化过程与机制》(套格敦白乙拉著，蒙古文，2012年7月出版，定价45.00元)

21.《蒙古历史文化的哲学解读》(格孟和著，蒙古文，2012年7月出版，定价56.00元)

22.《尹湛纳希与儒家文化》(胡格吉乐图著，汉文，2012年9月出版，定价30.00元)

23.《蒙古族现代诗歌研究》(黄金著，蒙古文，2012年11月出版，定价63.00元)

24.《现代蒙古语语义框架研究》(德·萨日娜著，蒙古文，2013年3月出版，定价30.00元)

25.《蒙古民歌的程式化研究》(哈斯其木格著，蒙古文，2013年3月出版，定价36.00元)

26.《蒙古帝国政治制度及政治思想研究》(扎拉嘎著，蒙古文，2013年3月出版，定价55.00元)

27.《近代内蒙古行政建制变迁研究》(孟和宝音著，原为汉文，孟和宝音、娜仁其其格译成蒙古文，2013年6月出版，定价65.00元)

28.《游牧社会形态论》(额灯套格套著，汉文，2013年8月出版，定价65.00元)

29.《乌珠穆沁部落研究》(高·阿晔著，蒙古文，2013年10月出版，定价50.00元)

30.《蒙古文化中的人与自然关系研究》(马桂英著，汉文，2013年11月出版，定价37.00元)

31.《清代蒙古文出版文化研究》(宝山，哈斯格日乐著，蒙古文，2013年11月，定价52.00元)

32.《清代蒙古寺庙管理体制研究》(胡日查著，汉字，2013年11月，定价42.00元)

33.《大蒙古国与金国战争史》(鲍格鲁特·鲍音著，蒙古文，2013年12月，定价40.00元)

34.《蒙古族太阳崇拜研究》(阿拉坦格日乐著，蒙古文，2013年12月，定价45.00元)

35.《蒙古族传统医学史纲》(热·王钦扎布、娜日娜著，蒙古文，2013年12月出版，定价40.00元)

36.《蒙古族生态智慧论》(乌峰、包庆德著，原为汉文，孟根宝力高、包玉兰译成蒙古文，2014年4月出版，定价50.00元)

37.《蒙古语短语结构知识库相关研究》(达胡白乙拉著，蒙古文，2014年4月出版，定价45.00元)

38.《蒙古族藏文文论体系研究》(树林著，蒙古文，2014年4月出版，定价65.00元)

39.《蒙古民族敖包祭祀文化认同研究》(那仁毕力格著，汉文，2014年4月出版，定价32.00元)

40.《嫩科尔沁史概略》(包额尔德木图著，蒙古文，2014年6月出版，定价58.00元)

41.《蒙古羊肉食文化研究》(群可加著，蒙古文，2014年6月出版，定价45.00元)

42.《〈蒙古秘史〉逻辑思想研究》(莫日根巴图著，汉文，2014年7月出版，定价40.00元)

43.《劳斯尔及其作品研究》(朝克图、赵玉华著，汉文，2014年10月出版，定价56.00元)

44.《蒙古地名研究》(天峰著，蒙古文，2014年10月出版，定价50.00元)

45.《玛拉沁夫小说民族文化源缘研究》(额尔敦仓著，汉文，2014年11月出版，定价42.00元)

46.《外部环境与内部环境：蒙古族当代文学前沿问题研究》(满全著，蒙古文，2014年12月出版，定价70.00元)

47.《制度视域下的草原生态环境保护》(盖志毅著，原为汉文，吴宝山、乌兰编译成蒙古文，2014年12月出版，定价80.00元)

48.《蒙古族生态文学研究》(巴·苏和著，蒙古文，2015年1月出版，定价56.00元)

49.《编辑学概论》(阿拉木斯、莫日根高娃著，蒙古文，2015年4月出版，定价68.00元)

50.《蒙古语地名文化遗产保护研究》(仁钦道尔吉著，汉文，2015年4月出版，定价56.00元)

51.《13—19世纪蒙古法制沿革史研究》(那仁朝格图著，汉文，2015年4月出版，定价50.00元)

52.《蒙古民间文学研究：以青海民间文学为例》(呼和编著，蒙古文，2015年7月出版，定价68.00元)

53.《蒙古语句法结构的认知研究》(阿拉坦苏和、套格敦白乙拉著，蒙古文，2015年12月出版，定价50.00元)

54.《蒙古族传统伦理要义》(斯仁著，蒙古文，2015年12月出版，定价65.00元)

55.《蒙古史诗的非物质文化价值研究》(关金花，蒙古文，2015年12月出版，定价72.00元)

56.《探秘〈江格尔〉》(张越著，汉文，2016年5月出版，定价55.00元)

57.《蒙古语地名保护研究》(仁钦道尔吉著，蒙古文，2016年5月出版，定价78.00元)

58.《日本侵占时期“兴安省”经济统制政策研究》(齐百顺著，汉文，2016年5月，定价60.00元)

59.《蒙古史诗美学研究》(额尔敦高娃著，蒙古文，2016年6月出版，定价80.00元)

60.《喀尔喀车臣汗部研究》(姑茹玛著，汉文，2016年7月出版，定价48.00元)

61.《蒙古文化概论》(格·孟和著，汉文，2016年9月出版，定价75.00元)

62.《蒙古族十二生肖文化研究》(今晓著，蒙古文，2016年12月出版，定价60.00元)

63.《果亲王允礼藏〈密印授记请问经〉研究》(根泉著，蒙古文，2017年2月出版，定价65.00元)

64.《乌拉特三贤探微》(乌力吉巴雅尔著，蒙古文，2017年3月出版，定价70.00元)

65.《清代至民国时期土默特地区社会变迁研究》(乌仁其其格著，汉文，2017年5月出版，定价65.00元)

66.《启蒙思潮中的蒙古文学》(敖特根白乙拉著，蒙古文，2017年6月出版，定价70.00元)

67.《成吉思汗祭奠仪式及其文化功能研究》(额灯套格套主编，蒙古文，2017年7月出版，定价75.00元)

68.《中国蒙古文学学术史》(巴·苏和，特日乐著，汉文，2017年7月出版，定价70.00元)

69.《成吉思汗传说研究》(宝音德力根著，蒙古文，2017年10月出版，定价75.00元)

70.《卡尔梅克语土尔扈特土语研究》(秀花著，蒙古文，2017年11月出版，定价80.00元)

71.《蒙古贞历史》(暴风雨、项福生主编，汉文，2018年3月出版，定价65.00元)

72.《蒙古人崇拜自然的意识研究》（席·哈斯巴特尔著，蒙古文，2018年4月出版，定价75.00元）

73.《蒙古族全史·第二卷》（留金锁著，蒙古文，2018年5月出版，定价70.00元）

74.《蒙古哲学概论》（格·孟和著，汉文，2018年5月出版，定价75.00元）

75.《内蒙古牧区合作经济组织研究》（敖仁其、艾金吉雅编著，汉文，2018年8月出版，定价68.00元）

76.《清代蒙古地方法规研究》（金山、包斯琴著，汉文，2018年8月出版，定价70.00元）